译文名著精选

YIWEN CLASSICS

十日谈（下）

[意] 卜伽丘 著　方 平 王科一 译

Giovanni Boccaccio

The Decameron

上海译文出版社

第五天

《十日谈》的第五天由此开始。菲亚美达担任女王。讲的都是历尽艰难折磨，有情人终成眷属的故事。

东方已经发白，旭日的光芒照亮了东半球。鸟儿们正在枝头尽情欢唱，迎接这新的一天来到；菲亚美达被这片婉转的歌声唤醒了。她起了身，把她的女伴和三位青年绅士一一叫醒。然后大家有说有笑，脚下踩着露水淋淋的小草，一块儿到辽阔的田野里去漫步。直等太阳高升，大家觉得太热了，这才回到别墅，吃了些美酒和糖果提提神，又到那可爱的花园里去游戏了。

他们在花园里唱了好些歌曲，又唱了一两支民谣，不觉已到了吃中饭的时候。小心周到的管家照着女王的心意，把一切都已准备停当。大家称心如意地吃过中饭，又照着惯例奏乐唱歌，跳起舞来，直跳到午睡时分，女王才吩咐大家散去。于是睡的去睡，不睡的仍然待在美丽的花园里作乐消遣。

不久，大家依着女王的吩咐，照旧在优美的喷泉旁边集合。女王登上王座，笑盈盈地望着潘菲洛，叫他带头讲个有情人终成眷属的故事，潘菲洛欣然允诺，开始讲下面的故事：

故事第一

西蒙受了爱情的启发，在海上抢亲，被罗得岛人捕获，关入大牢。那里的长官又把他释放出来，两人协力齐心，把伊菲金妮亚和卡珊德拉两位新娘从喜宴上劫走，双双逃往克里特岛，正式结为夫妻，各回家园，安乐度日。

可爱的小姐们，我本来有很多故事都可以讲，给今天这样一个愉快的日子开个头；不过其中有一个故事我特别喜欢。不仅因为这个故事结局圆满，切合我们今天的题目，而且从这个故事里我们可以看出，爱情的力量有多么神圣，多么伟大，可以给人带来多大的好处，并不像好些人所指责的那样猥亵淫邪。这不过是信口胡说罢了。这个故事包管会叫诸位听得十分欢喜，因为我想诸位都一定正在尝着爱情的滋味。

凡是读过塞浦路斯这个岛国的古代历史的人，都知道这个岛上曾经有过一位绅士，名叫阿利提帕斯。说到尘世的荣华富贵，全岛要数他第一。若不是命运有意和他为难，使他有一件事美中不足，那他就是人间最幸福的人了。这美中不足不是别的，只因他有个儿子，名叫加莱苏，虽然长得身材魁梧，相貌堂堂，可惜愚顽异常，简直是个白痴。

这孩子实在不成器，尽管良师谆谆训诲，严父好言劝告，甚至加以鞭笞，又有亲友人等费尽心思，想尽办法，也无法灌输他一点学问，增进他半点教养。他说起话来声音粗糙，举止态度又极端粗野，与其说他像个人，不如说他像头畜生。人家为了嘲弄他，就给他取了个绰号，管他叫“西蒙”。“西蒙”这个名词，在他们的语言里，就相当于我们所说的“畜生”。他父亲眼看他白白浪费光阴，好不难过。他对这个儿子再也不存希望了，只得吩咐他到庄园上去和那班庄稼汉住在一起，这样眼不见为净，倒免得烦心。西蒙一听非常中意，因为他就喜欢和那班村夫樵民混在一起；城里的阔人们他倒反而讨厌。

于是西蒙来到了庄园，就此在那里干着农活。有一天，刚吃过午饭不久，他肩上扛着一根木棍，从一个农庄走到另一个农庄，进入了一座小树林。这一带的树林本来很美，加上又是暮春天气，长满了密密层层的绿叶。也是他命里注定有这段艳遇，他一路走去，不觉来到一块小草坪上。草坪周围长满了大树，那边角落里有一泓清澈阴凉的山泉，泉旁的绿草地上睡着一位秀丽的小姐。她身上只穿了一件薄薄的单衣，雪白的肌肤让人看得一清二楚。一条轻柔的白被单齐腰盖在下半身。她的脚跟前还睡着两个女人和一个男人，看模样都是她的佣人。

西蒙一看到这位小姐，就停住了脚步，用那根木棍支住身子，不吱一声，凝神望着她，有说不出的爱慕，好像这一辈子都没见过女人似的。他本是胸无点墨，一窍不通，虽然人家千方百计地开导他，仍然无从教他懂得半点风雅，谁知这会儿他却是茅塞顿开，觉得从来也没有看见过这样一位美貌的小姐。他于是把她那黄金似的发丝，她的额头、鼻子、嘴唇、脖子、手臂，都细细欣赏到了，尤其她那一对微微隆起的乳房，更使他陶醉。

他简直是在一眨眼之间就从一个村夫俗子变成一位审美家了。他恨不得能看一看她的眼睛才好，偏是那姑娘睡得正甜，一双眼睛闭得紧紧的；因此他好几次想要把她叫醒。但是他觉得自己几曾看见过这样一个美貌的姑娘，莫非她是仙女下凡吧？他真是一下子聪明起来了，竟懂得不能把天仙当作俗物一般看待，需要格外敬重，不可亵渎，因此只有耐心等她自己醒过来。虽然他等了好长一段时间，可是他越看越爱，哪里舍得走开。

这位姑娘名叫伊菲金妮亚，睡了好久才醒过来，总算比她的几个仆人醒得早。她睁开眼来，看见西蒙正倚着一根木棍站在她面前，不禁大为诧异。原来西蒙是个出名的粗鲁男子，加上他父亲家资豪富，门第高贵，所以附近一带没有哪一个人不认识他。她随即对西蒙说道：

“西蒙，你这时候到树林里来干什么呢?”

西蒙没有回话，只是朝着她那一对张开的眼睛一个劲儿地看着，只觉那双眼睛把一股柔情直送到他心坎里，这真是他生平从来不曾领略过的一种愉快呢。姑娘看见他那样盯牢着她看，唯恐他粗卤的脾气要发作，会对她做出什么不礼貌的事情来，便站起身来，一面喊醒两个女佣人，一面说道：

“看天主面上走开些吧，西蒙!”

不料西蒙说道：“我要跟你一块儿走!”

尽管姑娘怕他，不肯让他一块儿走，可是怎么样也摆脱不掉他，只得让他跟到自己的家门口。

西蒙接着就回到城里他父亲那里，说是从此再也不回到庄园上去了。他父亲和家里人虽然不愿意，也拿他没有办法，只得随他的便，看他这次忽然改变主意，究竟是为了什么原因。

西蒙的心本来是好比一块无法点化的顽石，谁想自从看见了伊菲金妮亚的美貌仙姿，这颗顽石般的心也给爱神的箭射穿了。没有多少时间，他就由愚钝一变而为聪颖，①使得他父亲和家里人，以及许多亲友，都大为惊异。

他开头第一件事就是请求他父亲给他做一些华丽的衣服，还要加上许多皱边做装饰，让他打扮得像他兄弟们一样漂亮，阿利提帕斯欣然答

---

① 由“愚钝一变而为聪颖”一句，参照里格译本补入。

应了。然后他又结交了一批有身份的朋友，从他们那里学会了绅士应有的仪表风度，尤其是学会了一套对待情人的礼貌举止。说来谁都要吃惊，不消多少时候，他不但粗通了文字，就连在学者中间也很显得出类拔萃。到后来(这当然完全由于他爱上了伊菲金妮亚，受了爱情的感化)，他非但说起话来由粗声粗气一变而为温文尔雅、悦耳中听，而且居然精通音乐，熟谙骑术，甚至练得一身武艺，陆战海斗，无一不能。他的多才多艺，这里不多细说。总之，自从他那一次受了爱情的启发，不到四年工夫，就出落得俊俏无比、才艺出众，不愧为一个年青绅士。在塞浦路斯岛所有的后生当中要数他第一，没有哪一样不比别人强得多。

可爱的小姐们，你们说西蒙怎么会一下子变了另外一个人呢？那无非是这么一回事：上天本来赋予了西蒙颖慧的资质，却遭到命运之神的妒忌，把他这些资质紧捆牢缚在他心田里最狭窄的一角，幸亏爱神来解放了他的捆绑，又执行了那启蒙点化的职司，把他天赋的聪慧资质从那荒蛮偏僻的暗处解放出来，使其重见天日，显示出爱神原来比命运之神更其神通广大：凡是他所主宰的生灵，不管怎样愚顽鲁钝，他都能用爱的光芒照引着你走到绝顶聪明的境界。

且说西蒙为了爱伊菲金妮亚的缘故，虽然也像情场中一般哥儿们一样，有些地方未免过于狂热，可是他父亲见这个傻儿子在爱情的陶冶之下，竟一变而为一个像模像样的人，就非但宽容了他的一切所作所为，而且还极力怂恿他呢。西蒙(他因为记得伊菲金妮亚曾经叫过他一声“西蒙”，所以他始终不愿意让人家管他叫加莱苏)为了要名正言顺地达到自己的心愿，一再请求伊菲金妮亚的父亲奇帕梭斯把女儿许配于他，谁知奇帕梭斯总是回答他说，他已经把女儿许配于罗得岛上一个有身份的后生帕西蒙达，不能轻诺寡信，另许他人。

伊菲金妮亚的婚期终于到了，新郎已派人前来迎娶，这时西蒙心里想道：“伊菲金妮亚呀，这一下我该向你表明我是多么爱你啦。多亏了你，我才变得像个人，只要我一旦获得了你，我比神仙都光彩呢。我若不能把你娶来，这条命也不要了。”

于是他暗地里招来了几个高贵的年青朋友，又私下装备了一条战船，只等男家接伊菲金妮亚到罗得岛去的船开过来，就去与它决一死战。再说那个新娘等她父亲宴请了男家的宾客之后，便由男家派来的人们护送着上了船，朝着罗得岛开驶而去。西蒙时时刻刻都在留神，第二天便开了船来追，站在船头上对着伊菲金妮亚那条船上的人大喊道：

"停住，收起帆来！否则就把你们的船打沉到海里去！"

那边的人听了，马上拿起武器，站在甲板上，准备应战。西蒙这么吆喝之后，随手抓起一只铁钩，朝着罗得岛人那条加速飞驶的船头上甩过去，用力一拉，竟把那条船拉到了自己船头跟前。西蒙简直像头猛狮一般，把他的同伴们撇在后面，单凭一股爱情的力量，奋不顾身，跳上他们那条船，以万夫不当之勇向敌人猛扑过去，挥动手里那把短刀，一刀一个，就像宰羊一般，杀伤了不少人。罗得岛人一见苗头不对，慌忙放下武器，表示屈服。于是西蒙对他们说道：

"年青的朋友们，我这次带了武装人员，离开塞浦路斯岛，赶到海上来追击你们，既不是为了抢劫钱财，也不是为了报仇雪恨。我到这儿只是为了一样东西，这东西如果让我得到了，乃是无价之宝，而你们把它放弃，好好地让给我，也算不上什么。我要的不是别的，就是伊菲金妮亚。我爱她甚于一切，我曾好言好语地求她父亲把她许配于我，偏是他固执不肯，我只得听从爱情的驱使，前来抢亲，跟你们为难一下。我的意思就是说，我要代替你们的帕西蒙达做她的丈夫，只要你们赶快把她交出来，包管你们平平安安地赶路。"

罗得岛人为武力所迫，只得把伊菲金妮亚交给了西蒙。西蒙见她泪流满面，就安慰她道：

"高贵的小姐，不要难过。我是你的西蒙，我爱你爱了这么久，而帕西蒙达只不过和你订了个婚约而已，所以更配娶你的是我。"

说着，他就把伊菲金妮亚扶上了自己的船，放走了那些护送她的罗得岛人，碰也没有碰一下他们的财物。西蒙获得了这样一个心肝宝贝，真是欢天喜地。他先安慰了一下这位哭哭啼啼的姑娘，然后和伙伴们商量了一番，决定暂时不回塞浦路斯岛。大家都一致赞成掉转船头，开往克里特岛去，因为在那边，人人都有不少的故友新交，西蒙的亲友尤其多。大家都说，带了伊菲金妮亚投奔到那边去，万无一失。

但命运之神最是反复无常。她一时高兴，让西蒙获得了那位高贵的小姐，转眼之间又来作弄这位情场得意的后生，把他满腔的欢喜顿时化作无限悲痛。

原来西蒙离开了那些罗得岛人以后，不到四个钟头，天就断黑了；西蒙本来指望消受一个生平最愉快的夜晚，可是哪里料想得到，天色一黑，气候就骤然变化。空中乌云密布，海上狂风呼啸，眼看暴风雨就要来了。大家都张皇失措，也不知道把船开到哪里去是好，甚至根本管不住那条船了。

西蒙这时的焦急，自然不消说得。他觉得上天所以让他称心如意，只是为了叫他死得更痛苦，否则，如果得不到伊菲金妮亚，他会毫不留恋地死去。他的伙伴们也都悲叹不已。尤其是伊菲金妮亚，比谁都伤心。每一个浪头打过来，她都吓得痛哭，一边哭，一边狠狠地责骂西蒙不该爱上她，骂他不该这样胆大妄为，又说，这暴风雨的降临，原是神明显灵，不许他违背着神明的意志，强娶她为妻；神明不容西蒙痴心妄想，不让西蒙享到这个福分，要叫她自己先死，然后让西蒙也惨遭横死。

大家连声悲叹，叫苦连天。狂风越吹越猛。水手们不知所措，也辨不清航行的方向，更不知如何改变航道，竟把船开到了罗得岛附近。他们自己并不知道这就是罗得岛，只是为了顾全性命，不得不用尽气力，把船往岸上靠。幸亏命运之神照顾他们，把他们带到一个海湾里。西蒙所释放了的那批罗得岛人，也是刚刚不久才驶着他们那条船在这儿登陆的。直等到第二天拂晓时分，天色渐渐亮起来，他们才知道自己到了罗得岛，看见昨天释放的那条船离开他们只有一箭之地。西蒙大为狼狈，唯恐那些罗得岛人报复，——后来他们果然受到报复，这是后话，暂且不谈——便立即吩咐伙伴们赶快用力把船开走，听凭命运之神把他们带到哪里去都行，因为，不管开到哪儿去都比待在这里好。于是大家用尽气力把船开走，可是无济于事。狂风猛烈地向他们迎面刮来，好像有意跟他们为难，使得他们非但不能开出海湾，反而越来越向岸边靠拢。

他们到得这里不久，那些刚刚上岸的罗得岛的水手就把他们认出来了。其中有个水手立即奔到邻近的一个村庄里去，原来刚刚下船的那些罗得岛的青年绅士都往那边去了。水手找到他们，告诉他们说，西蒙和伊菲金妮亚所乘的那条船，也像他们所乘的那条船一样，被狂风吹到了这里，这也许是出于天意。他们听到这个消息，高兴得要命，立即带了一大群村民，赶到海边去。这时西蒙已经带着伊菲金妮亚一行人等登了陆，商量好逃到一个树林子里去，不幸一个个都被捉住，给带到村里去。消息传到帕西蒙达耳里，他马上到岛上的官府里去告了一状。这一年的官长是李西马柯，他立即答应受理这件事，率领一群警卫，出得城来，把西蒙一行人等押进大牢。

于是西蒙这个可怜的、在爱情上遭到不幸的人，刚把伊菲金妮亚弄到手，一转眼又失去了她。他只不过吻了她一两下而已。再说伊菲金妮亚，自有罗得岛的许多高贵仕女们接待她，安慰她，为了她在半路上被劫受惊，又在海洋上受到风暴之苦，因此她们一直陪着她到结婚大典的那一天。

帕西蒙达极力劝说官府，要把西蒙和他的伙伴人等统统处死，但是官府念他们前一天在海上释放了那批年青的罗得岛人，未加杀害，所以从宽发落，赦了他们的死罪，判以终身徒刑。狱中生活可想而知，极端凄苦，哪儿还能把幸福指望呢。

帕西蒙达可是得意洋洋，赶忙筹备婚礼。那命运之神给了西蒙这么一个突然的打击，这时候仿佛倒有些后悔之意，便又对他施了一次恩。

原来帕西蒙达有个弟弟，名叫奥米斯达。虽然他比他哥哥小几岁，可是论长处，并不在他哥哥之下。他早就和城里一位名叫卡珊德拉的高贵小姐订婚了，偏偏官长也热爱着这位小姐，使得好事多磨，婚期一延再延。如今帕西蒙达婚期将届，准备大摆喜筵，新郎心想：最好让奥米斯达同时举行婚礼，免得以后再举行婚礼，又要铺张一次。于是他就向女家的父母去求情，获得了圆满的结果。他又和他弟弟商量好了，就在帕西蒙达和伊菲金妮亚结婚的那一天，奥米斯达把卡珊德拉娶过来。

李西马柯听了这消息，眼见自己满腔的希望从此就要成为泡影，万分沮丧。他又想道，若不是奥米斯达要娶她，那他一定能把她弄到手的。不过他究竟是一个有头脑的人，虽然一肚子都是怨气，嘴上可并不说出来。他再三思量，务使奥米斯达这次结不成婚，可是想来想去都想不出好办法，除非是把卡珊德拉劫走。

他觉得这个办法最是妥善，因为他可以利用职务上的便利，为所欲为。可是他转而又想到，既是身居官长的要职，这样的做法未免太不体面。他左思右想，最后还是让爱情占了上风，于是也顾不得后果如何，决定无论如何非把卡珊德拉劫走不可。接着他便盘算着应该如何进行这件事，需要什么样的人来帮忙。他一下子就想到了关在大牢里的西蒙一伙人等，认为要办成这件事，除了西蒙以外，再也找不到更好更可靠的人了。他就连夜私下把他召到自己房间里来，对着西蒙说道：

“西蒙，神明仁慈慷慨，把多少美好的事物赐予人，但他们也异常精明，总要试验试验蒙恩受赐的人有没有这个福分消受。谁能够果敢坚决，百折不挠，神明便认为他配受他的赏赐，对他福上加福。我知道你父亲家资豪富，因此神明对你的考验更其严格，以便断定你是不是配享受更大的福分。他们先叫爱神竭力来挑逗你，使你一下子从无知无识的野兽变成了一个人(我这样听说)。接着又让你获得一位意中人，你把她一弄到手，就又叫你交上背运，坐进监牢，这无非是要看看你的意志是否坚定，如果坚定，他们就要赐给你莫大的幸福。我跟你说这番话，只为了要让你振作精神，鼓起勇气来，千万不要意气消沉。

“伊菲金妮亚本是属于你的。命运之神先是慷慨地把她赐给了你，后来一生气，突然间又把她从你手里抢走。帕西蒙达千方百计，只想把你置于死地；目前他正忙着张罗和她成亲，要消受你的伊菲金妮亚。如果你当真像我所想象的那样多情，自然会万分心痛。我因为和你有同样的遭遇，所以能够体会这种痛苦。他的兄弟奥米斯达也准备在同一天结婚，新娘就是我最心爱的卡珊德拉。现在我们没有别的办法来逃避这天大的屈辱和不幸，除非凭着我们的胆量和力气，拿起刀剑，杀出一条路来，把我们的意中人劫走。这在我还是生平第一次，而你已经是第二次了。如果你当真看重——我的意思并不说你看重自由，我知道你没有了意中人，自由对于你也就无足轻重；我意思是说，如果你当真看重神明赐给你的意中人，你只消依照我的办法，助我一臂之力，自然不难失而复得。”

西蒙一听这话，精神百倍，毫不犹豫地回答道：“李西马柯，你要干这种事，除我以外，再也找不到一个更得力、更忠心的朋友了。只要事成以后，果真如今天所说，让我得到这分收获，我一定拼着性命来报答你。”

于是李西马柯说道：“再过两天，那两位新娘就要走进她们丈夫的家门。到了那天，你可以率领着你的伙伴，带着武器，我也带领我的几个心腹朋友，趁着天黑时分走进他们家里去，冲开众宾客，把我们的心上人抢走，谁敢阻挡，就一刀一个。我已私下吩咐预备好一条船，人抢到手以后，立即送上船。”

西蒙很赞成这计划，回到牢里，静待时机来到，照计行事。

转眼婚期来到，这两位新郎的家里少不得大摆喜筵，极尽富丽堂皇的能事。到处都是一派喜洋洋的气象。再说李西马柯，这时各事也都备办齐全，叫西蒙一伙人和他自己那批心腹朋友身上都各自藏了兵器，分成三队。他先对他们讲了一大篇话，鼓动他们为他卖命效力。然后派了一队人悄悄驻守港口，等到上船的时候就不怕有人阻挡了。过了一会儿，他认为已是下手时候，便率领其他两队人奔往帕西蒙达家里；又留下一队人把住门口，使得谁也不敢留难他们或是截断他们的退路。他和西蒙带了其余的一队人直奔楼上，来到客厅里，只见两位新娘正和许多太太小姐端端正正地坐在桌上宴饮，于是他们一拥而上，推翻桌子，各人抱起自己的意中人，交给手下人，吩咐他们火速逃上船去。

两个新娘大哭大叫，别的太太小姐以及仆从人等，哪一个不跟着哭嚷起来？整个屋子里顿时哭喊连天，闹成一片。西蒙和李西马柯一伙人立时抽刀拔剑，往楼梯口奔去。众人见了，谁也不敢哼一声，只得乖乖地给他们让路。再说帕西蒙达在里面听到叫嚷的声音，立即拿起一根大棒走出来。凑巧这伙人下楼，双方碰个正着。西蒙照准他的头颅猛一刀劈过去，对方竟裂成两半，当场倒地而死。他的弟弟奥米斯达也是活该倒霉，救哥哥没有救成，叫西蒙一刀送了命。另外还有几个人胆敢走近来的，不是受伤就是挨打，都被西蒙和李西马柯的手下人杀退了。

他们抢着他们劫来的意中人，冲出这座遍地血污、痛哭哀号的宅子，和门口一伙人汇齐了，直奔港口，一路上没有遇到一点阻碍。到得港口，和两位新娘以及伙伴们都上了船。不料这时岸上已站满了人，个个手执兵器，那是前来搭救这两位姑娘的。可是他们眼明手快，立即划桨开船，洋洋得意地去了。转眼来到克里特，多少亲友都高兴非凡，置酒款待。后来他们又大摆喜筵，和两位新娘正式成了亲，好不快活。

塞浦路斯岛上和罗得岛上都为了这事闹得天翻地覆，最后，两个岛上的亲友们再三从中调停，总算把这件事作了妥善的安排，言明让他们在异地待一个时期以后，西蒙可以带着伊菲金妮亚回到塞浦路斯，李西马柯也可以带着卡珊德拉回到罗得岛。此后各在自己的故乡和妻子和谐到老。

故事第二

高丝坦莎听说情人马杜丘死了，悲痛欲绝，驾了一条小船，漂泊海上，以图自尽。不料船被风吹到苏沙城。她在那里打听到马杜丘仍然活在人间，且成为突尼斯国王的宠臣。她设法见到了他，结为夫妇，衣锦归乡。

潘菲洛讲完了这个故事，女王连连称好，叫爱米莉亚接下去讲。爱米莉亚说道：

人人都喜欢听取爱情获得报偿的故事；男女相爱，本当团圆收场，而不应抱恨终天，因此，我今天依从女王的命令来讲这一类的故事，比起昨天依从国王的命令来讲另一类的故事，更加高兴。

美丽的小姐们，你们都知道，在西西里附近，有个小岛，名叫列帕瑞。不久以前，那个岛上有位小姐，名叫高丝坦莎，容貌姣好，出身高贵。也是天公有意安排得巧妙，那岛上又有一个年青后生，名叫马杜丘·高米多，仪表堂堂，和蔼可亲，真算得上一个德才兼备的人。他爱上了高丝坦莎，女的也十分爱他，只要一天不看见他，就坐立不安。马杜丘向女方的父亲表明心意，要求娶他女儿。那父亲嫌他是个穷小子，不肯答应。

马杜丘心想，自己不过穷了点，就遭人家白眼，想攀亲也攀不上，一怒之下，和他的亲友们商量一番以后，就装备了一条小船，决意离开列帕瑞。他向亲友们发誓说，这辈子如果发不了财，便再也不回来了。从此他就当上了海盗，在巴巴里沿岸一带行劫；凡是路过的商人，只要是他能够抢劫的，一个也不漏过。他的运气真算得不错了，可惜就是贪心不足。不久，他那一伙人都攒下了不少的钱，却是富了还想再富。有一次，有几条伊斯兰教徒的船开入他的地界，他虽然抵抗了好久，终于被劫掠一空，船给打沉了，伙伴们都给抛到海里喂鱼。马杜丘本人给押到突尼斯，关入大牢，吃了不少苦头。

这事情立即传到列帕瑞。传说的人不是一个两个，而是许许多多、各色各样的人，都说他们这一伙，连人带船沉到海里去了。且说那个姑娘自从马杜丘一走，就悲伤万分，如今听到自己心爱的人死了，哭得死去活来，简直不想再活下去了。可是虽想自尽，却又狠不下心来，便决心另想一个办法，让自己不死也得死。一天夜里，她偷偷走出家门，来到港口，看到有一条小渔船，和别的几条大船相距不远，帆桨一应俱全，原来船主人刚才上岸去了。她赶快跳上了船，向大海划去。说起来，这个岛上的妇女十有八九都会划船，她也不是例外，所以她就张起了帆，又把舵桨都丢下水，将自己的命运交给风浪支配。她满以为这条小船既轻，又没有人掌舵，一定会被海风吹翻，或是在岩石上撞个粉碎，那么，她即使想逃也逃不掉，少不得葬身鱼腹。她把身子缩在船底，头埋在斗篷里，只自痛哭。

可是出于她的意料，这天凑巧吹的是北风，风力很小，海上很平静，小船没有颠簸，第二天晚祷时分，漂流到了苏沙城附近的一个沙滩上，离开突尼斯足足有一百英里。

这位姑娘已把生死置之度外，不曾抬起过头来，所以根本也不知道自己是在海上还是在陆上。也是事有凑巧，船搁浅在沙滩上的时候，有一个给渔夫们帮佣的穷苦女人在收渔网。她看见这条船张着满帆停在沙滩上，很是惊异，还以为渔夫们睡熟在船上了。她走上船去一看，什么人也没有，只有一位姑娘睡得正熟。她便一声声叫她，叫了多少次，才算把她弄醒了。从姑娘的服装看来，可以断定是一个基督徒。她便用拉丁话问她，为什么孤单单的一个人乘船来到这里。姑娘听见她说的是拉丁话，禁不住起了疑心，只当作一阵逆风把她吹回列帕瑞来了。她顿时大吃一惊，一跃而起，向四下看了一看，只见自己身在陆上，又是在一个陌生的地方，便问那女人这是什么地方。那女人回答道：

“姑娘，你现在是在巴巴里的苏沙城。”

姑娘听到这话，知道自己求死不成，很是悲痛。她唯恐会遭到什么丢脸的事，不知怎么是好，只得坐在船跟前，呜呜咽咽地哭了起来。

那个善良的妇人见了这番光景，非常可怜她，再三劝她到她住的那间小屋里去坐坐。进了屋子，又再三拿好话劝她，使得姑娘终于跟她讲明白了来到这里的根由。妇人听得她这样说，知道她已经整整一天不曾吃饭，肚子一定饿了，当即拿出自己吃的干面包，还有一些儿鱼，一些儿水，一定要请她吃一些。

高丝坦莎听她说着拉丁话，便问她的姓名。她回答道，她是特拉帕尼人，名叫卡拉帕瑞莎，在这地方服侍着几位信奉基督教的渔人。姑娘这时虽然心里依旧十分悲痛，但是一听到卡拉帕瑞莎这个名字，也不知是什么道理，总觉得这是一个吉兆，[1]而且不知不觉中就减少了几分轻生求死之心，渐渐透露出了几分希望。她并没有说出自己的身份，以及来自何方，只是恳求那个妇人看在天主面上，可怜可怜她年幼落魄，多多给她指点，如何方能免于受辱。卡拉帕瑞莎真算得一个好心肠的妇人，听了这话，便把姑娘留在小屋里，一面赶快出去收了渔网回来，然后又用自己的斗篷把姑娘从头到脚裹住，送她到苏沙城去。

到了那边，那个妇人跟她说道：“高丝坦莎，我要把你送到一个伊斯兰教徒老大娘那里去。她心地善良，我常常替她帮忙做事，我去尽力替你说情，她一定乐意收容你，把你当做亲生女儿看待；你和她住在一

---

① 卡拉帕瑞莎，在拉丁文中有“宝贵的东西”等的意思。——潘译本原注

起，也当尽心竭力地服侍她，讨她的欢喜，等到你运气好转了，再作别的打算。”说过以后，她就照她的话做了。

且说那个老大娘年迈力衰，一面听她说，一面眼睁睁地望着她，竟感动得哭了起来；听完之后，她就牵着姑娘的手，吻了吻她的额头，把她带到屋里。住在这里的除了这老大娘以外，还有几个别的女人，男人可一个也没有。她们做着各种手艺，有的纺织丝绸，有的做芭蕉扇，有的鞣皮制革。高丝坦莎不久也学会了一些手艺，跟大家一块儿干活，因此老妇人和其他的人对她都大有好感；她不久又把她们的语言也学会了。

这姑娘就这样在苏沙住了下来，她家里人不知道她到哪儿去了，都当她死了，痛哭不已。这时突尼斯的国王名叫马列亚台拉，他正遭到格拉那达地方一个很有权势的世家子弟侵袭，那人派了大批人马来和他争夺王位，要把他撵下王座。马杜丘在大牢里听到了这个消息。他本来精通巴巴里一带的土语，又听说国王竭力进行防御，就对狱吏说道：

“如果我能够见到国王，那我就可以献上一计，包管他必胜无疑。”

狱吏把这话报告了上司，上司立即奏闻国王。国王命令把马杜丘带来，问他计将安出。他回答道：

“陛下，从前我曾多次来到贵国，但见你制敌取胜，在三军之中多靠弓弩手。如果我没有看错你的战术，我想，只消用一条计策，使敌军缺箭，而我军的箭无比充足，那么你这一仗一定会打胜的。”

国王说：“如果能办得到，那我也相信必胜无疑。”

马杜丘说：“王上，只要你愿意这样办，就一定能够办得到。我且来把计策说给王上听：你得去定做一些弓，弓弦要比一般的细得多，再去定做一些箭，用来配上这些细弦的弓。这事必须做得十分机密，不让敌军知道，否则这条计策就施不成了。至于你若问我为什么要用这个计策，理由是这样：我军与敌军交锋，双方弓箭齐发，然后我军把敌军射过来的箭捡起来用，敌军亦是如此。但是敌军捡到我军的箭，因为箭筶太小，配不上他们粗弦的弓，而我军所捡来的敌人的箭，配上我军的细弦弓，真是再好也没有了。这样一来，我军便有了足够的武器，而敌军就等于解除了武装。”

国王本是个聪明人，听了马杜丘的计策，岂有不依之理。他立即照计行事，果然打了胜仗。从此马杜丘十分受他器重，身价百倍，享受富贵荣华。这消息传遍了四处八方，不久就传到了高丝坦莎的耳里。她早就以为马杜丘已经死了，想不到如今他还活着，于是她心中冷却了的爱情，突然之间又重新燃烧起来，而且只有比以前更加炽热。她的绝望又变成希望。她把这一切的情形都告诉了那位收留她的好心的老大娘，又说想要亲自到突尼斯去一趟，亲眼看看这些传闻是不是事实，然后才放得下心。老大娘极力赞美她这个心愿，就像亲娘一般，用一条小船把她送到那里，卡拉帕瑞莎也跟着她们一块去，她们住在老大娘的一位女亲戚家里，受到殷勤的款待。到了那里，她打发卡拉帕瑞莎出去打听马杜丘的下落。结果卡拉帕瑞莎打听回来，告诉老大娘说，他当真还活着，而且有钱有势。老大娘欣喜不尽，要亲自向马杜丘报喜，告诉他高丝坦莎到这里来找他。有一天，她就到他那里去，对他说：

“马杜丘，你有个仆人从列帕瑞逃到我家里来，要和你私下谈几句话。他因为信不过别人，所以我就答应了他的请求，亲自到这里来告诉你一声。”

马杜丘谢了她，就跟着她到她家里。高丝坦莎一见到他，真是欢喜得要命。她再也控制不住自己，便张开两臂扑到他身上，搂住他的脖子，一句话也说不出来。想起往日的悲惨，今日的欢乐，她不由得轻声地哭起来了。

马杜丘一见到自己的意中人，一时直惊异得目瞪口呆，过了半晌才叹了口气说：“哎哟，我的高丝坦莎，原来你还活着吗？好久以前，我就听说你失了踪。家乡的人们也不知道你的下落。”说着，他就抱住她，把她吻了又吻，也不由得掉下泪来。

于是高丝坦莎就把自己所经历的种种风险，以及这个老大娘当初如何收容她，优待她的经过，都一一说给他听；马杜丘和她尽情地倾诉了一番衷曲之后，就向她暂时告辞，到国王那里去，把这事情的前因后果——他自己受了多少波折，那位姑娘又历尽了多少艰险，都一一启奏了国王，还说，希望国王允许他正式和她举行结婚仪式。国王听了他的这番叙述，非常惊异，立即把那个姑娘找来对证一遍，果然说的与马杜丘一般无二。于是国王对她说道：

“这么说来，你这个丈夫可真是挑得不坏啊。”

他又命令手下人备了好多豪华的礼物，分赏给他们两人，又吩咐他们爱怎样就怎样，然后马杜丘礼貌周全地告辞了那位收容高丝坦莎的老大娘，感谢她对高丝坦莎的种种照顾，送给了她好些礼物，还祈求天主保佑她。临别时，高丝坦莎还流了许多眼泪。接着，国王又准许他们带了卡拉帕瑞莎上了一条小船，一帆风顺，到了列帕瑞，自然是说不尽的欢喜。他们在列帕瑞举行了隆重的婚礼，从此两人恩爱弥笃，和谐到老。

故事第三

彼得与阿臬莱拉私奔，路遇盗贼，女的在林中迷了路，幸有城堡主人收留了她；男的为盗贼所擒，又侥幸脱逃，受了一夜的惊恐，也到得那里，和情人结成良缘。

爱米莉亚讲的这个故事，没有哪一个不说好。女王见她说完了，便转过身去吩咐爱莉莎接着讲下去。爱莉莎立即高高兴兴地遵命讲了下面这个故事。

美丽的小姐们，我要讲的这个故事，是说一对青年男女，因为粗心大意，吃了一夜的苦，后来恶运过去，又过了不少的快活日子，这个故事也还切题，所以我很乐意讲给大家听。

诸位都晓得，罗马如今固然冷落了，① 当初确也曾盛极一时。就在不久以前，那城里住着一个后生，名字叫做彼得 · 卜卡马查，是城内一个权贵人家的子弟。他爱上了一位小姐，名叫阿臬莱拉。那小姐的父亲纪利奥卓 · 邵洛是个平民，然而很受罗马人尊重。彼得既是爱她，便用尽心机，逗得那位姑娘同样倾心于他。彼得落入情网，神魂颠倒，再也受不了相思的煎熬，便打定主意向她求婚。

他的亲友们一听到他这个主意，都赶来狠狠责备了他一顿，叫他千万不可做出这种糊涂事来，同时又去关照纪利奥卓，叫他不要把彼得的话当真，否则他们决不会认他做亲友的。

彼得本来打定主意，不管家里人对这事如何拦阻，只要纪利奥卓答应把女儿许配于他，他决计和她结婚；如今眼见得这唯一的一条称心如愿的路子也给截断了，他真是悲痛欲绝。可是，他毕竟想出了一个办法，只要他的情人能够同心合意，这段良缘依旧可以成功。他就派人去试探她的心意，她果然赞成他的做法，于是他便决定带她私奔，逃出这罗马城。

彼得先把一切事情都准备就绪。到了约定的那天，他一大早就起了床，和那位小姐一同上了马，向安那尼进发，到那里去投奔几位知己朋友。他们行程匆促，也来不及举行婚礼，唯恐后面有人追来。两人一路上情话绵绵，频频亲吻。谁知彼得并不熟悉路途，出得城来才走了八英里路，本当向右边转弯，他却拐到左边去了。

走了六里路光景，不觉来到了一座小小的城堡附近，马上被寨中人窥见了。突然之间，寨中出来了十来个彪形大汉，那女的眼看这些人就要来到跟前，立即喊道：

“彼得，快跑，有人来袭击我们了！”

说着，她就赶着马儿向一座大树林奔去。她扶牢马鞍，使劲踢着马腹，那马给踢痛了，飞也似的奔进树林子里去。

谁知彼得一路上眼睛并不望着道路，倒是在忙着看阿袅莱拉的脸蛋儿，所以不像他情人那样一下子就注意到这些来路不明的人。他听了她的话，正回头张望，还没有发现他们，就被他们抓到了。他们把他拖下马来，问明白了他的姓名，大伙儿商量了一阵，说道：

“这个人是我们敌人的一个朋友，我们可要剥掉他的衣服，牵走他

---

① 罗马本来是教皇的京城，在十四世纪初，教皇曾由罗马迁都阿维农，罗马冷落了好几十年。——潘译本注

的马，把他吊在那边橡树上，这样才好让奥森尼族人气坏了。”

大家一致同意这样做，立即叫彼得脱下衣服。彼得眼见大祸临头，只得依从他们。谁料这时草木丛中突然又钻出足足二十五个人，向这一伙人大声喝道：“杀呀！杀呀!”这伙强盗惊惶失措，立即放下彼得，准备自卫。但一看寡不敌众，只得落荒而逃，那二十来个人就在后面紧追不舍。

彼得见了这番光景，立即趁机捡起衣服，上了马，催马加鞭，朝着刚才阿袅莱拉逃去的方向奔逃。奔了一阵，不但找不到人，树林里连一条像样的路也找不出，更没有看见一个马蹄的印子，这时候他真成了普天之下最伤心的人了。他又跑了一阵，认为那些抓他的强盗，以及追赶强盗的那批人都去远了，可以放得下心了，这才赶着马儿在树林子里东奔西走，边哭边喊着姑娘的名字，可是没人答应一声。他既不敢回头走，往前去又不知道是什么地方。他想起森林中时常有野兽出没，除了给自己担心外，还一直担心着他的姑娘，仿佛眼看她已被野狼或大熊咬住了。

不幸的彼得整天就这样在树林里转来转去，一声声喊着他的情人。他自以为是在向前走，其实却是在向后退；他就这样叫着，哭着，又害怕，又饥饿，到最后筋疲力尽，一步也走不动了。眼看天色已晚，前不把村，后不把店，他只得下了马，把马儿系在一棵大橡树上，自己跟着爬上了树，免得晚上被野兽吃掉。转眼明月上升，夜色清朗，他怎么样也睡不着，只是唉声叹气，埋怨自己命苦。他一方面固然是不敢睡，生怕从树上跌下来；但即使有个地方让他好好睡觉，可是一想到意中人而心焦如焚，也还是合不上眼睛。

再说那位小姐，她当时只顾逃跑，也不知道往哪里逃是好，只有听着她的马儿把她带到哪里就是哪里。一直往林子深处走，到后来再也找不到原来入口的地方了，只得在那块人迹所不到的地方转来转去。她也像彼得一样，一会儿停下来听听，一会儿往前走一阵。一路走一路哭喊，悲叹自己的命苦。最后，天已黄昏，依然不见彼得的影踪。这时面前出现了一条小路，马儿拐弯走到小路上去。约莫行了一两英里路，只见远处有一座小房屋。她催马加鞭，急急忙忙赶到那里，看到屋子里住的是一对老夫妇。他们见她孤零零的一个人，便招呼她道：

“姑娘，天晚了，你独个儿赶到这儿来做什么呀?”

姑娘哭哭啼啼地说，在树林中走失了伴，又问从这里到安那尼还有多远。

那老者回答道：“姑娘，你要到安那尼去，可走了岔路啦。此去还有几十里路呢。”

姑娘又问：“附近有没有什么客店可以借住一宿?”

好心的老人说：“天快黑了，随便哪个客店你也赶不到了。”

于是姑娘说道：“既是找不到借宿的地方，您老是否可以做做好事，让我今夜在府上借宿一宵?”

老人说：“小姐，你要在我们这里借宿，非常欢迎；只有一件事，我必须事先向你声明：这一带日夜都有成群结队的歹徒出没。他们有的是同党，有的是冤家对头。为非作歹，害得我们好苦。你寄宿在这里，万一碰上这一班人，他们看见你这般年青美貌，难免要对你做出无礼的举动来，到那时候我们救不得你，你可休怪我们没有早跟你说一声啊。”

姑娘听了老人的话，虽然有些害怕，可是看看天色已黑，只得说道：“但愿天主保佑您和我都安然无恙，万一不幸，遭到这些歹徒的欺侮，总强似待在树林里被野兽吃了。”

说着，她就下了马，走进这个穷苦老人的家里，将就吃了些素菜淡饭，然后跟这一对老夫妇挤在一张小床上，和衣而睡。她整夜唉声叹气，怨自己命苦，又怕彼得这次凶多吉少，越想越睡不着。

天快亮的时候，她听到一阵杂沓的脚步声。连忙爬起身，走到屋后的一个大院子里去，看见院角里有一大堆草，马上往草堆里一钻，心想，如果当真有什么歹人来了，也可以避一避，不至于一下子就被人发现。她还没有躲好，一群歹徒已经来到门前，用力把门撞开，走进屋来，看见阿袅莱拉那匹鞍辔俱全的马，便问谁到这里来了，好心的老人看见姑娘不在场，方才放心说道：

“除了我们两口子，这里并无外人。这是一匹无主的马，昨天逃到这里，我们把它牵了进来，免得给豺狼吃掉。”

为首的一人说道：“既是无主之马，归了我们也好。”

这伙人一走进屋子，就东奔西闯。有些人走到院子里去，扔下枪矛箭盾。其中有一人闲得无聊，随手把一杆枪向草堆上摔过去，只差一点就戳在那个躲在草堆里的姑娘身上。那杆枪正好甩在她的左乳附近，把她的衣服戳破了一大块，吓得她差点儿失声喊叫起来，幸亏她没有忘记自己的处境，所以尽管吓得要命，还是忍住了没有做声。然后这一伙人烹羊煮肉，大吃大喝一顿，吃过以后就牵了姑娘的马，各奔东西，各干各的营生去了。等到他们走远了，老人对他妻子说道：

“昨夜在我们这儿借宿的那位姑娘，不知怎么样了？我们起床之后，还没有看见她呢。”

他的老妻回说不知情，一面马上就去找那个姑娘。姑娘暗中听得歹徒已经走了，便从草堆里走出来。老人见她并未落入歹人之手，真是高兴，又见天已大亮，随即对她说：

“姑娘，现在天已亮了，从这里前去五英里，有个城堡，我们就陪送你到那里去，很是安全。不过你的马已经给刚才那伙歹徒牵走，你只有步行了。”

姑娘这时全不把什么马儿放在心上，但求老夫妇看在天主面上，赶快把她带到那个城堡去。于是三人立即启程，到晨祷过半，就赶到那里。

这个城堡的主人原来是奥森尼族的一个子弟，名叫廖纳罗·狄·康朴迭福。他的夫人为人虔诚善良，这时凑巧在家，看到这位姑娘来到，一眼就认出了她，高高兴兴把她让进屋里，问她怎么会来到这里的。阿঴莱拉就把前因后果，都一一告诉了她。夫人也认识彼得，因为他是她丈夫的朋友。她听说彼得不幸落在歹人手里，很是悲痛，又恐他这回必定性命难保，便对阿খ莱拉说：

“你既是不知道彼得的下落，不妨就住在这儿再说，等我有便把你护送到罗马。”

再说彼得一直伤心失望，待在橡树上，到了通常睡第一觉的时分，他就看见一二十头狼出现，围在他的马儿四周。马儿一闻到狼的气息，便用力挣断缰绳，企图脱逃，可是四面都是狼，逃也逃不掉。它用利齿劲蹄，猛踢狠咬了好一阵，终于寡不敌众，被狼群扑倒咬死，吃了一饱，连五脏六腑都吃个干净，只剩得一堆骨头。彼得失了这匹马，就等于失了一个良伴，一个患难与共的朋友，非常伤心，只怕这一辈子休想逃得出林子了。

黎明时分，他在橡树上冷得快要死了，不住向四下张望，只见约莫一英里开外的地方，有一大堆火。等到天大亮了，他畏畏缩缩地下了树，往那堆野火那里走去，看见一群牧羊人围着火吃喝作乐。大家见他可怜，就让他一块儿吃些东西，取取暖。

他吃也吃饱了，身上也暖了，便把他不幸的遭遇说给他们听，说他怎样孤单单的一个人来到这里，又问他们，此处前去是否有什么乡镇城堡。

牧羊人告诉他说，大约前去十英里路光景，就是廖纳罗 · 狄 · 康朴迭福的城堡，主妇现在正住在那边。彼得听了大喜，央求他们派一个人带他去，立即有两个牧羊人欣然愿往。到了那里，他找到了几个熟人，正要请他们想办法到树林里去找寻他的情人，这时夫人正好召他进去，到了里边，他看见阿臬莱拉也在那里，实在是说不出的欢喜。他恨不得把她一把抱牢，可是又碍于夫人在跟前，不敢造次。至于那位姑娘的高兴，自然也同他一般无二。夫人热烈地欢迎过他、款待过他以后，就请他讲述这次惊险的经历。她听完了，责备他不该违背家里人的心意，做出这等事来；随后见他执意坚持，又见女方和他同心合意，心想："我何必徒劳心力，从中作梗呢？他们两两相爱，心心相印，而且都是我丈夫的朋友。他们的愿望是正大光明的，而且天从人愿，一个从绞索中逃了命，另一个在枪矛下九死一生，同时两人都险些儿被猛兽吃掉，出不了树林。那么，何不成全了他们。"想罢，她就转身对这一对情人说：

"如果你们俩一定要结为夫妻，我也乐意成全，你们不妨就在这里成婚，一切开销都由廖纳罗负担。婚后我再到你们家里去为你们说情。”

彼得听了大喜，阿袅莱拉更是得意。于是二人结为夫妇，夫人为他们办了体体面面的婚宴，凡是山城中备办得到的东西，莫不件件办到。少男少女享受着初欢的果实，自是说不尽的快乐。过了几天，双双启程回乡，夫人也陪着他们去，而且派人一路护送，平安抵达罗马。彼得家里人见彼得擅自做出这种事情，果然大为震怒，不过后来总算言归于好。彼得和阿袅莱拉就此和睦幸福地过了一辈子。

故事第四

卡德莉娜和她的情人好梦正浓，被她的父亲发觉；那情人乐得俯首听命，当场和她结婚，平了老头儿的气恼。

爱莉莎讲完故事，等小姐们赞美停当之后，女王就吩咐菲洛特拉托接下去讲一个；他笑容可掬地开始道：

你们这些小姐老是埋怨我，不该要你们尽讲些悲惨的故事，害得你们掉了不少眼泪；为了补赎这个罪过，这一回我要让你们发笑发笑。我想讲一个短短的爱情故事，结局十分美满，中间虽然也有些风波，但那无非是几声叹息、夹杂着短暂的惊恐和羞涩罢了。

尊贵的小姐们，不久以前，在罗马纳地方住着一位很有修养的高贵绅士，叫做利齐奥 · 达 · 伐朋纳，在将近晚年的时候，他的妻子贾康米娜给他养了一位千金；这女儿长大成人，出落得十分秀丽，当地再没有哪个姑娘比得上她那样娇艳动人。她的爹娘只有她这样一个独养女儿，所以把她钟爱得什么似的，还把她管束得好紧，一心想给她攀一门好亲事。

常到利齐奥家里来走动的，有一个人才出众的后生，他是勃莱蒂诺洛地方玛纳第家的子弟，名字叫做理查；他和这家人家来往熟了，所以老夫妇俩都不当他外人看待，视同自己的儿子一般。谁想这个后生看见他家的闺女正当豆蔻年华，模样儿长得标致，一举一动又活泼优雅，见了几面就深深爱上了她。他不敢冒失，只想有事装得没事一般；可是爱情的火焰怎么能压得住呢？他瞒得过别人，却瞒不过那个姑娘，她不久就觉察到他的心事，非但不躲避他，反而拿自己的柔情来回报他；理查看见这情景，快乐极了，几次三番想向她吐露衷情，可又怕说错了话；有一次他找到机会，鼓起勇气向她说道：

“卡德莉娜，救救我吧，我害相思病快要死啦！”

那姑娘立即回他道：“天哪，你也别叫我想死了吧！”

这句答话叫理查听得心花怒放，胆量顿时增添不少，就向她说道：“只要能博得你高兴，我什么事都乐意去做；只是要救活你我两人的性命，全得靠你想个办法才好。”

“理查，”她说，“你看，我父母管得我多么紧，我真不知道你怎么能够来亲近我；但是，如果你有什么好办法，又不至于叫我蒙受羞耻，那么就请你告诉我吧，我一定照办。”

理查左思右想，居然有了一个主意，就跟她这么说道：

“我的好卡德莉娜，旁的办法我也没有，你家不是有个面临花园的阳台吗？如果你能设法睡到那个阳台上去，或是到阳台上去等我，事先跟我约好，那么不管那阳台有多高，我一定想法爬上来会你。”

“只要你有胆量爬上来。”卡德莉娜说，“那我准有办法睡到那边去的。”

理查一口答应，两人只匆匆地亲了一个吻，就分别了。

那时候正好五月将尽，第二天，那姑娘去向她母亲撒娇，说是昨晚上可真热，害得她觉都睡不着。她的母亲就说：

“我的孩子，你说热，是指什么呀？天气可一点不热啊。”

“妈，”卡德莉娜回答道，“你应该添上一句‘我觉得，天气一点也不热’，那么或许你这话才对了。你不能忘了年青的姑娘比上了年纪

的女人体质要热得多啊。”

“我的孩子，”她的母亲说，“话是不错，可是我不能依着你的心意要天气热就热，要它冷就冷呀。我们年年都得过一个夏天，你还是忍耐些吧。今儿晚上也许可以凉爽些，那你就能好好地睡一觉了。”

“这就要看老天爷的意思了！”卡德莉娜嚷道，“不过季节渐渐入夏了，天气怎么会反而一夜比一夜凉快呢?”

“那么你要我怎么办呢?”那母亲问。

“要是你和爸爸同意的话，”卡德莉娜说，“我想在他卧室外边临花园的阳台上放一张小床，晚上我就睡在那里，听着夜莺歌唱，又凉快得多，那一定比睡在你的房里来得舒适。”

“孩子，你放心吧，”那母亲说，“我会去跟你爸爸说的，只要他答应，我们就这么办。”

可是利齐奥是个老头儿了，老头儿总有老头儿的怪脾气，听了他老伴的话之后，却说，“夜莺是样什么好东西呀，她要听着它唱歌才能睡觉？我倒要叫她听着蟋蟀叫睡觉呢。”

卡德莉娜得知了她父亲这么说，那一夜，她不但自己不睡，并且也不让她母亲安心睡觉，口口声声说是天气太热，跟她唠叨个没完——其实哪里是天气热，只是她心里有着气恼罢了。第二天早晨，她母亲就去向利齐奥说道：

“老头儿，你真是太不知道爱怜自己的孩子了；她要到阳台上去睡，又碍你什么事呢？昨儿晚上她为了天热，整整一夜不曾安睡。再说，你如果想到她还只是个小孩子，那么她爱听夜莺唱歌，也就没有什么好奇怪的了。年青人自有他们年青人的一套玩意儿。”

利齐奥拗不过他的妻子，只得说道：“好吧，就照你的意思给她在那儿摆一张床吧，再替她挂上一顶帐子，让她睡在那儿、称心如意地去听夜莺唱歌吧。”

那姑娘一听得父亲答应了，赶忙在阳台上把床搭起来，准备当夜就睡在那儿。一切安排停当，等到理查一来，照着事先的约定，向他打了一个暗号，他看到她的表示，就知道该怎么办了。

到晚上，利齐奥听得女儿上床睡觉之后，就把那扇由卧室通向阳台的门上了锁，自己也跟着上床安睡了。

再说理查，他等到夜深人静之后，就在利齐奥家的围墙上搁了一张梯子，爬到墙顶，也顾不得一失手跌下来有多么危险，只是紧扳着另一垛墙爬了过去。就这样好不容易的给他爬到了阳台上，跳了进去。

那女孩子早在阳台上等候着他了，这时就热情地扑进他怀里，快乐得差点儿叫出声来。他们两个紧紧拥抱在一起，吻了又吻，亲了又亲。于是手牵着手，一起上床睡觉，差不多玩了一个通宵——也不知叫那夜莺唱了多少遍美妙的歌曲。

夏夜苦短，他们贪图着眼前的无穷欢乐，却不知道东方快要破晓；等到尽兴畅欢之后，又热又累，不多一会儿就双双入睡了，身上连一丝遮盖都没有。卡德莉娜的右手钩住了理查的脖子，左手却握住了那个——你们小姐在男子面前怎么也说不出口的东西。

不多一会，天亮了，这对青年却正睡得十分香甜。利齐奥起得身来，想起女儿睡在阳台上，就轻轻开了门，自言自语道："让我去看看昨儿晚上，夜莺叫卡德莉娜睡得怎样了。"

于是他走上阳台，上前去轻轻揭开了帐子，一眼看见他的女儿正跟一个男子拥抱着睡在一起，两个都光着身子，没有一丝遮盖。他再一看，认出那个男子就是理查，连忙退了出来，到他妻子房里去叫醒了她，说道：

"你这位妈妈，快快起来，去看看你的女儿吧！你的女儿喜欢夜莺到这么个地步，竟把它捉了来，现在还握在她手里不放呢。"

"哪儿会有这样的事?"他的妻子问。

"你赶快去还可以看得到，"利齐奥回答。

她听得这话，赶紧穿好衣服，跟着丈夫悄悄来到女儿床边，揭开帐子，这才明白她女儿怎么会捉到夜莺，而且现在还握在手里不放，却原来这么一只夜莺，难怪她要听夜莺唱歌了。她顿时又怒又恨，觉得理查欺侮了她的女儿，就要喊闹起来，斥责他一顿，可是她的丈夫拦住了她说道：

“孩子的妈，要是你愿意听我的话，那就别闹。说真话，她既然把他捉到手了，就不该把他放掉。理查是一个世家子弟，家产又殷实，我们认他做女婿没有什么不好啊。他想从我这里平平安安走出去，就先得娶了她。那他就会明白他是把夜莺放进自己的笼子，并不是胡乱放在别人的笼子里。”

那妻子看见事情已经闹到这般地步，丈夫却并不动怒，因此松了一口气，再想到女儿享受了一个良宵，正睡得香甜，夜莺也已经捉住了，她也就没有话说了。

他们正这么说着，理查一觉醒来，看见天已大亮，不由得喊了一声哎呀，就慌忙把身边的卡德莉娜推醒了说道：

“不好了，我的心肝，我们怎么办？天已亮了，我还想溜得了吗?”

他话刚说完，利齐奥已走了过来，一手揭开帐子喝道：“你们干的好事!”

理查一看见她的父亲来了，一颗心仿佛要从胸膛里跳了出来，赶紧坐了起来说道：“先生，求你看在天主面上，饶了我这一次吧！我知道我做了对不起人的事，死有余辜。我听凭你发落；只是请你可怜可怜我，饶了我这条命吧。”

“理查，”利齐奥说道，“我一向器重你，拿你当一个人看待，不想你竟要出这一手来回报我！现在木已成舟，年青人已经干下了糊涂事，这里只有一条路给你走，既可以保全你的性命，也可以遮盖我的羞耻，那就是说，要你正式娶了卡德莉娜；那么不只是这一夜她是属于你的，她从此永远是你的人了。只有走这条路才能使你获得我的饶赦、你自己的安全。否则的话，快向天主作最后一次祷告吧!”

在情人和父亲两个说话的当儿，卡德莉娜已放走了夜莺，把自己遮盖起来、开始嘤嘤哭泣了；她求爸爸饶了理查吧，一面又回过头来求理查依了她爸爸的话吧，那么他们俩从此夜夜可以像今夜那样亲密了。

其实哪消这许多眼泪和哀求，理查又羞惭又害怕，一方面想弥补自己犯下的过错，一方面又想逃命——单凭这两层，也不提他多么爱慕卡德莉娜、只想跟她做个终身伴侣，就够叫他毫无困难、心甘意愿地把利齐奥的条件答应下来了。

利齐奥就从他太太手上捋下一只戒指交给了理查；也无需多费周折，理查就在床上，当着两位老人的面，把卡德莉娜认做了妻子。这么一来，利齐奥和他的太太觉得可以出去了，临行时嘱咐小两口子道：

“再安睡一会吧，或许你们还不想起来呢。”

等二老一走，这一对年青人又拥抱在一块儿了，昨天一夜工夫他们不过跑了六英里路，现在又继续赶了两英里路程，这才完了第一天的事。

他们起身之后，理查就跟利齐奥进一步讨论婚礼的种种手续，一切都得到满意的解决。几天之后，他又在诸亲好友之前跟卡德莉娜结了婚，用隆重的仪式把她迎回家中。从此以后，他们两个称着心意，日里夜里玩弄着夜莺，过着和睦快乐的光阴。

故事第五

吉岛托临终，将女儿托付给好友。后来姜诺与敏纳两个青年同时爱上了这位姑娘，引起械斗。经过一段曲折，终于查明姜诺和她原是同胞兄妹，她遂嫁给敏纳为妻。

小姐们听了夜莺的故事，一个个都笑得前俯后仰，等到菲洛特拉托把故事讲完了，她们还是笑个不住。女王等到大家笑完了，然后说道：

“你昨天的确使我们姐妹苦够了，今天可也叫我们笑够了，所以我们再也没有理由来埋怨你。”说着，她就叫妮菲尔接下去讲，妮菲尔开始愉快地讲下面的故事：

既然菲洛特拉托讲的故事发生在罗马纳，我也来讲一个那地方的故事。从前凡诺城中住着两个年老的伦巴第人，一个叫做吉岛托·达·克来蒙那，另一个叫做贾考明诺·达·巴维亚。他们年青时经历过戎马生涯，在疆场上显过一番身手。吉岛托临终时既无儿子，也没有可靠的亲友，膝下只有一个十岁模样的小女儿，无处可托，只得连同他的财产，一并托付给贾考明诺。他把后事交代清楚以后，就与世长辞了。

贾考明诺教养这小女孩如同亲生女儿一般。他本住在费恩查城，只因那边连年征战，民不聊生，所以才搬到凡诺城来暂住。如今那边情势已有好转，凡是愿意迁回的都可以迁回，贾考明诺原是十分喜爱那个地方，所以便收拾家产什物，带着这个小女孩，一同回到那边去。

后来这女孩长大了，出落得十分美丽，可与全城任何姑娘比美。她不光是长得好看，而且德性也好，教养也好，真是个十全十美的姑娘，因此城里许多后生都争着向她求婚，其中有两位身价相仿佛的风流少年尤其爱她，彼此争风吃醋，怀恨不已。这两个人一个叫做姜诺·狄·塞佛林诺，另一个叫做敏纳·狄·明哥。他们眼见这位姑娘已经到了十五岁，都巴不得娶她为妻，怎奈他们的家长都不答应。既是不能正大光明地把她娶了来，两人只有钩心斗角，另想办法把她弄到手。

贾考明诺家里有两个仆人，一个是个老太婆，另一个是个男佣人，名叫克里维罗，为人谦和，颇重情义，姜诺和他很要好，后来看见时机已经成熟，便把满腹心事都说给他听，求他多多帮忙成其好事，还答应他一旦事成，一定重重谢他。克里维罗当即对他说道：

“我只有一点能够帮你的忙，那就是，等哪一天贾考明诺到别人家吃晚饭去了，我就设法把你带到她那里去；因为我要是在她面前替你说几句好话，那她是怎么也不会听我的。这办法你如果中意，那我可以答应替你办到，等见面以后，你自己觉得怎么着好就怎么做吧。”

姜诺说，那是再好也没有了，双方就此一言为定。

再说敏纳那边，也同时买通了贾考明诺家的女佣人，托她捎了好几次信给小姐，打动了小姐的心，答应等哪一天晚上贾考明诺出去了，把敏纳带进来幽会。

过了不久，克里维罗想了一个办法，让贾考明诺到朋友家里吃晚饭去，一面立即将这消息告诉姜诺，叫他到时候就来，门开在那里等他，看他的信号进屋。女佣人对这一切都不知情，但知老爷今天要出去吃晚饭，就立刻通知敏纳，叫他晚上在附近等着，看她的信号进屋。

到了晚上，这两个情敌互不知情，只是彼此存着戒心，各人带着三四个随从，拿了刀枪，准备把这位姑娘弄到手。敏纳的一伙人就驻在小姐隔壁的一个朋友家里，姜诺和他的朋友驻守的地方，离开这座屋子稍微远一些。

这时在那位小姐家里，贾考明诺一走，两个男女佣人立即想办法把对方打发走。男的说：

“你怎么还不睡觉去？为什么要在这屋子四周转来转去？”

女的说：“你为什么不去接老爷？你晚饭也吃过了，还待在这里干什么？”

两人就这样你要打发我走，我要打发你走，彼此争执不下。克里维罗看看跟姜诺约定的时间已经到了，心里想道：“我何必把这个老太婆放在心上？要是她不肯安分，只落得自讨苦吃。”于是他就打了信号，开了门，姜诺连忙带着两个朋友走进屋来，在客厅里遇到小姐，竟把她抱了就走。小姐竭力挣扎，大声叫喊。不料那个女佣人，也是同样做法，打了个信号给敏纳一伙人；他们马上一涌而来。走到屋跟前，只见姑娘已被拖到门口，他们便一个个抽刀拔剑，大声吆喝：

“坏蛋！你们莫不是在找死？不许这样无法无天！你们好大的胆子，竟敢这样行凶！”

说着，他们就向对方猛砍过去。街坊邻舍听到这一片叫嚷，都打着火把，带着武器赶来。大家都责备姜诺无理，帮着敏纳说话。双方争执了好久，敏纳终于把那位小姐从情敌手下抢救出来，送回家去。正在闹得厉害，巡丁赶来，当场逮捕了好多人，姜诺、敏纳和克里维罗等都给押进监狱，一场风波到此暂告平静。贾考明诺回得家来，见了这般光景，好不气恼，便追问究竟，但看到姑娘安然无恙，才又心平气和，决定赶快把她嫁出去，免得再惹祸。

第二天早晨，两位后生的家长听到这项消息，唯恐贾考明诺提出控告，使得他们的子弟在监狱里受苦，便来到贾考明诺家里，说尽好话，求他原谅他们年幼无知，冲撞了他，请他看大人的面上，不要计较，随便他提出什么赔偿，不论是要他们还是要他们的子弟赔，都好，他们无不照办。贾考明诺是个饱经风霜、深有见识的人，马上回答道：

“诸位先生，即使我现在身在故乡，我跟诸位也要讲交情，决不会做出任何对不起诸位的事来。何况我正在贵乡作客，对于这件事就尤其要顺从诸位的心意。讲起这件事来，你们并没有得罪我，而是对不起你们自己。要知道，大家都认为这位姑娘是克莱蒙那人或是巴维亚人，其实她是费恩查本地的人。无论是我还是她自己，甚至连那位临终把她托付给我的老人，都不知道她究竟是谁家的女儿。所以诸位无论叫我怎么办，我也只有依从你们。”

诸位绅士听了他的话，都很纳罕。他们感谢了他的宽宏大量，又请问这位姑娘是怎样归他收养的，又问他怎么知道她是费恩查人。他说：

“我有个朋友，也是个疆场上的战友，名叫吉岛托·达·克来蒙那，临终时对我说，当年本城被腓特烈皇帝占领，士兵在城中到处劫掠，他和他的士兵兄弟们走进一幢屋子，看见里面堆满了财物，都是这家人家扔下不要的。人都逃光了，只剩下一个两岁的女孩，看见吉岛托走上楼来，便叫他‘爸爸’。他动了怜悯之心，就带了这小女孩和屋子里的财物，去到凡诺。他临终时把这女孩儿交给我，关照我到时候就把她出嫁，凡是她的财物都给她作陪嫁。她现在已经到了出嫁的年龄，我还没有替她找到一个可以托付终身的人。我非常乐意把她早些嫁出去，免得再发生昨天晚上那种事情。”

到场的人里面有个名叫吉格勒明诺·达·梅地契那的，当年费恩查城遭劫时，他是和吉岛托在一起的，知道吉岛托抢劫的是哪一家人家，而且那个被劫的人现在也在场，他就走到那人跟前，说道：

“白那布丘，你听见贾考明诺的话没有?”

白那布丘回答道：“听见了，我正回想这件事情。记得在那个兵荒马乱的年头，我确是丢了一个小女孩，年纪跟贾考明诺说的正相符合。”

吉格勒明诺说：“那一定就是这个姑娘了。我曾有一度和他在一起，听他说过他劫掠的地点，因此知道他那次抢的就是你家。你再想一想，那女孩儿身上有没有什么特别的标志，可以把她认出来。你当然希望找到失踪的女儿吧。”

白那布丘沉思了一会儿，于是记起了那女孩儿左耳的上方有一个十字形状的伤疤，那是因为在遭劫以前，她生了个疮，开刀留下的。这时他看看贾考明诺还没有走开，便心急慌忙地去到他跟前，要求贾考明诺带他到房里去看看那位小姐。贾考明诺立即表示同意，把他带到房里，叫小姐出来相见。白那布丘的眼睛一落到她脸上，就好像看到了自己那位风韵未减的妻子。不过他还是不大放心，就请求贾考明诺允许他把她左边耳朵上的头发掠开一点，贾考明诺表示同意。他这才走到那个羞答答的姑娘跟前，用右手掠开她的头发，果然看见一个十字形状的伤疤。他这才断定她确实就是自己的亲生女儿，不由得一阵心酸，哭了起来，伸手要抱她，姑娘不肯，他就转过身去对贾考明诺说道：

“老兄，她是我的亲生女儿。当年吉岛托抢劫的就是我的家，事出突然，我们夫妇一时慌忙，忘记把她带走。我的屋子就在当天被烧毁了，我们一直都以为她给烧死了呢。”

姑娘听了这一番话，又看看他是位老人家，方才深信不疑。她受到一阵说不出的天性的感动，让他紧紧地拥抱，和他一块儿伤心地痛哭起来。白那布丘立即把她的母亲、兄弟姐妹以及其他亲属人等都找了来，向他们讲明了这一切的经过。等大家一个个跟她拥抱之后，他这才欢天喜地地把她接回家去，连贾考明诺都十分满意。

且说本城的市长也是个贤明人士，听见了这件事情，又听说关在监牢里的姜诺就是白那布丘的儿子，也即这位小姐的哥哥，便把他从轻发落，与敏纳、克里维罗以及其他牵连在本案的一应在押人员，一起释放。此外，他并且为这事去和白那布丘、贾考明诺商量，使两位青年言归于好，又亲自做媒把那位姑娘阿涅莎许配给敏纳为妻，叫敏纳一家人都高兴到极点。敏纳自己自然得意非凡，办了十分体面的喜筵，把姑娘接回家来成亲，与她和睦幸福地生活了一辈子。

故事第六

纪安尼深夜潜入宫中，与情人共度良宵。事被发觉，双双被绑在火刑柱上，正待执刑，幸遇海军大将鲁杰厄里搭救，化凶为吉，两人结为夫妻。

妮菲尔讲完了故事，小姐们个个听得欢喜。女王吩咐潘比妮亚接下去讲，潘比妮亚立即和颜悦色地开始讲道：

各位美丽的小姐，今天以及前几天所讲的一些故事，都叫我们看出爱情的力量有多么伟大；人们一旦坠入了情网，你便是叫他移山倒海，赴汤蹈火，他也在所不惜。这一类故事虽然已经讲得够多了，我还是愿意再来讲一个。

在那不勒斯附近，有个伊斯嘉岛。岛上住着一位美丽活泼的姑娘，名叫莱蒂杜达，她是绅士马林·波尔加洛的女儿。伊斯嘉岛附近的普罗奇达小岛上有个青年，名叫纪安尼，爱上了这位姑娘，简直把她当做自己的性命一般，姑娘也十分爱他。他不但白天里从普罗奇达渡海过去看她，有时候在晚上，船只也没有了，他竟会从普罗奇达泅水到伊斯嘉岛来，即使看不到她本人，朝她住宅的墙壁瞅上几眼也是好的。

这一对青年男女一直这样狂恋热爱着。有一个夏天，姑娘独自到海滨去散步，从一块岩壁走到另一块岩壁，一路上用小刀子把石头缝里的贝壳挖出来玩，不知不觉来到了一个冷僻的地方。这里四面都是峭壁，十分阴凉，而且有一泓清泉，这时正有几个西西里的青年，乘了一条小船，从那不勒斯来到这里。他们看到这样美貌的一位姑娘独自一人待在那里，并没有发觉他们，竟起了歹意，决定把她劫走。他们说干就干，一齐动手捉住她，也顾不得她大哭大嚷，直把她架上了船，飞驶而去。到了卡拉白里亚，他们为这位姑娘起了内讧，你抢我夺，各不相让。后来他们觉得为了一个少女这样争下去，把事情弄糟了，可不是儿戏。于是他们商量了一阵，决定把她献给西西里国王腓特烈，因为这位国王，正当青春年少，就爱这一套风流韵事。到了巴勒摩，他们当真带了姑娘进宫求见。

国王见了她这般的如花美貌，果然喜欢不已。但国王目前身体虚弱，便命令他的侍从在他的古巴林苑里，拣一座讲究的楼阁，把姑娘暂时安顿下来，悉心侍候，待他身体复原后再作安排。侍从人等当即照办。

自从这个姑娘被劫以后，伊斯嘉岛上闹得天翻地覆。最恼人的一点就是，连什么人把她劫走了也不知道。纪安尼更比旁人焦急，他眼看在伊斯嘉岛上查不出什么线索来，便打听了那伙人的去向，然后装备了一条船，乘着船沿岸飞驶，到处找寻，从明纳瓦海岬一直找到卡拉白里亚境内的斯开利亚。每到一个地方，都要打听姑娘的消息。他最后总算在斯开利亚打听到她被几个西西里船夫劫到巴勒摩去了。

纪安尼立即赶去。到得那里，从多方面打听，才知道那个姑娘已经给献进王宫，现在正供养在古巴林苑里。这一下可把他急坏了：只怕从今以后，他非但不能再把她弄到手，恐怕见她一面的希望也没有了。

可是他既然爱她如命，便决不肯就此罢休。他先把小船打发走了，心想，这里谁也不认识他，不如先在这个岛上住下来再作计较。从此他天天打从古巴林苑走过，有一天也是凑巧，果然看见他心爱的姑娘正在窗口闲眺，姑娘也看见他。两人暗自欢喜不已。纪安尼看见这是个很冷僻的地方，就尽可能走近去和她讲了几句话。姑娘又教他今后如果还要和她见面谈天，应该如何如何。他这才辞别了她，把那里的方位地形一一看在眼里。

等到下半夜，他又来到这里，好不容易爬进了花园——要知道，在这个地方，连啄木鸟也很难找到攀登的所在呢。他在园里找到一根竹篙，把它放在他意中人所指给他看的窗前，轻手轻脚地爬到了窗口。

再说姑娘那边，她觉得自己已经失了身份，如果在以前，她一定会怕羞害臊，怎么也不愿意做出这种事来。可是事到如今，她决定样样都依从他，觉得除了许身于他，再也找不到第二个更称心的人，何况她一心盼望着纪安尼赶快把她抢救出去，所以早就打开了窗户，让他一来就可以进房。

纪安尼这时看见窗户开着，便轻轻地走进室内，来到她的身边，躺了下来。这时她还没有睡着，情人见面，姑娘首先把自己的心意向他和盘托出，要求他带她逃离那个地方。纪安尼一口答应说，这是他再高兴不过的事了，这次回去之后，立即妥为安排，下次来时包管带着她一块儿逃走。

接着，两人互相搂抱，欢天喜地，玩了好一阵子，尝尽了爱情的甜蜜滋味。他们也不知玩了多少次数，直到筋疲力尽，不知不觉就搂在一块儿睡着了。

且说国王对这位姑娘本是一见钟情，时时刻刻都记在心里。这天他觉得精力很好，虽然已快到天亮时分，还想去跟她待一阵。他带了几个随身侍从，私下来到古巴林苑，进入那座楼阁，吩咐侍从把她卧房的门轻轻打开。侍从在前面高举着烧得好旺的火炬，照着他走进房去。他只见在那床上，姑娘和纪安尼两人脱得一丝不挂，正搂着睡在一起。他不禁勃然大怒，气得一句话也说不出，恨不得随手拿起一把短剑，把这两个男女宰了；但转念又想到，这一对男女手无寸铁，而且睡着了，如果趁这个时候去杀死他们，乃是天下最卑鄙的勾当，这种事情出于帝王之手，更是不成体统。因此他才抑制住了怒火，决定把他们当众烧死。他转身对一个侍从说道：

“我一片好心对这个女人，谁知她竟这样无耻，你看应该怎么办?”

他又问侍从，这个青年男子是谁，竟有这样的泼天大胆，擅自闯进王宫，做出这般的事来羞辱他。侍从回说，从来没有见过这个人。

国王怒气冲冲地走出去，命令把这对男女就这样赤身裸体地捆绑起来，天一亮就押到巴勒摩的闹市去，把他们背对背绑在刑柱上，先让他们在众人面前出够了丑，等晨祷钟一敲，就把他们活活烧死，这是罪有应得。说着，他就怒火冲天，回到巴勒摩的宫殿中去。

国王一走，侍从人等就冲过去，凶狠狠把这一对男女从床上拖下，捆绑起来，毫不容情。这一对男女睁眼一看，知道事情不好，自己性命难保，吓得连哭带喊，这也可想而知。侍从人等遵照国王的命令，立即把他们押到巴勒摩，背靠背绑在一根火刑柱上，当着他们的面预备了柴堆和火把，只等国王指定的时间一到，就点起火来把他们烧死。

巴勒摩所有的男男女女，都赶来看这一对情夫情妇。男的都挤到情妇一边去，把她周身上下都打量一遍，异口同声，说她身段容貌长得真美；女的都跑到情夫一边去，争着看那个年青小伙子，说他如何俊俏魁梧，赞不绝口。可是这一对遭难的情人，羞惭得无地自容，只是低着头，悲叹自己不幸的命运，时时刻刻都心惊肉跳，害怕马上就要遭到火烧的酷刑。

他们被捆绑在这儿，只等时间一到，就要执刑。这当儿他们的风流案件已经传遍了每一个角落。这城里有位德高望重的贵族，名叫鲁杰厄里·德洛里亚，是当朝的海军大将，听到这项消息，也赶到这一对情人被绑的地点来看热闹。他先看了看姑娘，盛赞她长得美丽，再回过头去看那男的，一下子就认出了原来是个熟人，便走近一步，问他是不是普罗奇达岛上的纪安尼。

纪安尼抬起头来一看，认得这位海军大将，就回答说：

“将军，你问得不错，我正是纪安尼，可是再过一会，世界上就没有我这个人了。”

海军大将问他为什么落到这个地步。他回答道：

“这都是为了爱情，触犯了国王。”

海军大将叫他把经过情形详细说来。他原原本本地从头讲了一遍；海军大将听完之后，正要走开，纪安尼又把他叫回来，对他说道：

“哎哟！大爷，请你发个慈悲吧，怎么也要救救我；请你为我在那操着我生死大权的王上面前求求情，求他开恩，准许我一个请求吧。”

鲁杰厄里问他有何请求，纪安尼说：

“我自知非死不可了，而且死就在眼前；可是这位小姐我看得比我自己的性命还重，她也非常爱我，而我们两人现在却是背对背被缚着，所以我要请求他开开恩，让我们面对面绑在一起，只要我能够再看她一眼，我死也甘心了。”

鲁杰厄里笑着说：“我非常乐意替你转达。我一定设法使你看着她，直看到不要看为止。”

他离开了纪安尼，回过身来关照执刑吏且缓执行，等候国王再下命令。说着，他立即去见国王。虽然国王这时仍然怒气冲冲，鲁杰厄里还是跟他说道：

“王上，不知这一对青年男女究竟什么地方冒犯了你，你竟要给他们火刑的处分?”

国王说明了情由。鲁杰厄里又说：

“他们犯了这样大的罪，的确应该受到这样的处罚，可是处罚他们的不应该是你。既然犯了罪应当受处罚，立过功劳的也应当论功受赏；至于将功折罪，受到破格宽容，那是更加不必说的了。你知道你要烧死的这两个青年男女是什么人吗?”

国王回答说他不知道，于是鲁杰厄里继续说下去：

“那么我就来说给你听，让你也知道你在一时的气愤之下，这件事做得多么‘得体’。那个青年就是蓝道尔福·狄·普罗奇达的儿子，也就是纪安·狄·普罗奇达[①]的亲兄弟，你今天能够做上这岛上的国王，

---

① 系西西里的贵族，曾鼓动该岛人民反抗查理一世，引起1282年的“西西里晚祷起义”（以晚祷钟声为起义信号），将法国僭主驱逐出境，使王位归于阿拉贡王室。文中所提国王腓特烈（1296—1337）即该王室第四任君主。请参阅本书93页正文和注①。

都是得力于他的哥哥；那位小姐就是马林·波尔加洛的女儿，由于她父亲的大力，你才没有丧失伊斯嘉的统治权。再说，他们这一对情人相爱已久，如果年青的情人们做出这种事来都算是犯罪的话，那么，他们犯下这件罪，也实在是因为彼此相爱，而不是有意要冒犯陛下。这样说来，陛下本当好好地款待他们，厚赏他们，怎么反而要把他们处死呢?”

国王听了鲁杰厄里的话，觉得他说的不错，不但急于收回命令，而且后悔不该把事情弄得糟到这般地步。他当即下令把这一对情人从火刑柱上放下来，带来见他。手下人立即遵办。他当面把这件事的底细一一查问清楚明白，觉得应该好好地优待他们一番，补偿他们所受的委屈，于是当场赐给他们华丽的锦衣绣袍；又见他们两人同心合意，便叫纪安尼名正言顺地娶了这位姑娘。后来他又送给他们许多贵重的礼物，派人送他们回乡，二人受到了亲友和乡邻们的热烈欢迎，从此在故乡欢乐地度过一生。

故事第七

台奥多罗和他主人的女儿维奥兰蒂通情，使她怀了孕，事机泄漏，他被判处绞刑，正将执刑之际，幸遇他的亲生父亲搭救，获得释放，与维奥兰蒂结成眷属。

小姐们在听着故事的当儿，一个个都提心吊胆，不知那一对情人究竟会不会给烧死，后来听到他们终于死里逃生，就赞美天主，欢喜不尽；女王看见潘比妮亚的故事讲完了，就叫劳丽达接下去讲。劳丽达高高兴兴地说道：

美丽的小姐们，在好威廉王①统治西西里岛的时候，岛上住着一位绅士，家财豪富，名叫阿麦利哥·阿伯特·达·特拉帕尼。他因为儿女众多，需要多雇几个佣人。凑巧热那亚的海盗们在亚美尼亚沿岸捉到好些儿童，装上几条船，从勒凡特运到那里。他把他们当作土耳其人，买了几个下来。这些孩童一个个都像是放猪牧羊的，其中只有一个名叫台

---

① 好威廉王指威廉二世(1166—1189)：系西西里王国诺尔曼王朝的最后一个君主。人家称他好威廉王以示别于他的父亲坏威廉王(威廉第一)。——潘译本原注

奥多罗的，举止比较文雅，俨然大家出身。所以台奥多罗尽管是奴隶身份，却和阿麦利哥的子女在一块儿长大成人。这孩子天性颖慧，并不因为环境改变而就失了志气。所以日久以后，也变得文质彬彬，多才多艺，主人非常器重他，便恢复了他自由人的身份。阿麦利哥到这时仍然认为他是个土耳其人，给他施行洗礼，取了个教名叫做彼得。又叫他掌管家务，对他十分信任。

阿麦利哥的儿女们都一个个长大了，其中有个女儿叫做维奥兰蒂，长得美丽可人。她父亲迟迟没有把她许配出去，因此也是缘分，她暗中爱上了彼得；凡是彼得的一举一动、一言一语，她都无限倾慕，只因怕羞害臊，难以向他启齿。总算爱神没有叫她相思徒劳，原来彼得也热恋着她，老是暗地里偷看她，只要一时一刻没看到，心里就觉得不自在。但彼得又觉得这是一种非分的期望，唯恐让人看出破绽。不久，他这桩心事就让那位时时刻刻都在留神看他的小姐看穿了，于是她便顺水推舟，对他特别和悦，其实她心里也确是非常乐意。这样两个青年男女明明有着满腹心事，想要倾吐衷曲，却又不敢说出口来；相思的火焰烤炙得他们日渐憔悴。爱神觉得既是自己一手造成了这种境况，就应该帮他们一下忙，便给他们一个机会，让他们今后再也不用畏缩顾忌了。

原来阿麦利哥有座美丽的花园，坐落在特拉帕尼城外约三里地光景，他的太太常常带了女儿和别的女眷们到那边去游乐。有一天，天气酷热，她们带了彼得一块儿到那边去乘凉，谁料夏季的气候变幻无常，空中忽然乌云密布，太太小姐们为了怕遇到大雨，就赶快动身回到特拉帕尼去。彼得和维奥兰蒂这一对年青男女跑得特别快，超前走了一大截路，这与其说是害怕下雨，不如说是出于爱情的驱使。不久他们就超前很远，几乎看不见后面的同伴和她的母亲了，这时天空中忽然雷声大作，接着就下起一阵倾盆的骤雨来，还夹着冰雹。夫人和她的一伙人都逃到一个农人家里避雨去了。彼得和维奥兰蒂两人就近找不到适当的避雨地方，只得走进一个狭窄古老、几乎快要坍毁的小棚子里去。棚里并没有人居住，只剩下小小的一角屋顶还可以遮遮雨。地方这么狭窄，两人只好靠拢在一起，不免身子挨着身子。这一来，两人的胆子都壮了起来；煎熬了好久的满怀相思这时也不由得吐露出来了。彼得第一个开口说道：

“我但愿这一阵骤雨狂雹再也不要停息，好让我永远待在这里!”

那姑娘说道：“我也但愿如此。”

两人交谈了这几句话，便互相紧紧地握起手来，接着是由握手而拥抱，由拥抱而接吻，这时大雨下个不停。这一切也不必细说了，总之，直到他们尝尽了爱情的至高无上的快乐，还安排好了日后的幽会，暴风雨才算停息，于是他们在附近城门口等着夫人来到，一块儿回家。

此后他们就三天两头在这个地方幽会，行动十分小心，真是说不尽的欢乐。他们对这件事实在太勤快了，因此那姑娘不久就怀了孕，双方都因此焦急不安。姑娘不惜违反天理，用尽种种方法堕胎，可是都没有效用。彼得眼见情势不妙，深恐有杀身之祸，便对维奥兰蒂说，他打算逃走。她回答道：

“你如果走了，我只有自杀。”

彼得原是爱她爱得要命，听了这话，哪里忍心，就说：“我亲爱的姑娘，你叫我怎么留在这里呢？你怀了孕，我们的私情眼看就要败露。你当然很容易得到家人原谅，但是老天可怜，我可不得了啦，你我的罪过都得由我一个人来担当。”

“彼得，”她回答道，“我犯了罪，想瞒也瞒不过，可是你放心，他们未必知道就是你干的，只要你自己不说出来。”

彼得说：“既是你这样讲，我就不走；不过你答应我的话必定要做到。”

此后这姑娘就想尽办法，不让别人看出自己已经怀孕，偏是肚子越来越大，眼看再也瞒不住了，有一天只得来到母亲跟前，痛哭流涕，把真情实况说了出来，求她帮着遮掩过去。她母亲听了，说不出的难受，狠狠地骂了她一顿，盘问她是怎样做出这事情来的。维奥兰蒂为了不愿意累及彼得，就胡扯了一通，设法把真相瞒过去了。

她母亲竟然信以为真，就把她送到乡下的一座别墅里去住，免得她出丑。等到她分娩的那一天，她也像一般妇女一样，尖声叫喊起来。不料事不凑巧，那阿麦利哥平常不大到别墅去的，这天放鹰回来，偏从这里经过，听见女儿哭喊，很是惊异，就走进去看看究竟是怎么一回事。夫人万万想不到她丈夫来了，一见之下，惊惶失色，只得把女儿的事情对他说了。他可不像他妻子那样容易蒙混得过，说是女儿怀了孕，竟连孩子是哪一个生的都不知道，这是万万不可能的事，一定要她招出那个男人的姓名，才能宽恕她，否则就要把她处死，毫不留情。

夫人竭力劝他不必深究，姑且听信她所说的话，可是那丈夫哪里肯听。就在老夫妇争辩的当儿，女儿已经生下一个男孩。他拔出剑来，走到女儿跟前说：

"你要是不招出这孩子的父亲是哪一个，我就马上要你的命。"

那女儿眼看性命难保，也顾不得当初对彼得的诺言，就把那一番偷情的经过全都招供了出来。他听了怒不可遏，真恨不得把她杀了，可是他在盛怒之下，也只是随口骂了他女儿几句，就上了马，回到特拉帕尼，把彼得引诱他女儿失节的事，告诉了当地的总督居拉多。总督趁彼得还没得知风声，就下令把他逮捕起来，用刑拷打，逼他把私情一五一十都招供出来。

过了几天，总督判处将彼得先行游街示众，边游边打，然后处以绞刑。这时阿麦利哥并不因为把彼得送上绞刑架就平息了怒气，他要在同一个时间内把这一对情人和他们的孩子全部杀掉，再不让他们留在这世上，便拿了一把没有鞘的剑和一杯放了毒药的酒，交给一个仆役，说道：

"把这两件东西拿到维奥兰蒂那里去，替我传话，叫她自己选择一个死法，否则她就是自作自受，我要把她当众活活烧死。你把这话对她说了之后，就抓起她前几天刚生的那个孩子，把他的头朝墙上砸去，砸死之后，再丢给野狗吃。"

这佣人原是个幸灾乐祸的人，竟甘心为这个铁石心肠的人做刽子手，去谋害主人的亲生女儿和外孙去了。

再说彼得受过鞭笞之后，立即由执刑吏押到绞架上去受刑。他们押着他从一家大旅馆门前经过。凑巧这旅馆里住着三位亚美尼亚的贵宾，都是亚美尼亚国王派出的使节，要去罗马跟教皇讨论有关一支即将组建的十字军的重要事情。他们在这里下榻休息几天，备受特拉帕尼当地绅士的款待，阿麦利哥对他们尤其殷勤。

他们听见执刑吏押着彼得闹闹嚷嚷走过此地，就走到窗口去看。只见彼得上半身给剥得精光，双手反绑在背后。三位使节中间有位年高德劭的老先生，名叫芬尼奥，看见彼得胸口上有一颗娘胎里带来的大朱砂痣，当地女人们都管它叫“玫瑰痣”。芬尼奥看见这颗痣，就想起了十五年前自己的一个儿子在拉齐斯坦海岸被海盗劫去，至今一无消息。他看看这个被鞭打的囚犯的年纪，心想，如果自己的儿子还活着，也有这般年纪了。再看看他胸口的胎痣，不禁怀疑，那人莫不是自己的儿子吗？继而又想，如果他真是他的儿子，那一定还记得他自己的名字和他父亲的名字，还懂得亚美尼亚的语言。所以，当那人走近的时候，他就喊道：

“喂，台奥多罗！”

彼得听见这一声喊，连忙抬起头来。芬尼奥又用亚美尼亚话说道：

“你是哪一国人？你是谁家的子弟？”

押解囚犯的差人为了尊重这位贵人，立即停下步来。于是彼得回答道：

“我是亚美尼亚人，我的父亲名叫芬尼奥。我是从小被人家拐卖到这儿来的。”

芬尼奥听了这话，知道他就是自己当年失落的那个儿子，于是就跟同伴们一起走下楼来，当着差役人等，跑上前去和他的儿子抱头痛哭一顿，接着又把自己身上披的一件最华丽的绸大氅披在他身上，请求监刑官暂且把这个囚犯交给他，等待上面命令下来，再把他带回，队长一口答应了。

彼得的案子，本来已闹得满城风雨，所以他的罪名芬尼奥也已明白，他立即和他的同伴以及随从人等，去到总督居拉多那里，对他说道：

“先生，那个被当作奴隶、判处了死刑的人，其实是个自由人，而且是我的亲生儿子。听说他破坏了一位闺女的贞操，现在他准备正式娶她为妻，所以我请求你暂缓执行，让我了解女方是不是肯嫁给他，如果她肯嫁，那么请你按照法律把他开释吧。”

居拉多先生听说那个被处死刑的犯人就是芬尼奥的儿子，不禁大惊失色；他承认芬尼奥说的都是事实，又深怪自己不该铸成这个大错，表示过意不去，立即命令把彼得送回家去，一面又把阿麦利哥请来，将这一切情形都告诉了他。阿麦利哥只道自己的女儿和外孙都已死了，万分悲痛，后悔自己不该下此毒手，否则维奥兰蒂还活在世上，万事都能够圆满收场。他就派了个使者赶到他女儿那里去，万一他的命令还没有执行，那就收回成命。使者赶到那里，只见阿麦利哥先前派去杀害小姐的那个佣人已经把毒药和剑放在姑娘面前，但姑娘一挨再挨，不肯选择，最后被他大声申斥，迫不得已，正要拿起一样致命的东西，这时使者恰巧赶来，救了她的命。那个佣人听得主子的命令，只得住手，赶回去把情形回报了阿麦利哥。阿麦利哥一听大喜，连忙赶到芬尼奥那里，说尽好话，几乎快要流下泪来，向芬尼奥道歉，请求他原谅。又说，如果台奥多罗愿意娶他女儿为妻，他非常乐意把她许配于他。芬尼奥听完了他道歉的话，欢喜不尽，回答他道：

“我认为我的儿子应该娶你的小姐；如果他不愿意，就按照原来的判决执行。”

两人就此一言为定，然后一块儿去看台奥多罗。台奥多罗这时虽然因为见到了亲生父亲而颇为高兴，可还在担心着自己难免一死。他们便把这事情和他说了，问他同意不同意。他听说只要自己愿意，就可以娶维奥兰蒂为妻，简直高兴得好像一下子从地狱升到了天堂。他立即回答道，只要二位老人家愿意，那就等于赐给了他天大的恩惠。

于是他们又派人去看那个姑娘，问她心意如何。她正在那里提心吊胆地等死，成了天下最苦命的女人，乍听得自己和台奥多罗福从天降，一时竟不敢相信他们说的是真话，过了好久，心里才稍许感到快慰，回答道：假使她能称心如愿，她觉得最幸福的事情莫过于嫁给台奥多罗了，但是这件事她也应当顺从她父亲的心意。

这样几方面都已经说好，一对有情人就此结为眷属。婚礼喜筵自然极尽豪华，合城人士皆大欢喜。年青的姑娘高兴极了，从此光明正大地哺育着孩子，不久就出落得比以前益发美丽。等到她分娩满月，能够下床，这时她公公也快要离开罗马回故乡去了，她就向他请安，尽她做媳妇的一份礼。公公见了这样一个美丽的媳妇，心里好不欢喜，便又大摆喜筵，庆祝他们的婚礼，从此以后一直把她当作亲生女儿看待。过了几天，芬尼奥就带了他的儿子、媳妇和小孙儿回到故乡拉齐斯坦去。一对年青夫妇就此和睦幸福地度过一生。

故事第八

纳达乔怀着失恋的痛苦，隐居林中；在那里看见一个骑士带着两头恶狗，追杀一个少女——原来那少女生前心硬如铁，死后才遭到这般恶报。于是他请亲友们陪着他那无情的姑娘到林子里来吃饭，让她看到这一幕幽灵现形的惨象，她受了感化，嫁给了纳达乔。

劳丽达讲完故事之后，菲罗美娜遵照女王的吩咐，开始说道：

亲爱的姐姐们，人家都赞美我们最富于同情心，那么反过来说，要是我们怀了一颗冷酷的心，就理该受到天主的严厉惩罚。为了让你们认识到这一点，好把残忍从自己心坎中铲除个干净，我要在这里讲一个先苦后甜的故事给大家听。

拉韦纳是罗马纳的一个古城，从前有过许多贵族和缙绅，其中有个有钱人家的子弟，名叫纳达乔·奥纳蒂，还没娶亲，父亲和叔父相继逝世，遗下财产全归他继承，所以成了豪富。大凡富家子弟即使还没有太太，也得有个情人，所以他爱上了巴奥罗·特拉维沙利家的小姐，希望凭着他那些礼物，和当时的一套求爱的方式，可以赢得她的好感。可是特拉维沙利家是个大族，比他门第高多了，也许就因为她这高贵的身份，也许更因为她那罕有的美貌，所以不管他怎样追求，有多么热烈、多么真诚，却不但不曾博得她的好感，反而叫她讨厌。她厌恶他，甚至凡是他所爱好的，她都感到厌恶。这位小姐就那么矜持和冷酷到不近人情的地步。

屡次无情的打击真叫纳达乔受不了；有时候他伤心到极点，真想自杀；只是他觉得下不了这毒手。他又几次三番想把她抛开了吧，她厌恶他，他为什么不同样恨她呢？但是这也还是做不到。而且希望越渺茫、他的爱情仿佛越热烈。这个后生就这么狂热求爱，同时为了求爱，毫无顾惜地挥霍着自己的财富。

他的亲友们觉得他这么下去，无异是在摧残自己，一份家产也都要耗尽了，所以一再劝他不如暂时离开拉韦纳，到别的地方去住一阵，那么他就可以冷下这片痴心，也不致挥金如土了。谁知他总是一笑置之，把亲友的好话当作了耳边风；直到后来，拗不过他们的苦劝，才算是勉强答应了。他郑重其事地打点行装，仿佛要出国远行，到法国、西班牙去似的。准备妥当之后，他骑上马，带了好多朋友，离开拉韦纳才十来里路，来到契阿西地方，就搭下篷帐，告诉同来的人说，他打算在这里住下来，叫他们回到拉韦纳去。

他住在那儿，依然像往日那样过着很阔绰的生活，今天请这班朋友来喝酒，明天邀那批朋友聚餐，真是好不热闹。到了五月初，有一天天气很好，他又想起了他那无情的冤家，就吩咐仆从全都退去，由他一个人独自去沉思默想，他昏昏闷闷，一步一步走去，最后不觉来到一座松林里。

这时候早已过了白昼第五个时辰，他进入林中已有一二里路，还是信步走去，把吃晚饭等等全都忘了。正在这当儿，忽然听得一阵女人的尖厉凄惨的呼喊声，叫他从沉思中惊醒过来，他抬起头来看看发生了什么事，这时才发觉自己正在松林之中，不觉怔了一怔。他往前一看，更吃惊了，只见在荒草乱树中窜出一个容貌姣好、却是披头散发的姑娘来。她赤身露体、皮肉都给荆棘拉破了，也顾不得痛楚，只是没命地奔逃，一面逃，一面哭喊着救命。又有两头巨大的恶狗，张开血口，在她后面紧追不舍，狠命把她撕咬。在那两头恶狗后面，又有一个穿戴着黑胄黑甲的骑士，手执长剑、满脸怒容，骑着一头乌黑骏马，疾驰而来，一面痛骂那姑娘，口口声声要取她的性命。

这可怖的情景顿时叫他万分惊骇，后来他起了恻隐之心，激发起一股勇气来，想要搭救她，可是手无寸铁，如何是好？一转念之间，他就跑向树边，猛力折下一条树枝，握在手里当作棍棒，然后奔过去准备跟那恶狗和骑士厮拼一场。

可是那骑士老远就向他大声喊叫："纳达乔，你不用管闲事！这个贱女人罪有应得，由我和我的猎狗来处置她吧！"

他正这么说着，那两头恶狗已从两边扑到那姑娘身上，咬住了她的腰肢，不容她再往前逃一步。骑士接着赶到，从马上跳了下来。纳达乔奔上前去，说道：

"我认不得你是谁，你倒一眼就认出了我；可是我要对你说，像你这样披着全副甲胄的骑士追杀一个赤身露体的姑娘，把她当作野兽一般，放出猎狗来咬她，这实在是最可耻的行为。我一定要尽力保护她。"

"纳达乔，"那骑士回答他道，"我和你是同乡，我名叫纪多·阿那塔纪。在你还是一个小孩子的时候我就爱上了这个女人，比你爱特拉维沙利家的女儿还狂热，可是这个冷酷无情的女人连理都不理我一下；我一时绝望，就拿着此刻执在我手中的长剑自杀了，因此堕入地狱，永世不得超生。那个狠心的女人看见我自杀，竟拍手称快，可是未隔多久，她自己也死了；直到临死她都没有忏悔，并不认为她犯了罪孽，反觉得自己做得对、做得好。她生前既然这么残忍，拿折磨我来叫自己开心，所以死后也一样给打入地狱、永世不得超生。

"她一进地狱，就和我一同受到了判决。她要在我面前奔逃；我呢，我生前把她看得比自己的生命都宝贵，就要在后面追她，把我百般追求的情人当作死敌般追逐着。等把她捉住之后，我就要用那刺杀我自己的利剑杀死她，剖开她的胸膛，把她那颗又冷又硬、柔爱和怜惜休想进得去的心脏挖出来，连同她的五脏六腑一古脑儿投给两只猎狗去吃。

“可是，这也是天主的判决和意旨：她刚给剖了肚、挖了心，一会儿又像一个好好的人似的，从地上跳起身来，重又仓皇奔逃，我和这两头狗又重新把她追赶。在每星期的第五天里，在这个时辰，她逃到这里，就给我捉住了，遭受杀戮的痛苦。这，等一会你就可以看见了。不要以为在其余的日子里我俩就相安无事；不，我是在别的地方追赶她——她生前在什么地方憎恨过我，折磨过我，我就一处处都要把她追赶到。这样，情人变成了冤家，她从前折磨我多少月份，我现在就要追赶她多少个年头，不到判定的那一天，决不能和她了结。所以请你别来阻拦吧——你也阻拦不了，让我执行天主的公正的旨意吧。”

纳达乔听了这番话，吓得毛发直竖、浑身打颤，不由得倒退几步，眼睁睁看着那姑娘究竟要遭受怎样的报应。那骑士把话说完，面色陡变，举起长剑，像疯狗一般向她冲去，她给恶狗两边咬住，再也挣脱不了，就跪倒下来尖声求饶。他使出全身气力，照准她胸膛刺去，剑锋直从她的胸膛穿透到背后。那姑娘吃了这一剑，顿时倒地，却不曾就死，还在那里挣扎惨号。那骑士又蹲下来，抽出一把匕首，剖开她的胸膛，把她的心肝肺脏一齐挖出来，扔给那两头饿鬼般的恶狗吃，那满地狼藉的血肉，顿时给它们吞吃个一干二净。

不消一会儿工夫，那姑娘又霍地跳了起来，好像不曾受过一点儿损伤似的，仓皇向海边逃去了。那两头恶狗就跟踪追去，一路追、一路咬她撕她。那骑士拿起长剑，重又骑上骏马，像先前一样地在后追赶；[①]不一会儿，他们已去得无影无踪了。

纳达乔在林子里看到了这一幕惨剧，又是害怕，又是感伤，迷惘了好一阵；过后他记起那骑士说过，他们每星期五都要在林子里出现，这事或许对他大有用处；于是在那个地点作了个记号就回去了。第二天，他邀请了许多亲友来，向他们说道：

---

① “那骑士拿起长剑”以下三句，从里格和麦克威廉译本补入。

"承蒙诸位关切，常常劝我不要再为我那个冤家痴心了，别再那样耗费自己的财产；现在我愿意听从你们的好意；不过你们也得答应我一件事，那就是在下星期五、我安排好宴席，你们务必把特拉维沙利家的老爷、太太和小姐，以及他家的女眷们都请了来；你们欢喜请哪一位女友一起来吃饭，也随意邀请好了。我为什么要请这一次客，到时候你们就会知道了。"

他们觉得这不是什么难以办到的事，就回到拉韦纳。到了那天，果然把他所指定的宾客都邀请来了。虽然特拉维沙利家的小姐不很愿意，但究竟也把她勉强请来了。纳达乔已安排好丰盛的筵席，就铺设在松林里，也就是七天前他看到那狠心的姑娘遭到杀戮的地点附近。宾客就席的时候，他又故意使他意中人的座位正好面对着出事地点。

大家开始用宴，等菜肴上到最后一道的时候，就听得一阵阵的惨号自远而近地传来，原来那姑娘正在那儿狼狈逃命。大家不觉一怔，面面相觑，问是什么事，但是谁都回答不出来，于是都慌张起立，向林子里望去；不一会就看见那仓皇奔逃的少女、那两头恶狗、那骑马追赶的骑士相继从林子里出现，转眼间就迫近那设酒席的地方了。许多宾客看到骑士率领着恶狗、这样迫害一个弱女，鼓噪起来，表示愤慨，有好些人甚至冲上前去搭救那姑娘。可是那骑士却喝住他们，把从前对纳达乔说过的话重新对众人说了一遍。直吓得他们毛发悚然，一个个往后倒退。一星期前的惨剧就当着大家，照样重演了一遍。席上年纪较大的女客有好多是跟那受罪的姑娘和那骑士有亲戚关系的，还记得他们俩生前那一场爱情的悲剧，不禁为他们放声痛哭，如同亲身遭受这惨事一般。

那姑娘遭了杀戮，不久又跳起来往前奔逃，骑士和恶狗继续在后追赶，一会儿人和狗全都去得远远的，望不见了，大家这才开始惊呼起来，而且议论纷纷。

可是在座的人，面色变得最惨白、心儿跳得最厉害的，要算纳达乔所爱慕的那位冷酷无情的小姐了。这一切她全都清清楚楚看在眼中、听在耳里，觉得方才的惨剧只有对自己才是一个最贴切的鉴戒——因为她怎么能不把自己跟那个冷酷的姑娘作个对比，回想起她一向对待纳达乔的那种冷酷手段来呢？在她的心眼里，仿佛此刻就已经看到自个儿在没命奔逃，她的狂怒的情人带着恶狗在后面紧紧追上来了。

想到这里，她害怕极了，生怕将来果真会遭到这样的报应。于是她对纳达乔的态度竟一下子转变过来，把原来的憎恨都化作了柔爱。当天晚上，就私下打发一个心腹女仆去请纳达乔到她家来，他有什么要求，她无不乐于从命。纳达乔回答说，他但愿能够侍奉小姐，就是生平莫大的荣幸了，假使承蒙她不弃，他希望娶她做妻子，此外就不敢存什么非礼的想头。那姑娘知道这门亲事当初没有成功，原是自己在从中阻挠，这回就欣然答应下来了。也不用挽媒撮合，她自己到父母跟前去把心事说了。两位老人听得女儿自愿答应纳达乔的求婚，非常喜欢。到下礼拜日，纳达乔就同她举行了婚礼，后来两人白头偕老，一直过着美满幸福的生活。

那林子里的幽灵的幻象，岂止成全了这一件好事而已。拉韦纳所有的姑娘们都引以为戒；此后逢到有人向她们求爱，就柔顺得多，再也不像以前那么矜持，那么不可亲近了。

故事第九

费代里哥为一位太太耗尽了家财，总不能获得她的欢心，从此只得守贫度日。后来那位太太去看他，他把自己最心爱的一只鹰宰了款待她，她大为感动，就嫁给了他，并且给他带来丰厚的陪嫁。

菲罗美娜的故事讲完了，女王看看只剩下她自己和第奥纽两个人没有讲，而第奥纽又有特权最后一个讲，因此她自己便高高兴兴地接着讲道：

各位好小姐，现在轮到我来讲了，我非常乐意。我这回讲的故事，其中的情节有一部分和刚才讲的一个相同，因为我不光是要让你们知道，你们的美貌对于多情的心灵具有多大操纵的力量，而且也要让你们认识到，在适当的时机下，你们也可以主动去钟情于人，不必老是听从命运之神的支配，因为命运之神教你用情，大都不是恰如其分，而是过分。

你们一定都知道，考帕·第·卜尔盖塞·多明尼奇是我们城里一个极有威望、极其受人尊敬的人，说不定到现在还健在呢。他真是了不起，配享千秋万代的盛名，这倒不是因为他出身高贵，而是因为他为人处世实在太好了。他到了晚年，很喜欢和邻居亲朋谈谈以往的事情，谈起来头头是道，娓娓动听，谁都没有他那样好的记忆力，没有他那样优雅的谈吐。

他讲过许多好听的故事，其中有一个故事他常常喜欢讲到。他说，从前佛罗伦萨有个青年名叫费代里哥，是费利坡·阿尔白里奇的儿子。他武艺高超，风度优雅，在托斯卡尼全境没有哪一个青年抵得上他。像一般士绅一样，他也需要谈情说爱，因此爱上了当今全佛罗伦萨最美丽动人的一位太太，名叫乔凡娜。为了博得她的欢心，他常常举行骑马和比武竞赛，或是宴请高朋贵友，挥金如土，毫无吝色。但是这位太太不光长得漂亮，而且很有节操，他这些做法一点也不能打动她的芳心。

费代里哥耗费无度，有出无进，不久钱都用光了，只剩下一块小农场，靠它的收入节俭度日，此外还养着一只鹰，倒是天下最好的品种。他这时比以前更沉醉于爱情，依旧想在城里出出风头，怎奈力不从心，只得住到他农庄所在地的康比地方去，成天放放鹰，安于贫穷，不和外界来往。

正当他山穷水尽之际，有一天，乔凡娜的丈夫突然一病不起，自知命在旦夕，便订立遗嘱，把万贯家财都传给他的成了年的儿子，儿子死后如没有合法的后嗣，这笔遗产就由他的爱妻继承。立好了遗嘱，他就去世了。

乔凡娜就这样做了孤孀。那年夏天，她也按照当地妇女的惯例，带了儿子到乡下的一个庄园里去避暑。恰巧她的庄园正和费代里哥的庄园靠近在一起，因此她的儿子就此结识了费代里哥。这孩子非常喜欢打猎放鹰；费代里哥的鹰有好几次飞到那里，他看了极其喜爱，巴不得占为己有，但是看到费代里哥把它看作至宝，所以又不便开口。

孩子因此思念成疾，母亲见了非常焦虑，因为她只有这一个独生儿子，爱如掌上明珠。她整天在床前陪着他，不断地安慰他、哄他。几次三番地问他是不是想要什么东西，叫他只管说好了，只要她办得到，她想尽办法也要把它弄来。孩子听见母亲这么说了好多遍，就说：

“母亲，如果你能给我弄到费代里哥那只鹰，我的病马上就会好起来。”

他母亲听了这话，思量了一番，琢磨着这事应该怎么办才好。她知道费代里哥早就爱上了她，而她连一个眼色也不曾回报过他。她心里想：

“我听说他那只鹰是天下最好的鹰，而且是他平日唯一的安慰，我怎么能够叫他割爱呢？人家什么也没有了，就只剩下那么一点儿乐趣，要是我再把它剥夺掉，那岂不是太不近人情了吗?”

虽然她明知只要向费代里哥去要，他一定肯给她，但是她总觉得有些为难，一时竟不晓得如何回答她儿子是好，只得沉默了片刻不作声。最后，毕竟爱子心切，她终于打消了一切疑虑，决定无论如何要满足儿子的心愿，亲自去把那只鹰要了来给他。于是她就对他说道：

“孩子，你放心好了，赶快把病养好，明天一早我就去把那只鹰讨来给你。”

孩子听了十分高兴，当天病就轻了几分。

第二天，夫人带了一个女伴，闲逛到费代里哥家里。恰巧这几天天气不好，费代里哥不能出去放鹰，正在花园里监督手下人干些零碎活。他听得乔凡娜登门拜访，又惊又喜，连忙出来迎接。夫人见他来了，立即走上前去，温文有礼地招呼他。费代里哥恭恭敬敬地问候过她之后，她就说道：

“你近来过得好吗，费代里哥？以往蒙你错爱，致使你自己受累非浅，今天我特地前来向你致歉。为了聊表我的心意起见，我打算和我的女伴今天上午在你这里吃便饭。”

费代里哥连忙回答道，十分恭谦：“夫人，你说哪里的话！我从来没有因为你而受过什么累，只觉得得益匪浅。我还幸亏爱上了你这样一位有品德的夫人，才算没有白白过了一辈子，应归功于你才是。如今蒙你屈尊光临寒舍，我真是万分荣幸。如果我的身价依然一如当年，再为你倾家荡产也在所不惜，无奈我已经一贫如洗了。”

说着，他就十分羞惭地把她让进宅子，领到花园里去；眼见没有外人在场，他就说道：

“夫人，现在没有别人在这里，就让我这个长工的妻子陪你一下，我到外面去安排饭菜。”

他现在虽是一贫如洗，可还从来不曾后悔当日的挥霍无度，今天他才算第一次领略到没有钱的苦处。从前他为了爱上这位太太，曾经宴请过无数的宾客，可是今天他却拿不出一点像样的东西来款待她了。他焦急得好像发了疯似的，跑来跑去，结果一个钱也找不出来，又拿不出什么东西去当些钱来，只有怨天尤命。眼看时间已经不早，他非得对她多少尽些心意不可，而他又不愿意求人，连他自己的佣工他也不愿开口向他借钱，于是他的目光就落到那只栖息在小客厅里的猎鹰身上。他现在已是一筹莫展，只得捉起那只鹰，摸摸它长得很肥，觉得也不失为孝敬夫人的一碗菜肴。因此他就毫不迟疑，把它一把勒死，吩咐他的小使女把毛拔净，捆扎停当，放到烤叉上去，小心烤好。他又把剩下的几块洁白的餐巾铺在桌子上，过了不大工夫，就笑盈盈地到花园里去跟夫人说，午饭已经准备好了，只是请夫人不要笑他寒伧。

夫人和她的女伴立即起身，和费代里哥一同吃饭。费代里哥殷勤地把鹰肉敬给她们吃，她们却不知吃的是什么肉。饭罢离席，宾主愉快地交谈了一阵，夫人觉得现在应该是说明来意的时候了，就转过身去对费代里哥客客气气地说道：

“费代里哥，你只要记起你自己以前富裕的时候，为我一挥千金，而我却坚守节操，那你一定会觉得我这个人是多么无情无义。今天我来到这里，原有件紧要的事情，你听了更其要奇怪我这个人怎么竟会冒昧到这般地步。可是不瞒你说，你只消有一子半女，也就会体会到做父母的对子女有多么疼爱，那你也多少可以原谅我一些吧。

“可惜你没有子女，而我却有一个儿子。天下做父母的心都是一样，因此我也不得不违背着自己的意志，顾不得礼貌体统，求你送给我一件东西。我明知这件东西乃是你的至宝，而且也难怪你这样看重它，因为你时运不好，除了这一件东西之外，再没有别的东西可以供你消遣，给你安慰的了。这东西不是别的，乃是你的一只鹰。想不到我那孩子看见了你这只鹰，竟爱它爱得入了迷，得了病，如果不让他弄到手，他的病势就要加重，说不定我竟会丧失这爱子。所以我请求你把它给了我吧，而且不要为了爱我而这样做，而是本着你一贯崇尚礼仪的高贵精神。你若给了我这件礼物，就好比救了我儿子一条命，我一生一世都会感激你的。”

费代里哥听了夫人这一番话，想到那只鹰已经宰了吃掉，无法应承夫人，一时哑口无言，竟失声痛哭起来。夫人起初还以为他是珍惜爱鹰，恨不得向他声明不要那只鹰了。可是她毕竟没有马上把这层意思说出来，倒要看看他究竟如何回答。费代里哥哭了一会，才说道：

“夫人，上天有意叫我爱上了你，怎奈命运总是一次又一次和我作对，我真是说不出的悲痛。可是命运从前对我的那许多刁难，若和这一次比较起来，实在算不得一回事。只要一想起这一次的刁难，我一辈子也不会跟它罢休。说来真太痛心，当初我锦衣玉食的时候，你从来不曾到我家里来过一次，今日我多么侥幸，蒙你光临寒舍，向我要这么一丁点儿东西，它却偏偏和我过意不去，叫我无法报效你。我现在就来把这回事简单地说给你听吧。

“承蒙你看得起，愿意留在我这里用饭，我就想：以你这样的身份地位，我不能把你当作一般人看待，应当做几样像样的菜肴来款待你，才算得体，因此我就想，这只鹰也还算得不错，可以给你当做一盆菜。你早上一来，我就把它宰好烤好，小心奉献上来，自以为尽到了我的一片心意。不料你却另有需要，使我无从遵命，实在要叫我难受一辈子！”

说着，他就把鹰毛、鹰脚和鹰嘴都拿到夫人面前来，表明他没有说假话。夫人听了他的话，看了这些物证，起初还怪他不该为了一个女人而宰掉这样一只好鹰。但是她转而一想，心里不禁暗暗赞叹他这种贫贱不能移的伟大胸襟。于是，她只得死了心，又担忧着儿子会因此一病不起，十分伤心地告辞回家。

真是不幸，那孩子没有过几天当真死了，不知究竟是因为没有获得那只鹰以致忧伤而死呢，还是因为得了个绝症。夫人当然悲痛欲绝。

虽说她痛哭流涕，然而她毕竟还是个年青富有的孤孀，因此过了不久，她的兄弟们都劝她改嫁。她却并没这意愿，可是他们再三相劝，她不由得想起了费代里哥的为人高尚，和他那一回杀鹰款待的豪举，就对她的兄弟们说道：

“我本当不打算再嫁，可是，你们如果一定要我再嫁，我不嫁旁人，一定要嫁给费代里哥·阿尔白里奇。”

她兄弟们听了，都讥笑她说：“你真是个傻女人，怎么说出这种话来？你怎么看中了这么个一贫如洗的人呢?”

她回答道：“兄弟，我知道你们说的话不假，不过我是要嫁人，不是要嫁钱。”

她兄弟们看她主意已经打定，也知道费代里哥虽然贫穷，品格却非常高尚，只好答应让她带着所有的家财嫁过去。费代里哥娶到这样一个心爱的女人，又获得这么一笔丰厚的嫁妆，从此节俭度日，受用不尽，夫妇俩快慰幸福地过了一辈子。

故事第十

彼得到朋友家去吃饭，妻子趁机把情人招来。两人正在进餐，忽闻彼得敲门，她惊惶失措，将情人藏在鸡笼下面。不久，马厩里的驴子踩痛了鸡笼下面那个青年的手指，他大喊一声，事情因此败露。但彼得自身不正，结果还是和妻子言归于好。

女王讲完了故事，大家都赞美天主恩德无边，竟给了费代里哥应得的报偿。第奥纽向来是用不到吩咐的，立即接下去说道：

我们一般人大都喜欢取笑别人家的丑事，而人家的好处我们却不乐意提起。尤其是当这类丑事与我们本身痛痒不相关的时候，我们取笑得更加厉害。这也许因为我们开头只是漫不在意，后来日深月久，终于养成了这种恶习，也许因为人类生来就具有这种劣根性，至于究竟是哪种原因，那可很难说了。亲爱的小姐们，我以前讲故事是为了让你们消愁解闷，今天讲故事也还是为了这个目的。虽然这个故事有些地方似乎不大妥帖，但毕竟能够逗着你们笑一阵，所以我还是讲下去吧。不过我

想，正好比你们走进花园伸出纤手去摘玫瑰一样，只摘花儿不摘刺，你们听起这个故事来，尽管让那个笨男人去倒楣出丑，只消看他的妻子怎样使出高明的手段跟人家明来暗去，你们发发笑，再对那些不幸的人寄予一些同情就是了。

话说不久以前，佩鲁吉亚地方有个富翁，名叫彼得·第·文奇奥罗。他酷爱男色，在当地声名很坏，因此娶了个妻子，倒并不是为了自己要受用，无非借此遮掩遮掩人家的耳目，使自己的名声可以稍好一些。也是天从人愿，他娶了个精力充沛、矮矮胖胖、风骚入骨的红头发年青姑娘。她至少要两个丈夫才能叫她满足，而今她碰上的这个男人却偏是另有所好，不把她放在心上。

日子久了，她看出了这一点，觉得自己长得这么漂亮，正当青春妙龄、血气方盛的时期，哪里受得了这般冷淡？因此不免时常使性子，和丈夫吵吵闹闹，把什么粗话都骂出了口；夫妇相骂简直成了家常便饭。后来她眼看这样吵闹也无济于事，徒然自己枉费精力，却并不能叫丈夫弃邪归正。她心里想：

“这个下贱的东西，他撇下了我去干那种事，这是旱地行舟，走歪路；我何不另求新欢，济渡别的男人呢？我嫁给他，还给他带来了丰厚的妆奁，原把他当作一个男子汉，满以为男子欢喜干的事，他也欢喜，能够和我和好相处；如果我早知道他不能尽一个男人的本分，我无论如何也不肯嫁给他的。他明知我是个女人，如果他不喜欢女人，干吗要娶我？这真是岂有此理。如果我看破了红尘，何不去做修女？怎奈我并不能超凡脱俗，而要等他来给我快乐，我看只有白等他一辈子了，那时候青春一去不复返，只落得徒然的悲伤和后悔。如今他既然给我作出了一个榜样，叫我自寻乐趣，我何乐不为？我这样做，都只怪他不是，我是完全说得过去的。我只不过触犯了法律，而他不光是犯法，而且违犯了天理。”

这位少奶奶把这件事想了又想，决定悄悄地干起来。她结识了一个老太婆，是个有名的老鸨，却装出一副虔诚的模样，宛若当年那位舍身喂蛇的圣人梵蒂安娜，老是手里拿着念珠上教堂去赎罪，开口闭口都是教皇啦，圣方济各的创伤啦，[1]因此人家几乎都把她当作了一个女圣人。来往了一阵之后，这位少奶奶觉得时机已经成熟，就把自己的心事向她和盘托出。

老太婆说："我的女儿，天主对于人间的事没有哪一件不明了，他知道你大可以做这件事。如果你只是像其他女人一样，为了爱惜青春，而没有其他目的，那这样做就是理所当然。凡是稍明事理的人都懂得，人生最大的悲痛莫过于虚度青春。我们女人家一旦老了，除了烧饭做菜，还有什么用处？不瞒你说，我是个过来人，对于这一点比谁都清楚。我现在已是个老太婆，一想起当年青春虚度，虽然明知后悔无益，可总是说不出的悲痛。虽然我并没有完全辜负青春（当然你也不要认为我年青时竟会笨到那种地步），可是当年多少的心愿都没有得到满足。你瞧，如今我已经老得这个样子，谁都不屑理睬我了，想起来叫我多么难受！

"男人的情形可完全两样。他们生下来不光是为了这一件事，还有其他的多少事好做，而且他们大都是老来比年青时代更加得志。女人们生来就是为了这件事，她们的长处就在于能够来这一套，能够生男育女，男人爱女人，也是为了这个。别的且不说，你只消明白这一点就行了：女人随时都可以干这件事，男人却办不到。一个女人可以把好几个男人玩得筋疲力尽，而好几个男人却未必对付得了一个女人。这是我们得天独厚的地方。所以我再跟你说一遍：对你的丈夫你尽管一报还一报好了，只有这样，你到了老年，你的灵魂才不会对你的肉体有所埋怨。

"人生在世，应该及时行乐。尤其是女人，青春比男人短促，更不应该错过大好时光。你要知道，我们女人一旦老了，不管是自己的丈夫也好，别的男人也好，看都不愿意再看我们一眼。他们把我们赶到厨房里去洗锅擦碗，跟猫儿玩耍，更气人的是，还要编出这种歌子来取笑我们，说什么'给大姑娘吃珍馐，让老太婆闭住口。'还有多少难听的

---

[1] 圣方济各（1181—1226），天主教"方济各会"创始人，主张苦修，常用皮鞭痛笞自身，以至流血，认为是一种功德，"创伤"当指此而言。

话呢。

“我不必再啰嗦了，只是老实告诉你：你找我总算没有找错人，要是你把你的心事告诉了别人，谁也不能帮你这么大的忙。随便哪个男人，不管他有多么尊贵，我也敢拿饮食男女的道理去说动他的心；随便哪个男人，不管他摆出怎样一本正经的冷冰冰的脸孔，我包管有办法叫他俯首听命。所以，你只要告诉我，你看中了谁，以后的事情都包在我身上好了。可是我的女儿呀，有一件事我要提醒你：老身很穷，经常要带着念珠上教堂去祈祷，所以你也得帮帮我的忙，好让我也可以在天主面前替你的亡亲故友多点几支蜡烛，多为他们祈祷，求得天主的宽恕。”

老太婆讲完这一番话，少奶奶就说有个小后生常常在这一带地方经过，又把他的面貌特征详细描述了一番，叫老太婆哪一天看到他，一定要设法把他弄到手。两人谈妥以后，少奶奶送给了她一块咸肉，祈求上帝祝福她，就把她送出门外。

没有几天工夫，老太婆就替她把她心目中的那个后生悄悄带进了少妇房里。以后少妇一看到中意的男人，都叫老太婆替她一个一个地弄到手。她虽然对丈夫存着些顾忌，却怎么也不肯错过良机。

有一天晚上，她丈夫到一个名叫艾柯朗诺的朋友家里吃晚饭去了。她就叫老太婆把佩鲁吉亚城里数一数二的美男子带来，老太婆马上就办到了。不料，她刚刚和她的情人在房里坐下来吃饭，彼得忽然在外面叫起门来。她听得敲门声，慌作一团，没有了主意。把他放走也不是，叫他藏起来也不是，最后实在急不过了，就胡乱叫他躲在隔壁披屋里的鸡笼下面，又把她那天刚刚撤空了的那只草荐袋盖在鸡笼上。安排停当，她就赶快去开门让丈夫进来。他一进门，妻子就问他：

“你这一顿晚饭吃得真快呀!”

“根本就没有吃。”她丈夫回答。

妻子问：“怎么回事?”

“让我来说给你听，”丈夫说，“艾柯朗诺夫妇和我刚坐下来吃饭，忽然听得外边有什么人在打喷嚏。开头一两声我们还不在意，以后接连地听到第四声第五声，次数太多了，大家都奇怪起来。艾柯朗诺本就有些生他妻子的气，因为他和我进屋的时候，他妻子让我们在门外等了好久才开门，现在又听得打喷嚏的声音，他就大发脾气说：‘这究竟是怎么回事？是谁在大打喷嚏？’说着，他就站起来走到楼梯口去。原来楼梯就在附近，楼梯下面像一般房屋一样，有个储藏杂物的小间。

“他觉得打喷嚏的声音就是从这个小间里发出来的。他把门稍微打开了一点，只闻得一股冲鼻的硫磺气味。我们方才闹着闻到臭气，臭气就在这里。他夫人说道：‘我刚才用硫磺漂面纱。我先把硫磺水洒在一只锅子里，把面纱铺在上面熏，熏好以后，就把锅子放在这个小间里，所以有这一股臭味。’等到臭气稍淡，艾柯朗诺向里面一看，只见里面有一个人，还在那里打喷嚏，那是因为给硫磺气味熏得难受的缘故。他打一次喷嚏，就吸进一口硫磺气味，把他的胸口闷住了，要是在那里再待下去，只怕连喷嚏也打不出来了，也休想动弹了。

“艾柯朗诺一看见这人，就大声喝道：‘你这个女人，我们刚才进来，你好久不开门，原来是为了这个原因！我要是不给你一点厉害看看，我就不是人！’他妻子听得他一声吆喝，知道自己的私情已经败露，哪里还敢接嘴，连忙离开座位溜走，也不知道溜到哪里去了。艾柯朗诺没留意他妻子已经溜走，只是一声等不及一声地叫那个打喷嚏的人赶快出来。可是那人这时已经呛得快要咽气了，不管艾柯朗诺怎么说，他动也不动一下。

“于是艾柯朗诺就抓住他的一只脚，把他拖了出来，然后又要去找把刀子来杀死他。我因为自己心虚，害怕巡丁赶来，就站起来竭力劝他不要杀那人，也不要伤害那人。我为了要保护那人，便大叫大嚷，邻居们闻声而来，把那个半死不活的青年抬了出去，我也不知道抬到哪里去了。所以一顿晚饭就给这一场风波打扰得吃不成。并不是我吃得快，而是根本没有吃到。”

他妻子听完这个故事，知道天下和她自己一样聪明的女人还有的是，不过有些女人有时候运气不好而已。她本打算帮着艾柯朗诺的妻子说几句话，可是她灵机一动，觉得不如把别人的过错拿来痛骂一顿，正可以洗刷自己，于是她就说道：

“亏她做得出这种好事！好一位规矩贞洁的太太！像她这么一个圣洁的女人，我还得去向她忏悔才是呢！再糟不过的是，她眼看快是个老太婆了，还给年青姑娘做出了这么一个好榜样！她出世的时辰该遭诅咒！她千该死万该死，居然还有脸活下去！她实在是天下最荒淫无耻、卑鄙下流的女人！我们全城女人的脸都给她丢光了！她把自己的贞操、对丈夫的盟誓都丢到脑后去了，也不顾世人瞧她不起！她丈夫那样善良正派，待她那么好，而她竟不惜为了一个野男人，丢她丈夫的脸，也丢她自己的脸！老天爷呀，这种女人我怎么也不会可怜她！应该把她处死，把她活活的烧死，剩一堆灰！”

她嘴上只顾这样骂，心里可放不下那位躲在近旁鸡笼下面的情人，所以一再催促彼得赶快上床睡觉，说是时间已经不早。可是彼得只想吃晚饭，不想睡觉，就问他妻子有什么吃的没有。

他妻子说：“啊！晚饭！是呀，平常你不在家的日子，我们不都是不等你回来就吃吗？真是笑话！你莫不是把我当作艾柯朗诺的老婆了吧？天啊，你干吗还不去睡觉呀？叫你睡觉去是为你好啊！”

凑巧这天晚上彼得的佣工从农庄上运来了许多东西，把驴子关在披屋隔壁的一个小马厩里，没有给它们水喝。其中有一头驴子渴得不得了，就挣脱缰绳，走出马厩，到处嗅来嗅去，想要找水喝，走到了鸡笼跟前。趴在鸡笼下面的那个青年也不知道是运气还是晦气，一只手伸在外面，那头驴子踩在他的手指上，他痛得要命，不由得大叫了一声。彼得听了很是惊奇。觉得这叫声就在屋子里。他就去到披屋那里。只听到那人还在叫嚷，原来他的手指仍然给踩在驴子的脚蹄下。彼得问道：“谁呀？”说着，就走到鸡笼跟前，拿起鸡笼，看见了那个青年。那人本来已经给驴子踩得好痛，现在见到彼得，只怕大祸临头，直吓得浑身发抖，真是好不可怜。

彼得一眼看出这个青年原是他自己早就垂涎的一个美男子，便盘问他在那里干什么。那人无言可答，只是恳求他看在天主面上不要难为他。

彼得说："起来，不要害怕，我不会难为你的。我只要你跟我说明白，你是怎么到这里来的，到这里来干什么的。"

这个青年只得一五一十照直说出来。彼得这时的高兴正好跟他妻子的窘迫成了对比。他立即拉着他的手，走进内室，只见妻子正站在那里惶恐万状。他在她对面坐了下来，说道：

"你刚才还在咒骂艾柯朗诺的老婆，说她应该活活给烧死，她把你们女人的脸都丢光了；那你为什么不骂骂你自己呢？你自己和她是一路的货色，你不骂自己，只骂人家，良心上过得去吗？天下女人都是生成的下贱坯，否则还做得出这种事来吗？借着骂别人来掩饰自己是你们的拿手。但愿天上掉下火来把你们这些贱女人统统烧死吧！"

他妻子见他发觉她的隐私之后，虽是气愤，却并没有怎么叫她难堪，只不过骂骂她而已，又看到他手里搀着那个漂亮小伙子，脸上喜气洋洋，这才壮起了胆子回嘴道：

"你希望天上掉下火来，把我们女人统统烧死，我相信你没有说假话，因为你们男人喜欢我们女人，就像狗喜欢棍子一样。可是我凭着老天爷发誓，你的愿望决不会实现的。我现在倒要跟你说个明白，看看你到底有什么好埋怨的。你把我和艾柯朗诺的老婆相比，真比得好呀。她是个假装正派的贱女人。她没有哪一样不称心，她丈夫待她无微不至，而你待我却完全是两样。即使你给我吃得好，穿得好，可是请你问问你自己的良心：你那方面待我怎么样？你有多久没有陪我睡觉了？与其叫我独守空床，我倒宁愿穿得破破烂烂，不要吃好穿好。彼得，你要知道，我既然是个女人，就有女人的欲望。我既然不能从你身上得到满足，自然要去找别人，你也怪不得我。至少我还算顾全你的面子，没有去找上马夫和癞子。"

彼得见她理直气壮、滔滔不绝，好像她那些话通宵也说不完似的，就轻描淡写地说道：

"我的太太，你也说够了，我就承认你说得不错吧。只请你行行好，给我们弄点什么吃的当晚饭吧，我看这个小伙子也像我一样，肚子里还是空的呢。"

“他当然也没有吃，”他妻子说，“我们刚刚坐下来吃晚饭，谁料到你偏是不识相，不迟不早地闯进来了。”

彼得说：“去吧，想法去给我们弄点吃的来吧，吃过饭之后，我包管把事情安排妥帖，不叫你有半句怨言。”

他妻子见他这样心平气和，便站起身来，重新摆好饭桌，把那预备好了的晚饭摆出来，和她的不成器的丈夫以及那个年青小伙子一块儿快快活活地吃起来。至于吃过晚饭以后，彼得想出什么办法叫他们三个人都满意称心，我可忘了，我只记得第二天早上，那个青年走出去的时候，简直记不清前一天夜里是跟彼得睡在一起的次数多，还是跟他老婆睡在一起的次数多。所以，亲爱的小姐们，我再跟你们说一句：“人家怎么样待你，你也怎么样待人家。如果你吃了亏，一时不能报复，可千万要牢记在心，将来有了机会，一定要给他点厉害看看，让他自作自受。”

第奥纽的故事讲完了，小姐们倒没有平常笑得那么起劲，这倒并不是她们不欢喜这个故事，而是因为她们实在感到太难为情了。女王看见自己的任期已满，随即站起身来，摘下桂冠，高高兴兴地把它戴在爱莉莎头上，说道：“小姐，现在该轮到你掌管国政了。”

爱莉莎接受了这个荣任，照例安排各项事务：先同管家商讨了一阵，指示管家在她的任期内应该预备些什么，使大家过得称心如意，然后又对大家说道：

“从我们所听过的不少故事说来，我们知道天下有好多人都因为机智伶俐，口齿锋利，一旦被人家抓住了把柄，就会情急智生，针锋相对，天大的事也会化凶为吉。这一类的故事很有意思，不妨多说一些，所以我想规定明天每人讲一个富于机智的故事，或者是针锋相对，驳倒了别人的非难，或者是急中生智，逃避了当前的危险和耻辱。”

大家一致赞成。于是女王站起身来，吩咐大家各自去消遣游乐，等到吃晚饭时再一起相聚。大家看见女王站起身来，也都跟着站起来，随意去玩耍。不久蛩声寂然，女王就召集大家来吃晚饭。众人欢欢喜喜地吃罢晚饭，又唱歌奏乐，爱米莉亚在女王的吩咐之下带头跳起舞来，第奥纽也奉命唱一支歌，他马上就唱起来：“阿罗达好姑娘，收起你一脸的可怜相，我来告诉你一件大喜事，包管你听了喜洋洋。”小姐们都听得发笑，女王尤其笑得厉害，不许他再唱下去，重新换一个歌。

第奥纽说：“女王，如果我带了小鼓，我就可以唱《拉帕太太，撩起你的裙子》，或是《橄榄树下的小草》，也许你喜欢听我唱《我的忧伤像巨浪》吧；可惜我并没有带小鼓，只好另外选唱几支。你爱不爱听《快到我们身边来，五月牧场好风光》？”

女王说：“不行，给我们唱个别的。”

第奥纽说：“那么就唱《西蒙娜小姐，这不是十月天》如何？”

“去你的吧，”女王笑着说，“谁要听你这些歌，给我们唱个正派些的。”

第奥纽说：“女王，得啦，请你不要发脾气。你究竟爱听什么呢？我会唱的歌有成千支以上。你爱不爱听《这个滋味尝不够》，或是《好丈夫，饶饶我》，或是《我要用一百金镑买只鸟》？”

小姐们都大笑起来，可是女王有些动了怒，说道：“第奥纽，不要尽是胡说八道了，好好地给我们唱一支歌吧，否则你可要惹我生气了。”

第奥纽这才没有再闹下去，规规矩矩地唱了一支歌：

啊，伟大的爱神，
怎当美人儿临去秋波那一转，
叫我荡魄销魂，束手就擒。

她那明亮的眸子水汪汪，
和我的眼睛脉脉含情一线牵，
给我心里燃起熊熊的火焰。
啊，爱神，我一见到她的倩影，
就知道你的力量真是万能。

我只觉得昏沉沉神魂颠倒，
让你的千丝万缕缚得多牢。
我如今已是六神无主，
为了她连声叹息叫苦。

啊，大慈大悲的爱神啊，
我甘心拜倒在你脚前听你使唤，
只求你别让我相思徒劳空长叹。
可是我要问你，我这刻骨的相思，
她到底知也不知？
我对她无限地忠诚，
万般地多情和痴心。
除了美人儿来救苦救难，
还有谁医得我这相思病？
所以我求你，爱神，千万要开开恩，
用你的爱火去烤暖她的心，
告诉她，我为她忘餐废寝。
你瞧我衣宽人瘦，
全靠你多多怜惜把这条命来救。
只望有朝一日你领着我去和她相见，
让我欢欢喜喜娶了她做我的如花美眷。

第奥纽唱完了，女王赞赏了一番，接着又吩咐旁人唱了几支。她看看夜已很深，白天的炎热已给夜凉吹散，吩咐大家各去安息，明天继续玩乐。

［第五天终］

第六天

《十日谈》的第六天由此开始，爱莉莎担任女王。每人讲一个富于机智的故事：或者针锋相对，驳倒了别人的非难；或者急中生智，逃避了当前的危险和耻辱。

天空中的月亮，光彩逐渐黯淡，东方的曙光，照遍了大地，这时候女王已经起身，把同伴一一喊了起来；于是一同在小山脚下一片露珠晶莹的草地上漫步，大家边走边谈，讨论着各种问题，评论着每篇故事的优劣，提起故事中的许多可笑的情景，不觉又大笑一番；直到太阳升高，炎热逼人，大家这才觉得应该回去了。

回到别墅里，席面已经安排停当，屋子里缀满着鲜花和芳草。女王趁早晨凉爽，吩咐开饭。饭桌上，大家有说有笑，十分欢乐。饭后，他们先唱了几支轻快的歌，于是午睡的午睡，下棋的下棋，掷骰儿的掷骰儿，第奥纽和劳丽达两个合唱了一首咏叹特洛勒斯和克莱西达[①]的歌曲。

到了集合的时间，女王召集众人，跟前几天一样，仍旧在喷水池边坐下。女王正要指定什么人带头讲一个故事，不料发生了一件从来没有过的事——大家只听得厨房里闹声震天。女王立即把管事召来，查问是谁在那里喧闹，为些什么事。总管回说是莉西丝卡和丁大洛两个在争吵，至于为了什么原因，他也不清楚，因为正要向他们劝解，就给叫了来。女王吩咐他把莉西丝卡和丁大洛叫来，等两人来到跟前，女王就查问他们争吵些什么。

丁大洛刚要回答，但是莉西丝卡自恃长了几岁，不免有些自高自大，又因刚才争了一场，情绪激动，所以打断他的话头，抢着道：

“看你这个畜生，竟敢抢在我前头说话！让我先说吧。”于是她回头对女王说：

“小姐，这个家伙要把西科芳蒂的老婆的故事讲给我听，好像我跟她还不熟悉似的，说什么她丈夫和她第一夜交锋的时候，血流遍野，好不容易才攻破了那座城堡啊，我说这完全是胡扯，他是轻而易举地长驱直入的。这个男子，头脑真叫简单，他还以为女孩子果真会听着父兄的教训，辜负了自己的青春。其实女孩子十个里头倒有八九个，在出嫁前的三四年内对这回事已经十分内行了。要是叫她们干巴巴地直等到嫁人，那不是要急坏人了吗？老天在上——老天爷知道我起的誓是一向作准的——我的左邻右舍的那许多女孩子，没有一个到结婚的时候还是处女的。就是她们结了婚，我知道还是用种种办法来欺骗丈夫。不料这头呆鸟要跟我谈什么女人不女人，好像我是昨天刚养出来似的！”

莉西丝卡只管这么说，那班姑娘可笑坏了，笑得连牙齿都要掉下来了。女王连嚷了六次，不许她再往下说，可是她哪儿肯听？她非要把心里的话都吐了出来，不肯闭嘴。等她说完，女王回过头来，笑着对第奥纽说：

“第奥纽，这问题要请你来解决了。等我们把故事讲完之后，你就要对这回事，谁是谁非，下个判断。”

第奥纽立刻回答道：“小姐，这是当场就可以判断的，何必费时间呢。我说莉西丝卡讲得有理，我认为她的话句句中肯，丁大洛不过是一头蠢驴罢了。”

莉西丝卡听到这话，放声大笑，对丁大洛说道：“你现在领教了吧？快给我走吧。你这个乳臭未干的小毛头，居然以为比我都懂事。谢天谢地，我这几十年不是白活的；不，我才不呢。”

幸亏女王板起脸来，叫她住口，快和丁大洛一同回到厨房里去，不准吵闹，除非她想尝尝鞭子的味道——要不是这样压她一压，只怕整天都得听她的唠叨了。等两人走后，女王吩咐菲罗美娜第一个讲故事。她高高兴兴地说道：

---

① 特洛勒斯是古希腊史诗中的英雄；克莱西达是他的情人，后来两人分手后，对他变了心。卜伽丘曾写长诗歌咏他们的恋爱悲剧。

故事第一

一位绅士陪着奥丽达太太游行，他讲了个没头没脑的故事给她听，说是使她好像骑在马上，忘了路程的遥远；可是她求他还是让她下马来的好。

年青的小姐，星星点缀着黑夜的天空，春天的鲜花给碧绿的田野生色不少，青葱的树木把青山装饰得赏心悦目；同样地，在优雅的谈吐中插入了一句富于机智的俏皮话，就更为动人，俏皮话大都精悍短小，所以特别适于妇女，因为男人说话可以口若悬河，妇女可不能那样，说话贵于简洁。可是也不知是我们女人的智能特别低呢，还是老天忽然跟我们作起对来，总之，如今我们女人能在适当的时机，说一句俏皮话，或者是人家说了一句俏皮话，能够立刻领会其中意义的，确实很少，甚至可说没有，这真是我们女人的羞辱。不过关于这一点，潘比妮亚已经讲得很透彻了，[①]我也无需多谈，现在为了让大家看到在适当的时机讲一句确当的话，是多么起作用，我准备在这里讲一个女人怎样用一句有礼貌的回答，使一个正在噜苏的绅士再也没法说下去了。

不久之前，我们城里有一个富于教养、谈吐优雅的闺阁名媛，像她这样高贵的女人，名字是不该不提的。她是热里·斯宾那大爷的妻子，大家都叫她奥丽达太太——可能各位姐姐中有很多人都认识她，或者听到别人说起过她。有一天，她在家里宴请许多女伴和绅士，饭后大伙儿一起到乡野去游散，从一处玩到一处，情景有些跟我们一样。那天预定散步的一段路程很长，走到半路上，有一位绅士对她说道：

“奥丽达太太，要是你不讨厌的话，我想讲一个世界上最美的故事给你听，叫你听得津津有味，就像骑了一匹马一样，忘了路途的遥远。”

“啊，再好没有了，先生，”那位太太说，“请你快给我讲一个故事吧。”

于是绅士开始讲故事给她听。故事倒很精彩，可惜他讲故事的本领，只抵得上他使用他身边那把佩剑的功夫，实在太不高明，时常把一句话颠来倒去的说了又说，甚至说上六七遍，过了一会，忽然又倒过头来说道：“哎呀，我说错啦!”对于故事中的人名地名常常纠缠不清，张冠李戴，弄得别人莫名其妙。他那说话的声气又跟故事里的人物、情景一点都配合不上，真是听得奥丽达太太头晕目眩，冷汗一身，只觉得大祸临头，连命都快要保不住了。到最后，她忍无可忍，又看见那位绅士正愈说愈糊涂，已经迷了路，失了方向，只是在那儿团团打转，再也跑不出来了，就和悦地对他说：

“先生，你那匹马跑得太野，请你还是让我下了马吧。”

这位绅士讲故事的本领虽然不行，但是听了俏皮话，倒还能辨辨味道，也还有雅量，所以竟自己都好笑起来，他就此把那个讲得没头没脑的故事打住，另找别的话题了。

---

① 参阅第一天故事第十(第49页)。

故事第二

面包师奇斯蒂用一句话使得斯宾那大爷明白
自己的要求过了分。

奥丽达的那句俏皮话博得了大家的称赏，女王于是吩咐潘比妮亚继续讲一个故事。只听她说道：

各位好姐姐，我常常怀着一种疑问，不知道造化和命运之神究竟是谁最该受指摘，因为我看到，有时候，造化把高贵的灵魂赋予卑贱的肉体；有时候，命运之神却叫那具有高贵灵魂的人操着卑贱的职业，譬如我们本城的市民奇斯蒂，就跟还有些人一样，是这方面的一个例子。奇斯蒂具有崇高的精神，可是命运之神却叫他当一个面包师。

我真想把造化和命运之神都诅咒一番呢；不过我知道，实际上造化是最谨慎不过的；而命运之神呢，虽然凡夫俗子把她画成一个盲人，①其实她具有一千只慧眼。照我想来，造化和命运之神因为是有着深谋远虑的，所以有时候，就像我们人类在恶劣的情况下，为了以防万一，把最贵重的东西埋藏在家里最肮脏的角落里；这等地方最不受人注目，因此保藏珍宝，也就比精雅的内室更稳妥。同样地，那主宰世界的两位尊神把他们的宠儿放在下等人中间，叫他们操着微贱的职业，到了适当的时机，就脱颖而出，更显得光辉灿烂。方才一个故事讲到热里·斯宾那的太太奥丽达，使我想起了面包师奇斯蒂来，他借一件小事，使热里·斯宾那明白过来。我现在就要讲这么短短的一个故事。

当教皇卜尼法斯在位的时候，十分器重热里·斯宾那大爷；所以有一次，教皇派遣几个特使到佛罗伦萨处理要务，他们特地去向热里大爷请教，就住在他家。不知为着什么事，热里大爷每天早晨总要陪同几位特使走过圣马利亚教堂，奇斯蒂的面包店就开设在近旁，他不辞辛苦，亲自在店里操劳。

命运之神虽然使他干着卑贱的行业，不过还是很照顾他，店里业务兴隆，不多几年，他就因此致富，过着优裕的生活，竟也不想改行了。除了丰衣足食之外，他的地窖里还有佛罗伦萨和附近这一带最好的红酒和白酒。他看见热里大爷和教皇的几位使臣每天早晨都在他店门口走过，天气又热，他很想把自己的上好的白酒奉献给他们解渴，表示敬意。不过他再一想，自己和热里大爷的地位，差得很远，所以又不敢冒失邀请，他决定想一个办法，要使得热里大爷自己开口向他要。

每天早晨，他穿了一件洁白的紧身衣，系上一条干净的围裙，看上去不像个面包师，倒像个磨坊主人；在算准热里大爷和使臣快要来的时候，就把一铅桶清水、一小壶上好的白酒（那小壶是波伦亚出品的瓷器），放在店门口，旁边还摆好两只晶莹闪亮、如同白银的杯子。当他们走过面包店的时候，他总是坐在那儿，先清了一清嗓子，然后一口口的啜饮着美酒，那种津津有味的样子，真是叫死人都要馋涎欲滴呢。

接连两天，热里大爷看见他都是这样，到第三天，禁不住问道：

“奇斯蒂，你喝的这个味道怎么样？是好酒吗？”

奇斯蒂听见热里大爷跟他说话，慌忙站了起来回答道：“是的，大爷，是好酒，不过味道好到怎么一个程度，那只能请你自己品尝，我可

---

① 参阅莎士比亚历史剧《亨利第五》Ⅲ. vi. 33 以下：“命运女神是给人家画成个眼前蒙着布的瞎子，叫你明白，她是个瞎眼儿；人家又把她画在一个轮子上，叫你明白……她是在变动中，是不定的、无常的、变幻不测的……”（依据方平译本）

没法说得明白了。”

不知由于天热，累了，还是看见奇斯蒂喝得这样津津有味，热里大爷也觉得口渴起来，就回过头来，微笑着对几位使臣说道：

“各位大爷，我们尝一尝这位好人儿的酒吧，想必这是好酒，不会叫我们喝了后悔的。”

于是他把他们领到店门口，奇斯蒂立刻叫人从店堂里端出一条考究的长椅，请他们坐下。他们的随从想过来洗涤杯子，但是给奇斯蒂挡住了，他说：

“朋友，站过去些，这工作让我担任了吧。我斟酒的功夫跟做面包的功夫一样到家呢。这酒，你们别指望沾到一滴儿光。”

说罢，他亲手洗净了四只精致的新杯子，端出一小壶美酒，小心翼翼地斟满四杯，殷勤地请热里大爷和他的朋友喝。他们一尝之下，觉得这许多年来第一次喝到过这么好的酒，都赞不绝口。在使臣逗留在佛罗伦萨期间，热里大爷几乎每天陪着他们到那儿去喝酒。

后来特使把公事办完，将要告辞的时候，热里大爷特地举行盛大宴会给他们送行，邀请本城著名的士绅作陪。奇斯蒂也得到他的邀请，可是他再三谦辞，不肯赴席。热里大爷只得吩咐仆人拿一个细颈的瓶子到奇斯蒂那儿去要一瓶美酒，预备在上头道菜的时候，给每位贵宾各敬半杯。

谁知那个仆从大概因为跟着主人在面包店门前走过，却从来也不曾尝到过一滴酒，很有些不乐意，竟带了一个大瓶子去。奇斯蒂看见那个大瓶子，就说：

“孩子，热里大爷不是派你来找我的。”

那仆人竭力分辩，但是对方始终不肯相信，他只得回去据实禀告了主人。热里大爷说：

“你再去见他，对他说，我的确是派你去找他的；如果他还是回答你那句话，你就说，我要是不派你找他还找谁呢。”

于是仆人再去到面包师那儿，说道：“奇斯蒂，我家主人的确是派我来找你的，并不是找别的什么人。”

“孩子，”奇斯蒂回他道，“他怎么也不是派你来找我的。”

“那么他派我找谁呢?”

“去找那阿诺河，”奇斯蒂回答。

仆人只得回去把他的话回报主人。热里大爷这时才恍然大悟，对仆人说道：“你把你带去的瓶子给我看看。”

等他看见果然是这么一个大瓶子，说道：“奇斯蒂说得一点不错，”就把仆人责备了一顿，叫他另换一个小瓶子去。

奇斯蒂看见了那个小瓶子，说道：“现在我知道热里大爷的确是派你来找我了。”

说罢，就倒满了一小瓶美酒交给仆人。

那一天，他另外备了一小桶美酒，郑重其事地亲自送到热里大爷的公馆，对他说道：

“大爷，今天早晨我并不是因为看见那个大瓶子吓了一跳，不过我想你或许忘记了过去几天，我一直是拿小壶给你们各位斟酒的，所以我希望你知道这是家藏之酒①，不过我现在认为这酒不必由自己贮藏了，特地全都拿来送给你，你爱怎么喝就怎么喝吧。”

热里大爷受到奇斯蒂的厚礼，感谢不尽，从此十分敬重他，把他看做终生的朋友。

---

① 意即不是随便请人，或者随便让人们喝的美酒。

故事第三

诺娜用讥讽的口吻对付佛罗伦萨主教的无礼嘲谑，使他哑口无言。

潘比妮亚讲完故事，大家都赞美奇斯蒂善于说话，为人慷慨。女王于是吩咐劳丽达接着讲一个故事。她笑盈盈地说道：

美丽活泼的好姐姐们，菲罗美娜和潘比妮亚已先后讲到，一句说得恰到好处的话是多么有力量，可惜我们还不善于应对。她们说得很对，我也不必多说什么了，不过我想提醒大家，这应对之才应该是像蚊子那样叮人一口，不能像狗那样咬人；因为如果出言伤人，那就是谩骂，不是应对了。奥丽达太太和奇斯蒂的答话很好地说明了这一点。但是如果一个人被人用不堪入耳的话像狗一般咬了一口，那么遇到这种情形，趁机反咬一口也无可非难了。所以我们跟人打趣，应该认清对象，留心这句话该怎么说，还要注意到时间和场合才好。我们有一个主教，就因为不注意这方面，妄想用锋利的话头咬人家一口，结果反而给人家狠狠地回敬了一下，自取其辱。这就是我今天要讲的小故事。

从前佛罗伦萨有个主教，名叫安东尼奥·杜尔索，是个饱学而有道的人物，那时候有一位加达鲁尼亚的贵客，叫做台哥·台拉·拉达，来到佛罗伦萨，他是劳勃特国王手下的将军，生得气宇轩昂，是情场老手，没有多久就爱上了佛罗伦萨妇女群中特别漂亮的一位。她就是主教兄弟的外孙女，她的丈夫虽然也算世家子弟，却是个见钱眼红的小人。

那将军打听到了那丈夫是这么一个人物，就许给他五百个金币，只要他让妻子陪他睡一夜。那丈夫居然答应下来，不管自己的妻子肯不肯干这件事。而将军也有他的计谋，他把当时通用的银币镀了金，和那个女人睡过觉之后，就把伪金币给了那丈夫。后来这事给大家知道了，作为笑谈，那个卑鄙的丈夫钱捞不到，反而坏了名誉。那主教呢，真不愧是个聪明人，假装不知道有这回事。

主教和将军经常见面，有一次，在圣约翰节日，两人一同骑马出游，看见许多妇女穿过大街小巷，向赛马场跑去。主教望见一个年青的女人，名叫诺娜·德·布尔契太太，是阿莱乔·里奴奇大爷的表妹，想必你们都认识她——可惜她死在这次瘟疫里。她是一位明眸皓齿的少妇，口齿伶俐，志趣高尚，那时刚出嫁不久，和丈夫一起住在波达·圣·庇厄罗区。主教指着她叫将军看；等到行近她身边的时候，他一只手搭在将军的肩上，对她说道：

“诺娜，你看这位风流少年怎么样？你想你能收服他吗？”

那少妇觉得主教当着路上许许多多人说出这种轻薄的话来，跟自己的名誉大有关系，不过她不想为自己辩白，而要一报还一报，所以立刻反唇相讥道：

“大人，他大概收服不了我吧，如果他想来尝试一下，那么我可是要真的金币。”

这句话一下子刺痛了将军和主教两个人，前者因为用卑鄙的手段玩弄了主教兄弟的外孙女，后者因为外孙女而觉得脸上无光；两人面红耳赤，再不敢和她多搭讪，而且不敢相对而视，只是骑着马，悻悻地往前逃去了。

就这样，那少妇先给人咬了一口，她不得不回咬了对方一口。

故事第四

厨子契契比奥受到主人的责怪，却随口说了
句妙语，使主人转怒为喜，饶恕了他。

劳丽达讲完，大家都称赞诺娜的口才；于是女王吩咐妮菲尔接下去讲一个故事。她就开言道：

亲爱的姐姐们，有口才的人能随机应变，对答如流，把话说得恰到好处，十分得体。但是当一个普通人在情急势迫的时候，天主也会使他急中生智，把他平日万想不到的话，送到他嘴里，我现在就要讲给你们听这样一个故事。

居拉度·让菲利阿奇是我们城里一位尊贵的人士，想必各位姐姐都看见过他，或者听到过他；他为人慷慨豪爽，过着绅士的生活，平日醉心鹰犬之乐，把那正经事情反倒放过一边。有一天，他靠着猎鹰在彼莱托拉附近猎到了一只白鹤，他看它还是只小鹤，长得又肥，就把它交给了厨子契契比奥，叫他烧成一道好菜，吃晚饭时端上来。

那厨子烹调的本领不错，是威尼斯人，就是有点儿傻里傻气，他接过小鹤，收拾好之后，便放在炉火上用心烤炙。当鹤肉快熟，烤得香喷喷的时候，恰巧邻家的一个姑娘走了来。这姑娘叫白伦纳达，契契比奥正热恋着她。她来到厨房，闻到一股香味，又看见正在烤着鹤肉，不觉垂涎，缠住契契比奥给她一只鹤腿尝尝味道。他却哼着小调回答她：

“不给你呀不给你，白伦纳达小姐呀，我不给你。”

这一下，她生气了，对他说道：“老天在上，要是你真的不肯把鹤腿给我，你也别指望我答应你什么了。”

两人竟这样你一句我一语争吵起来，契契比奥到底不敢惹恼他的情人，只得割下一只鹤腿，给她吃了。

过了一会，一盘鹤肉就端到居拉度和好些宾客的餐桌上。居拉度看见缺了一只鹤腿，十分奇怪，就把契契比奥叫来，问他还有一只鹤腿到哪里去了。谁知那个会说谎话的威尼斯人毫不迟疑地回答道：

“主人，鹤只有一条腿，一只脚呀。”

“你说什么呆话！”居拉度勃然大怒道，“鹤只有一条腿、一只脚吗？你以为我从没有看见过鹤吗？”

“主人，我没有说错呀，”契契比奥固执地说道，“活着的鹤多着呢，如果你要看，我随时可以指给你看。”

居拉度因为席上还有许多宾客，不愿跟他多说什么，就对他道：“好吧，既然你说随时都可以让我见识到这种见所未见、闻所未闻的禽类，那么我希望明天就能看到。可是凭着基督的圣体起誓，如果没有这回事，那么准备你的皮肉挨打吧，我要打得你从此以后，一提起我的名字就发慌。”

当天晚上，就不曾再提起此事。第二天一清早，居拉度一觉醒来，还是余怒未息，叫马夫备好坐骑，让契契比奥也骑了一匹驽马，带着他一同向河边奔去，在早晨常可以看到鹤群憩息在河滩边。在路上，他对契契比奥说道：

“昨天晚上到底是你还是我撒了谎，现在马上就可以明白了。”

契契比奥看见主人还在生气，自己谎话已经撒了，又不知道该怎样挽救，只是跟在居拉度的后面，心里急得直跳，恨不能马上逃走才好；可是他知道逃是逃不了的，因此心乱如麻，东张西望，眼前的景物，竟忽然都变成了两条腿的鹳鹤。

不多一会，主仆俩已来到河滩边，契契比奥别的还没看见，倒先望见了河滩边有十来只鹤，都是用一只脚站在那儿——原来鹳鹤假寐的时候，总是把一只脚蜷曲起来的。他马上指给居拉度看，说道：

“主人，我昨晚说鹤只有一条腿，你且往那边看看，我没有说错吧!”

居拉度看见白鹤正在河滩上假寐，说道：“且慢，我教你看看它们是有两条腿的。”

说着，他就走近河滩，对着它们“嗬！嗬!”的大喊了几声。白鹤受了惊吓，立刻放下蜷曲着的腿，走了几步飞去了。居拉度回过头来对契契比奥说：

“你这个浑蛋，你现在又怎样说？你看它是不是有两条腿?”

契契比奥已经吓昏了，也不知道他的答话是怎么样想出来的，说道：

“不错，主人，不过你并没对昨天那只白鹤喊着‘嗬！嗬!’呀；如果你当时也对它这么喊了几声，那么它也会像河滩上那许多白鹤那样，把另外一条腿、一只脚伸出来了。”

这一句话居然说得居拉度转怒为喜，哈哈大笑起来，他说道：“契契比奥，你说得对，只怪我当时不曾对它喊几声。”

契契比奥因为随口说了这句妙语，逃过了责罚，主仆两个就此相安无事。

故事第五

法律家福莱赛和画家乔托从田庄回来，中途遇到大雨，彼此嘲笑各人的狼狈状态。

妮菲尔把故事讲完，小姐们觉得契契比奥的回答十分有趣，于是潘菲洛遵照女王的吩咐，这样说道：

最亲爱的小姐们，潘比妮亚方才说得对，命运之神常把有德有才之士隐藏在下等人中间；同样地，那造化也使得极其丑陋的人物具有惊人的天才。我现在要讲一个短短的故事，借我们城里的两个人物来证明这一回事。

这两个人，一个是福莱赛·达·拉巴达，生得矮小畸形，扁面孔，塌鼻梁，只怕就是巴隆奇家族出来的人，①也不能比他更丑陋了。但是他精通法律，许多有地位的人士都推重他，说是一部民法全都藏在他肚子里。

另一位是乔托②，具有高超的绘画天才，在那哺育众生、载负万物的大地上，以及在那无分昼夜、运行不息的天体下，没有一样东西他不能用一支铅笔，一支钢笔，或是一支毛笔，把它画出来，而且画得惟妙

惟肖，栩栩如生。他的艺术几次三番瞒过了人们的眼睛，叫人乍一看去，竟当作了实物，而想不到是图画。

几百年来，始终是低级庸俗、不登大雅之堂的绘画艺术，到他手里才重又发扬光大起来。佛罗伦萨因为出了这位大师而增添了不少光荣；更难能可贵的是，尽管他享有盛名，独步艺坛，却十分谦逊，对于艺术大师的称号愧不敢当；再看看他的门生，以及那班成就远不如他的人，却窃据着这个称号，沾沾自喜；相形之下，使他的声誉格外光辉灿烂了。不过他的艺术虽然炉火纯青，他的身材和相貌却并不比福莱赛漂亮多少。现在我们就言归正传吧——

福莱赛和乔托，他们二位都有乡间别墅在牟热罗。有一年夏天，福莱赛趁法庭休假，到别墅去小住；回城的时候，骑着一匹拉车的劣马，没想到半路上遇见了乔托，原来他也是在别墅小住回来，他也只是骑着一匹劣马，不曾带什么雨伞之类。两人就结伴同行，因为都是上了年纪的人，一路缓缓行来，倒也相得。

夏天的气候本来时阴时晴，变幻不定，忽然之间，下起一阵骤雨来了，幸喜他们熟悉的一个农夫就住在附近，两人便急忙赶到他家去避雨。这样等待了一会，那阵大雨却还是下个不停；他们原打算当天赶回佛罗伦萨，所以只得向农夫借了两件旧的呢外套，两顶破旧不堪的帽子（因为他拿不出更好的帽子来了），就冒着雨起身赶路。

这时候路上泥泞不堪，他们赶了一程，被马蹄溅满了一身泥浆，弄得很不雅观。后来雨势渐渐小下来了，这两个旅伴本来只管赶路，没有顾得说一句话，现在又攀谈起来。乔托本来是一个健谈的人，把话谈开了。福莱赛骑在马上，留心听着，忽然他把乔托从头到脚打量了一通，看见他那种狼狈的情景，不觉失声笑了出来，也不想想自己这会儿成了什么模样，竟嚷道：

---

① 相传巴隆奇是当时佛罗伦萨最丑陋的一家人，竟因而出了名。请参阅底下一个故事。

② 乔托（1267—1337），意大利文艺复兴早期的杰出画家，佛罗伦萨人，对后来意大利绘画艺术的发展有很大的贡献。

“乔托，这时候假使来了一个陌生人，他从来不曾看见过你，看到你现在这副光景，你说他能够想得到你是世上独一无二的大画家吗?”

“大爷，”乔托当即回答道，“假使他看到了你这副模样，以为你也识得两三个字，那么我想他一定也会把我认出来的。”

福莱赛听到这话，立刻明白自己失言了，他想取笑人，却反而被别人取笑了去。

故事第六

史卡札向许多青年证明：巴隆奇是世界上最高贵的望族，因此赢得东道，让对方请了他一顿晚饭。

那几位小姐听到乔托的随口而出的俏皮话，都笑了起来，女王不等她们笑罢，就吩咐菲亚美达接下去讲一个故事。于是她这么说道：

年青的小姐们，方才潘菲洛说起了巴隆奇——也许你们对于这一族不像他那样熟悉吧——使我想起了一个故事来，这故事证明了这一族有多么高贵，好在它并不脱离我们今天的总题，所以我想就跟大家讲这一个故事：

不久以前，我们城里有一个青年，叫做米歇尔·史卡札，他为人很有风趣，善于说笑，肚里稀奇古怪的故事又多，所以佛罗伦萨的青年逢到举行什么联欢的活动，总要把他请了来。

有一天，他和几个青年在蒙台街谈天说地，后来谈论到佛罗伦萨究竟以哪一家族算是最古老、最高贵。有的说是乌培尔第家，也有说是朗培尔第家，大家各说各的，不知听了谁的话好，史卡札不觉笑道：

“快给我闭嘴吧，你们这班傻子！你们懂得些什么呀。全世界、全海洋边的洼地[①]——也别提佛罗伦萨了——要推巴隆奇这一族最古老、最高贵了，这一点，是所有的哲学家都公认的，像我这样知道这一族的人也都同意的。为了免得误会起见，我郑重声明，我说的是你们的邻居，住在圣玛丽亚区的巴隆奇族。”

在场的青年还道他有什么中肯的议论要发表，听到这话，都取笑他起来，说道：

“你在说笑话吧，好像只有你才知道巴隆奇这一族，我们都不知道似的！”

“天地良心，我并不在开玩笑，我说的是真话！”史卡札回答道，“你们中间有哪一个愿意出来打个东道，那我一定奉陪；谁输谁就请吃一顿晚饭，还要让对方带六个朋友一起来吃；而且不论你们推谁做公证人，我都可以从命。”

其中有一个青年叫做奈利·马尼尼的，说道：“让我来赢了这顿晚饭吧！”

双方同意请彼得·第·菲奥伦蒂诺做公证人，因为他们正在他家里，于是就走去找他，大家跟了去，都要看史卡札输了东道，好拿他取笑。等找到彼得，他们就把情形跟他说了，彼得原是个有见识的青年，先听完了奈利的话，回头就问史卡札：

“你倒说说你的道理。”

“说说我的道理？”史卡札回答道，“我要拿出证明来，不但叫你，还要叫我的对手承认我说得一点不错。你们都知道，一个家族，历史越悠久，门第就越高贵，这是贵族们所一致公认的。而巴隆奇家就比任何一个贵族的家世都还要悠久，所以他们好算得是最高贵的贵族了。只要我能够证明他们的家世最古老，那毫无疑问这东道就是我赢了。

“你们要知道，当初天主造人，第一个就造了巴隆奇；那时候，天

---

① “全海洋边的洼地”这句话在这里没有多大意思，史卡札的话显然带着说笑话的口气。

主他老人家的手艺还很幼稚呢，其余的人类却都是他功夫到家之后才造的。你们如果不相信，那么请把巴隆奇家的人和别人比较一下就明白了。别人都长得五官端正，有个格局，唯独巴隆奇家里的人，他们的脸儿不是长得要命，就是阔得出奇，脸儿中央的鼻子非长即短，有的人长着一个翘下巴，一副活像驴子般的大牙床；不仅这样，有的人一只眼睛大、一只眼睛小，有的人又是右眼高、左眼低，看到他们你就要想起了小孩子刚学画，乱涂一通时所画出来的鬼脸。所以正像我所说的，天主创造巴隆奇这一族时，他还是个手艺不高明的新手呢，由此可以证明他们是全人类中家世最古的一族，因此也就是最高贵的一族了。”

公证人彼得，赌了一顿晚餐的奈利，以及在场的人听了他这番高论，又想起巴隆奇家那种丑形怪状，都不觉笑了起来，都认为史卡札说得有理，应该赢得一顿晚饭，因为巴隆奇这一族果然不但在佛罗伦萨，就是在全世界、全海洋边的洼地，也好算得最古老、最高贵的家族了。

潘斐洛为了要形容福莱赛大爷的一张丑脸，就说只怕巴隆奇家里出来的人也不能比他更丑陋了，这话确是很有道理的。

故事第七

菲莉芭和情人欢会，被丈夫发觉，向法庭上诉。她在庭上巧言善辩，推翻原来的法律，逃过刑罚。

菲亚美达把故事讲完，大家听得史卡札凭着那种别开生面的辩论，证明了巴隆奇这一族是独一无二、最高贵的家族，都笑个不停，这时女王回头吩咐菲洛特拉托讲一个故事，于是他这样开始道：

尊贵的小姐们，善于说话固然是一种好事，但是能够在紧要的关头随机应对，那就更难能可贵。我现在要讲到一位贵妇人正具有这样的才能，凭她几句话，不仅使在场的人们听得哈哈大笑，而且挽救了自己，逃过那可耻的死刑。我现在就把这故事讲给大家听。

在普拉托地方，从前有这么一条法律，说来真是严酷到不近人情的地步，凡是妇女与情人通奸被丈夫捉住的，其罪与有夫之妇为贪图金钱而卖身者同，一律活焚，不加区分。

就在实行这条法律的时候，有一位美貌多情的夫人，名叫菲莉芭的，一天夜里，正在闺房里和情人紧搂着的当儿，给她的丈夫林奈度·

德 · 布利西闯进来发觉了。那情人叫拉查利诺 · 德 · 加萨廖特利，是城里大户人家的子弟，一个翩翩美少年，菲莉芭爱他胜如爱自己的生命。那丈夫闯进房中，看见这光景，怒火冲天，要不是害怕法律的追究，他早已冲过去，把一对情人杀死了。

他只得极力抑制住自己，可是他即使不能亲手杀自己的妻子，也想利用普拉托的法律，置她于死地。好在他已拿到真凭实据，便打定主意，第二天天一亮，就径向法庭提出充分证据，控告自己的妻子不贞，要求把她传唤到庭。

大凡一往情深的女人总是心地纯洁、意志坚贞，这位夫人也是这样，所以不顾许多亲友的相劝，仍旧决意出庭，宁可坦然认罪，被处死刑，也不愿逃奔他乡，含垢忍辱而偷生；因为要是这样一来，就无异表明了自己不配承受她情人的拥抱和温存。那许多男亲女友又劝她无论怎样也不要认罪。她就由他们陪同，来到法官面前；她神色从容、声调坚定地询问传她到庭的原因。

法官看见她容貌娟秀，举止文雅，又听她的出言吐语，知道她是个情真意切的女人，对她先有了好感，有意要开脱她，只怕她自行招认，那时为了维护自己的权威，就不得不判她死刑。不过法庭之上，免不了要照例把她审讯一番，所以当下问道：

“夫人，现在你的丈夫林奈度在这里控告你，说是你和别的男子通奸，被他当场捉住，因此要求我依法把你处死。但是除非你自己供认了，我是不能判你死罪的，所以你答话的时候要小心些才好。现在，你告诉我，你丈夫控告你的可是实有其事?”

菲莉芭没有一丝儿畏缩的神情，爽爽朗朗地回答道：

“法官，林奈度是我的丈夫，昨天晚上他看见我睡在拉查利诺的怀抱中也是真情；我一心一意爱上了他，所以几次三番在他怀抱中睡过；我不愿意否认这件事实。想必你也知道，法律对于男女，应该一律看待，而法律的制订，也必须得到奉行法律的人的同意。不过拿这一条法律来说，可就不是那么一回事，因为这条法律是完全对付我们可怜的女人的；其实女人的能耐比男人强，一个女人可以满足好多男人呢。再说，当时定下这条法律，女人并不曾同意过，而且也并没征求过我们女人的意见。所以这条法律可以说是一点也不公平的。

“假使你一定要昧着良心，根据这条不公平的法律，加害于我，你尽可以这样做。但是在你判决以前，请给我一个小小的恩典吧——求你问问我那丈夫，他每一回对我的肉体有所要求，我是不是回回都依了他的?”

林奈度不等法官的询问，就回答说，确然如此，她当真从来不曾拒绝过他求欢的要求。

“那么，”菲莉芭紧接着说道，“法官大人，假使他已经在我身上尽量满足了他的胃口，而我却供过于求，那叫我怎么办呢？难道把它扔给狗去吃吗？与其眼看它白白糟蹋掉，倒不如拿来送给爱我如命的绅士去享受，岂不是好得多吗?”

这件风流案子，牵涉到这样一位出名的漂亮的夫人，轰动了全普拉托的人，几乎全都挤到法庭上来旁听了。大家听到她竟会提出这样一个新鲜有趣的问题来，发出了满堂的笑声，并且异口同声地嚷起来，说菲莉芭讲得有理，讲得好。大家得到了法官的同意，当庭修改了这不近人情的法律，规定只对贪图金钱、而不忠于丈夫的女人，才加以惩罚。

林奈度做了一件蠢事，自觉没趣，离了法庭；菲莉芭逃过了火刑，胜诉回家，好不欢喜。

故事第八

契丝卡说，她最讨厌那些面目可憎的人，她的叔父劝她快别照镜子。

菲洛特拉托的故事打动了小姐们的心弦，使她们感到害羞，这从她们脸蛋上泛起的一层红晕就可以看出来；但是当她们视线互相接触的时候，却忍不住笑出来了，她们一面听着故事，一面抿着嘴笑。等菲洛特拉托讲完，女王回头看着爱米莉亚，叫她接下去讲一个故事。她如好梦初醒，叹了一口气，这才讲道：

好姐姐，我想心事想出了神，现在遵从女王的吩咐，只好勉强讲一个比平常短得多的故事。我要讲的是一个叔父怎样用说笑的口吻来纠正侄女的错误，她如果是一个有头脑的女人，就应该懂得那句笑话里的含意。

弗莱斯哥·达·乞拉蒂哥有这么一个侄女，小名叫做契丝卡，虽然说不上国色天香，倒也身段苗条，有几分姿色。可惜她缺少自知之明，妄自尊大，还道自己有了闭月羞花之貌，因此竟是目空一切，男男女女都给她批评得一文不值。她整天心烦意乱，觉得再没有一件事能叫她看得顺眼了，哪怕请她到法国的皇宫去跟国王攀亲眷，只怕也还是委屈了她呢。她走在街道上的时候，装出那种厌恶的神情，掩鼻而过，好像她遇见的人身上都发出一股臭气来似的。

她这种种装腔作势，真是一言难尽；单说有一天，她回得家来，坐在弗莱斯哥的身旁，长吁短叹，像有着一肚子气恼似的，那叔父看不过了，问道：

“契丝卡，今天是一个佳节呀，你为什么这样早就回来呢?”

她没精打采地回答道：“不错，我今天早回来了些，这是因为我觉得城里叫人讨厌的男男女女，再没像今天那样多得不可胜数了。我在街上碰来碰去全是那班面目可憎的人——也算是我倒尽了楣！我想世界上还有哪一个女人比我更讨厌这班丑八怪的呢？我为了要避开他们，所以急忙回家来了。”

“我的孩子，”弗莱斯哥实在受不了她那种狂妄的样子，这样说道，“既然你看到面目可憎的人就受不了，那么你要心情愉快，千万别对着镜子照自个儿的尊容吧。”

她自以为有着跟所罗门①相匹敌的智慧，其实却像是一根芦苇，肚子里空无一物，所以对弗莱斯哥话里的真意何在，竟木然无知；还说是她要像别的女人一样，经常照照镜子呢。她因此始终狂妄自大，直到现在还是这样。

① 所罗门，古代以色列国王，以贤明著称，他的故事载在《圣经旧约》里。又请参阅第九天故事第九。

故事第九

纪度受到挖苦，他用尖刻的话头回敬了那班不怀好意的人。

爱米莉亚讲完故事，就只差女王和第奥纽两个还没讲了，而第奥纽又是享有特权的，必须留在最后一个讲，所以女王就这样开始道：

美丽的小姐们，我要讲的故事，至少有两个都给你们抢先讲去了，幸亏我还留着一个，这故事末了的一句俏皮话说不定比你们所讲过的还要泼辣些。

大家知道，我们佛罗伦萨城从前本有着许多良善可喜的风俗，现在却都荡然无存了；这都是由于我们的城市越来越富有，而人也变得越来越贪婪，所以再也不要那些古老的风俗了。我们单说其中的一个风俗：从前佛罗伦萨的绅士常常结社聚会，不过只容许出得起钱的人们加入，由各人轮流排日请客，请客的地点并不一定，有时还要邀请一些外国来的宾客和本城的人士。每年至少一次，逢到重大的纪念日——尤其是逢到喜气洋洋的节日，或者是传来捷报的日子，他们就穿着一色的衣服，骑着马绕城游行，有时还举行武技竞赛。

在这些社团中，有一个是贝多 · 勃伦奈莱希大爷主办的，他和他的朋友极力想罗致纪度(他是卡维康蒂的儿子)加入，这不是没有原因的。且不说他是当世最伟大的论理学家，又是个高明的哲学家(他们对于哲学可一点都不感兴趣)，而且他谈风很健，富于风趣，凡是一个绅士所应该具有的才艺，他无一不精，无一不胜过别人。再说，他又有钱，招待起他愿意结交的朋友来真是十分阔绰。可是贝多却始终没法使他加入到他们的社团里来，贝多和几个朋友推论的结果，认为这是由于他时常沉入冥思，对于世事不闻不问的缘故。而且他还多少倾心于伊壁鸠鲁的学说，大家都传说他一心一意想证明天主是不存在的呢。

有一天，纪度从奥多 · 圣米歇尔起程，取道科索 · 阿台马利，到圣约翰礼拜堂去，这是他常走的一条路。在那时候，圣约翰礼拜堂一带地方全是大理石或是别的石块筑成的陵墓，就像现在的圣莱巴拉达礼拜堂的坟地那样，纪度正在闭紧着的礼拜堂门前，坟地的云斑石柱中间徘徊着，恰巧贝多和几位朋友骑着马从圣莱巴拉达广场一路来到这里，他们望见了纪度正在坟地里，说道："让我们去挖苦他一下吧。"

他们于是踢了一下马腹，催着马直向他那儿奔去，等他抬起头来时，早已来到他面前了。他们说道："纪度，你怎么不肯加入到我们这社团来，不过请问你，即使你果真发现了天主是不存在的，那又有什么好处呢?"

纪度看见被他们包围了，立即回答道："你们在自己的老家里，爱怎么跟我说话就怎么说吧。"

他这么说着，就一手按在坟墓上，施展出他那矫捷的身手，一下子跳了过去，摆脱他们的包围。

那班绅士看到这情景，不觉呆了一下，接着你一句我一语的都说这个人神经有些不正常了，所以语无伦次，他们站身的地方，跟他们——尤其是跟纪度有什么相干呢？他们还不是跟别人一样，只是过路人吗？但是贝多却回头对他们说道：

"要是你们不明白他话里的意思，那么倒是你们神经失常了。他只讲了一两句话，却把我们骂个狗血喷头。你们怎么不明白，这许多坟墓就是死人的老家，因为死人永远躺在里边，他把坟墓说是我们的老家，因为像我们这班不学无术的蠢货，跟他，以及像他那样的学者比起来，比死人还不如呢，所以他说我们是在自己的老家里呀。”

大家这才恍然大悟，深深感到惭愧，从此不敢再挖苦他，同时认为贝多是一个才思敏捷、知情达理的绅士了。

故事第十

契波拉教士答应乡下人，要让他们见识报喜天使的羽毛，临到打开盒子，却并没有什么羽毛，只有木炭，幸亏他随机应变，胡扯一通，这才骗过了那些乡下人。

每个人都已经讲了一个故事，第奥纽眼见这回轮到了他自己，不待国王正式吩咐，只等大家把纪度的反唇相讥的天才赞美停当之后，就开始说道：

可爱的小姐们，虽然我有特权任意选择一个题目来讲故事，可是今天的题目，大家都讲得十分动听，所以我也不打算离题了。我跟随在你们后面，讲一位名叫契波拉的圣安东尼派修道士如何急中生智，巧妙地逃脱了两个年青人设下的圈套。为了把故事讲得完整一些，可能要多花诸位一些时间，这是要请诸位原谅的。你们看，太阳还挂在高空，时间还早呢。

料想诸位大概也听说过，瓦台尔沙的切塔尔多是个小城市，不过它虽然小，以前却也住过一些高贵豪富的人家。有个圣安东尼派的修道士，因为看见那里油水厚，所以每年总要到那里光顾一次，自有那些笨人给他和他的师兄师弟们一些施舍。他所以会受到那里的人们欢迎，也许就因为他的名字取得好，原来“契波拉”这个字是洋葱的意思，而那个地方正是以出产洋葱而闻名于托斯卡尼全境。

契波拉修道士长得很矮小、红头发、嬉皮笑脸，是个最有趣不过的坏蛋。他虽然没有受过什么教育，可是非常健谈，脑子也转得快，你要是不知道他的底细，那你不光是会把他当作一个雄辩大家，还会把他当作西塞罗①或是坤第林②再世呢。那地方几乎每一个人都成了他的好朋友、老相识。

某年八月里的一天，他照例去到那个地方。礼拜天上午，附近一带村庄里的善男信女们，都聚集到这个教区的教堂里来望弥撒。他觑准了一个适当的时机，就走上前来对他们说：

“诸位太太先生，你们为了希望圣安东尼保护你们的牛羊牲畜，一切平安，每年都要送些玉蜀黍和燕麦给圣安东尼老爷的可怜的子民们，有的送得多，有的送得少，这完全是根据你们自己的收入和诚意来决定的。除此以外，你们，尤其是那些入了这个教团的人，总是少不了要付出那一年一度理当要付的一笔小数目的钱。现在我的上司，也就是我的院长，特地派我来收取。天主祝福你们，今天下午你们一听到钟声，都应该聚集在教堂门外，我来照常给你们讲道，让你们来吻一吻十字架，你们个个都不要落后于人。我知道你们都是我主圣安东尼的虔诚的信徒，所以我特地从海外的圣地带来了一件高贵的圣物让你们见识见识，作为一种特殊恩典。这件圣物正是当初加百列天使降临到拿撒勒向圣母马利亚报喜时③从他身上落下来，掉在她卧室里的那根羽毛。”

他说完了这话，就继续做弥撒。

当他说这番话时，教堂里的会众中间有两个专爱捣蛋的青年，一个

---

① 西塞罗(公元前 106—前 43)，罗马著名演讲家及政治家。

② 坤第林(35—95)，罗马著名修辞学家。

③ 关于加百列大使向圣母马利亚报告耶稣将出生的喜讯，详见《新约 · 路迦福音》第 1 章。

叫做乔万尼·台尔·白拉金涅拉，另一个叫做比亚焦·皮湛尼，他们都是这位修道士的好朋友，听他说到什么圣物不圣物，觉得好笑，就彼此商量了一下，要在他这根羽毛上作弄他一下。他们打听到他那天上午要和一个朋友在这个城里吃饭，便决定一等他在餐桌上坐定了，就到他住的那个旅馆里去，由比亚焦缠住他的佣人谈话，乔万尼则趁机去搜查他的行李，把他所说的那根羽毛拿走，不管它是圣物也好，俗物也好，看他怎样向听众交代。

说起这位修道士的佣人，绰号很多，有人管他叫“鲸鱼加丘”，也有人管他叫“泥水匠加丘”，还有人管他叫“猪猡加丘”。他正是一个大浑虫，恐怕连大画家李波·托波①的笔下也没有画过这样的人物。契波拉修道士常常在朋友们面前拿他开玩笑说：

“我这个佣人有九大缺陷，这些缺陷只消有一个生在所罗门、亚里士多德、塞纳卡②身上，就会毁掉他们所有的德性、智慧和神圣。你们想想看，他身上具有九大缺陷，而德性、智慧、神圣等品质，他却一样没有，那该成了个怎么样的人啦。”

人家问他究竟是哪九大缺陷，他就编了首打油诗回答道：

“我来说给你听吧：既懒又撒谎、粗心又肮脏、说坏话、真倔强、鄙野酗酒加莽撞。此外，小缺点还多着呢，那就不用提了。这人有一点尤其可笑：他无论到什么地方，都想娶个老婆，安个家，因为他长了一大部又黑又光亮的胡子，就自以为很漂亮，哪一个女人见了他都会动心。你如果把他一个人丢在那里不管，他就会去找女人，非等到碰了壁，决不甘休。说实在的，他倒是我一个得力的助手，不管什么人要和我谈谈知心话，总是会让他偷听了一部分去，人家问我什么问题，他唯恐我答不上来，老是凭着他自己的意思，代我回答。”

这回契波拉神父把他这个佣人留在客店里，临走曾关照他不要让任

---

① 李波·托波系卜伽丘时代一画匠，生平事迹无可考。——潘译本注解

② 塞纳卡，罗马哲学家。其权威著作为《论心地平静》，其中有“人不疯狂就作不出好诗”、“一切天才都带有几分疯气”等语。

何人碰他的行李，尤其那个旅行包，里面放着圣物，更是碰不得。可是这个佣人却喜欢一天到晚待在厨房里，好像夜莺喜欢待在树林子里一样，尤其是，倘若让他闻出了厨房里有女佣人的气息，那可不得了。他早就看见这个客店里有个又胖又矮、像一段树桩似的丑厨娘，一对乳房大得像两篮牛粪，生着一张母夜叉面孔，满面都是汗水、油脂和烟灰。加丘走出了他主人的房间，把他的行李丢在那里不管，一溜烟跑到厨房里去，好像一只老鹰扑向一堆腐肉一样；虽然那是八月天气，他坐定在炉灶旁边，跟那个女佣人妞塔聊起天来。他对她说照理他应当是个绅士，除了大量施舍给人的钱财以外，还有九百多万金币，他说的话，做的事，都是顶顶了不起的，只有天主才能领略。他可不晓得自己的头巾上满是油渍，尽够用来涂抹阿尔托派斯丘①的大釜，也不晓得他那件紧身上衣已经破破烂烂，领子上和胳肢窝下全是斑斑点点的油垢，窟窿和补丁，简直比土耳其或印度人的衣服鲜艳夺目，鞋子也裂口了，袜子也绽线了。他同她谈起话来的那种语气，俨然是个卡第伦公爵②。他说他要做新衣服给她穿，还要带她走，让她脱离这仰人鼻息的生活，纵使不能使她发财，但无论如何生活要舒服多了。他这些花言巧语尽管说得如何起劲，结果只落得劳而无功，像从前跟别的女人打交道时所遭遇的情形一样。

那两个青年人到达那里，发觉加丘正在和那个女佣人妞塔纠缠不清，真是高兴极了，因为这一来，可以叫他们省力得多。他们看见修道士契波拉的房门敞开着，便径直走了进去，第一件事就是搜查他那个放着羽毛的行李袋。打开了行李袋，他们找到一个小盒子，外面用一大块绸子包裹着。他们打开了小盒子，看见里面藏着一根鹦鹉尾巴上的羽毛，断定这就是他答应给切塔尔多人民看的圣物。

在那个时代，他确是很容易骗过当地那些人的，因为当时埃及的奢

① 卢卡地方一修道院，每星期供应游人两次酪汤。——潘译本注解

② 卡第伦家族世代出富贵绅士。自从高歇·德·卡第伦追随腓力·奥古斯塔参加第三次十字军起，以至于德·考李尼海军大将为止，都是如此。此处不知作者所指该家族何代何人。——潘译本注解

侈品还只运到了托斯卡尼境内的少数地方，没有像现在这样大量运到，以致影响到意大利的风化。境内别的地方对这类奢侈品固然见闻浅陋，而这个地方的人却是简直一无所知。他们还遵守着祖先的质朴遗风，不仅从来没有看到过一只鹦鹉，甚至听也没有听到过这种鸟类。

那两个年青人找到了这根羽毛，欢喜极了，马上把它拿走。为了免得那个盒子空放在那里，他们又顺手在屋角里拿了一些木炭放在里面，把盒子关好，然后把一切都恢复成原状，才高高兴兴地走了，谁也没有看见他们。现在他们只等契波拉修道士发觉那根羽毛变成木炭的时候将怎么说。

教堂里那些脑子简单的善男信女们，听说下午将要看到加百列天使的羽毛，望好弥撒就回家去了。大家一传十，十传百，等到吃过了饭，大家都心急慌忙地涌到镇上去看那根羽毛，挤得那地方几乎待不下。

再说契波拉修道士吃饱中饭，打了一会儿盹就起来了。他听说有好多乡下人都赶来看那根羽毛，立即命令加丘带了铃和旅行包到那儿去。加丘无可奈何，只得别了妞塔，走出厨房，带着他主人吩咐带的东西到指定的地点去了。他因为喝饱了水，跑到那里，气也喘不上来了。他主人立即吩咐他到教堂门口去用力摇铃。

等到人们聚齐了以后，契波拉修道士开始讲道，却没有注意到他已经被人家破了法。他把自己的功德，大肆宣扬了一番，然后他觉得可以把加百列天使的羽毛拿出来给大家见识了，首先极其虔诚地做了一遍忏悔祈祷，然后点了两支蜡烛，撩开了头巾，再小心翼翼地解开那块大绸子，拿出那个小木盒。

他先说了几句话赞美加百列天使和他的圣物，就动手打开那个木盒，一看全是些木炭。他一点也不怀疑加丘同他捣鬼，因为他知道加丘是想不到这上面去的；他也没有责备加丘防范不严，以致让别人做出这种恶作剧来，只是暗地里责备自己：既是明知加丘粗心大意，不听话，健忘，为什么还让他来保管行李？可是他面不改色，却举起双手，仰望着天空，大声说道：

“啊，主呀，愿你的力量永远受到赞美！”

接着，他就关上了盒子，转过身去对大家说道：

“诸位女士，诸位先生，你们应该知道，我远在年轻时代，我的上司就派我去到那日出的东方，他曾特地关照我一定要探听出制造瓷器的秘密。他们东方人把这些秘密告诉了我们，对他们自己并没有什么损失，而对于我们却有很大的好处。

“我负了这使命从威尼斯出发，经过了希腊街，骑马走过阿尔加夫王国和包尔塔加，我来到了帕里温，忍饥耐渴，才来到萨丁尼亚[①]。可是我何必要把我经过的这些地方全部说出来呢？我经过了圣乔治海峡[②]，来到‘糊涂国’和‘诡计国’，这两个地方都是人烟稠密。我再从那里去到‘虚伪国’，碰到了许多我们的兄弟和别的教派的修道士，他们只说是为了天主的缘故而好逸恶劳，不重视别人的劳动，一心追求自己的利益，到处都在使用没有铸成的钱币[③]。后来我又到了阿伯鲁齐国，那里的男男女女们都穿着木底鞋在山上跑来跑去，把猪肉贮藏在猪肠子里面[④]。我继续向前走，又碰到一些用棍子掮面包、用袋子装酒的人[⑤]。后来我又到了‘懒惰乡’，那里的水都向山下流。

“简单地说来，我走了很远，一直来到印度巴斯第那卡[⑥]，我可以凭着圣袍向你们发誓：我看到了长柄镰会飞，不是亲眼看到的人是决不会相信的。不过这件事当时却有个名叫马梭·台尔·沙乔的大商人可以作证，他那时正在剥胡桃，把胡桃壳零卖出去。

“可是我要找的东西没有找到，因为再往前去就要涉水了，我便回过头来往圣地去，那里，在夏天，一块冷面包值四个铜子，而热面包却不值钱。我在那里找到了白来姆米诺特·安以特泼里斯尤[⑦]神父，他是

---

① 在佛罗伦萨郊外。

② 在威尼斯附近。——潘译本注解

③ 意即轻诺寡信，典出但丁《神曲·天堂篇》，第 29 节第 126 行。——里格译本注解

④ 指制腊肠。

⑤ 指面包做成空心环状，酒瓶系用皮革做成。

⑥ “巴斯第那卡”意谓“荷兰防风草”。

⑦ 原文意谓：“如不满意，请勿见怪”。

耶路撒冷最受尊敬的一位大主教。多蒙他看得起我主圣安东尼赐给我穿在身上的这件圣袍，就把他那里所有的圣物都指点给我看。那真是多得数不清，要是一样样讲出来，只怕要摆满好几英里路呢①。可是为了免得你们失望，我来拣几样讲给你们听听。

“他首先指给我看了一只圣灵的手指，依旧完整如新，他又指给我看了那个曾在圣方济各面前出现的六翼天使的一绺额发，九天使中第二位天使的一个手指甲，还有‘快到窗畔的维本·卡罗’②的一根肋骨，还有几件神圣天主教信仰派的衣服，还有‘三大贤人’亲眼看见出现在东方的那颗明星的几缕光芒，还有一瓶圣米迦勒和魔鬼搏斗时淌下的汗水，还有圣拉扎鲁的颚骨，以及其他许许多多东西。

“我慷慨地捐献了给他几大卷用土话写的蒙特·莫列罗的神学著作和几卷卡帕勒佐的著作，那正是他搜罗了好久没有弄到手的，他自然欢喜不已，承蒙他的好意，就给了我一些圣物：一个圣十字架的齿轮，一个小瓶子——瓶子里装的是所罗门庙堂里的钟声，以及我刚刚跟你们讲过的加百列天使的羽毛，还有圣吉拉尔多·达·维拉·马格那的一只木底鞋，这件东西我在不久以前到佛罗伦萨去，已经给了吉拉尔多·狄·朋西，因为他对那位圣徒特别崇拜；此外他还给了我当年那最有福分的殉教者圣劳伦斯被酷刑烤死时用的几块木炭；我把所有这些圣物都虔诚地带回家来，至今还珍藏着。

“我的上司一定要等到他鉴别了这些圣物的真伪以后，才可以让我拿出来给大家瞻仰，现在一方面因为这些圣物已经造成了许多奇迹，另一方面大主教又来了好多封信，他才相信了这些圣物都是真的，允许我拿给大家看。我因为不放心把这些东西交给别人保管，所以常常带在身边。

“我把加百列天使的羽毛藏在一只小盒子里，唯恐把它弄坏了；烤

---

① 原文如此，“一样样讲”和“好几英里路”扯不到一处，修道士说话出了格。

② “维本·卡罗”的意大利原文意谓“造成肉身”，所谓“快到窗畔”，只是信口胡扯。——潘译本注解

圣劳伦斯用的木炭则放在另一只盒子里。这两只盒子形状差不多，害得我常常弄错——今天又弄错了。我本打算把那只装羽毛的盒子拿来，不料却错拿了这只装木炭的盒子来。我认为这算不得什么错误，而是出于天主的意旨，是天主亲自把这只装木炭的盒子放到我手里来，我现在才记起了圣劳伦斯的节日刚刚过了两天。

“这样看来，原是天主的意思要我拿那烤死了圣劳伦斯的木炭给你们看，好唤起你们对他应有的虔诚，所以我本来想拿羽毛没有拿成，却拿来了这一盒被圣体的汗浸灭了的神圣的木炭。我的有福的孩子们，你们摘下帽子，走上前来瞻仰瞻仰吧。

“我还得先告诉你们，你们不管哪一个用这种木炭在身上画一个十字，一年之内都不会有火烧身，即使烧到身上，也不会感到疼痛。”

说完了这许多话，他就打开盒子，拿出木炭，向大家展览，一面高唱着赞美歌来赞美圣劳伦斯；那些愚夫愚妇怀着虔敬的心情看了一会儿之后，就一拥而上，围住了契波拉教士，献给他比往常更多的孝敬，一个个要求他用木炭替他们画十字。

于是契波拉修道士就拿起木炭只管在男人们洁白的衬衫上、紧身上衣上和女人们的面纱上大画其十字，还说，这些木炭虽然因为画十字消耗了不少，可是一放进盒子就会增长起来，他已经有了好多次的实验证明。

就这样，他替切塔尔多所有的人都画上了十字，捞到了好大一笔钱。这样，那两个青年本来偷了他的羽毛要窘他一下，却幸亏他能够随机应变，使他们的计谋没有得逞。那两个人这会儿也跟大家在一起听他讲道，见他居然狡诈多端，想出了新的诡计，配上花言巧语，说得天花乱坠，绕了一个大圈子，把这事情收了场，直叫他们笑得下巴颏险些掉下来。等众人散了，他们就走到他跟前，闹嚷嚷地把一切经过都告诉了他，还把那根羽毛还给了他，让他留到明年再拿出来，又可以像木炭一样替信徒们祝福。

* * * * *

这个故事没有哪个人不是听得津津有味，大家都为契波拉修道士发笑了好久，特别是笑他讲到朝拜圣地看到了和带回了那么多圣物。

这个故事讲完之后，女王的任期满了，站了起来，取下头上的王冠，笑嘻嘻地把它戴在第奥纽的头上，说道：

“第奥纽，现在你该来尝尝管理和领导女人的麻烦滋味。你现在来当国王吧，应该好好地执掌国政，等你任期满了以后，大家都称颂你的德政。”

第奥纽戴着王冠，笑盈盈地回答道：

“比我贤明的国王，你们也见得多了，我的意思是指那棋盘上的‘王’；当然啰，如果你当真把我当作一个国王来服从，我包管叫你领略到一种乐趣——没有了这种快慰，任何娱乐都显得美中不足。这些话且不谈了，我一定尽心尽意地做好一个国王。”

于是他照例把总管叫来，吩咐总管在他的任期之内应该如何安排各项事情。然后他就说道：

“高贵的小姐们，你们已经从多方面探讨了人的天性，以及人生的各种机遇，要不是莉西丝卡刚才到这儿来跟我谈了一下，使我想起了我们明天的故事范围，那我即使想上半天，也说不准是否想得出一个新鲜的题目来呢。你们刚才不也是听到她说了吗——她所认识的女人当中，没有哪一个出嫁时还是个处女；她又说，凡是妻子用来欺骗丈夫的种种诡计，她没有哪一样不晓得。她前面一段话我们姑且撇开，那都是些孩子气的话，不过我看她后面一段话倒可以作为我们讲故事的一个很有风趣的题目呢。既然莉西丝卡给了我们这样一条线索，我们明天的故事范围不妨就定为：妻子为了偷情，或是为了救急，对丈夫使用种种诡计，有的被丈夫发觉了，有的把丈夫瞒过了。”

有几位小姐觉得这种题目对她们不大相宜，要求另换题目。国王说道：

“小姐们，我命令你们讲这类故事，未尝没想到你们这层顾虑。但是我可不能因为你们提出了意见就收回成命，因为在目前这样的时候，什么话都可以谈，只要男女之间，能够节制，不要做出有伤大体的事情来就是了。你们想必知道，由于大难当前，法庭上都已经没有了法官，无论是凡人的法律，宗教的法律，都已荡然无存，任何人为了保全性命，都可以随心所欲。因此你们的谈话稍许出格一些，只要不去仿效那些有失体统的行为，那就丝毫也无损于你们的贞洁。你们只是在讲故事，让自己和大家借以解闷取乐，我倒看不出将来会有哪个能够找出一个冠冕堂皇的理由来指责你们。

“况且，从第一天到现在，我们聚在一起，你们的举止一直都是无可非议的——不管我们在这里讲了些什么(愿上帝照应，我们还要继续讲下去)，谁不知道你们的贞洁呢？在我看来，不要说是讲几个俏皮故事，就是死神的威胁，我相信也不会使你们失去贞洁的。

“说老实话，如果让人家知道了你们不愿意讲这些故事，那恐怕人家反而会怀疑你们有心病，故意避而不谈。再说，我向来事事都依从你们，如今承蒙你们推举我做你们的国王，让我发号施令，却又违背我的意旨，不愿意讲我所指定的故事，那你们叫我的面子往哪儿搁呢？我看你们还是消除顾虑(这些顾虑只应该存在于那庸俗的脑子里)，各人准备一个好故事吧。”

小姐们听了他这番话，都很赞同。于是国王吩咐大家去随意游乐，等到吃晚饭的时候再聚集在一起。这一天讲的故事都很短，所以讲完了故事，太阳仍旧很高；第奥纽和其他两位青年打牌去了，爱莉莎就把小姐们叫到一边，跟她们说道：

“附近有个地方名叫女儿谷，我相信你们都没有去过。自从来到这里，我一直都想带你们去看看，总是抽不出时间。好在今天时间还早，如果大家愿意去看看，我相信你们到了那里，一定会十分满意的。”

小姐们都说愿意去。于是她们没有向那三位青年透露一点口音，就带着一个女仆出发了。走了三里多路，就来到了女儿谷。这里有一条小径，小径的一边是一条清澈的小涧。她们由小径走入谷中，看见这里真是个幽静美丽的所在，尤其是在这么个热天，真有说不出的快乐。后来我听到了她们中间有一位说，谷中的那片平原虽然看上去完全是天然情趣，不落一点人工的痕迹，却是滴溜滚圆，好像经过了人工的规划似的。周围大约有一两里长，围着六座不十分高的小山，每座山顶上都有一座别墅，看上去很像一座美丽的城堡。山坡逐渐向平原倾斜，好像露天戏院里一排高出一排的座位，从山顶望下来，这一圈圈的石级依次缩小。朝南的斜坡上长满了葡萄、橄榄、扁桃、樱桃、无花果和其他的水果树，找不出寸尺的荒地。朝北的斜坡上长满了笔挺的、绿油油的小橡树和梣树等等。山脚下的那片平原，除了小姐们刚刚走进来的那个入口以外，就没有别的入口了——那里长满了杉、柏、松、桂等树，整整齐齐，仿佛是哪一个园艺家在这里精心栽种的。烈日当空的时候，树叶丛中不透阳光，纵然透进来，也不过是一丝半缕，下面地上则是绿草如茵，繁花如锦。

最使她们喜欢的是那条山溪。它从两山之间的小谷中流出来，落在一块天然岩石的峭壁上，发出清脆悦耳的声音，当它溅落在石块上的时候，远远望去，仿佛是一大摊水银，受了一种奇妙的压力，变成细细的水花。溪水流到了小平原上，就敏捷地穿过一条小沟，流入平原中央，聚成一个小湖，宛如城市居民们在自己花园里所开掘的鱼池。

湖水不深，仅及胸口。水面平静无波、清澈见底，可以数得清下面鹅卵石的数目。同时还可以看到游鱼成群，逍遥自在。看到这等山光水色真叫人心旷神怡，为之惊叹。湖畔全是草地，由于湖水的滋润，益发显得鲜艳。溢出湖面的水流入另一条小沟，再由那里流出小谷，注入低洼的地方。

小姐们来到湖畔，把周围的风光景物都加以欣赏赞美之后，决定在湖里洗个澡，因为天气是那么热，湖就在她们眼前，而又不用担心会被别人看见。她们吩咐女佣人守望在她们刚刚进口的地方，看见有人来，就赶快告诉她们一声。接着，七位小姐便宽衣褪裙，下了水。雪白的肌肤映在水里，宛如一朵朵艳红的玫瑰，给供在一个薄薄的玻璃罩里。她们动作轻捷，所以并没有把水搅混，随后就游到这儿，游到那儿，追捕游鱼，那受惊的鱼儿东逃西游，却没处藏身。

她们在水里游乐了一会儿，捉了几条鱼，便上岸穿好衣服。她们对这地方的赞美已经无以复加，而且，眼看也应该是回去的时候了，她们就步履轻盈地走回去，一路上谈论着这幽美的山谷。回到寓所里，时间依然还早，只见那三位青年仍旧在玩牌。潘比妮亚笑盈盈地对他们说道：

“唔，今天我们背着你们自寻快乐啦。”

“什么?”第奥纽问道。“你们故事还没讲，先在行动上表示出来了吗?”①

“是呀，陛下。”潘比妮亚说。然后她就告诉这三位青年，她们从哪里玩了来，那地方的风光又是如何，离这里有多远，她们在那里干了些什么。国王听了有这么一个好地方，真想去看看，就命令立即开晚饭。大家都心满意足地吃过晚饭之后，三位青年就带着仆从人等，辞别了小姐们，去到女儿谷。他们都没有到那里去过，到那里打量了一番，都认为那是天下最美丽的地方。洗过了澡，穿好了衣服，看看天色已经不早，便动身回家。

到达家里，看见小姐们正在跳着圆舞，由菲亚美达伴唱。跳完了舞，三位青年又和她们谈论女儿谷，把那地方的美景赞个不绝。

国王又把总管叫来，吩咐他明天早上在那儿开饭，并且搬几张床去，以备下午有人到那里去休息和睡眠。他又吩咐掌灯，把酒和糖果拿来，等大家稍微吃了一点，他又命令每个人都来参加跳舞。潘菲洛遵命跳了一场舞之后，国王就转过脸去，欣喜地对爱莉莎说：

“美丽的小姐，今天蒙你见爱，让我戴上了王冠，我今晚也少不得要回敬一下，请你唱一支歌。你就随意唱一支吧。”

爱莉莎笑盈盈地说，非常乐意。她立即用优美的声调唱道：

要不是爱情的神钩
把我钩得这样牢，
我便再也无牵无挂，一身逍遥，
啊，爱神，我正当豆蔻年华，

---

① 这是说，她们还没讲女人欺骗丈夫的故事，倒先做出了背着他们男子去自寻快乐的事。

就曾和你在情场上交锋，
满想你只有百般温存，不会摆出威风。
我解除了武器，以为千稳万当，
谁知就此做了你的俘虏，你的仆从，
想不到你这个暴君竟百般威猛，
用你的神钩抓住了我不肯放松。

从此你就把我紧缚牢捆，
去送给我那个前世的冤家对头，
我心儿忧，泪儿流，
日见得衣宽人瘦。
怎奈他是一副铁打的心肠，
不管我怎样涕泣长叹，
也赢不到他半点儿爱怜，
啊，这叫我何等凄怆！

凄厉的风儿在狂呼长啸，
我在风声中连连祷告，
他哪里听得到？
也许他是故意装聋，我又哪里知道？
啊，我受不住这日夜刺心的煎熬，
我活也活不成，死也死不了。
你救苦救难、恩泽无边的爱神啊，
快把他绑来跪在我面前求饶。

如果你不能如我的心愿，
就请你把我这一片痴情打消，
千万别再叫我相思徒劳；
如果蒙你成全了这件美事，

我的脸上就再不会有愁云笼罩，
我会重新出落得青春美貌，
我还要戴满红色和白色的玫瑰花儿，
那会有多艳多娇！

爱莉莎唱完了歌，发出一声幽怨的叹息，虽然人人听了她的歌词都深为奇怪，可是谁都猜不出她为了什么原因而唱出这些怨词来的。国王却是兴致很高，把丁大洛叫来，吩咐他拿风笛来吹笛伴舞。一直歌舞到深夜，他才吩咐大家去安寝。

［第六天终］

第七天

《十日谈》第七天由此开始，第奥纽担任国王。这天的故事内容是：妻子为了偷情，对丈夫使用种种诡计，有的被丈夫发觉了，有的把丈夫瞒过了。

东边天空里的星星都已隐没，只有金星还在鱼肚白的晓光中闪耀。总管起来了，推了行李来到女儿谷，照着国王的吩咐，把一切安排停当。这阵打点行李和驾马上车的声音吵醒了国王，他立刻起身，把小姐少爷们一一叫醒。他们出发的时候，太阳刚刚升起。一路上只听得夜莺和各种鸟儿唱着悦耳的歌曲，那啼声从没有像今天早晨这样清脆婉转。不一会儿他们来到了女儿谷，又有更多的鸟儿发出一片清音，好像欢迎他们似的。

他们重又仔细欣赏了一遍这地方的景物风光，只觉得在晨光里看去，比昨天更引人入胜，他们吃了些美酒佳肴，不愿意独让鸟儿卖弄歌喉，就唱起歌来，飘荡的歌声在山谷中引起一阵阵回响，而鸟儿们也好像不甘示弱，又唱出了许多更加美妙的新曲调。

转眼到了午饭时分，国王吩咐把桌子摆在湖边上的桂树和其他一些葱茏树木的浓阴下。他们坐在那里，边吃边看着湖里成群的游鱼，不仅赏心悦目，亦增加了不少话题。中饭吃过，他们撤去席面，重新唱起歌来，甚至唱得比刚才更起劲。然后，能干的管家就在山谷的四处摆下床铺，撑起法国哔叽做的帐子，国王吩咐想睡觉的都可以去睡，不想睡的可以随意消遣游乐。一会儿，大家睡醒了，集合讲故事的时候也到了，国王便吩咐拿几条毯子来，铺在离吃饭的地方不远的一片草坪上。大家在小湖边坐定以后，国王吩咐爱米莉亚带头讲个故事，爱米莉亚就笑盈盈地开始讲道：

故事第一

詹尼夜闻敲门声，把妻叫醒，妻骗他说有鬼，其实是她的情人。后来她又胡诌了一些祛邪驱鬼的祈祷文，敲门声就此停止。

陛下，今天这样有趣的题目，假使陛下叫别人带头先讲，那我该有多么高兴啊；不过，既是陛下命令我先讲个故事给其他几位小姐做个榜样，我当然乐意从命。再说，亲爱的小姐们，我要讲的这个故事，也许将来对诸位都有所裨益。如果诸位都像我一样胆小，尤其是怕鬼，就不妨用心听听我这个故事，学会一篇受用不尽的祈祷文，那么，一旦当真碰到了鬼，就可以用来驱鬼。说起来天知道，我真不晓得鬼究竟是个什么东西，我至今也还没有看见过哪一个女人知道鬼究竟是个什么东西，可是我们大家都一样怕鬼。

从前在佛罗伦萨的圣白兰卡丘地区，有个梳羊毛的人，名叫詹尼·洛特林奇。这人手艺高明，但人情世故却一窍不通。他有几分傻，常常被选为圣玛里亚·诺凡拉唱诗班的领唱人，而且还负责管理这个团体。这一类小差使他担任过好多次，并且以此自鸣得意。他所以会弄到这些小差使，乃因他是个有钱人，常常拿些小礼物去孝敬教士们。他送给这个教士一双袜子，那个教士一件长袍，又送给第三个教士一件法衣——教士们作为回报，就教给他一些用当地话念的祈祷文，诸如《圣阿勒克西斯之歌》、《圣白尔那多的挽歌》、《马蒂他夫人颂歌》等等无聊的祷文，他把这些东西都奉为至宝，牢记在心，认为可以用来拯救他自己的灵魂。

他娶了个千娇百媚的妻子，名叫苔莎，是柯柯利亚地方马纳丘的女儿，为人伶俐乖巧。过门之后，她见丈夫有几分愚钝，就看中了一个名叫费代里哥·第·纳里·培歌洛蒂的风流俊俏的后生，那男的也爱她。于是她和她的侍女计议，设法叫费代里哥到堪麦拉塔乡下她丈夫的别墅里去和她幽会。整个夏天她都住在那别墅里，丈夫难得到那边去吃顿晚饭睡一夜，第二天一大早他就会回去干自己的营生，或是上教堂唱祷文去。

费代里哥本就苦于没有机会接近她，于是在约定的那天晚上，趁着詹尼不在家，就赶到他乡下别墅里，和他老婆一同进餐，一同上床，好不快活。那一夜，那位太太睡在他怀抱里，教了他六篇她丈夫所熟悉的祈祷文。

他们俩只希望以后还有欢叙的机会，但她又不便每一次都派侍女去找他，于是两人想出了一个办法：费代里哥的家离此不远，今后他每天无论外出或回家，路过此地时，先要看一看屋子附近的那座葡萄园。原来她在园里一根攀藤的杆子上放了个驴子脑壳，如果那脑壳面朝着佛罗伦萨，他晚上就可以放心到她家里来，假使门关了，他可以在门上轻轻地敲三下，她就会开门放他进来，如果他看见驴子脑壳朝着费也索，那就表示詹尼在家，他千万不要来。他们就这样来往了不知多少次。

有一次，詹尼说定晚上不回来，苔莎便煮了两只肥嫩的阉鸡，约好费代里哥来吃晚饭，不料詹尼很晚却赶回来了。她大为烦恼，只得拿出一些另外烧好的咸猪肉，陪丈夫吃饭，一面关照侍女把两只熟鸡连同几只新鲜鸡蛋和一瓶好酒，用白餐巾包好，送到花园里去，放在草地旁边的一棵桃树下面——那本是她常和费代里哥一块儿吃饭的地方，而且到那里可以不必经过住宅。但她因为心慌意乱，忘了吩咐侍女在树下等候费代里哥，把丈夫回家的消息告诉他，叫他把放在花园里的食物取去自吃。

夫妻上床不久，侍女也已睡了，费代里哥果然来到门口，轻轻敲着门。这扇门离卧房很近，詹尼马上就听见了，她当然也听见了，却只装作睡着了，免得引起丈夫怀疑。过了一会儿，费代里哥不见有人来开门，又敲了一阵门，詹尼奇怪起来，就推推他妻子说：

“你听见什么声音没有？苔莎，好像有人在敲门呢。”

他的太太其实比他听得清楚，却故意装作刚刚醒过来的样子问道：“呃？你说什么？”

詹尼说：“我好像听到有人在敲门呢。”

“敲门？”他妻子大声嚷道，“啊呀，我的詹尼，你不知道这是什么吗？这是鬼呀，这几天来，夜夜都把我吓死了。我一听见这声音，就连忙把头蒙在被里，一直等到天亮才敢伸出头来。”

詹尼说：“来，我的太太，就是闹鬼也不要怕；我上床之前，已念了‘台·卢契’、‘盎台梅拉达’，以及别的虔诚的祈祷文，并且以圣父、圣子、圣灵的名义，把床铺的每一边都划过十字，所以不管什么凶神恶煞，也不敢来害我们了。”

他妻子唯恐费代里哥在门外等久了，会猜疑她另有新欢而生起气来，便决心不管怎样也要下床去，设法使他知道詹尼回家来了，于是她就对她丈夫说道：

“好极了，你念过祈祷文，你是安全了，可是我却非要等到把鬼赶走，才会感到安全，趁你在这里，就给我把鬼赶一赶吧！”

“但是鬼怎么能赶走呢？”她丈夫问。

她说：“我自有办法。有一天我到费也索教堂里去做免罪祈祷，有个女修道士——啊，我的詹尼，她真是个道行极深的女修道士，只有天主才知道她的道行有多么深——她知道我最怕鬼，就教了我一篇虔诚而灵验的祈祷文。她告诉我说，在她没有出家以前，曾把这篇祈祷文试用过好多次，没有一次不灵验。天晓得，我从来不敢独自一人去试一下，今天正好你在家里，我们就一块儿来念吧。”

詹尼说，他非常乐意。于是两人一齐起床，轻轻来到门口。这时费代里哥在门外已经有些疑惑，正在听门里面有何动静。詹尼的妻子立即对詹尼说：“待会儿我叫你吐口水，你就得吐呀。”

詹尼答应道：“好的。”

于是他妻子开始念起一篇祛邪驱魔的祈祷文来：

小鬼小鬼，昼藏夜行，
尾巴翘翘，大驾光临，
翘翘尾巴，快离开我的家门！
快到花园里的桃树下去显灵，
树下有香膏烹制的野餐一盆①，
还有我家的母鸡拉的一堆屎②，
你拿起酒瓶，一饮而尽，
你酒醉饭饱，快快逃遁，
莫再叫詹尼夫妇睡不安神。

然后她就对她丈夫说：“快吐口水，詹尼！”詹尼吐了口水。费代里哥在外面听到了这一切，满心的嫉妒立即烟消云散；他虽然失望，却又觉得好笑，差点儿笑出声来。当他听到詹尼大吐口水的时候，他暗中说：“留心你的牙齿，别一起吐了出来！”

詹尼的妻子把这篇赶鬼的祈祷文念了三遍，才和丈夫一同上床。

费代里哥一心来和她一起吃晚饭，却没有吃成，一听这篇祈祷文，自然明白了其中的意思，便马上走到那花园里，在一棵大桃树下面找到了两只肥鸡、鸡蛋和酒，便拿回家去自在享用。以后他和情妇见面时，常常拿这篇祈祷文取笑作乐。

---

① 暗示烤得很好的阉鸡。——潘译本注解
② 暗示鸡蛋。——潘译本注解

也有人说，那天她本来已经把驴子脑壳转向费也索，可是有个庄稼人走过葡萄架跟前，随手用棍子把它一敲，敲得它打了个转，朝向了佛罗伦萨，费代里哥见了，只道是情妇邀他，就去了；而他情妇那次念的祈祷文是这样的：

鬼魂，鬼魂，看天主面上赶快走；
转动驴子脑壳的是别人不是我；
谁干这坏事，天主叫他吃苦头！
我现在和我的詹尼在家同床安卧。

他们说，费代里哥听了这祈祷文连忙溜了，没有吃到晚饭，也不曾过夜。但是我的一个邻居老太太告诉我说，据她小时候所听到的传说，这两种说法都是真的，不过后者不是说的詹尼·洛特林奇，而是说一个住在宝达·圣彼罗的詹尼·第·尼罗，他是和前一个詹尼一般无二的傻瓜。

亲爱的小姐们，你们可以任意挑选，中意哪一篇祈祷文，或是两篇都中意，均无不可。你们听完了故事，自会懂得，在这种场合下，这类祈祷文是很有用处的，所以奉劝你们把它记住，将来有一天也许会用得上呢。

故事第二

佩罗妮拉把情人藏在酒桶里，她丈夫要卖酒桶，她就说，她早已把它卖了，现在买主正在桶里查看。那情人听了，连忙跳出桶来，要她丈夫把桶刮干净，然后买了拿回家去。

大家听了爱米莉亚的故事，没有哪个不放声大笑，都说那两篇祈祷文真是妙极了。她讲完以后，国王就命令菲洛特拉托接下去讲了下面这个故事：

亲爱的小姐们！男人(尤其是做了丈夫的男人)欺瞒起女人来，真是诡计多端；因此，要是哪个女人对她的丈夫使了条诡计，你们听了一定会感到高兴，庆幸天下竟也会有这种事情；不仅如此，你们还会到处去讲给人家听，让天下的男人也知道：会使诡计的不光是爷儿们，娘儿们在这方面并不比他们差！这样做对于你们很有用处，因为一个人只要知道了他的对手也和他一样精明，他就不敢轻易捉弄别人了。这样看来，谁也不会怀疑今天我们所讲的这一类的故事，要是让男人们知道了女人们在这方面也和他们一样会耍手腕，那他们就不敢肆无忌惮地欺瞒女人了。所以我就来讲一个出身低微的年青女人，怎样急中生智，骗过了她的丈夫，保全了她自己。

不久以前，那不勒斯地方有个穷人，娶了个美丽可爱的姑娘，名叫佩罗妮拉。男的是做泥水匠的，女的在家纺织，虽然收入微薄，可是省吃俭用，日子倒也过得不错。有一天，附近有个漂亮后生，名叫姜尼罗·斯脆那里奥，见了佩罗妮拉非常爱慕，便想尽办法去亲近她，终于获得了她的欢心。于是他们想出了这样一个幽会的办法：每天早上那男的在附近守着，一看见她丈夫出去干活了，就溜到她家里来，因为她所住的那条阿沃利奥街很僻静，闲人难以窥见。他们就这样来往了不知有多少次。

她丈夫平日总是早出晚归，不料有一天，姜尼罗正在她家里和她欢聚，她丈夫突然回来了，他看见大门紧闭，就一边敲门，一边心想："我的老天爷呀，我永远赞美你！你虽然给了我一条穷命，可是你却赏给了我一个规矩贤慧的老婆。你看，我一出去，她就锁上了门，免得闲人闯进来给她找麻烦。"

佩罗妮拉听见一阵敲门的声响，就知道是丈夫回来了，就对她的情人说道：

"哎哟，我的姜尼罗呀，我没命啦！我那个该死的丈夫回来了！他从来不在这个时候回来的，不知道今天是什么原因。说不定你进来的时候，叫他看见了。不过，无论如何，看在天主面上，你且躲到那个大酒桶里去，让我看看他今天这么早赶回来有什么事情。"

姜尼罗慌忙藏身到酒桶中去，佩罗妮拉走去开门，让丈夫进来，一见面她就没好气地说：

"你今天为什么这么早就赶回来呀？我看你把工具也带了回来，大概今天不想干活了吧？照这样下去，我们怎么过活呢？我们靠什么吃饭呢？你难道想把我的那件袍子和几件旧衣裳都拿去当了不成？我日夜纺纱，纺得五个手指都快断了，也只不过赚到几文灯油钱！我的好丈夫，亲丈夫，街坊四邻的女人见我这么辛苦，都奇怪极了，人家都在笑话我呢。你这时候正该在外面干活，谁知道你却摊着两只空手回家来了。"

说着，她就放声大哭，一边哭一边继续说下去：

“老天爷呀，我真是个苦命的女人呀，我出世的时辰真不吉利呀，真是晦气，嫁到这家人家来！有身份的年青小伙子不嫁，偏瞎了眼嫁给这样一个男人，丝毫不把他自己的老婆放在心上！哪家女人不是有两个情夫三个姘头的，吃喝玩乐，把丈夫哄得团团转，叫他们拿月亮当作太阳。只有我活该受苦受罪！我只因为心地好，不愿意耍这些花巧，就活该倒霉。我怎么这样笨，不学学别的女人那样去偷个汉子呢。我的丈夫呀，你要知道，要是我存心不规矩，难道还怕找不到人？看中我的漂亮小伙子多的是，他们一个个都巴结我，愿意送给我钱，送我衣服，首饰，只要我肯要，哪一样没有？只是我昧不过自己的良心——我不是那种贱种养的——想不到你应该干活的时候不去干活，倒溜回家来了。”

她丈夫说：“我的好妻子，看在天主面上，快别生气。请你放心，我一向知道你是个怎么样的女人。今天我更证实了。我的确是打算出去找活儿干的，可是你我都忘了今天是圣加利文节，外面找不着活儿干，所以我就早些回来了。不过我却想出了一个办法，可以供我们吃上一个多月。你瞧我带来的这个人，他愿意出五块钱买我的酒桶呢，我想那只酒桶放在家里也是碍事。”

佩罗妮拉说：“那就更叫我生气了。亏你是个男子汉，天天在外面跑的，熟悉市面，居然把一个酒桶只卖五块钱，而我这么个不出门不懂事的女人，看见这酒桶放在家里碍事，把它卖给了一个老实人，却卖了七块钱。你回来的时候，他刚刚跳到桶里去，看看它是不是有毛病。”

丈夫听了这话，喜出望外，就对那个跟他一块儿来买桶的人说：

“老兄，对不起你啦。你只出我五块！你听我老婆说，她已把它先卖给了别人，卖了七块。”

“没有关系，”那人说着就走了。这时佩罗妮拉又对她丈夫说：

“既然你回来了，你自己来和他谈判吧。”

姜尼罗躲在桶里，侧着耳朵听着，只怕发生了什么祸殃，他必须见机行事。等他听清楚了佩罗妮拉的话，连忙一骨碌爬出桶来，装作不知道她丈夫回来了，只顾大声喊道：

“大嫂，你在哪里?”

那丈夫马上走上前去，说：“我在这里，你看了桶觉得怎么样?”

姜尼罗问道：“你是哪一位？我要和那位大嫂谈谈这只桶的事。”

他说：“你尽管跟我谈好了。我就是她的丈夫。”

姜尼罗说：“酒桶没有毛病。不过我觉得那里面的酒渣你一直没有倒掉，在桶壁上结了一层又硬又干的壳，我用指甲刮也刮不掉。除非你把它刮干净，否则我就不买了。”

佩罗妮拉插进来说：“好好一笔交易，不能因为这么一点小事就弄吹了。我丈夫会替你刮干净的。”

她丈夫连忙说：“当然，我一定刮。”

说着，他就放下手里的工具，脱下外衣，拿了一盏灯和一把刮刀，跳进桶去刮。佩罗妮拉故意装得要看看他如何刮法，便把自己的头、一条胳膊和一边肩膀都塞进桶里去。桶口原不十分大，正好给她堵住，只听得她不断地指挥他道：

“这里刮一刮，那里也刮一刮。瞧，那里还有一点没刮干净!”

再说姜尼罗，那天早上因为她丈夫赶了回来，玩得没有尽兴，现在看到这女人在指点她丈夫刮桶，心想，大可趁此机会补偿一下；所以趁她把桶口塞得紧紧的时候就扑到她身上去，那情景真好比草原上春情勃发的公马，向一匹安息的母马进攻。等他满足了青春的欲念，那丈夫正好刮完了桶，于是他下了马，佩罗妮拉把头缩回来，让她丈夫走出桶来。她对姜尼罗说：

“先生，你拿着这盏灯进去照照看有没有刮干净。”

姜尼罗朝桶里望了一眼，表示满意，当即给了她丈夫七块钱，叫人把酒桶搬回家去。

故事第三

林那多教士正和他教子的母亲寻欢，她丈夫突然回来，她便推说教士此来是为孩子祛邪治病，把丈夫骗过。

菲洛特拉托讲到安息的母马，措辞并不隐晦，那几位小姐又是绝顶的聪明，听了哪有不笑的道理，只是她们装作为了别的事情而发笑罢了。国王见他故事讲完了，就吩咐爱莉莎接下去讲一个，爱莉莎立即遵命讲道：

可爱的小姐们，爱米莉亚所讲的那个驱邪赶鬼的故事，使我也想起了一个类似的故事。虽然我这个故事不及她那个动听，可是我一时想不起别的故事可讲，只好拿这一个来交差。

从前锡耶纳地方，有个青年名叫林那多，出身高贵，仪表堂堂，他爱上了邻近一位有钱人家的漂亮太太，心想，只要能找个机会和她搭讪，又不落痕迹，就不难如愿以偿，可是想来想去都想不出一条计策来。后来见那位太太怀了孕，他就想借此机会去和她攀个亲家。他先和那丈夫交上了朋友，又找一个适当的机会，表示愿意做他孩子的教父，那丈夫不知是计，竟答应了他。

既然做了亲家，从此他就名正言顺去看那位安涅莎太太，而且大起胆子，把自己的心意向她和盘托出——其实不用他说，她也早就从他的眼神中看出来了。虽说那位太太听了他的自白，并不显得有什么不乐意，可是他还是达不到目的。

过了不久，林那多不知怎么当上了修道士；不管他是否满意这项营生，却是一直干了下去。他当上了修道士以后，也曾一度抛却凡心俗念，把那位太太忘怀了；可是他虽然身披袈裟，却没过多久，这些凡心俗念又油然而生了。从此他又衣饰华丽，完全是一副翩翩公子的气派，又动手编写歌曲，写十四行诗，写歌谣，成天忙着唱歌之类的事情。

我为什么要尽为这位林那多修道士絮叨呢？天下的修道士不都是一路货色吗？世风日下，出家人竟也同流合污，真是无耻之尤。他们吃得肥头胖耳，红光满面，衣服穿得花里胡哨，一切的用具也都是那么华丽，却一点也不晓得害臊。他们走起路来大摇大摆，不像柔顺的鸽子，倒像竖冠突肚的火鸡。他们的地窖子里堆满了一罐罐的膏丹药物、各种糖果、大樽小瓶的蒸馏香精和香油，还有马姆锡和塞浦路斯等地出产的名酒，简直不是修道士的地窖，而是药剂师或香料商的店铺。更糟的是，人家看他们肥头胖耳，他们并不引为羞耻。他们还道人家不懂得粗茶淡饭，清心寡欲，经常斋戒只会使人清瘦而健康，纵使生病，也不会患痛风症，因为一个正派修道士的清心寡欲的生活，正是治痛风症的良药。他们还自欺欺人，满以为人家不知道一个修道士如果彻夜祈祷，严守戒律，自然只会落得苍白憔悴，哪里会脑满肠肥？要知道，圣多明尼古和圣方济各非但都没有华丽的衣裳，而且连一件长袍都没有，他们穿的都是不染色的粗羊毛衣，只是为了蔽体御寒，而不是为了炫耀。但愿天主留意这些事情，叫那些供给他们丰衣足食的单纯的老百姓，不要再上他们的当了！

现在再说林那多修道士重新起了俗念凡心，三日两头地去看那位太太。他越来越胆大，因此越发缠得她紧，要和她行欢。那位太太经不起他再三恳求，又觉得他比以前长得更漂亮了，有一天再也抵不住他的苦求和挑逗，只得像一般女人在被逼得无可奈何、半推半就时那样地说道：

“什么！林那多神父，你们修道士也做这种事情吗?”

他回答道：“太太，我只要把这件法衣一脱掉——这当然是一件轻而易举的事——我就成了一个普通的男人，而不是什么修道士了。”

那位太太装出一本正经的面孔，说道：

“天啊，那还了得！你是我孩子的教父，我怎么能跟你做出这种事来呢？这事情万万做不得。我还常常听到人家说，这是一种很大的罪过，否则的话，我就答应你也无所谓。”

林那多说：“如果你顾忌这一点，那你真是个傻瓜；我并不是说，这不算罪恶，不过，一个人无论犯下了多大的罪，只要能够忏悔，就会得到天主的宽恕。我倒要问问你看：我不过替你的孩子洗礼命名，生这个孩子的却是你丈夫，那么，谁和这孩子最亲呢?”

“当然是我的丈夫。”那太太回答道。

修道士接着说：“你的话说得对，那么，你丈夫不是跟你睡在一起吗?”

“那当然啰，”她回答。

林那多又说：“那么，既是我和这孩子的关系比不上你丈夫亲，当然更加可以了。”

她本来就不大能够辨别事理，经不起林那多的怂恿，就把他的话信以为真，也许是故意装出一副信以为真的样子，说道：“你这些高深的话，叫我怎么回答得出呢?”

于是她再也顾不得什么教父不教父，只得听他摆布。两人一旦走出了第一步，以后就明来暗去地干下去了，反正可以利用了这层宗教上的关系遮掩别人的耳目。

有一次，林那多带了个同伴来到她家里，一看没有外人，只有一个讨人喜爱的小丫头在跟前，于是就叫他的同伴带了那个丫头到鸽房里去教她念祷告文，自己马上和那位手里抱着孩子的太太来到房里，把门锁上，在一张榻上取乐。正玩得高兴，不料那女人的丈夫忽然回家来了。谁都没有听见，直等他走到卧室门口敲房门，叫着他妻子的名字，她这才着了慌，对修道士说：

“这一下我可没有命了。我丈夫回来了，这一回可让他看出你我为什么一直这样亲近啦。”

林那多这时长袍法衣，都已脱去，只穿着一套便服，听了她的话，慌忙说道：

“你说的是，如果我衣冠齐全，还想得出办法推托一下；如今这副样子，让他进来看见，可就赖也赖不掉了。”

那太太忽然急中生智，说道：

“听好。你赶快穿好衣服。一穿好衣服，就把这孩子抱在你手里。我出去同我丈夫讲话，你在里面仔细听着，然后你再去同他谈话，就能够和我的话合拍了。其余的事全让我来对付吧。”

这时她丈夫还在敲门，她马上回答道：“我来啦!”

说着，她就站起来开了房门，和颜悦色地对她丈夫说：

“丈夫，孩子的教父林那多教士在这里呢！真要谢谢天主正巧派他来，要不是他，我们的孩子准没有命啦。”

那好心的傻丈夫听了这话，简直吓晕了，说道：

“怎么回事呀?”

“我的丈夫，”安涅莎说，“这孩子突然之间昏了过去，我还当他死了，正在惊惶失措之际，他的教父林那多教士凑巧来了，连忙抱起孩子，说道：‘太太，这孩子肚里有虫，这虫已爬到他的心脏附近，眼看是没救了；可是你别怕，我可以念念咒把那些虫咒死。我包管把他治好；我一定要等他恢复了健康，像平常一样，我才走。’他还要你和我们一块做几个祷告，可是丫头找不着你，于是他就叫他的同伴到我们的屋顶上做祷告去了。我和他两人来到卧房里，锁上房门，免得别人来打扰，因为除了孩子的亲生母亲以外，任何人都不能参与这次法术。现在孩子还抱在他手里，大概是等着他同伴把祷告念完吧。我看他那位同伴的祷告文也快要念完了，因为孩子已经苏醒过来。”

这个好心的老实人果然信以为真，只是为自己的孩子着急，竟被他老婆骗过了，只听得他长叹了一声说：

“我要去看看他。”

他妻子说：“你且慢去，只怕冲撞了法术，前功尽弃。你等一等，先让我进去看看，如果可以让你进去，我再来叫你。”

林那多教士在房内听得清清楚楚，从容不迫地把衣服穿好了，对策也想好了。随手抱起孩子，大声叫道：

“太太，我不是听见你丈夫回来了吗?”

那个傻丈夫应声回答道：“回来了，神父。”

“那么请进来吧，”林那多教士说。

傻丈夫走进去，林那多教士对他说：

“快把你儿子抱去，刚才我还以为等不到日落时分，你就看不到他了，总算托天主的福，现在已经平安无恙。你应该做一个蜡像[①]，和孩子身体一样大，放在圣安布鲁斯的神像前，感谢天主的功德，因为你能够得到天主的恩赐，也多亏圣安布鲁斯的功劳呢。”

那孩子也和一般小孩子一样，见到自己父亲来了，马上亲亲热热地跑到他跟前去。他抱起孩子，一面哭，一面连连吻他，又多谢教父的救命之恩，看那情景，仿佛这孩子真个是刚从坟墓里抢出来的一般。

再说林那多的那个同伴，他已经教会了那个小丫头四篇祈祷文，又把一个修女给他的白线袋给了她，收她作为徒弟。他听到那个傻丈夫在妻子的房门口叫门，连忙轻轻地走过去，躲在一个地方，人家看不见他，他却把一切都看在眼里，听在耳里。这会儿他看见一场风波已经平息，就走进房去说道：

“林那多教士，你要我念的四篇祈祷文，我都念过了。”

林那多教士说：“兄弟，你一口气念完四篇，真叫功夫到家，我刚念了两篇，孩子的爸爸就回来了。不过，多亏天主保佑，你我并没有白

---

① 据里格译本注，这个蜡像无疑是黑袍僧团的圣安布鲁斯的像。

费气力，到底把孩子治好啦！”

傻丈夫立即拿了美酒糖果来款待修道士和他的同伴，这正是他们求之不得的；接着，他就把他们送到门口，和他们道别，又出去做了蜡像，挂在圣安布鲁斯的神龛面前，而不是挂在来自米兰的神龛面前①。

① 此句显有讽刺意味，可惜不知典出何处。——潘译本注解

故事第四

托法诺把妻子关在门外，不让她进屋。她再三恳求无效，就往井里丢了块大石头，丈夫以为她投井自尽，赶去救她，妻子趁机溜进屋内，把门锁上，反过来把他骂得狗血喷头。

爱莉莎的故事一讲完，国王立即转过身去，对劳丽达说，要她接下去讲，她毫不迟疑地说道：

爱神啊，你的力量有多么伟大，多么变幻莫测！你胸中藏着多少妙计，多少机智！凡是追随你的人，你就会凭着一时的兴之所至，教他们随机应变，善辩巧饰；古往今来无论哪个大哲学家、艺术家，也不能把这种本领教给人！从已经讲过的这些情人的妙计看来，随便谁的教诲若和你的教诲相比，都是微不足道。可爱的小姐们，这里我再补充一个故事，讲一个老实女人如何受到爱神的教导，使了一条巧计。

从前阿莱佐地方有个富翁，名叫托法诺，他娶了个妻子名叫琪塔。只因琪塔长得娇艳动人，他就无缘无故起了妒心。他妻子看出这情形，很是气恼，就再三追问他为什么要嫉妒，他理屈词穷，说不出个所以然来，因此他妻子就想道：既是他庸人自扰，就要叫他的妒火中烧，自焚其身。

她看见一个年青人为她害上了相思，她对他也很有好感，便小心地设法和他互通声气。事情进展得很是顺利，只消把情意付诸行动就是了。因此她就要想一个办法来了却这桩心愿。偏偏她丈夫恶习很多，其中最显著的一件就是嗜酒，她非但不劝阻，还有意地怂恿他去喝。她一向手段高明，随时都可以叫她的丈夫喝得泥醉。等他一醉，她就扶他上床睡觉，然后自己就去和情人偷欢。这条妙计她也不知使用过多少次数，都没有出岔子。只要丈夫一醉，她就放心大胆，毫无顾忌，非但把情人引到屋里来，而且因为情人住得不远，她还常常到他家里去睡上大半夜才回来。

这位有了外遇的太太，一直这样干下去，终于让她丈夫注意到她每次劝他喝酒时，自己却一滴不喝，不禁起了疑心。他想：这女人莫不是想把我灌醉了，让我睡着，然后就去为所欲为吗？为了要弄清这个疑团，有一晚，他一点酒也没有喝，却故意装作酩酊大醉的样子，胡言乱语，跌跌冲冲。他妻子果然被他骗过了，当他真的已经喝醉，立即扶他上床睡觉。等他一睡下，她就照着向来的老办法，赶到她情人家里去了，一直睡到半夜才回来。

再说托法诺看到妻子一走，马上爬起床来，把门锁上，坐在窗口，只等妻子回来，好叫她知道他已看破了她的行为。最后，那妻子回来了，发觉门给锁上了，不能进屋，真是急得要命，便用力撞门。托法诺让她撞了一阵以后，才对她说：

“你这娘儿们，你这是白费气力了，今天你休想再进得了屋。你从哪里来，还是回到哪里去吧。你做出了这种好事，轻易就让你回家？等我把你的娘家人和邻居都请了来，让你在他们面前光彩光彩再说吧！”

他妻子向他再三苦求，请他看在天主面上，赶快开门让她进屋，说她并不是到他所想象的那种地方去，只是因为长夜漫漫，睡不着觉，独自坐在家里，又觉无聊，所以到邻居家一个女人那里坐了一会儿回来。

可是不管她怎样恳求，他哪里肯答应她？这个蛮不讲理的丈夫，仿佛他唯恐人家不知道他的家丑，一定要让阿莱佐所有的人都知道了才称心似的。他妻子眼见恳求无效，就威胁他说：

“如果你再不开门，我就要叫你后悔不及。”

“你能拿我怎么样?”托法诺问道。

也是爱神使她急中生智，她立即回答道：“你存心要冤枉我，叫我丢脸，我可受不了。附近有口井，我宁愿马上就在屋前投井自尽，等到人家捞到了我的尸体，一定认为你喝酒喝醉了，把我推下井去淹死的。到了那个时候，你只得抛弃家产，流亡街头，说不定还要判你一个谋杀妻子的罪名，砍掉你的脑袋瓜呢。”

托法诺拿定了糊涂主意，什么话也说不动他的心。因此他妻子又说道：

“好啊，我再受不了你这样侮辱。看天主能不能饶得了你！我把纺线杆放在这儿，让你来收拾吧。”

那夜天色漆黑，伸手不见五指。她走到井边，搬起近旁一块大石头，投下井去，一面大叫一声：“天主饶恕我吧!”石头落入井里，轰隆一声，托法诺听见了，只当作他妻子当真投井自杀了，马上拿了吊桶和绳子，冲出家门，奔到井边去救她。不料他妻子这时已经躲在门口，见他一冲出来，马上趁机溜进房去，把门锁上，来到窗口对他嚷道：

“以后你喝起酒来，可得掺一些水呀，把酒冲淡一点才好，再不许喝酒喝到深更半夜才回来!”

托法诺一听这话，知道已上了她的当，马上奔回门口，可是门早给锁上了，只得反过来求他妻子开门。这一回，他妻子可不是低声下气，而是扯开嗓子对着他直嚷了：

“天不容你这个醉鬼，你今夜休想进房来！我再也容忍不了你这种恶习。我一定要叫大家都知道，你是个什么样的人，这么深更半夜回来!”

托法诺气疯了，也破口大骂。邻居们听得吵闹声，男男女女都赶到窗口来，询问到底是怎么回事。他妻子哭着说：

“这个坏蛋，他老是晚上在外面喝得大醉而归，有时甚至在酒馆里睡一觉，到这深更半夜才回来，我容忍他也容忍得够了，现在忍无可忍了，所以把他关在门外，叫他出出丑，看他是不是知道改过！”

关在门外的托法诺，尽管是个笨蛋，也不甘示弱，立即把事实真相讲给大家听，并且凶狠狠地对他妻子提出威胁。她妻子连忙对邻居们说：

“你们瞧他是个怎么样的人！如果今天我在门外，他在房里，你们将怎样说呢？天啊，那我只怕你们听了他的话会信以为真吧。凭这一点你们可以评评看，他这个人还有没有脑子。他做了错事，倒反过来咬我一口，也不知道他摔了个什么东西到井里去，想来吓唬我！老天爷呀，他怎么不跳下井去，喝两口水，把肚子里的酒冲淡一些呢！”

邻居们不论男女，都一致责备托法诺，怪他不好，不该那样冤枉他妻子。不一会儿，这场风波一个传一个，一下子就传到那女人的娘家去了。那娘家人听说有这回事，立即赶来，把托法诺痛打了一顿，差一点把他身上的每一根骨头都打断了。然后他们又走进屋子，把那女的衣饰财物一一收拾好了，带着她回娘家去，临走又威胁托法诺说，他们还要叫他吃更大的苦头。托法诺一看苗头不对，觉得事情弄成这样糟的下场，都怪他自己醋心太重，另一方面他依旧爱着他妻子，所以就请了些朋友出面调停，要她回来，答应她今后再也不敢嫉妒了。不仅如此，他还答应她以后可以随心所欲，只要她做得谨慎些，不让他知道就是了。这个蠢丈夫吃了苦头反而和他妻子相安无事了。爱情万岁！消除夫妇不睦！

故事第五

一个嫉妒成性的丈夫乔装成一个神父，听妻子忏悔，她说爱上了一个神父，于是丈夫守在大门口，妻子趁机把情人从屋顶上接下来共度良宵。

劳丽达讲完了故事，人人都赞美那位太太，说她对付丈夫一点不过分，只怪那丈夫自作自受。国王不愿浪费时间，立即转过身去，朝着菲亚美达，和悦地请她接下去讲一个故事，她开始说道：

高贵的小姐们，听了这个故事，我也想讲一个会吃醋的丈夫的故事，因为我觉得，做妻子的不管怎样对待这类丈夫——尤其是当他们吃醋吃得毫无道理的时候——总是那丈夫罪有应得。我想，如果立法者对这些事能够多加考虑，那他们就不会处罚这些妇女了，只是把她们的所作所为当作一种自卫的行动来看待，因为她们并没有犯什么罪，真正的罪人倒是那些嫉妒的丈夫，他们摧残着年青妻子的青春，无异于处心积虑地要致她们于死命。

我们知道，天下无论什么人，不管是在乡下种庄稼的，在城里做匠人的，或是在衙门里当官员的，劳苦了一个星期，总盼望在假期节日可以休息娱乐一下，女人们整个星期关在家里操作家务，自然也像旁人一样希望在假期和节日得到休息和娱乐。这原是学天主自己的榜样，他老人家辛苦了六天也得有一天休息；因此，为了尊重天主，体念生民，无论世俗的法律或是神圣的教规，都有工作日和休息日之分。可是爱吃醋的丈夫们偏偏不同意这一点。他们在休息日把妻子关在家里，管得更紧。于是本来使女人快活的休息日，对他们的妻子说来，反而变成更加凄惨痛苦的日子。可怜的女人啊，她们受多么大的罪，只有受过这种罪的人才知道。所以，我的结论是：丈夫如果不讲道理，一味吃醋，那么妻子有什么对不起丈夫的地方，非但不应该怪她，反而应该赞扬她。

从前亚美尼亚地方有个商人，家资豪富，广置地产，他娶了个美貌绝伦的妻子。从此他就非常嫉妒，这并没有什么原因，只因为他非常爱他妻子，认为她长得这样美，又这样善于处处讨他的欢心，所以他就担心别的男人也会觉得她很美而爱上了她，而她也会同样去讨他们的欢喜。这个可怜的没有头脑的丈夫，醋心就起在这里。他既是这样嫉妒，便看管得她十分紧，叫她动也不能动一下，恐怕狱卒看守死囚也没有这样严厉。

他不许他妻子参加婚礼，也不许她出席种种宴会，也不许她上教堂，总而言之，不许她走出家门一步。她甚至站在窗口朝外面看一眼也不敢。她那种日子真不是人过的，她越想越气，因为她越想越觉得自己清白无辜。后来她打定主意，既是丈夫这样冤屈她，不妨就弄假成真，尽可能结交一个人，散散心，这样，受到男人的虐待也算不得冤枉了。可是，她连在窗口站一站都不可以，哪里有机会让路过的人注意到她、看上她，向她求爱呢？又哪里有机会向人点头招手，表示自己的情意呢？

恰巧邻近住着一个英俊的青年，她想：他们俩只有一墙之隔，只要墙壁上找到一条裂缝，她就可以经常朝那条裂缝里瞅上几眼，总有一天会看到那个青年，找到机会向他吐露情意。如果他接受她这分情意，她就要和那个青年私下来往，也好替她那愁苦的生涯添几分乐趣。等有一天把她丈夫的妒病医好了再说。

于是，她丈夫一出去，她就在墙壁上四处寻找，终于在一个隐秘的地方发现了一条裂缝。她朝里一望，虽然看不真切，却看见墙那边是一个房间。她想："如果那就是隔壁那个青年费里波的房间，我的心愿就算达到一半了。"她把自己的心腹女仆叫来，托她暗中打听一下，结果发觉睡在那边房间里的果真就是那个单身青年。

从此她就常常去张望那条裂缝。一听到那个青年在房里，她就把一些鹅卵石或者是什么细小的东西塞过去。后来他那边听到声响，走近前来，她就轻轻地唤他，他听出是她的声音，立即答应。她乘机把自己的心意简单地告诉了他，他听了大喜，设法把他那边的裂缝弄宽了些，做得不露半点痕迹。从此这一对男女常常在一起拉手谈天，可是由于那个好吃醋的丈夫看管得太紧，无法再进一步。

不久，圣诞节就要到了，她就跟她丈夫说，她想像别的天主教徒一样，到教堂里去做忏悔，领圣体，不知他答应不答应。那嫉妒的丈夫说：

"你犯了什么罪过，要去忏悔?"

"什么?"他妻子说，"你难道认为，只要你把我看管得这么紧，我就成了个圣徒不成? 你要知道，凡人都会犯罪，我也不能例外，不过我不能把我的罪向你吐露，只能说给神父听。"

嫉妒的丈夫听了这几句话，马上起了疑心，打定主意非要弄明白她的罪过不可，而且当时就想出了一条计策。他就答应她去上教堂，不过只能上本堂，不能上别的教堂，她明天一大早就可以去，可是去到那里，只许向那个本堂神父忏悔，或者由本堂神父指定一个修道士听她忏悔，不得向任何其他的人忏悔，忏悔以后马上就得回家。他妻子已有一半猜中了他的用意，便将计就计，答应照着他的意思做去。

到了圣诞节那天，天一亮她就起了床，梳洗完毕，去了她丈夫所指定的那个教堂。那个嫉妒的丈夫也去到那里，而且比她先到。他已事先把自己的意思和那个神父说明了，匆匆忙忙穿上一套修道士的衣服，戴上一顶修道士戴的飘飘荡荡的大风帽，罩住了脸，坐在唱诗班的席位上。他妻子来到教堂里就找本堂神父，神父推托说，他无暇亲自听她忏悔，但可以给她另找一个修道士。说着，他就走了，打发那个嫉妒的丈夫到她跟前来。那丈夫眼看就要倒霉了，却装出一本正经的样子来。虽然这天的天色不十分明朗，他又把风帽罩到眼睛上，可惜他乔装得还不够高明，叫他的妻子一眼就把他认出来了。那妻子看见这情形，心里就想道："感谢天主，这个嫉妒的家伙竟摇身一变，变成一个神父；我且不要去理他，叫他自作自受。"

她装得并没认出他的样子，坐在他面前。我们这位好吃醋的丈夫早就在自己嘴里塞进了几块小石子，说起话来声音也变了，好叫妻子辨别不出他的口音；因此自以为从头到脚装扮得没有一点儿破绽，他妻子决不会认出他来了。忏悔开始，她第一件事就说到她已经嫁了人，可是却跟一个神父私通，天天晚上和他睡在一起。那嫉妒的丈夫听到这话，真好比尖刀戳心，恨不得马上结束忏悔，站起来就走；可是一方面他又急于要知道详情，所以只得沉住气继续问下去：

"什么？你的丈夫晚上不跟你睡在一起吗?"

"他跟我睡在一起的，神父。"他妻子回答道。

"那么，"那嫉妒的丈夫说，"神父怎么又能够和你睡在一起呢?"

她说："神父，我也弄不懂那个神父用了什么法术，不管我们的门锁得怎样紧，他只要用手一碰，门就开了。他还告诉我说，他一走到我的房门口，还没推门，只要先念几句咒语，我的丈夫就会呼呼入睡；等我丈夫睡熟了，他就打开房门进来和我睡觉，没有哪一次出过岔子。"

那乔装的神父说："夫人，这事情做得不应该，万万不能再做下去了。"

那妻子说："神父，这怎么成呢？我太爱他了。"

那好吃醋的丈夫说："如果这样，我就不能赦你的罪了。"

她说："这实在叫我太伤心了，我到这里来不敢向你说谎，如果我能办得到的事，我一定会向你说办得到。"

"说真话，夫人，"那丈夫说，"我为你惋惜，因为你干这种事情，就毁灭了你自己的灵魂。不过，为了帮助你赎罪，我可以代替你向天主念几篇特别的祈祷文，那也许对你会有些帮助。我还可以经常派一个信徒到你那里去，问问这些祈祷对你有没有用，如果有用，就可以继续念下去。”

“神父，”那妻子回答，“你怎么做都可以，可千万不要派什么人到我家里去，因为我丈夫的嫉妒病太可怕，要是让他知道了，不管是什么人到我家里去，他都认为有什么坏心眼，那他可要跟我吵上一年半载也不得太平啦。”

他说：“太太，你不用害怕；我包管把事情安排妥善，叫你听不到他半句恶言。”

她说：“既是这么说，我赞成你不妨试试看。”

她的忏悔就这样做完了，于是站了起来，去望弥撒。那嫉妒的丈夫给这件倒霉的事情气炸了。他脱掉神父的外衣，赶回家中，一心要想出个办法来当场抓住他妻子和那个神父，给他们一点厉害看看。

不一会，妻子回来，看见丈夫那副脸色，知道今年这个圣诞节可扫了他的兴了——尽管他竭力掩饰，不让她看出他做了些什么事，已经发觉了她什么隐私。他决心那天晚上要在大门口守候那个神父，于是便对他妻子说道：

“今天晚上我要到外面去吃晚饭，晚上也不回来睡了。你睡觉时，可以把大门、楼梯口的门和卧室的门统统锁起来，安心上床睡觉。”

“好吧，”他妻子回答道。

等丈夫一走，她就来到墙壁的裂缝那儿，照常打了个暗号，费里波听见，急忙走来，她就把早上的种种情形以及她丈夫吃过中饭以后跟她所说的那些话，全告诉了他，最后又说：

“我料定他不会离开这房子，而是站在大门口守候；今天晚上你可以设法从屋顶上爬过来，那我们就可以在一起了。”

那青年听了大喜，说道：“太太，我一定设法过来。”

到了晚上，善妒的丈夫带了武器，躲在楼下的一个房间里，他妻子到时候就把各处的门一一锁上，尤其是楼梯口的那扇门，让她的丈夫不能上楼来。然后去叫那个青年小心爬到她房里，两人上了床，玩了一夜，好不快乐，直到天亮时，那个青年才回家去。

再说那个好吃醋的丈夫，差不多整夜手执武器，只等那个神父上门来，他连晚饭也没有吃，又饿又冷，心里又十分难受。到了快天亮的时候，他已筋疲力尽，支持不下去，便回到底层那间房里，睡着了。等到晨祷钟敲过，大门开了，他才装作刚从外面回家来的样子，吃了顿早饭。过了不久，他又打发一个小厮，扮作教堂里那个听她忏悔的神父的小徒弟，去问他妻子，她那个情人是否依旧和她来往。

他妻子一下子就识破了这个小徒弟的真面目，当即回答他说，那人昨天晚上果然没有来，她虽然非常爱他，但他如果再不来，她也一定就会把他完全忘了。

底下的事还用再说吗？接连几夜那个醋心重的丈夫把守着大门，等候那个神父；而他的妻子正好趁机和她的情人寻欢作乐。最后，那个戴绿头巾的丈夫再也受不了那种罪，就怒气冲冲地责问他妻子那天早上究竟跟那个神父忏悔了些什么。他妻子说，不能告诉他，因为告诉他既有所不便，于理也不应当。

于是他忍不住破口大骂："你这个下流女人！你不招供出来，我也知道你跟他说了些什么。跟你相好的那个神父，天天晚上施展邪术跟你睡觉的那个神父，究竟是谁？如果你不老实说出来，看我不宰了你！"

那妻子回答道，什么爱上神父不神父的，这完全是凭空捏造呀。

丈夫大声喝道："什么？你向那个神父忏悔的时候，不是这样长、那样短地说得明明白白吗？"

他妻子说："别说是他告诉你的，就是你当时亲自在场听到的，也不过如此；我承认我确是说过那些话。"

"那么，你还不赶快告诉我，那个神父是谁吗？"善妒的丈夫说。

他妻子笑着说："说起来真好笑：一个聪明男人会乖乖地让一个平凡的女人牵着鼻子走，就好像一头羊被人家牵着角上屠宰场去似的。不过你不能算是一个聪明人，自从嫉妒的恶魔无缘无故地附上了你的身以后，你就不是一个聪明人了。你越是蠢，越是笨，我脸上就越是没有光彩。

"我的丈夫，你笨得迷了心窍，难道以为我也笨得瞎了眼睛不成？

其实并没有。那天我一走进教堂，就看出那个听我忏悔的神父是你乔装的，因此我就打定主意，顺着你的意思做，而且当真这样做了。你当初如果头脑聪明些的话，就不会想到用那种办法来刺探你善良的妻子的秘密了；你更用不着胡乱猜疑，而是应当立即听出她在你面前的忏悔句句都是真话，而她那样做是丝毫无罪的。

“当时我跟你说，我爱上了一个神父，请你想想，我真是错爱了你啊——你当时是不是化装成了一个神父？我又说，当他要和我睡在一起的时候，随便哪一扇门锁也锁不住；请你想想，每次当你要到我这儿来的时候，我锁上了哪一扇门不让你进来？我还说，那个神父天天晚上跟我睡在一起；请你想想，你哪一天夜里不是跟我睡在一起？每当你打发小厮来探问我，我就想，你既然没有跟我睡在一起，我当然回答他说，那个神父没有来。

“除了像你这种给嫉妒病堵塞了心窍的人以外，还会有谁笨到这般地步，听不出我话里有话吗？你明明通宵守在大门口，却还要来骗我，说什么要到外面去吃饭过夜？

“我劝你头脑清醒些，像从前一样好好做人吧，别再让那些知道你的底细的人，像我一样拿你当做笑柄；你这样把我管头管脚也可以到此为止啦。我可以对天起誓：如果我存心叫你戴绿帽子，不要说你只生了两只眼睛，你就是生了一百双眼睛来看管我，我也想得出办法来随心所欲，不让你知道。”

这个好吃醋的丈夫自以为神通广大，揭穿了妻子的秘密，如今听了这一番话，方才知道自己受了愚弄，便不再追究，相信他妻子是个贞洁贤慧的女人。他在不必要嫉妒的时候，偏是吃醋吃得厉害；临到应当嫉妒的时候，他反而不嫉妒了。从此以后，他的精明的妻子算是得到了丈夫的准许，可以自由行动了，不必再叫她的情人像只雄猫似地从屋顶上跳下来，而是可以大模大样地从大门进出了。一对有情人就这样小心地明来暗往，快活了一辈子。

故事第六

伊莎白拉先后在房里关了两个情夫，忽然她丈夫又回来了，她打发一个情人拔剑冲出屋去，又施用巧计叫丈夫把另一个护送回家。

大家听了菲亚美达的故事，都高兴得要命，异口同声地说，那位太太做得好极了，那种蛮不讲理的男人，活该那样对付他。故事讲完之后，国王吩咐潘比妮亚接下去讲，潘比妮亚开始说道：

天下有多少人尽说些无知的话，认为爱情会闭塞人们的心窍，任何人一旦坠入了情网，就要变成一个傻瓜。我觉得这全是无稽之谈。从我们已经听到的这些故事中，就可以证明我这话没有说错，现在我再来举一个例子说明。

大家知道，我们那个充满着美好事物的城市里，从前出过一个门第高贵的美人，嫁给了一个身份高贵的著名绅士。那位夫人不久就厌烦了她的丈夫，另外爱上了一位名叫列昂纳多的青年。这大概也是人之常情，好比天天吃一种菜，吃久了就觉得腻味，需要换换口味一样。列昂纳多的仪表和蔼可亲，风度翩翩，只是出身门第并不怎么高贵，他也爱上了这位夫人。大凡这种事情只要男女双方同心合意，就很少没有结果的，所以过了不久，这一对男女果然如愿以偿。

也是这位夫人生得太妩媚动人，本城又有一位兰巴特丘大爷也看中了她，只是她觉得那人面貌可憎、语言无味，怎么样也不为他动心。那骑士几次三番地捎信向她求爱，都是枉费心机，后来竟不惜倚仗自己的权势，命人威胁她说，如果她再不答应他，就要破坏她的名誉了。她知道这个人说得出做得到，不禁有些害怕，只得勉强顺从了他的心意。

那夫人名叫伊莎白拉，有一天，她依照我们当地的避暑风习，住到乡下一个美丽的庄园里去，而她丈夫却骑着马到别的地方去，预计有好几天耽搁，于是她就把列昂纳多请到她这里来。列昂纳多立即欣然赴约。

不料那位兰巴特丘大爷，听说她丈夫走了，也单身骑马赶到她家来敲门。这时她正和列昂纳多两人关在房里；她的贴身丫头开门一看，原来是兰巴特丘，立刻到卧室去把夫人叫出来，跟她说：

“太太，兰巴特丘大爷单人匹马地赶来了，正在楼下。”

夫人听到这话，好不扫兴，但是又害怕这人，只得央求列昂纳多不要计较，暂且在床帏后面躲一躲，等到兰巴特丘走了再说。列昂纳多也和她一样害怕那位骑士，只得躲藏起来。夫人这才吩咐侍女下去开门让兰巴特丘大爷进来。他在院子里下了马，把马系在一棵树桩上，然后走进屋来。夫人带着笑脸在楼梯口迎接他，尽量做出高高兴兴的样子来招呼他，又问他此来有何贵干。他把她一把搂住，吻了一下，说道：

“我的宝贝，我听说你丈夫出门去了，所以赶到这儿来和你做个伴。”

说过这话，两人就走进卧室，锁上房门，兰巴特丘开始拿她取乐。正在这时，万万料想不到她丈夫回来了。侍女一见主人直朝宅子赶来，立即奔到卧室去报信：

“夫人，老爷回来了！我看他已经进了院子！”

那女人听了这话，急得要命，心想：房里关了两个男人，如何是好？尤其是兰巴特丘，他的马儿系在院子里，更加无法掩饰。这一下，她只觉得自己的末日已经来到，幸好她还能当机立断，马上跳下床来，对兰巴特丘说道：

“大爷，如果你对我尚有半点爱怜之心，肯保全我的性命，请你听我一句话。快拔出你的剑来拿在手里，摆出满脸凶相，冲下楼去，一面放声大喊：‘我对天发誓，他无论逃到哪里去，我也要抓到他！’要是我丈夫拦住你，问你什么，你也就这么讲，别的话一句也不要说，你可万万不要理睬他，只管骑了马就走。”

兰巴特丘怎么会不答应？就当场拔出剑来。他刚才干了一场，此刻又听见她丈夫回来，心里好不气愤，因此满面通红，一字不差照着那位夫人的话做去。这时那丈夫已经在院子里下了马，看见了兰巴特丘那匹马，好不惊讶，刚要登楼，只见兰巴特丘从楼上冲下来，满面怒容，语言奇突，便问道：

“这是怎么回事，大爷？”

兰巴特丘一言不答，跳上马背，嘴里不住骂道：“他妈的，随便他逃到哪里去，我也要把他找到。”说着就飞奔而去。

那丈夫走进屋去，只见妻子正站在楼梯口，惊惶失措，便问她道：

“这究竟是怎么回事？兰巴特丘大爷那样气势汹汹，究竟跟谁过不去？”

他妻子把他带进卧室，对他说道（躲在房里的列昂纳多听得清清楚楚）：

“丈夫，今天可真把我吓死了，刚才有一个陌生的青年人逃到这里来，兰巴特丘大爷拿着一把剑在后面追他。那个青年看见我的房门开着，就浑身发抖，求我说：‘太太，看天主面上救救我吧，不要让我死在你面前！’我吓得跳了起来，正要问他是什么人，是怎么回事，嘿，兰巴特丘大爷已经赶进来了，口口声声嚷道：‘你这个王八羔子，看你逃到哪儿去！’我走到门口，拦住了他，不让他进来，他再三要求，见我不肯，总还算客气，就像你刚才亲眼看见的，走了。”

她丈夫说：“太太，你这事做得很好。如果有什么人死在我们家里，闹出了什么人命案，岂不要叫人说长道短，讲我们的坏话——兰巴特丘大爷也做得太不像话了，人家躲到这里来，他居然还会追进来!”

接着他又问那个青年在哪里，他妻子回答道：

“我也不知道他躲到哪里去了。”

他便喊道：“你在哪里？快出来吧，现在平安无事啦。”

列昂纳多把这些话都听在耳里，就从藏身的地方走了出来，看他样子，浑身打抖，真是吓得要命(他心里也确实在害怕)。

骑士问他：“你什么地方得罪了兰巴特丘大爷?”

他回答道：“我跟他无冤无仇，素不相识，这人定是神经失常了，要不然就是把我错当别人了。他在离开府上不远的一条大街上瞧见了我，就拔出剑来嚷道：‘王八羔子，我要你的命!’我哪里还敢问他什么道理，只顾拔腿飞跑，来到这里。谢谢天主和这位太太，我算是逃了命!”

那丈夫说：“你再也不用害怕！我把你平平安安地送回去，一直送到你家，然后你再去查问明白究竟是怎么回事。”

吃过晚饭，他就借给那个青年一匹马，把他送回佛罗伦萨的家里。这青年遵照着夫人的指示，当夜私下去访问兰巴特丘，跟他说明了。这事情后来虽然曾引起不少流言蜚语，可是那个丈夫始终未发觉这是他自己妻子要的把戏。

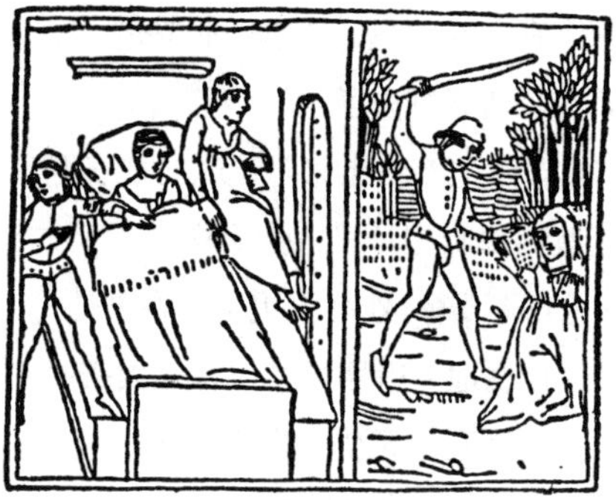

故事第七

白特丽丝骗她丈夫穿了她自己的衣服，去到花园，好趁机和情人取乐，然后又叫那情人到花园里去把丈夫痛打一顿。

大家听了潘比妮亚讲的这个故事，都称赞伊莎白拉的急智；正当他们赞赏不已的时候，菲罗美娜已遵照国王的吩咐，接下去讲另一个故事了：

可爱的小姐们，现在我来讲一个同样性质的故事，如果我没有弄错，我想这个故事的妙处不比刚才一个逊色。你们知道，从前巴黎住着一个佛罗伦萨的商人。他本是个绅士，因为贫穷才改行经商的，后来经商得法，竟发了大财。他只有一个独养儿子，名叫罗多维可。这孩子倒是喜欢他父亲本来的贵族门第，而无意于经商，因此他父亲就不让他沾手商业上的事，而叫他去结交法王手下的那些达官显贵，跟着一班绅士在法王的宫廷中侍候，因此他学习了许多礼仪风度以及其他种种文雅的事情。

罗多维可在朝廷里的时候，有一天正和其他几个年青公子在一起品评英法诸国的美女，这时有几个骑士正从东方朝拜圣地回来，碰上他们谈论，有一个骑士就说，他走过的地方也不少了，天下的美女也见得多了，可还没见过哪个女子比得上波伦亚地方的艾甘诺·德·加鲁栖的妻子白特丽丝。和他一同到过波伦亚的同伴们，都认为他说得不错。

罗多维可直到如今还不曾爱上过什么女人，听了这番话，心里燃起一股热情，只想去见见那位夫人，把什么事情都丢到脑后去了。他打定主意要到波伦亚去一趟，看看那个美人儿是不是中他的意，如果中意的话，就在那儿住一阵。于是就在他父亲面前佯称要去朝拜圣地，好容易才得到了父亲的允诺。

他化名安尼契诺，来到波伦亚。也是天赐良缘，到那里第二天，就在一次宴会上遇见了那位夫人，觉得她的娇容比自己想象的还要美。他不禁一见倾心，下定决心，不得到她的爱，决不离开波伦亚。他左思右想，想出了许多办法，却不知究竟哪一个最好，最后他觉得一切办法都不好，心想，唯有去给她那个管得严、看得紧的丈夫做侍从，才可能趁机亲近他的心上人。因此他就把马匹卖了，又把随身的仆从逐一安置好了，叫他们只装作不认识他。又同店主人商量，说是要找个富贵人家去做侍从，不知是不是找得到。店主人说：

“这城里倒有个绅士，名叫艾甘诺，养了很多侍从，都是他用心挑选，个个都是品貌端正，像你这样的相貌，一定会叫他中意。我可以替你去和他说说看。”

店主人果然说到做到，去替他向艾甘诺推荐，一说就成；安尼契诺在艾甘诺跟前做侍从，十分欢喜，因为从此经常有机会看到夫人；他又用心服侍艾甘诺，很能博得他的欢心，得到他的重视，到后来艾甘诺非但把自己的事情交给他管，就连一切家务都交给他管理了。

有一天，艾甘诺出外放鹰去了，安尼契诺在家里陪他太太下棋。这位夫人这时虽然还没有觉察到他的衷情，不过见他长得一表人才，心里早就很看重他，很喜欢他。安尼契诺为了讨她欢喜，下棋的时候，有意把棋输给她，她果然高兴极了。不久，旁边观棋的侍女们都走了，只剩下他们两人对着；安尼契诺就长叹了一声。夫人望了望他，说道：

“怎么啦，安尼契诺？你输了棋给我，觉得难过吗?”

安尼契诺回答道：“夫人，我叹气不是为了这个，我还有更大的心事呢。”

夫人说：“如果你对我有一点好感，就请把你的心思说出来吧。”

安尼契诺听到自己最最心爱的人，居然对他说什么“如果你对我有一点好感”，便又叹了一声气，比刚才那一声还要沉重。夫人又请他说出叹气的原委来。

“夫人，”安尼契诺说：“我只怕说了出来，你会不愉快，又恐怕你会说给别人听。”

夫人回答道：“我决不会不愉快；而且请你放心，不管你跟我说的是什么话，我都不会说给别人听，除非你愿意让我说出去。”

安尼契诺说：“既然夫人这样答应我，我就把话对你实说了。”

于是他两眼含泪，向夫人道出了自己的真姓实名，又说他当初如何听到夫人的艳名，如何爱上了她，又为什么来为她丈夫做侍从；最后又低声下气地要求夫人可怜可怜他，慰劳他的痴情，如果她不能答应，那么千万不要把他的身份揭穿，只让他继续单恋下去。

啊，波伦亚女人的血液里蕴藏着怎样奇妙的柔情啊！你们在这些场合，应该得到何等的赞扬！你们从来硬不起心肠看人家流泪叹息，经不起冤家再三苦苦哀求，就甘愿偿还他们的风流孽债！可惜我想不出什么适当的话来赞扬你们，否则我就是赞上一千遍，一万遍，也不会厌倦！

当安尼契诺吐露这一番衷情的时候，夫人的眼睛一直盯着他的脸，相信他说的都是真话。她哪里经得起他那一声声的哀诉苦求，心肠早已软了，也不由得连声叹息着说：

“亲爱的安尼契诺，你把你的心放宽些吧。我曾经碰到过多少达官贵人向我求爱，到现在仍然有人在追求我。无论他们送什么礼物给我，答应我怎样怎样，怎样向我苦求，都动不了我的心，我一个也看不上；可是如今听了你这短短几句话，转眼之间，我的心就不是属于我自己的，而是属于你的了。我想，你已经完全赢得了我的爱情，我一定不辜负你，让你今夜就可以享受到爱情的幸福。

“你不妨今天半夜里到我房里来践约。我把门开着。你知道我睡在床的哪一边；假使我睡熟了，你进了房，就把我推醒，我一定会医治你由来已久的相思病。为了使你相信我这一片真心，我现在就先给你一个吻。”

说着，她就张开手臂抱住他，热情地吻着他，他也同样以热情回报她。吻过之后，安尼契诺离开夫人，干他自己的活去了。他满心喜悦，只等黑夜来到。

不久艾甘诺放鹰归来，身体已很疲倦了，吃过晚饭就上床睡觉。他妻子也跟着他上了床，果然依照诺言，让房门开着。到时候，安尼契诺轻手轻脚走进房来，随手把门带上。他走到夫人睡的那一边，伸手摸到她的胸口，发觉她并没睡着。夫人随即伸出双手，把安尼契诺的这只手紧紧地握住不放，接着又在床上不停地翻动身子，把她丈夫弄醒，对他说道：

“今天傍晚我本来有件事要跟你说，可是看见你累了，就没有说。真的，艾甘诺，我倒要问问你，你看你这些侍从当中，哪一个最好，最可靠，对你最忠心?”

“夫人，”艾甘诺说，“你问我这个干什么？难道你还不晓得吗?我最喜欢、最信赖的人就是安尼契诺，在我手下从来没有哪一个人抵得上他。可是你怎么想起问这件事来?”

安尼契诺听得艾甘诺醒过来了，又听得他们夫妇正在谈论他自己，很是害怕，唯恐夫人有意捉弄他，好几次想要缩回手去逃走，偏是夫人握住不放，叫他怎么也不能挣脱。

只听得夫人又对艾甘诺说：“我来告诉你为什么吧。我本来也和你的想法一样，认为这人比谁都对你忠实。谁料他今天趁你出外放鹰去了，竟留在家里，不知羞耻地来调戏我，这才叫我看穿了他的为人。我为了要使你亲眼见到真相，免得单听一面之辞，当时便答应了他，约定今天半夜，我在花园里一棵松树下面等他。我当然决不想去；不过，如果你想要看看你的侍从究竟对你忠实到什么地步，那就不妨穿上我的外衣，蒙上一块面纱，到那里去看看他有没有来，我包管他一定在那里等候着呢。”

艾甘诺听了这话，立即回答道：“有这样的事，我当然非去不可！”说着，他就起身在黑暗里摸索着，穿上妻子的外衣，戴上面纱，急忙赶到花园里的大松树底下等着安尼契诺来到。

那妻子见他一走出卧房，立即起身锁上房门。那安尼契诺早已吓得命都没有了，几次竭力要想挣脱，心里连声咒骂她和她的假情假意，又咒骂自己不该这样轻易相信她的花言巧语——这会儿看明白了她这样做原来是另有用意，这时世上还有什么人比他更快乐的？夫人一上了床，就催促他宽衣解带，和她一块躺下，两人尽情地玩了一阵；最后，她觉得不能让他留恋了，就吩咐他起来穿好衣服，对他说：

“我的心肝，你拿一根结实的棍子，到花园里去，只装作你今天日里调戏我，只是为了试我的心，你只管把艾甘诺当做我，骂他一个狗血喷头，然后用棍子在他背上狠狠地打一顿，让我们开心开心，那才叫妙呢。”

安尼契诺果然拿了一根杨木棍，去到花园里，艾甘诺见他走到松树跟前，正要装出高高兴兴的样子走上前去迎他，不料安尼契诺破口大骂道：

“你这个下贱的女人，想不到你真的来了！你以为我当真会做出这种对不起我老爷的事来吗？你这个罪该万死的贱人！”他一面骂，一面就举起棍子朝他身上打来。

艾甘诺听了这话，又见他举起棍子，只得不吱一声，抱头鼠窜。可是安尼契诺还在他后面紧追，而且边追边骂：

“你这个不要脸的臭女人，天主一定不饶你！明天早上我一定要告诉艾甘诺！”

艾甘诺挨了一顿痛打，慌慌张张逃回卧室，他妻子问他安尼契诺究竟有没有到花园里去，他说：

“他要是没有去倒好了！他把我错当做了你，举起棍子就打，差些儿把我打成了肉饼子，又把骂坏女人的话，统统都骂了出来。我本来觉得奇怪，他怎么会来调戏你，存心要丢我的脸呢？现在我明白了，他大概是看到你成天嘻嘻哈哈，随随便便，才故意要试试你的心吧。”

于是他妻子说道：“多谢天主，他只用言语来试探我，却拿行动来对付你！我想，他一定认为你接受他的行动没有我接受他的言语那样有能耐。他既是对你这样忠心，你一定要器重他，多多抬举他。”

艾甘诺说：“那当然啰，你这话说得对极了。”

自从经过这次试验，艾甘诺便自以为有了一个天下绅士所没有的最忠诚的妻子和一个最可靠的侍从。后来他们夫妇和安尼契诺三个也不知拿那一夜的事取笑过多少次，从此情夫情妇寻欢作乐益发方便——也多亏他们想出了这条妙计，否则就恐怕难能这般称心如意了。安尼契诺就这样一直给艾甘诺当侍从，再也不想离开波伦亚了。

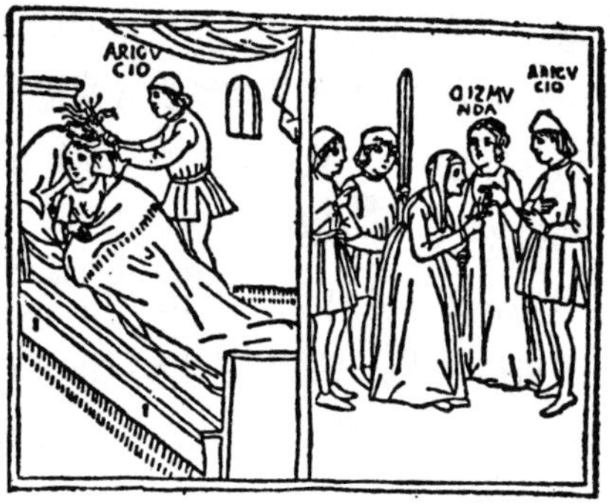

故事第八

嫉妒的丈夫把妻子看管得十分紧，那妻子只得用一根线系在自己的足趾上，一头放在窗外，情人来时，一拉便醒。这条妙计终于被丈夫发觉了，她买通婢女行苦肉计，反咬丈夫一口。

听完了这个故事，人人都夸说白特丽丝作弄她丈夫的手段巧妙到极点；又说，安尼契诺被她紧抓住了手，听着她在丈夫面前说他怎样向她求爱，那时候他一定吓得魂不附体。国王见菲罗美娜已经住口，就转过身去对妮菲尔说：“你接下去讲吧。”

妮菲尔笑盈盈地开始说道：

美丽的小姐们，你们听完了这许多精彩故事，叫我再讲得同样动听，实在使我很为难，但愿天主帮助我，使我讲的故事也能够差强人意。

大家一定都知道，从前我们城里有个富商，名叫阿里古丘·贝林吉里。他起了一个糊涂念头，想要和贵族攀上亲眷：娶个身份高贵的妻

子，好抬高自己的身价——这种事情，我们到现在还是每天都可以看到许多商人在做。于是他娶了个和他很不般配的年青的贵族小姐，名叫茜丝梦达。生意人大都是经常在外面奔波，难得在家里陪妻子的；这一位自然也不例外；于是茜丝梦达便爱上了一个追求了她好久的青年，名叫鲁贝托，和他私下来往。

她跟鲁贝托打得火热，以致胆子越来越大，行动不够谨慎，也不知是叫她丈夫察觉了一些痕迹，还是怎样，总之他嫉妒得要命。从此她丈夫不出家门一步，把什么事情都搁在一边，拿出全副精神来看守着她；每天不等她上床睡了觉，他决不睡觉，弄得她苦恼到极点，因为这样一来，她再也不能和她的鲁贝托在一起了。

鲁贝托再三要求她想出个办法来幽会，她左思右想，终于想出了一个好主意。原来她观察了好多次，发觉她丈夫每天夜里虽然很迟才会睡着，可是一睡着之后就睡得很死，所以决定叫鲁贝托等到半夜里她丈夫睡熟了，到她家门口来，她可以开门让他进来亲昵一会儿。为了使得鲁贝托每次来她都能知道，另一方面又不让丈夫觉察出来，她便用一根线，一头从卧室的窗口放到外面大街上，另一头由卧室地板上绕到床上，藏在被褥下面，等到睡觉时就系在她自己的大脚趾上，鲁贝托夜里来到窗口就拉线，如果她丈夫睡着了，她就让他把这根线拉走，然后出去开门接他，如果她丈夫没有睡着，她就抓紧线头，把线收回来，那他也就用不着久等了。鲁贝托很喜欢这个主意，就这样常常去找她，有几回和她见到了面，有几回扑了空。

他们一直就这样来往，很是顺利。谁知有一天晚上，这位太太睡着了，她丈夫伸了伸腿，无意中触到了一根线，伸出手去一摸，发觉那根线系在太太脚趾上，不由得思忖道：这里面一定有些蹊跷，再看看这条线一直通到窗外，他心里就有了数了。于是他轻轻把这根线拉断，系在自己脚趾上，要看看究竟是怎么一回事。

他等了不多久，鲁贝托就来到窗口，照常拉线。他跳了起来，但是他没有把线系牢，而鲁贝托又拉得很用力，一下子就把它拉走了，因此鲁贝托以为今夜又没有落空，就在那儿等着。再说阿里古丘，一骨碌起了床，拿了武器，跑到门口去，看看究竟是谁，要给他一点厉害看看，因为他虽然是个商人，却是身强力壮。他开了门，可是动作很粗笨，不像他妻子平常开门时那样轻悄，鲁贝托在门外一看苗头不对，知道这一回来开门的准是阿里古丘，拔腿就跑，阿里古丘跟在后面追赶。鲁贝托拚命逃了一阵，看见那丈夫依旧紧追不舍，想起自己身边也带着武器，就拔出剑来，转回头去准备应战，于是双方大打出手，一个是进攻，一个是自卫。

再说他妻子这边，她被她丈夫开房门的声音惊醒了，看看脚趾上的线给扯断了，知道事已败露，又见她丈夫已经出去追她的情人，马上爬起身来，料定此番情形不妙，便把洞悉这段私情的侍女叫来，再三央求她睡到她床上去，代她挨她丈夫一顿打骂，无论她丈夫怎样打她，也要忍耐着，千万不要作声。她若肯这样做，她一定会重重谢她，决不会亏待她。安排好了以后，她就熄了卧室里的灯，躲在屋子里另一个地方，见机行事。

街坊四邻听见阿里古丘和鲁贝托两人殴斗，都下了床，去责备他们。阿里古丘生怕被人家辨认出来，只得放走了那个青年，既没有认清楚他是谁，也没有伤他的毫发。他带着一肚子恼火回到家里，走进卧室，怒气冲冲地吆喝道：

“你这个贱女人上哪儿去啦？你以为熄了灯，我就找不着你了吗？你打算错了！”

他一边骂，一边走到床前，把那个丫头当作了自己的妻子，一把抓住，使尽气力拳打脚踢，打得她满脸都是青伤；一边把骂贱女人的最恶毒的话都骂到了，又揪住她的头发就剪。那丫头哭得好不伤心，一声一声地叫着：“哎唷，老天爷呀，饶饶我吧！不要再打啦！”她已经泣不成声。而阿里古丘又气昏了头，所以始终没有听出这是另一个女人，只当做是他自己的妻子。他把她打够了，又剪掉了她的头发，于是就说道：

“你这个贱女人，我不打你了，我马上就去找你的兄弟们，也好把你干的好事说给他们听听。看他们还要不要体面，怎样来处置你。总之我要叫他们把你接回去，你再也休想待在这儿了！”

说着，他就反锁了门，一个人走了出去。茜丝梦达把他的一言一语都听在耳里，等他一走，就打开门来到房里，点亮了灯，只见那个可怜的丫头遍体鳞伤，哭得好惨。她好言好语地竭力安慰了那侍女一番，就把她送回她自己房间里，悄悄地叫人侍候她，照料她，又把阿里古丘的钱拿了许多给她，使她非常满意。茜丝梦达把丫头安顿好了以后，连忙回到自己房间里，铺好了床，把一切收拾得齐齐整整，仿佛那晚上还没有人上床睡过似的。然后她又穿戴齐全，俨然是一副还没就寝的模样，又在楼梯口点上一盏灯，坐在那里做针线，等待动静。

再说阿里古丘，他走出门，匆匆赶到他妻子的娘家去，敲了好一阵门，人家才听见他的声音，出来开门让他进去。他的岳母和三个妻舅听见他来了，都起来点了灯看他，问他为什么深夜独自赶到这里。他就把这事情原原本本说给他们听，从他发现茜丝梦达脚趾上系着的线说起，一直说到最后为止。为了证明他没有说假话，他又把他认为是从妻子头上剪下来的那一绺头发拿出来给他们看，最后还说，请他们随他一起到他家里去，看看应该怎样处置她才不失他们的体面，因为他再也不能认她做妻子了。

他的妻舅们自然信以为真，对这个不争气的妹子都气坏了，马上点起火把，跟着阿里古丘一块儿到他家里去，要把她狠狠地教训一顿。他们的母亲哭哭啼啼地跟在他们后面，一会儿求这个儿子，一会儿求那个儿子，叫他们千万别这样轻易相信这些话，千万要查问明白，因为她丈夫也许是为了别的事生她的气，虐待了她，却又故意反咬她一口，企图脱卸自己的干系。那老太太最后还表示非常诧异，说是女儿从小就是由她带大的，她非常了解女儿的高尚品德，料她决不会做出这种事情来，此外又说了许许多多类似的话。

兄弟三人进了阿里古丘的家门，正要走上楼去。茜丝梦达已在屋里听见他们的声音，就问道：

“谁呀?”

她的一个兄弟回答道：“你这个贱女人，你马上就知道是谁上门来看你啦。”

“天呀!”茜丝梦达说，“你这话是什么意思呀?”说了这话，她立即站起身来，说道：“诸位兄长，欢迎你们；可是你们深更半夜赶来干什么呀?”

兄弟们见她好端端地坐在那里做针线，脸上也并无一丝半点伤痕——照阿里古丘说是他已把她打得体无完肤了——不禁奇怪起来，这一来，他们暂且压下了一肚子火气，问她阿里古丘所说的事，究竟有没有，又厉声威胁她说，如果她不一五一十从实说出来，一定对她不客气。她只是说道：

“我不知道这话从哪里说起，也不知道阿里古丘在你们面前编派我些什么不是。”

阿里古丘见她这般情景，一双眼睛直勾勾地看着她，竟出了神。他记得清清楚楚：刚才给了她不计其数的耳刮子；又拧她又抓她，什么苦头都叫她吃尽了，而现在她脸上竟没有半点伤痕，好像根本没有过这回事一样！一会儿，她的兄弟们把阿里古丘说给他们听的事情简单地向她说了一遍，从一根线说起，说到她丈夫打她等等情形。她听了，转过身去对阿里古丘说：

“我的丈夫，你这是说的什么话呀？我明明不是一个贱女人，你却要诬赖我，也不怕丢你自己的脸吗？你明明也不是个狠心的坏丈夫，为什么却要把你自己说成这样一个人？今天晚上你什么时候在家里待过？且不说和我待在一起了！你什么时候打了我一顿？我连一点影子也记不起来。”

“什么！你这个贱女人!”阿里古丘大声喝道，“我们刚刚不是在一起睡觉的吗？我奔出去追了你的情夫以后，不是还回到家里来过的吗？我不是狠狠揍了你一顿，还剪掉了你的头发吗?”

茜丝梦达回答道：“你今天晚上根本没有上床睡过觉。这且不说，因为光凭我一个人讲，即使说的都是真话，也不能算数。让我们来看看你所说的几件事情吧——你说你打了我，又剪了我的头发。我说你根本没有打过我，这里到场的每一个人，包括你自己在内，都可以看看我身上有没有伤痕。凭着老天爷发誓，你要是有胆量打我，我不还手抓破你的脸才怪呢！我的头发你也没有剪过，这都是你自己在活见鬼。如果是你趁我不知道的时候剪的，那就难说了。让我来看看我的头发有没有给剪掉。”

于是她揭开面纱，只见一头头发完好无恙。

她的母亲和兄弟们听了这些话，看了这些情形，都转过身去对她丈夫说：

“你这是什么意思，阿里古丘？这跟刚才你上我们家里来所说的话完全不对头啊。不知道你有没有办法证明你其余的话？”

阿里古丘站在那里好像做梦一般，想要分辩，可是一看自己的打算落了空，连一句话也不敢说。这时他妻子转过身去对她的兄弟们说道：

“三位哥哥，我本不打算出他的丑，在你们面前揭露他的下流卑鄙，可是他非要我这么做不可，我也就顾不得了。我深信他跟你们说的事的确有过，因为他的确做过他自己所说的那些事。让我来跟你们说明原委吧。

“也是我晦气，让你们把我许配给他这样一个人。他自称是一个商人，人家都把他看作一个有信誉的人。这样的一个人，理当比一个修道士还要有节制，比一个处女还要贞洁，可是他简直没有哪一晚不上酒馆里去喝酒，一会儿姘上这个坏女人，一会儿又搭上那一个。我哪一夜不是坐到深更半夜等他？这是你们刚才亲眼看见的，有时候还要等他等到天亮。我料定他这一回又是喝醉了酒，跟哪个臭女人睡觉去了，醒来时发觉那个臭女人的脚趾上系着一根线，于是和人家动刀动枪，再又回来打那个臭女人，剪她的头发；他那时候脑子迷迷糊糊，还以为那个遭到他毒手的女人就是我呢——我看他现在还是这样想吧。你们瞧瞧他的脸色还是有些半醉不醒的神气。可是，不管他说我什么坏话，我希望你们只当作他喝醉了酒说疯话。我能原谅他，希望你们也别和他计较吧。”

她母亲听了这话，大声嚷道：

“我的女儿，这种事万万不能容忍！这种无情无义、狼心狗肺的人应该宰了他才好！他不配娶你这样的姑娘做妻子。天啊，这像什么话呀！你即使是个阴沟里拾起来的臭丫头，他也不该这般地虐待你！让你受这么一个狗屎不如的小商人的编派，那还了得！他们从三家村的猪栏里出身，穿一身粗呢的短衣马裤，屁股那儿还有羽毛。有了几个大钱，就要娶大户人家的小姐做老婆。还佩上一块纹章，自吹自擂，说什么‘我是大富大贵人家的子弟，我祖上怎样怎样了不起。’当初我的儿子们要是听了我的话就好了！你尽管嫁妆微薄，却大可以体体面面地嫁给盖地伯爵的家族，想不到他们偏偏要把你嫁给这个活宝！你本是佛罗伦萨一个最美丽、最贞洁的姑娘，他却不怕丢脸，半夜三更来敲我们的门，跟我们说，你是一个贱货，好像我们不知道你的本性似的。要是他们肯听我的话，早就打得他皮开肉绽了！”

接着，她又转过身去对她的儿子们说道：

“儿子们，我早就告诉过你们，这门婚事攀不得。你们有没有听到，你们这位好妹夫是怎样对待你们妹妹的？他是个一文不值的小商贩！哼！我要是你们，他那样骂你们的妹妹，做出这种事情来，那我非得结果了他的性命不可！我要是个男人的话，我一定要亲自来处理这件事！这个该死的醉鬼！他真不要脸呀！”

三个兄弟听了这话，看了这些情形，都转过身去，面对着阿里古丘，好像骂一个犯人似的把他狠狠地骂了一顿，最后又说：

“这一次我们看你喝醉了酒，姑且饶了你！你如果看重你自己一条命，那就小心些，以后再别跟我们说这些昏话；如果再有风声传到我们耳朵里来，两次账可要并做一次算啦！”

他们说过以后就走了。阿里古丘慌得目瞪口呆，好像失魂落魄一般。他也弄不清这场风波究竟是真有其事，还是自己做了一场梦。他再也不敢多说一句，只得和他妻子相安无事。这一来，倒是便宜了他妻子，她灵机一动不仅救了自己的急，而且还给将来的寻欢作乐开了一扇方便之门，从此她对丈夫就毫无顾忌了。

故事第九

皮罗为了试验他情妇的诚意，向她提出三个难题，她一一办到。她又设下妙计，当着丈夫的面，和情夫寻欢作乐，却骗得那丈夫相信他亲眼看到的事实都是错觉。

妮菲尔的故事人人听了都高兴，小姐们笑得前俯后仰，赞不绝口。国王几次三番叫她们安静下来，让潘菲洛接下去讲。最后她们好容易才静了下来，潘菲洛这才开始说道：

可敬的小姐们，我想，人一旦坠入了情网，那么无论什么事，不管怎样困难惊险，他都敢于做去。虽然我们所听的这些个故事已经足以叫我们看出这一点，可是我不妨再举一个明显的例子来作为补充。在这篇故事里，你们将会听到一位太太，她不是由于智谋高，而是由于运气好，得到了美满的结果；所以我并非有意劝你们担着风险去学她的榜样，因为一个人不可能老是走好运，而天下男人也不是个个都容易蒙混得过去。

在阿凯亚地方有一个极其古老的城市，叫做阿古斯，很是有名，这

倒并非由于城市本身怎样壮丽，而在于它历代出了许多帝王。那城里从前有个贵人名叫尼柯特拉多。他临近晚年，交上好运，娶了个名门闺秀，既美丽又热情，名字叫做丽迪雅。尼柯特拉多既是贵族，又很富有，自然仆从如云，鹰狗众多，沉溺于游猎之乐。他的仆役之中有个漂亮的年青后生叫做皮罗，人品端正，举止大方，不论做什么事情都头头是道，因此他最能获得尼柯特拉多的宠爱和信任。

后来丽迪雅爱上了这位青年，朝思暮想，把什么事情都丢到脑后去了。可是皮罗呢，不知道是他没有看出夫人的情意，还是因为看不上那位夫人，完全不把她放在心上。夫人好不苦恼，下定决心非要使他明白她的心意不可，就把她一个心腹——贴身侍女卢斯茄叫来，对她说道：

“卢斯茄，我一向待你不薄，想必你也能对我忠心耿耿。我现在要告诉你一件心事，你千万不能讲给任何人听，除非是我叫你去传达的那个人。

“卢斯茄，你也看得很明白，我是个精力旺盛的年青女人，凡是女人所想要的东西，我莫不件件都有——说得简单些，我万事如意，无可抱怨，只是有一件事却不能称我的心，那就是我丈夫比我大了这么多岁数，因此年青妇女所最喜欢的那件事情，我却不能得到满足；可是，我这方面的欲望并不比别的妇女弱，因此这一阵以来我已打好主意：既是命运之神跟我过不去，给了我这么一个老头儿做丈夫，我可不能和自己作对，而不去另想补救和取乐的办法。我看来看去，觉得唯有皮罗最叫人中意，若能投入他的怀抱，一定能弥补我的缺憾。我太爱他了，只要不看到他，不想到他，心里就不好受。我想，如果不能马上把他弄到手，我一定活不长了。因此，如果你可怜我，那就请你想出一个最妥善的办法，让他知道我对他的痴情，而且请你代我求求他：以后我打发你去请他时，他千万不要推却。”

那个贴身侍女立即回答，她乐于从命。后来她拣定了一个适当的时间地点，把皮罗拉到一旁，用婉转的言辞，把她夫人的心事告诉了他。皮罗听了这话，大吃一惊，因为他平常根本没有看出一点形迹来，唯恐夫人捎来这个口信，只为了要试探他是否忠心，所以他当即粗暴地答道：

“卢斯茄，你说话应该留神些，我不相信这些话是夫人说的。即使是她派你来说的，我也不相信这是她的真心话，即使她说的是真心话，老爷待我恩情这样重，就是要我的命，我也不能做出这样对他不起的事来！所以，我劝你当心一点，以后别再跟我说这种事情。”

卢斯茄并没有被他这一番义正词严的话吓住，说道：

“皮罗，以后只要夫人差遣我来找你，无论是说这种事也好，旁的事也好，我一定还是要来找你的；她要我来多少次，我就来多少次，也不管你爱听不爱听。只可惜你是个傻瓜。”

侍女听了皮罗的话，很是生气，回去在夫人面前照直说了出来，夫人连声叫苦，简直不想活了。过了几天，她又对这个贴身侍女说道：

“卢斯茄，你要知道，要砍一棵橡树，一下子是砍不倒的。想不到那个人竟这样尽忠于他的主人，而不惜害我伤心，我看你不妨再拣一个适当的时机，去把我的心意说给他听，你要尽心尽意成全这件事情呀。如果再不成功，我就真要死了。我看他一定以为我们是在作弄他，因此，我向他求爱，结果反而惹得他恨。”

那丫头安慰了她一番，又去找皮罗，只见皮罗这天心情很好，她便对他说道：

“皮罗，前几天我跟你说，夫人多么爱你，她为了你，心里像火在烧；现在我再跟你说一遍，如果你还是像上次一样硬着心肠，她一定就活不久了。我看你还是去安慰安慰她吧。我一向把你看作一个聪明人，要是你依旧顽固不化，我可要把你看做一个大傻瓜啦。能够博得像她这样一位美丽高贵的夫人的爱，天下还有什么事情更值得你得意的呢？你真要好好地感激一下命运之神才是呢！她成全了你这样一件美事，叫你不致虚度青春，而且还可以得到物质上的补偿。你得放聪明些，仔细想一想看：你的哪一个伙伴比得上你的运气？你只要给她爱情，那么，你要武器马匹，就有武器马匹，要金银衣饰，就有金银衣饰，谁还能和你相比呢。

“所以我希望你把我的话用心听下去，听了之后再去好好想一想。

你要记住，命运之神露着笑脸、张开臂膀去对待一个人，大都是可一而不可再。倘使这个人错过大好机会，以致后来流落为一个穷苦的乞丐，那他就只有怪他自己，怨不得命运之神了。再说，遇到这些事情，主仆之间实在不必像亲友之间那样讲什么忠诚不忠诚。主人怎样对待仆人，仆人也可以怎样对付主人。假使你有一个妻子，或是母亲，或是女儿，或是姐妹，长得很漂亮，让尼柯特拉多看中了，他也会顾念到主仆之情，像你对他这般忠诚，不去沾染他的妻子吗？倘若你认为他也会像你一样，那你就更傻了。不管你怎么想，他一定会去向她们讨好献媚，博得她们的欢心，倘若再不能如愿，他一定会不惜采取强暴的手段。他们既是这样对我们无情，我们又何必对他们有义呢？命运之神给你大好机会，千万不要把她推到门外去，而是应该张臂去迎接她。老实告诉你，你要是不这样做，夫人要死自然不消说，就是你自己也要后悔无穷，活不下去呢。”

皮罗早已把卢斯茄第一次所说的那些话想了又想，最后打定了主意：如果她下次再来，他一定要用另外一些话回答她，试试夫人的心，要是拿准了夫人并不是试探他，那他决定让夫人称心如愿。于是他就说道：

“卢斯茄，我知道你说的都是真话。可是我也知道老爷是个小心精明人，我只怕老爷把一切的家务都托给了我，放不下心，因此才授意夫人来试探试探我是不是忠心。不过，她若是能够做到三件事情，使我放了心，那她无论要我做什么事情，我也件件依她。我要她做的三件事情就是：第一件，当着尼柯特拉多的面把他最心爱的那只鹰宰掉；第二件，她送给我一绺尼柯特拉多的胡子；第三件，要她送给我一颗尼柯特拉多的顶好的牙齿。”

卢斯茄觉得这三件事太难了，夫人更是觉得难于办到。可是爱情最能鼓舞人心，它又善于叫人想出多种多样的妙计，因此夫人决心要来试试看，马上又打发那个丫头去告诉皮罗说，他所要求的三件事可以及时办到。她还说，尽管他认为尼柯特拉多是个精明人，她包管当着他的面和皮罗取乐，而能把他骗过。

于是皮罗等着看这位夫人怎么做。

过了几天，尼柯特拉多照着他一贯的作风，大摆筵席，请了几位要好朋友来豪饮。宴罢，收拾餐桌，丽迪雅穿一件绿色的织锦缎袍子，戴了华丽的首饰，从房里走出，来到客厅里，当着皮罗和众宾客的面，走到尼柯特拉多最心爱的那只鹰所栖息的木架面前，解开鹰脚上的锁链，好像要让它栖息在她自己手上似的，然后提着它的脚带，猛力向墙上一摔，就把它摔死了。

尼柯特拉多大声嚷道："夫人，你怎么做出这种事情来?"

她没有回答，只是转过身去对众宾客说道："诸位，如果一只鹰欺负了我，我都不敢报仇，那么，一个国王欺负了我，我怎么还敢报复呢?诸位知道，这只鹰也不知道剥夺了我们夫妇多少欢乐的时间。天一亮，尼柯特拉多就起来了，手里拿着这只鹰，骑上了马，到广阔的平原上去放飞，留下我一个人凄凄清清地睡在床上。我早就想把它杀死，所以一迟再迟，只是为了要当着男宾们的面来杀它，让他们也能为我说句公道话。我相信诸位一定会如此吧。"

贵宾们听了这话，都相信她对尼柯特拉多恩爱深厚，哪里知道另有用意，因此都笑着对那个发怒的丈夫说：

"尊夫人受了委屈，摔死了这只猎鹰，出口气，这事情做得很对呀!"

等他夫人回到卧室去之后，宾客们又就题发挥，说了许多打趣的话，使尼柯特拉多不由得不转怒为笑。皮罗把这一切情形看在眼里，心里想道："夫人这第一步对我表示爱情真做得好极了，但愿她一步步做下去!"

丽迪雅摔死这只鹰不久，有一天，在卧房里和尼柯特拉多嬉笑打趣。尼柯特拉多一把拖住她的头发玩，她趁此机会完成了皮罗要求她做的第二件事——她一边笑，一边抓住她丈夫的一小撮胡子，使劲一拉，就把它从下巴上拉下来了。尼柯特拉多叫痛，她就说道：

"你怎么痛得做出这副苦脸啦?是不是因为我扯了你几根胡子?你晓得痛，那么，你刚才扯我的头发，难道我就不痛吗?"

他们两人就这样你一言我一语地打情骂俏；他妻子暗地里把那一绺胡须小心保存着，当天就送去给了她的情人。

皮罗要求的三件事已经完成了两件，现在只剩下第三件颇费周折。幸亏她生来机智过人，如今爱神又使得她的脑子更加灵敏起来，她当然不难一下子就想出一个巧计，把这件事情做成功。原来尼柯特拉多身边有两个小童，是大户人家的子弟，他们的父亲特地把他们送到他家来见习绅士的礼节。尼柯特拉多每次吃饭的时候，他们两人，一个替他切吃的，另一个替他斟酒。丽迪雅把这两人找来，对他们说，他们的嘴里有一股臭味，因此侍候老爷吃饭时，应该把头尽量朝后仰，另外又嘱咐他们不要把这事告诉任何人。两个小童果然信以为真，从此就照着她的吩咐去做。过了不久，她又对她丈夫说：

"你有没有注意到，近来那两个小厮侍候你吃饭时，是否有什么两样?"

尼柯特拉多回答道："注意到的；我正打算问问他们为什么要这样。"

他妻子说："你用不着问他们，我可以说给你听。以前我为了怕你难受，所以一直没有说给你听。可是现在既是人家都看出来了，所以也不必再瞒了。告诉你吧，他们所以把头掉过去，是因为怕你口臭。我也不知道这是什么道理，你以前并没有口臭的毛病呀。不过这毛病很讨厌，因为你常常和一些贵人来往，必须想办法医一医。"

尼柯特拉多说道："这会是什么原因呢? 莫不是我嘴里有颗牙齿烂了不成?"

"也许是吧，"丽迪雅说着，就把他拉到窗前，叫他张开嘴来，这里张一下，那里看一下，然后大声说道：

"哎哟！尼柯特拉多。你怎么能够忍受了这么久呢? 我看你这边一颗牙齿不光是坏了，而且已经腐烂了；如果你让它继续留在那儿，两旁的牙齿也要受到影响。我劝你趁早把它拔掉，免得愈下去愈糟。"

"既是你这样想，"他回答道："我也同意，那么马上就去请个牙医师来替我拔掉吧。"

他妻子说："我以天主的名义，劝你千万不要请牙医师来。我可以替你拔，用不着请牙医师。再说，牙医师拔起牙齿来，非常狠心，我怎么也不忍把你交给他们去摆布。还是让我亲自替你拔来得好，如果你痛得厉害，我就可以住手，这是牙医师办不到的。"

于是她就命令仆从把一切必要的手术用具都拿来，又把房里所有的人都打发出去，只留下卢斯茄一个人。然后她闩上了房门，叫尼柯特拉多躺在一张桌子上，把钳子放进他嘴里，由那个丫头把他用力按住，她亲自动手使劲拔出了一颗牙齿，他痛得叫破了嗓子，她也不管。接着，她就把这颗拔下来的好牙齿小心收藏着，又把事先拿在手里的一颗烂得一塌糊涂的牙齿，拿出来给她那个痛得半死的丈夫看，还说道：

"瞧你嘴里这颗牙齿烂了有多久啦。"

尼柯特拉多虽然痛得要命，大为埋怨，却果然相信了她的话，认为牙病已经医好了。两个妇人东拉西扯地安慰他。后来他痛得好些了，才走出房间。

他妻子立即把这颗牙齿拿去送给情人，他这才相信了她的爱情，答应如她的愿。这位太太简直度日如年，恨不得一下子就把他弄到手，却打算还要实践她自己对他的诺言，进一步博取他的信任，所以有一天就假装生病。吃过中饭以后，尼柯特拉多来看她，只带着皮罗一个人当作随从。夫人只说困在床上，闷得发慌，要求她丈夫搀她到花园里去散散心。他就和皮罗两人左搀右扶，把她搀进花园，让她坐在一棵大梨树下的草地上。坐了片刻，她照着事先和皮罗讲定的办法，开口说道：

"皮罗，我真想吃个梨子，你快爬上树去摘几个下来吧。"

皮罗赶快爬上树去，采了几个梨子摔下来，却忽然说道：

"老爷，你在干什么？太太你在我面前干出这种事来，一点也不觉得难为情吗？难道你当作我眼睛瞎了不成？你刚刚还在生病，怎么一下子好得这样快，能够做这种事情了呢？即使你们要做这种事，卧房多的是。到卧房里去干，总比在我面前干有体统一些呀。"

夫人转过脸去问她丈夫道："皮罗说些什么呀？难道他发疯了吗?"

只听得皮罗说："我并没有疯，太太；难道你以为我看不见吗?"

尼柯特拉多极为诧异，说道：

"喂，皮罗，我看你是在做梦吧。"

"老爷，"皮罗说，"我并不在做梦，你们也不在做梦。你们动得这样厉害，要是这棵梨树也动得这样厉害，恐怕树上的梨子全都要给摇落下来了。"

他妻子说："这到底是怎么回事呀？莫不是他眼睛出了毛病，果然看见有这种情形吗？老天爷呀，如果我的身体是好好的，我一定要爬上树去，看看他说的这种奇事。"

这时皮罗依然在梨树上装模作样地胡言乱语。尼柯特拉多叫他下来。他下来了。尼柯特拉多问他：

"你说你看见什么呀?"

"你一定把我当作一个傻瓜笨蛋吧。"皮罗说。"我刚才亲眼看见你压在你太太身上，所以不得不说给你听。等我爬下树来，我才看见你们起来了，规规矩矩地坐在这儿。"

"一定是你神经错乱了，"尼柯特拉多说。"你上树去了，我们一直是坐在原来的地方没有动过。"

皮罗说："你何必争辩呢？我亲眼看见的，如果是真的，那么刚才我确实看见你压在你太太身上呀。"

尼柯特拉多愈听愈诧异，终于说道：

"我倒要看看是不是这棵梨子树附上了妖魔，是不是随便什么人一爬上这棵树，就会看见这种出奇的事情。"

于是他就爬上树去。他一爬上去，他妻子就和皮罗干起那件好事来；尼柯特拉多看到这情景，大声喝道：

"你这个贱女人，你在干什么呀？皮罗，我这样相信你，你竟做出这种对我不起的事吗?"

说着，他就爬下树来。他妻子和皮罗同声说道：

"我们不是好端端地坐在这里吗?"

一对情人见他当真下来了，便马上坐到原来的地方去。他落地以后，看见他们正坐在原来的地方，不由得把他们臭骂一通。皮罗说：

“尼柯特拉多，我承认你刚才说的话没有错：我在树上看到的情景都是错觉。我所以这样说，是因为我知道你在树上所看到的情景也是错觉。我说的完全是老实话，你只消想一想，你太太是个最贞洁、最懂事的女人，万一她存心要丢你的脸，她一定不会当着你的面做。至于我自己更是不必提了，不要说我当着你的面做出这种没廉耻的事来，即使存了一丝半点的邪念，你也可以把我粉身碎骨。这样看来，毛病一定出在这棵梨子树上，所以才引起我们的幻觉，因为别说我绝对没有做过这种事，就连邪念也没有存过，而你偏偏说是看见我这般那样；我要不是听见你说我，那我死也不会相信你刚才没有同你太太那个呢。”

这时候他妻子也装出一副生气的样子，站起身来说道：

“你这个该死的，竟把我看成这样笨，会在你面前做出这种丑事来；亏你还好意思说得那样活龙活现，说你亲眼看见的呢。老实对你说，我要做这种事，也不会到这儿来做呀；我自有办法拣个卧房去做，谅你一点也不会知道呢。”

尼柯特拉多听了他们的话，觉得完全有理。的确，他们即使要做这种事情，也不敢当着他的面做；于是他不再责骂他们，而是开始谈到这件事怎么这样稀奇，怎么一个人爬上了那棵梨树，就会有这样奇怪的错觉，把事物看得走了样。可是他妻子依旧装出很气恼的样子，怪她丈夫不该对她疑神疑鬼，说道：

“我可再不容许这棵梨树来丢我的脸，或是丢其他姐妹们的脸啦。皮罗，快去拿把斧子来把它砍掉，给你我两人出口气——最好是用斧子砍掉尼柯特拉多的脑袋，因为他这颗脑袋太糊涂了，竟那么容易受蒙蔽。尼柯特拉多呀，你纵然当真看见了你所说的那种事情，可是你只要用脑子想一想，也就不会相信有这种事情啦。”

皮罗立刻拿来了斧子，砍倒了梨树。那位太太看见梨树倒下了，就对尼柯特拉多说：

“现在，这个破坏我名誉的敌人倒下了，我的气也消啦！”

尼柯特拉多又再三讨饶，她这才宽恕了他，叫他以后再不许这样胡说乱道，因为她爱他甚于爱她自己。这个可怜的、受了欺骗的丈夫，便跟着她和她的情夫回房去了；从此情夫情妇便随心所欲，寻欢取乐。愿天主也赐予我们同样的福分！

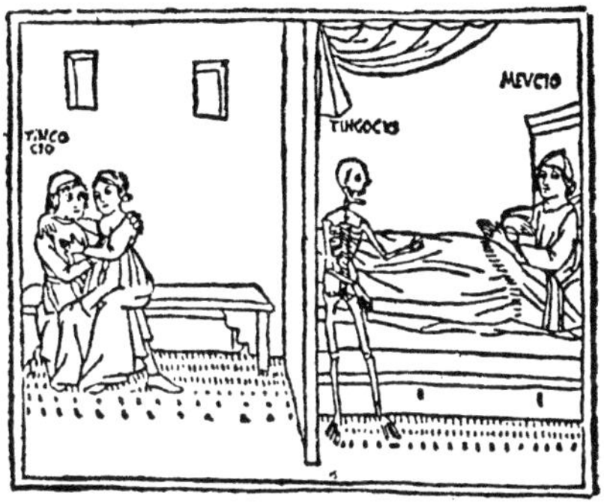

故事第十

两个好朋友同爱一位太太，其中一个是她的孩子的教父。后来那教父先死，依照生前诺言，还魂阳间，把阴间的事说给他朋友听。

小姐们听完了故事，都为那棵无缘无故给砍掉的梨树惋惜，国王等她们叹息完了，看看只剩下他自己一个人没有讲故事，就开始说道：

凡是贤明的国王，自己所立下的法律，都得以身作则去遵守，这是一个极其显而易见的道理；如果他不能以身作则，他就不配做国王，而是应该当作奴隶受到处罚。我身为你们的国王，如果难免犯下这个罪过，也要受到责备。今天的故事内容本是我昨天亲自规定的，当时我并不打算行使特权，而是打算遵照规定，讲一个和你们所讲的同一类型的故事。可是现在，不仅我原来打算讲的那个故事已经给你们先讲了，而且你们另外还讲了好些动听得多的故事，我纵使搜索枯肠，也再想不起一个同一类型、而又能够和你们媲美的故事来。这样看来，我非得违犯我自己立下的法令不可了，我在这里预先请罪，甘愿承受你们加给我的任何处罚，只要让我行使我一向所有的特权。

亲爱的小姐们，爱莉莎所讲的那个教父和教子的母亲通情，以及那个锡耶纳人愚不可及的故事，非常动听，使我想起了另一个锡耶纳人的故事，只不过我们今天的故事范围原是“娇妻玩弄傻丈夫”，我这个故事少不得要离题了。虽然这个故事里所说的许多事情，你们最好不要相信它真有其事，不过有些地方听来还是很有意味。

从前锡耶纳市有两个青年人，一个叫做丁戈丘·明尼，另一个叫做梅乌丘·第·都拉。他们都住在朴塔萨拉区，彼此过从甚密，却不大与他人来往，看来交情极深。他们也和一般人一样，常常一同上教堂去听讲道，听了许多因果报应的故事——生前行善，死后享福；生前作恶，死后受苦。他们极想弄明白这种因果之说是否确凿，可惜又想不出好办法，只得彼此约定，并郑重发誓：两人之间不论哪一个先死，都得回到阳间来，把阴间的情形说给另一个听。

两人约定之后，依旧亲密相处。后来丁戈丘做了坎坡莱基地方安布鲁周·安塞明尼的儿子的教父。那孩子的母亲名叫密达，是位十分娇艳可爱的太太。丁戈丘常常带着梅乌丘一块儿去看她，走动久了，不由得爱上了她，也顾不得什么宗教上的名分了。不料梅乌丘见了那位太太也很喜欢，又听他朋友口口声声赞美她，不由得也爱上了她。双方都把自己爱那位太太的心思隐瞒着，不过隐瞒的理由并不一样。丁戈丘所以要隐瞒梅乌丘，只是因为觉得爱上了教子的母亲是件有失体统的事，要是让人家知道了，多么可耻；而梅乌丘所以保守秘密，乃是因为看出了丁戈丘也爱上了那位太太。他心里想道：“如果我把我的心事说给他听，他一定要嫉妒我，况且他又是那位太太的孩子的教父，他会在她面前说我的坏话，叫她厌恶我，那我就永远不能博得她的欢心了。”

事情弄成了这样一个局面，两个青年都苦苦思恋。后来丁戈丘毕竟因为和那位太太亲近的机会来得多，他还不惜用尽手段，说尽了甜言蜜语，终于把她搭上了。梅乌丘不久就看出了这情形，虽是十分懊丧，可是他始终没有死心，总想有一天能够如愿以偿，所以表面上装做不知道，免得丁戈丘从中作梗，对他不利。这两个青年就这样一个得意，一个失意。那丁戈丘既是找到了这一小块乐土，当然不断深耕细作，终于劳累成病，不到几天工夫，病势益见沉重，就此与世长辞。

他死后的第三天夜里(也许是他的亡魂不能早些来)，就照着生前和梅乌丘的诺言，来到他卧房里。这时梅乌丘已睡着了，他喊了他一声。梅乌丘醒来问道：

“你是谁呀?”

他回答道：“我是丁戈丘，按照我生前的诺言，回来给你报告阴间的消息。”

梅乌丘见到他，不免有些害怕，但毕竟还是壮起胆子来说道：

“欢迎你，老兄!”接着又问他有没有失掉了灵魂。

丁戈丘说：“东西失掉就再也找不到了。如果我已经失掉了灵魂，怎么还会在这儿呢?”

“嗳，”梅乌丘大声说道，“我不是说这个，我是问问你有没有和那些有罪的灵魂一起在地狱里受炼火烧。”

丁戈丘回答道：“那倒没有；不过我生前犯下了许多罪孽，所以现在正吃着很大的苦头。”

梅乌丘又把人们常犯的罪孽一样样提出来问丁戈丘，一个人生前犯了这样那样的罪，死后究竟会受到怎么样的处罚。丁戈丘一一说给他听。梅乌丘又问他在这人世，有没有什么地方可以帮他的。丁戈丘回答说有的，于是就要求梅乌丘为他望弥撒，做祷告，以他的名义赈济穷人，因为这样做对死者有莫大的好处。梅乌丘说，非常乐意替他办到。丁戈丘告辞的时候，梅乌丘想起了他和他那个教子的母亲间的私情，就抬起头来说道：

“丁戈丘，我想起了一件事情。你生前和亲家相好，死后得到怎样的报应?”

丁戈丘说：“老兄，我一到了阴间，就碰到一个男人，他好像对我生前所犯的罪孽知道得一清二楚，他把我带到一个地方，让我在重刑之下痛哭流涕，忏悔自己的罪孽，那里还有许多人也和我一起受苦。我跟他们站在一起，记起了生前和我教子的母亲那段暧昧关系，直吓得发抖；虽然当时我已处在一片火焰之中，被火烧得皮开肉裂，我却以为更大的惩罚还在后头呢。我身边有个人看到我这光景，对我说：‘你在火里还这样发抖，究竟是什么原因使你比其他人更苦恼?’我说：‘朋友，我生前犯了大罪过，唯恐逃不过严厉的判决。’他问我犯了什么罪，我说：‘我和我教子的母亲私通，纵欲过度，所以虚弱致死。’于是他就讥嘲我，对我说道：‘得了吧，你这个傻瓜。用不着害怕。这里并不过问教父教母之事。’我听了他这话，才完全放了心。”

后来天快亮了，他说道：

“梅乌丘，天主保佑你，我失陪啦。”

说着，他就一下子不见了。

梅乌丘听到阴间并不过问教父教母之事，不禁笑自己为什么那么傻，居然放过了好几个本来可以搭上手的女亲家。从此他才算打消了自己从前那种对来世的无知的想法，在这件事情上变得聪明起来了。要是林那多教士明白了这一点，那么，当他向他教子的母亲求欢的时候，就用不着搬出那套三段论法来了。

* * * * *

这时太阳已快下山，西风刮起，国王已经讲完故事，再也没有人接下去讲了，他就取下王冠，把它戴在劳丽达头上，说道：

“小姐，现在我把花冠戴在你头上，这正和你的名字相称。[①]你以为怎样可以使大家消遣作乐，就尽管以女王的名义下令吧。”说罢，他重新坐下来，让劳丽达继任女王。

劳丽达做了女王，就把总管叫来，吩咐他提早在美丽的山谷里把饭桌摆起来，让大家早些吃了饭，可以回去得从容一些。接着她又吩咐总管在她的任期内应该做些什么。然后她又转过身去对大家说道：

“昨天第奥纽吩咐我们今天尽讲些妻子作弄丈夫的故事，我要不是不愿意给人看成一个急于报复的小人的话，那我一定要提出明天尽讲些丈夫作弄妻子的故事。可这又何必呢？我现在命令每个人都想出一个故

---

① 劳丽达在原文中即“花冠”之意。

事，讲的是：男人作弄女人，或是女人作弄男人，或是男人之间相互作弄。我想，这个题目谈起来一定会像今天一样有趣。”

说过之后，她就吩咐大家随意活动，等到吃晚饭再碰头。于是小姐少爷们都站起身来，有的光着脚走到清泉中去玩耍，有的在高大美丽的树林中悠然自得地散步。第奥纽和菲亚美达在一块唱了一支很长的《帕拉蒙和阿茜蒂》二重唱。大家就这样各找各的乐趣，尽兴畅欢，直玩到晚饭开了上来。于是大家在湖畔的桌子边坐下来愉快地吃晚饭，听着百鸟歌唱。这里没有蚊虫来打扰，微风从四面小山上吹下来，极其凉爽。

吃罢晚饭，撤走餐桌，这时太阳还没有下山，大家在美丽的山谷附近散了一会儿步，然后照着女王的意思缓步走回住宅。一路上谈笑不尽，或是拿白天里所讲的那些故事来取笑，或是任意漫谈，抵达别墅时天还没有黑。他们又吃了些冷酒和糖果，消除了刚刚那一程步行的疲劳，立即就在那清泉旁边跳起舞来，由丁大洛吹着风笛伴奏，有时也由别的乐器来伴奏。过了一会，女王吩咐菲罗美娜唱一支歌，她就这样开始唱起来：

啊，我这日子过得多么凄清！
此生是否还有这个幸运，
赎回命运夺去的往日温存？
这份幸运我哪里说得准，拿得定？
我心里燃着火一般的激情，
只盼旧地重游，旧情重温。
啊，我的爱人，我唯一的归宿，
你操纵着我整个的心灵，请你告诉我，
我可有这份幸运？我不愿去问别人。
啊，我心灵的主宰，给我几分希望，
聊慰我枯槁的心灵。

我日日夜夜心不定神不安，

遍体通身燃起了一团渴念的火焰，
这火焰我听得清，摸得着，看得见，
它愈烧愈烈，没有片刻的停息，
从此我形容枯槁，
再也受不住这般的煎熬。
唯有你才能救苦救难，
成全我如许的心愿。

告诉我是否还能和你会面？
会面又在哪天、哪月、哪年？
我要把你那双销魂荡魄的眼睛吻上千万遍，
啊，亲爱的人儿，你快些归来慰我哀怨！
我愿把年变成月，月缩短成天，
等你归来了，又要把一天拉长成一年，
紧紧地厮守在一起，永远，永远，
我刻骨相思，哪里管得别人的蜚语流言！

悔当初一时懵懂，
放走了笼中飞鸟，
这一回你要是落入我的怀抱，
我要紧紧地把你抱牢，抱牢，
不管它海枯石烂，天荒地老。
我还要把你嘴唇上的甘露蜜汁吮个饱。
啊，你赶快归来吧，爱人哟，
只因为想念你，我已经歌唱了一早上，
别的话我在这里暂不唠叨。

大家听了这支歌，都认为菲罗美娜已经有了美满的新欢；从她的歌词里听来，她还已经尝到了爱情的真正滋味，很少几位小姐不羡慕她，认为她今后将会更加幸福。等她唱完了歌，女王想到了明天就是礼拜五，便亲切地说道：

“各位尊贵的小姐，还有少爷们，你们知道，明天是我主受难日。我记得上礼拜，妮菲尔任内，曾经为了纪念这个日子，礼拜五礼拜六两天都没有讲故事。我也打算效法妮菲尔的好榜样，觉得明天和后天最好也像上礼拜一样，不要讲故事，趁这两天想一想如何来拯救我们自己的灵魂。”

女王这一席虔诚的话，大家一致赞同；女王看看时候已经不早，就吩咐各人自便，于是大家都去安歇了。

［第七天终］

第八天

《十日谈》的第八天由此开始，劳丽达担任女王，故事内容系述男人作弄女人，或女人作弄男人，或男人之间相互作弄。

礼拜日早晨，晨曦已从东边的最高峰透射出来，黑暗消逝，万物又清晰可辨。这时候，女王和同伴们都已起床，一同出门，在露珠晶莹的草坪上散步。在晓钟已敲、晨祷钟未响的时候①，他们来到了附近的一座小礼拜堂，就在那里望弥撒。回家后，大家就进午餐，十分欢乐。餐罢，唱歌跳舞，直到女王打发大家去午睡安息，这才罢休。等到太阳西斜，大家依着女王的指示，都来到美丽的喷水池边，团团坐下，少不得又要依次讲起故事来。妮菲尔得到女王的吩咐，首先开言道：

---

① 指早晨七时半。——潘译本注解

故事第一

古尔法度向商人借了两百个金币，却去和商人的妻子私通，后来丈夫回来，只说已把钱还给了他的妻子，那贪财的女人只得承认。

今天由我来第一个讲故事，天主这样安排，我也很满意。各位好姐姐，关于女人巧使诡计欺骗男人的故事，我们已说过不少了，现在我打算讲一个男人巧使诡计欺骗女人的故事；但我的用意并不是想借此谴责那男人，而为女人叫屈；恰巧相反，我是要赞扬这个用计谋的男人，责备那个粗俗的女人。也好让大家知道，女人能欺骗那信任她的男人，男人也同样能欺骗那信任他的女人。说得地道些，这不能叫欺骗，而是天公地道的一报还一报。理由是这样的：

一个女人能够守身如玉，保持自己的清白，就像保卫自己的生命一样。这是一件好事。可是话虽然这样说，我们做女人的，心肠最软，真要做到这点，谈何容易；所以我主张，女人因为贪图金钱而和人通奸，应该受到火刑的处罚。如果她因为抵抗不了爱情的伟大的力量，而失身相从，那么假使让一个不太严厉的法官判决起来，她是应该得到赦免的，就像两三天前菲洛特拉托给我们讲的普拉托地方的法官审问菲莉芭太太的案件一样①。

从前米兰地方有一个德国的雇佣军人，叫做古尔法度，他身材魁梧，对于雇主十分忠心，这在德国人中是十分少见的。他向人借钱，一向如期偿还，从不失约，因此信用很好，他逢到缺钱的时候，不论多少，总是很容易借到，而且利息总是很低。这位军爷住在米兰的时候，爱上了本地的一个富商的太太。这个有钱的大商人叫做加帕罗洛·卡加特拉丘，是那位军人的好朋友，他的妻子叫做安勃罗佳，的确长得很漂亮。他一举一动，非常谨慎，所以她的丈夫或是别人都毫不知情。有一天，他情不自禁，悄悄递给她一封情书，求她成全好事，为了报答她的恩情，不论她有什么吩咐，他都乐于从命。

那娘儿三推四让之后，终于给了一个回话，说是她有意满足古尔法度的愿望，但是古尔法度也得答应两件事：第一，要严守秘密，不准对任何人提起这事。第二，她正需要两百个金币，他是个有钱的人，这方面要请他帮个忙。假使他肯答应，她就可以叫他如愿以偿。

古尔法度一向把她看作一个无比高贵的女人，现在看见她竟这样贪财，把本来的满腔热爱都变做厌恶了，他就想用个巧计作弄她一下；于是回话给她，说是她的两点要求，他都可以遵命，还说，只要能博得她的欢心，任何事他都愿意尽力做去；请她约一个方便的时候，他好亲自把钱送来；至于这件事，除了他身边一个出入相随的心腹朋友知道外，是绝对保守秘密的。

那位太太——我们或者不如说，那个不知羞耻的女人，听到这回话，好不高兴，就答复他，说是她的丈夫过几天就要到热那亚去了，等他走后，她就会通知他。古尔法度利用这时机，去找加帕罗洛，说道：

“我因为有件小事，手头短少两百个金币，想来跟你相商一下，不知这一回你是不是能够照平常的利息借给我？”

加帕罗洛一口答应了，立刻把钱如数借给古尔法度。过了几天，他

---

① 指第六天故事第七(见第360页)。

果然动身到热那亚去；他的妻子马上私下通知古尔法度，请他带着那两百个金币，到她家去欢会。古尔法度就带着朋友来到她家。那个女人早已在那儿等候着了。他看见了她，第一件事就是当着朋友的面，把两百个金币交到她手里，对她说道：

“太太，请把这些钱收了，等你的丈夫回来时交给他。”

那女人把钱收下，绝没想到这话里有什么用意，还道他因为在朋友面前，所以才这样说，好不让那朋友知道这是给她的过夜钱。她就回答道：

“再好没有；不过让我先数一数这里有多少钱。”

她于是把钱倒在桌子上，数了一数，果然是足足两百个金币。她眉开眼笑，把钱收藏起来，回头就请古尔法度到她的卧房去，让他的欲望得到了满足。不仅是那一夜她款待了他，在丈夫没有从热那亚回来之前，她还款待了他好几夜呢。

那丈夫从热那亚回来之后，古尔法度算准他正和他妻子在一起的时候，就带着自己的朋友跑去见他，而且当着那位太太的面说道：

“加帕罗洛，我先前向你借的两百个金币，后来因为事情不曾办妥，那笔款子没有动用，当即原封还给你的太太了，请你把这笔账注销了吧。”

加帕罗洛就回头问妻子这笔钱她收了没有。她看见证人都在场，怎好否认？只得说道：“不错，这笔款子我已经收了下来，却忘记告诉你了。”

她的丈夫就说：“古尔法度，这就没事了。再会吧，我会给你销账的。”

古尔法度告辞之后，那个上了当的女人只得把那笔可耻的钱交给了她的丈夫。这样，那个善用巧计的情人，不花一文，玩了那个贪钱的女人。

故事第二

教士诱奸了一个农妇，留下外套作质；却故意向她借一个石臼；当他送还石臼时，就向她讨回抵押品，那女人只得气呼呼地把外套还了他。

大家听了妮菲尔的故事，不论男女，全都说古尔法度把那个贪财的米兰女人玩弄得好；于是女王回过头来，微微一笑，吩咐潘菲洛接下去讲一个。他就这样说道：

各位好小姐，天下有一种人，他们老是欺侮我们，而我们却苦于没法报复——我说的这种人就是教士。他们老是像发动十字军东征一样，向我们的爱妻进攻，万一果真给他们攻破闺房，爬上了别人的合欢床，那照他们看来，这种丰功伟业，真好比俘虏了一个苏丹，把他从亚历山德利亚押到了阿维尼翁①，那时候，这位大英雄任凭有天大的罪孽也微不足道，可以一笔勾销了。可怜我们世俗之人却没法以其人之道还治其人，只好在这班教士的母亲啊、姐妹啊、情妇啊、女儿啊，等人的身上出气泄愤。我现在就打算讲一个乡下教士和乡下女人的恋爱故事，故事并不长，不过趣味完全在故事的结局，你们听完之后，就可以知道，那班教士的话是千万不能句句都相信的了。

离这里不远，有个名叫伐伦谷的村子——各位小姐即使没有到过、总也听说过——村子里有个十分了不起的教士，精力旺盛，专替太太小姐效劳。虽然他识字不多，但是每逢礼拜天，他总在一株榆树下娓娓动人的向教民宣讲一套劝人为善的大道理，逢到村里有什么人出门的时候，他就赶紧去访问他的妻子，（从来也没有看见过这样巴结的教士）带了圣水和蜡烛头去替她们祝福，同时少不了还要带一些从市场买来的小玩意儿当做礼物。

在那许多女教民中，有一个娘儿特别使他中意，那是农民本蒂维涅·台尔·麦索的老婆，名叫白科萝莱。她是一个轻快壮健的农村妇女，皮肤带点褐色，结结实实，对于推磨子这一手，比随便哪一个女人都高强。她又是个玩小手鼓的能手，善于唱“流水峡谷”这一曲。当她回旋起舞时，手里拿着一方艳丽的丝巾，随风飘动，再没有哪个女人能比得上她了。这一切都把我们那个教士迷得神魂颠倒，使他整天在那村子里巡行，一心只想能有幸看到她一眼。每逢礼拜天早晨，如果看到她也到教堂里来做礼拜，他一定要扯开嗓子，马嘶驴鸣似地唱着“主啊怜悯我们！”的赞美诗，好让她知道，他有多么美妙的歌喉；如果那天她不到礼拜堂来，他唱起赞美诗来，就像饭都不曾吃饱似的。不过她的丈夫和她的邻人对他这种种行动始终不曾起疑过。

为了讨好白科萝莱，他不时地送长送短，有一日送了她一把新鲜的大蒜，这是他在自己的园子里亲手种起来的，据说是全村中最好的大蒜；又有一回，送了她一篮子豌豆，后来又送了她新鲜的虾夷葱、青葱。逢到没有旁人在场的时候，就向她眉目传情，半真半假地跟她说笑调情，谁知她忽然规矩起来，只装不懂得这一套，对他无动于衷，因此我们的教士始终不曾能达到目的。

---

① 阿维尼翁，法国东南部城市，1309—1378 年间七任教皇都是法国人，教廷由罗马移此。

一天中午，教士在村里闲荡，遇见本蒂维涅赶着一匹载重的驴子迎面而来，就问他到哪儿去。他回答道：

“神父，讲实话，我有事到城里去，这些东西就是带去送给蓬纳科利·达·纪内特莱托的，请他帮我应付一件讼案，天知道为的什么理由，法院里的起诉人出了一张传票，要我到庭去回话。”

教士听了这话，十分欢喜，对他说道：“我的孩子，你做得很对，我祝福你，但愿你早早回来。如果你遇见拉浦丘或者奈亭诺，别忘了叫他们把我连枷上用的皮带给我送来。”

本蒂维涅当下答应了，就赶着驴子向佛罗伦萨去了。教士暗想这真是难得的机会，大可以去找白科萝莱试一试自己的运气。他于是迈开大步，直往她家奔去；一走进她的屋子，就嚷道：

“愿天主保佑！屋子里有人吗?”

白科萝莱正在堆干草的阁楼上，听见他的声音，探出头来答应道：“啊，神父，欢迎！这样的大热天你也不在家里歇歇吗？你来有什么贵干呀?”

“天主对我的恩典真是太重了，”他回答道，“我是特地赶来陪你的，因为我碰见你的丈夫正在进城去。”

白科萝莱走了下来，端过一张椅子，开始悠闲地筛她丈夫在连枷上打下来的黄芽菜种子。教士等了一会就说道：

“唉，白科萝莱，你老是这个样子，不是分明要叫我活不成吗?”

她咯咯的笑了起来，回答道：“我干了什么来着呀，竟害得你到这样一个地步?”

“你什么都没有干，可是天主都答应我干的好事，你却偏偏不答应。”

“去你的吧!”白科萝莱嚷道，“难道神父也干这种事的吗?”

“说得对，”教士回答，“我们跟别的男子一样，也干这种事的，为什么不呢？我还要告诉你，我们教士对这个活儿干得比谁都好，因为我们是养精蓄锐的。总而言之，只要你肯乖乖的依着我，保你有说不尽的好处。”

“说不尽的好处!”她嚷道，“你们神父没有一个不是吝啬鬼!”

“叫我怎么说好呢?”神父道，“你要什么，请你自己说吧。你要不要一双鞋子，一些丝带，或是一条精美的羊毛腰带?你要什么呢?”

“呸!”白科萝莱嚷道，“这些东西我多的是，如果你真的对我这么好，那么请你给我帮一个忙，我也可以让你如愿以偿。”

“那么你说吧，你要什么，”神父道，“我一定办到。”

白科萝莱这才说道：“礼拜六我要到佛罗伦萨城里去一次，把我纺好的羊毛交给他们，还要把我的纺车修理一下。假使你能借给我五个金币——我知道你是借得出的，那我就可以从典当铺里赎出一件青灰色的袍子和我陪嫁过来的一条过节穿的裙子；没有这两样，我就没法上礼拜堂，什么地方也不能去。假使你答应了，那么以后你要我怎样就怎样好了。”

“天主保佑我流年吉利吧!”那教士回答，“我身边没带这许多钱。不过请相信我，在礼拜六以前，我一定可以把钱如数带给你，你的要求我怎么好不答应?”

“好的，好的，”白科萝莱说，“你们这班人全都是嘴上只管胡乱答应，事后就赖得一干二净了。你以为我也像琵莉莎那样容易骗上手，过后就给你白白地一脚踢开吗?我的天哪，这样看来，她比一个妓女都不如。要是你不曾把钱带来，那么回去拿了来再说吧。”

“哎呀，”神父嚷道，“别把我赶回去吧。你看，这会儿恰巧只有你一个人在家。假使等我回去后再来，说不定有人来打断了我们的好事。那我不知道几时才能碰到这样的好机会。”

可是她却这样回答道：“那么好吧，你要是愿意去，就去；否则就请便吧。”

那教士看到这种光景，知道她已经打定主意，决不会迁就他，他想成其好事，非要先付出代价不可，就改变了口气，说道：“唉，你不相信我会把钱带来，那么这样吧，免得你不放心，我把这件天蓝色的绸斗篷留在你这儿作抵押。”

白科萝莱抬起头来，向教士望了一眼，说道：“真的吗?一件外套?

这件外套值多少钱呢?”

“值多少钱?”教士说,“你要明白,这是‘杜爱’[①]织造的绸哪——不是‘特里爱’织造的——有人还说是‘加特爱’的名产呢。这件衣服,两星期前,我足足花了七个金币向旧衣铺里的洛多买来的,据牛托——你知道他对这一道是最内行不过了——据他的估计,少说些,也给我便宜了五个银币。”

“有这回事吗!”白科萝莱嚷道,“我的天哪,我想都没想到过。那么把这件斗篷给我再说吧。”

教士先生这时候迫不及待,就马上脱下斗篷交给了她;她把那斗篷藏好以后,才说道:

“神父,跟我来吧,我们到干草棚去,那儿是没有人会闯来的。”

到了那儿,教士抱住她就亲吻,那股热情,真是天下少见,接着就叫她成了天主的眷属,[②]玩了好久之后,才和她分手。他回礼拜堂的时候,光穿着法衣,好像是给人家主持婚礼回来似的。

他回到礼拜堂,细细一想,一年收下来的蜡烛头,也不到五个金币的半数,因此对这笔钱竟肉痛起来,后悔自己不该把斗篷留下作质,须得想个什么补救的办法,不费一文把那件斗篷讨回来才好。他本是个有些小聪明的人,所以不多一会,果然给他想出了一条赖掉这笔钱的妙计。第二天恰巧是一个节日,他打发邻家的一个孩子到白科萝莱家去,向她借一个石臼,说是平格丘和牛托要到他家来吃早饭,他想做些调味品。白科萝莱果然把臼子交给了孩子。到了中午,教士算准本蒂维涅和他的女人该是在一桌吃饭了,就把礼拜堂里的一个司事叫来,对他说道:

“把这臼子送还给白科萝莱,对她说:‘神父很感谢你,请你把孩子来借臼子时留下作质的斗篷还给他吧。’”

---

① 杜爱,法国北部的一个城市,读音与意大利语的“二”近似,教士以讹缠讹,接着说三,四,胡讲一通,借此欺骗乡下女人。——据潘译本注解

② 卜伽丘故意把教士认做天主的一家人,所以有这样的说法。——据潘译本注解

那司事听了教士的话，来到她家，看见她正和丈夫在一起吃饭。他放下臼子，把教士的话传达了一遍。白科萝莱听见他要讨回斗篷，正想反驳，她的丈夫却怒冲冲地说道：

“你竟敢收下神父的东西做抵押吗？基督在上，我恨不得在你的头上狠狠地揍一下！赶快把斗篷还给他，你这个瘟女人！以后他问我们要什么东西，哪怕是要驴子也好，不准对他说个‘不’字。”

白科萝莱愤愤不平地站了起来，从箱子里拿出那件斗篷，交给司事，说道：“请你代我向神父转言，白科萝莱这么说：她已经向天主起誓，这一回她算是领教你，以后你永远也别想再拿她的臼子做调味品了！”

司事拿了斗篷回去，把她的话对教士说了；教士哈哈大笑起来，说道：

“你再看见她的时候对她说，如果她不肯借给我臼子，我也不把我那杵子借给她了，这叫做一报还一报。”

再说本蒂维涅听见他的老婆说着那种话，还道她是受了责备，心里有了气，所以也不以为意。可是白科萝莱把教士恨得什么似的，直到那年酿葡萄酒的时候，始终不曾理睬他。后来教士发狠说是要把她的灵魂送到撒旦那个大魔鬼的血盆大口里去，她这才慌了，加以这时候教士又送来了新酒和炒熟的栗子，因此终究跟他言归于好，一有机会就说笑玩耍起来。教士始终没有给她五个金币，只是替她的小鼓绷上了一张新羊皮，挂上了一个铃，她也只得满意了。

故事第三

三个朋友到缪诺纳河边去找宝石，卡拉德林拾了许许多多石子，以为宝石找到了，赶回家中。不料妻子见怪，他怒火直冒，把她痛打一顿，还向其他两个朋友诉苦，不知道他们正在暗笑他。

潘菲洛的故事引得小姐们笑个不停，他讲完之后，女王吩咐爱莉莎接下去讲一个。她这才收住笑声，这样说道：

各位可爱的姐姐，我要讲的只是一个有趣的小故事，是真人真事，不知道是否能讲得像潘菲洛那样逗你们发笑，总之我用心讲就是了。

我们城里，一向有许多特别的人物，闹出许多稀奇古怪的事儿来。不久以前，城里住着一个画匠，名叫卡拉德林，是个头脑简单、性格乖僻的人物。和他时常在一起的，还有两个画匠，一个叫勃鲁诺，另一个叫布法马可，他们两位都是爱寻快乐的朋友，而且都是十分精明机警，他们和卡拉德林往来，就看中他的愚蠢无知，好拿他来取乐。

在佛罗伦萨还有一个聪明有趣的青年，叫做马索·台尔·沙乔，生性诙谐，专爱挖空心思，想出种种胡闹的办法来，他听到卡拉德林天生一个简单的头脑，就打算作弄他一下，叫他把天花乱坠的话信以为真，上个大当。

有一天，这个青年在圣约翰礼拜堂里碰到了他，看见他正独自对着祭坛发呆，原来坛上新近供奉了一个圣体匣①，他这时候全神贯注地在看着匣上的浮雕和色彩。那青年觉得要实行他的计划，在这时候、这场合，再好没有了；就把计划告诉了自己的一个朋友，两人就来到卡拉德林的座位附近，旁若无人地谈起各种各样的珠宝来，只听得马索在说这种珍珠有什么什么的好处，那种宝石又有怎样怎样的优点，俨然是一个内行的口气。

卡拉德林在旁边听得了他们的谈话，见他们也不避外人，就索性走过去和他们凑在一块儿了。马索见了，心里暗暗高兴，谈得更加眉飞色舞了。卡拉德林忍不住插嘴问他，他所说的那许多具有魔力的宝石在哪儿可以找到。

马索就说这种宝石大都出产在“本谷地”国，“巴斯克”省的“贝林松”城里，那儿可真是了不起，葡萄藤是用腊肠捆住的，花一个铜子就可以买一只大鹅，外加奉送一只小鹅。那儿有一座完全用帕玛②乳酪砌成的高山，居民整天到晚没有事做，只是用通心面、炸肉卷放在阉鸡汤里，煮成鲜羹，抛在地上，随便什么人都可以拾来吃。附近还流着一条小河，河里纯粹是最美好的白酒，一滴清水都没有。

“哎呀，”卡拉德林嚷道，“这真是一个好地方！不过请告诉我，他们把阉鸡做成羹之后，又拿阉鸡怎么办?”

“巴斯克地方的人把阉鸡全都吃了。”

“你到过那里没有?”卡拉德林问。

“你问我到过那里没有?”马索回答他说，“嘿，我别说是到过一次

---

① 圣体匣，天主教中用以盛圣餐面包的匣子——在崇拜的仪式中，面包象征耶稣的肉体，故名。

② 帕玛，意大利北部的一个地区。

两次，一千次两千次都有啦!”

“那地方离这里有多少里路呢?”卡拉德林问。

“多少里路程?”马索说，“一百万里都不止，哪怕你花一个晚上也算不出一个答数来。”

“这样说来，那地方比阿布罗齐①还远啦?”卡拉德林又问。

“当然啰，”马索回答，“还要远一点呢。”

卡拉德林本是个笨蛋，看见马索讲得一本正经，全无半点说笑的神气，因此只道句句都是真话，深信不疑，就这样说道：“可惜路程太远了些，我拿不出那么一大笔盘缠来；要是近一些的话，老实说吧，我一定要跟你去一次，即使光是为了看他们把通心面尽往地上扔、让我吃个饱也是好的。不过天主保佑你吧，请告诉我，那儿有没有那种具有魔力的宝石呢?”

“喔，多着呢，”马索回答他说，“那儿有两种十分稀奇的宝石；第一种是‘赛第涅诺’和‘蒙第奇’磨石，把这种宝石做成磨子，麦子倒进去，就磨出面粉来。所以那地方流行着一句谚语，说是天主赐我们恩典，‘蒙第奇’给我们磨石。谁知我们这里独多这种磨石，根本不当它一回事，就像那边的人不把翡翠当作一回事一样；说起那儿的翡翠玉石，堆得比莫莱罗山还要高，一到夜里，我的天哪，发出灿烂的光辉，真是好看煞人！对你说了吧，如果有谁能够把磨石琢磨成一对滑溜溜的宝石，镶成戒指，拿去献给那儿的苏丹，那你要什么，苏丹就给什么。”

“还有一种宝石，我们珠宝商叫做‘鸡血石’，提起这种宝石的魔力可真了不起，你只要身边带着这种宝石，那么只有你看得见别人，别人就看不见你。”

“这真是无价之宝啊，”卡拉德林说，“不过请教你这第二种宝石要到什么地方去找呢?”

马索告诉他，这种宝石只有在缪诺纳河才能找到。

“这宝石有多大？是什么颜色?”卡拉德林又问。

---

① 阿布罗齐，意大利中部的地区。

“这种宝石大小不一，”马索回答他，“有的大，有的小，不过颜色几乎全都是黑的。”

卡拉德林把这些话都记住了，便推说有事，告别了马索，打定主意要去寻找这种宝石；不过他觉得勃鲁诺和布法马可是他的再好不过的朋友，理应也让他们知道，有福共享。这天上午他就到处去找他们，要他们立即跟他一起去寻觅宝石，免得别人捷足先得。他这样找了半天，直到中午过后，才猛地想起这两个人在替法恩扎女修道院工作；他也顾不得天气酷热，自己有没有别的事情，就心急慌忙，三步并作两步，直奔到那里，一看见他们就嚷道：

“朋友，只要你们肯听我的话，我们就要成为佛罗伦萨的最大的富豪了。我方才听到一位诚实可靠的先生说起，在缪诺纳河那儿出一种宝石，你只要把这种宝石佩在身边，别人就看不见你了；所以我想我们应该赶快到那儿去把这种宝石找来，免得让别人先拿了去。我们一定能够找到宝石，因为我知道得很详细；找到之后，我们只消把宝石藏在袋里，来到金银兑换商那里，把他们柜台上的金钱尽往袋里扫，好在谁也不会看见我们；那我们岂不是可以立即致富，也不必再像蜗牛一般，整天在墙壁上涂抹了。”

勃鲁诺和布法马可听到这话，心中暗暗好笑，两人相互丢了个会意的眼色，都装出十分惊叹的样子，称赞卡拉德林竟想出这样一个好主意来。勃鲁诺又问他那宝石叫什么名堂，可是卡拉德林这个呆子早把那个名字忘了，只得这样说道：

“我们只要知道它的功用，名字记不记住有什么关系呢？我想我们还是赶紧出发吧。”

“好吧，”勃鲁诺说，“那么它的形状是怎样的呢？”

“各种形状都有，”卡拉德林说，“不过几乎全都是黑色的；所以我想我们只消看见一块黑石子就拾一块，总会把宝石拾来的。我们别耽搁时光了，让我们就此动身吧。”

“等一等，”勃鲁诺说；接着又回头对布法马可说道：“卡拉德林的话说得不错，不过照我看来，这会儿就去并不适合，因为太阳正在半天空中，直照着缪诺纳河，把那儿的石子都晒干了，就算那儿有黑石子，也给晒成白石子了；所以你必须一清早趁太阳还没升起的时候去，那你才能找到黑石子。再说，今天是工作日，在缪诺纳河一定有许多人在工作着，我们这时候就去，给他们识破了，他们会抢着拾黑石子，宝石可能就此落在别人手里，我们岂不是白忙了一场？如果你以为我说的话还有道理，那么照我看，这件事应该早晨去办，那么才能把黑石子和白石子分辨出来，而且还得在安息日去办，这样人家才不会看见我们。”

布法马可在一旁极力赞同勃鲁诺的说法，卡拉德林终于同意了在那个礼拜日的早晨，三人一同前去找寻宝石。他又再三叮嘱他们，这事千万不能在别人面前走漏风声，因为这回事别人也只是私下告诉他的。然后他又把关于本谷地的种种稀奇古怪的传闻告诉他们，还发誓说这完全是真情。

卡拉德林告别之后，两人就商量好到那天应该怎么办。

卡拉德林巴不得礼拜日快快到来；到了那天，他一清早就起来，会齐他的朋友，一同出了圣盖罗城门，来到了缪诺纳河，走入河床，顺流而下，开始找寻宝石。卡拉德林求宝心切，所以总是一路当先，连跳带蹦，忽而向东、忽而往西，看见一块黑石头，就扑过去拾了起来，藏在怀里。

他的朋友跟在后面，偶然也拾起一两块石子。卡拉德林走不多远，胸襟里已经塞满石子，只得兜起下摆(他的衣裳不是照埃诺①式裁制的，所以很宽大)，用腰带系好，做成一个大袋子；可是不多一会，这袋子又塞满了，只得又把披肩当做袋子，这袋子不久也装满了。

布法马可和勃鲁诺看见卡拉德林已经装足了石子，而且又快到吃中饭的时候了，他们就依照预定的计划实行起来。勃鲁诺首先问道：

“卡拉德林到哪儿去了？”

布法马可明明看见他就在面前，却故意东张西望，回答道：“我不

① 埃诺，现为比利时西南部一省。

知道呀，不过方才他还离我们不多远呢。”

“方才，说得好！”勃鲁诺嚷道，“我可以向你担保，他自己此刻正在家里吃中饭啦，却把我们丢在缪诺纳河里像呆子一般寻黑石头！”

“唉，”布法马可接嘴说，“他不哄骗我们又去哄骗哪一个？天下还有哪个像我们这样傻的，竟会拿他的话信以为真，特地赶到这缪诺纳河边来寻什么宝石！”

卡拉德林听着他们的谈话，只道自己运气好，已经找到了一颗宝石，所以他虽然在他们身边，他们却看不见他，心里好不得意，于是就不做一声，决定回家去了。布法马可看见他转过身来，又向勃鲁诺说道：

“我们该怎么办呢？还是回去吧？”

“我们回去吧，”勃鲁诺回答说，“不过我要向天主发誓，从此以后卡拉德林永远别想再作弄我们啦。如果他此刻像整个早晨一样，就在我们眼前，那我非要用这块石子对准他的脚跟扔去不可，也好叫他有那么一个月，忘不了他给我们吃的苦头！”

他话刚出口，就已经举起臂来，猛地把石头掷去，正打中卡拉德林的脚后跟；痛得他一只脚提了起来，嘴里直喘着气；可是他还是忍住着不发一言，继续往前赶去。接着，布法马可也拿着他方才拾好的一块石头，对勃鲁诺说道：

“你瞧，这块石头倒还不错，我但愿它能够打中卡拉德林的腰肢！”

他话才说完，一块石头已经应声落到了卡拉德林的背心上。总而言之，两人一路上你说一句，我说一句，一边说一边不断拿石子向他身上扔去，直到他们离开缪诺纳河，来到圣盖罗城门，这才把捡拾起来的石子丢掉，在关前站停了一会儿，卫兵们事前已得到他们通知，假装不曾看见卡拉德林，让他走进城去。这件事真叫他们笑坏了。

卡拉德林的家在马奇那街的转角，他一走进城，直往家里奔去。也是事有凑巧，注定他要闹个大笑话，他方才沿着河流回来，这会儿穿过大街小巷，竟不曾遇到什么熟人，也没有谁向他打一个招呼——可能这时候大家都回家去吃中饭了。他的妻子名叫苔莎，是个秀丽规矩的女人，当他带着那许多石子奔进家中的时候，正好站在楼梯头，她正因为久等他不归，心里很不自在，所以一看见他，就骂道：

“你真是活见鬼！直到这时候人家饭都吃过了，才回家来吃饭！”

卡拉德林一听见这话，知道自己分明是给妻子看见了，又气又恨，嚷道：

“嗨，你这个贱人，你在这里吗？你毁了我的法术啦，老天在上，我可要叫你知道我的厉害！”

他说完这话，先跑进小会客室，把兜里袋里的石子都倒了出来，然后气势汹汹，奔到他妻子跟前，一把揪住她的头发，把她摔倒在地，也不管她双手握紧，哀声求饶，他使尽平生气力、拳脚交加，把她打得遍体鳞伤，没有一块好肉。

再说勃鲁诺和布法马可在城门边和卫兵说说笑笑，过了一会儿，就远远跟在卡拉德林后面；来到他的门口，只听得他正在毒打自己的妻子。于是他们便装作才从城外回来，高声叫着卡拉德林。他面孔涨得血红，喘着气，满头大汗，从窗口探出头来，请他们上楼来。这两个朋友装着上了当，很不高兴的样子，走进屋来，看见屋子里堆满了石头，他的妻子头发蓬乱，衣裳给撕破，脸上青一块紫一块，躲在墙角里哭泣，十分可怜。卡拉德林自己却解开了衣裳，气急败坏地倒在另一个墙角里。两个朋友把这一对夫妻打量了一通之后，说道：

“卡拉德林，这是怎么一回事？屋子里堆满了石头，你是打算造房子吗？”他们看见卡拉德林并不回答，就接着问道：“这又怎样说起？苔莎夫人有什么不是的地方？你分明把她打了一顿。这一切究竟为的什么啊？”

卡拉德林带着石子赶了这么些路，又不顾死活地打了他妻子一顿，大好的希望成了泡影，心里又气又急，所以弄得上气不接下气，一时里竟一句话也说不出来。布法马可看他不回答，就板着脸说道：

“卡拉德林，你听着：不管你为什么生着这么大的气，你总不该这样作弄我们呀。你只说带我们去找什么宝石，却把我们像两个傻瓜似的丢在缪诺纳河里，自己竟悄悄溜走，连‘再会’或者‘去你的’都不说一声。我们觉得老兄真是太缺德了，以后你也别想再来寻我们的开心啦。”

卡拉德林气吁吁地说道：“朋友，别生气吧，你们误会啦！我——唉，真倒楣哪！——已经把宝石找到了，你们只要听下去就知道我说的是真话了。方才你们在路上互相问着我到哪儿去的时候，我离你们十码也不到呀。后来我看见你们转回来，依旧看不见我，我就走在你们头里，彼此只隔着几步路，先赶回家了。”

他于是从头讲起，把他们当时说的做的全都搬了出来，又让他们看留在自己背上和脚后跟上的伤痕；然后他接着说：“我还可以告诉你一件事，当我带着这里的许多石头进城的时候，那守城的卫兵一句话都没跟我说；你们知道，这班卫兵平常是多么麻烦，他们要把东西一样一样都检查了，才肯放你进去。来到街上，我碰见好几个朋友和熟人，他们本来一定会招呼我、请我去喝酒的；可是现在他们别说跟我讲一句话，就连半个字都没有，因为他们看不见我呀。谁知到了家里，偏偏叫这个该死的瘟女人冲撞了一下，你知道，不管怎么样的宝贝，一碰到女人可就毁啦。本来，全佛罗伦萨要算得我最幸运了，现在我就成了最倒楣的人啦。你想，我怎么不要狠狠地揍她一顿？这种女人！就是杀了她也不足惜呀。唉，当初我第一眼看见她——当初我把她娶到家里来的时候，真是晦气呀！”

他越说越冒火，竟又要奔过去打她了。

勃鲁诺和布法马可听了他这许多话，也真亏得他们能够忍着不笑出来，还要装出非常惊奇的样子，一面还不住地点头证明他说的不错；后来看见他又怒火直冒，要动手打他的女人了，这才站起来把他挡住了，劝他不必这样，因为这不是她的过失，要怪只能怪他自己，他既然知道一切宝贝碰到女人就会不灵，那么早就该叫她预先躲起来，不要在他的面前出现。可惜天主不曾使他有先见之明，这或许是因为他命里不该得宝吧——或者是因为他拾到了宝石不曾立刻告诉他的朋友、却存心瞒过他们，因此得到这个报应！

他们就这样横劝竖说，费了多少唇舌，才使他和他那哭哭啼啼的妻子和解了；他们于是告辞而去，让他对着一屋子的石头，去自怨自叹。

故事第四

费埃索莱的教士想勾引一个寡妇，她暗中叫使女做替身，陪教士睡觉；一面派兄弟去把主教请来，让他亲眼看到教士做的什么勾当。

爱莉莎的故事叫大家听了都很好笑；女王看见她已经讲完，回头吩咐爱米莉亚接下去讲一个，于是她立刻开言道：

尊贵的小姐们，我们已经讲了好几个故事，都是说明那班修士、神父，以及各式各样的教士怎样百般的勾引调戏我们女人；不过教会里的这种败行实在太多了，一时哪里说得尽，所以我打算再讲一个教士的故事。这位教士看中了一位有身份的女人，他不管这件事做得做不得，也不问人家愿意不愿意，竟然一味痴心妄想，可是那个女人很聪明，略施小技，叫他碰了个大钉子。

大家知道，费埃索莱在从前是一个很繁荣的城市——我们从这里可以望得见它的一座小山。现在这古城虽然已经荒凉了，但始终是一个驻有主教的教区。在大礼拜堂附近，住着一个有身份的寡妇，叫做碧卡达夫人，她有一个田庄，一座不太大的宅子。因为手边并不怎样宽裕，一年里多半住在那儿。她的两个兄弟和她住在一起，都是温雅有礼的青年。

这位寡妇年纪还轻，依然娇艳动人，她常到礼拜堂里去做祷告，谁知堂里的一个教士垂涎她的美色，为她神魂颠倒，后来竟开口向她求欢，说了许多肉麻的话。

这位教士年事已高，可是智能却很低；他秉性傲慢、态度骄横，自以为高人一等，因而目空一切，言语行为，十分可憎，真是没有一个人不讨厌他的。如果说，世上真有人敢于对他不敬，那就要数到那位寡妇了，她非但对他没有好感，简直是看见他就头痛。不过她究竟是一个聪明的女人，给他厮缠不过，就故意这样说道：

“神父，能够得到你的爱情，那是多么荣幸啊；我应当爱你，而且是深深地爱你。可是我们的爱情不能超越纯洁的范围。你是一个教士，是我性灵的父亲，而且你又上了年纪，这一切都可以使你不至于有什么非礼的举动；再说我已是一个寡妇，不能像姑娘家那样谈情说爱了。你知道，一个寡妇应当是洁身自好的，所以我希望你原谅，我不能像你要求于我的那样爱你，也不愿接受你那种爱。”

那教士给她这一番话说得无可奈何，但是他并不因为一回碰了钉子，就死心塌地、畏缩不前了；他还是厚颜无耻，一封又一封的情书写给她，一次又一次的托人带口信给她，甚至每当她来到礼拜堂的时候，又用语言百般挑逗她。那寡妇看见教士死缠住她不放，再也忍受不了，决定要好好教训他一番，因为除此以外，再也没法摆脱他了。

她先把教士怎样追求她，和她自己所定下的计策告诉两个兄弟，得到了他们的赞同。过了几天，她又到礼拜堂去。那教士看见她来了，立刻迎上前去，依然是得意洋洋，嬉皮笑脸，跟她扯淡。这一回，寡妇对他特别亲热，一见面就温柔地瞟了他一眼，后来跟他走到一个僻静的场所，听他把老调唠叨了一番，最后深深地叹了口气，说道：

“神父，我听人说，一个城堡，不管怎样坚固，也经不起日夜攻打，终于要失陷；我现在的情形分明就是这样，你不断地用甜言蜜语、种种温柔的行动，向我进攻，你已经把我的决心攻破了；承蒙你这么爱我，我只有答应你的要求了。”

“夫人，你真是太好啦！”那教士喜坏了，嚷道，“老实对你说吧，我时常在奇怪你怎么偏能支持得这样长久呢？别的女人我一向只消两下子就搞上手了，所以我这么对自己说：‘就算女人是银子做的，也不值一文钱，因为她们都是经不起铁锤一敲的。’不过眼前别提这些话吧——我们几时可以约一个地方欢会呢？”

“我的爷，说到几时，那么只要你什么时候方便就行，因为我没有了丈夫，尽可以支配自己的晚上；至于约一个地方，我心里可没有谱儿了。”

“怎么没有谱儿？”教士嚷道：“就在你家里岂不好吗？”

“神父，”那寡妇回答道，“你知道我家里有两个年青的兄弟，他们和一班朋友日夜进进出出，我家的房子又不大；你果真要来，必须紧闭着口，一言不发，也不能有一点声响，而且还得像瞎子般在黑夜摸索，才好行事。如果你肯答应这样做，那么在我家里也好；因为我的卧房他们是不来的；不过他们的房间就紧贴着我的卧房，只要你轻轻说一句话，隔壁马上听到了。”

“夫人，”教士回答说，“就这样将就一两夜也不要紧，以后我再想法安排一个比较方便的地方好了。”

“神父，”寡妇说，“这一切都由你作主好了；不过我求你必须保守秘密，千万不能让人知道。”

“夫人，”教士说，“你尽管放心好了；不过我想我们最好今夜就成了好事吧。”

“最好没有，”那寡妇回答道；于是她告诉他应该怎样前来，又和他约定了时间，然后告别回家。

寡妇家里有个女仆，年纪不小了，一张脸儿可长得真难看，世界上再也找不到第二个这样丑陋的女人来，原来她长得鼻梁塌，嘴巴歪，嘴唇皮儿厚，门牙露在外面，一双斜白眼，眼皮又红又烂，再配上一身青铜色的皮肤，你简直以为她不是在费埃索莱过的夏天，而是在西尼加利亚①过的

---

① 西尼加利亚，意大利沿亚得里亚海的一个城市，当时是疟疾流行的区域。

夏天。这还不算，她的臀部一边低一边高，走起路来，右脚有点儿带跛。她的名字本来叫西乌达，但是因为她长得像一只癞皮狗，所以大家管她叫做“西乌塔扎”①。她生得这样奇形怪状，倒也罢了，谁知她还不肯安分呢。当天寡妇把她叫了来，对她说道：

“西乌塔扎，如果你今天晚上替我做一件事，我就赏你一件新衬衫。”

西乌塔扎听到衬衫，马上接嘴道：“太太，只要你肯赏一件衬衫，哪怕叫我投到火里去我都愿意，别的更不必说了。”

“那就好了，”她的女主人说，“今天晚上，我要你在我的床上跟一个男人睡觉，还要对他千恩百爱；不过你千万不可以说一句话，免得给我的兄弟听见，你知道，他们就睡在隔壁房里；过后，我就给你一件衬衫。”

“跟一个男人睡觉！”西乌塔扎嚷道，“如果有必要，对付六个男人，我也不怕！”

到了晚上，我们这位圣徒如约而来；两个兄弟依着寡妇的调度，尽在自己房内高谈阔论，让隔壁一声声都可以听到。他只得悄悄溜进寡妇的卧房，在黑暗中摸索到床边，就爬了上去；床上正睡着她的替身西乌塔扎。一切不出寡妇所料，我们的圣徒以为是把情人搂在怀里，就不做一声，对她连连亲吻，她也回敬他；于是教士和她寻欢作乐起来，偿了这许多日子来的相思债。

寡妇一手布置了这场趣剧，现在就关照她的兄弟可以进行底下的计划了。

他们轻手轻脚走出宅子，直奔大广场，去见主教。也许老天有意帮忙，那天天气很热，主教本来就在找那两个年青人，想到他们家去喝酒解暑；现在看见他们来得正好，就说了自己的打算，和那两个青年一起来到他们家中。凉爽的小庭院中，火炬点得通明，兄弟两个就在那儿摆出美酒款待贵客，等主教畅饮过后，他们就说道：

---

① “西乌塔扎”的发音叫人想起“母狗一般的”。——里格译本注解

“今晚承蒙主教赏光，驾临小舍，不胜荣幸，我们现在有一样小小的东西，想请主教过目一下。”

主教不知就里，满口应承；于是兄弟中一人高举火把在前领路，主教和其余的人跟在后面，直来到教士和西乌塔扎同睡的房间。这时候，那教士已经匆匆忙忙骑马奔驰了十来里路，终于筋疲力尽，不管天气有多热，把西乌塔扎搂在怀里，睡着了。

青年高持火炬，把主教和众人引进房里，让大家把这番光景看个一清二楚。也许因为人声嘈杂，那教士猛然惊醒，看见火光通明，房里站满了人，他又急又怕，慌忙用被蒙住了自己的头。主教厉声斥责他，叫他伸出头来，看看究竟是跟哪个睡在一起。

那教士这才睁开眼睛，看清自己中了寡妇的圈套。他又上当、又出丑，这时候世界上还有哪个像他这样狼狈不堪的？他只得听从主教的命令，穿好衣服，给赶出寡妇的宅子，被押回自己的房里，随即给监禁起来，听候处分。

事后主教查问为什么教士会到他们家来和西乌塔扎睡在一起。两个青年把这回事源源本本都说了；主教听罢，很夸奖寡妇和那两个兄弟的手腕，因为他们不曾用流血的方法来报复，而是叫他自取其辱。

至于那个违反戒律的教士，主教下令叫他苦苦忏悔四十天。可是他为了想吃天鹅肉，何止受了四十九天的罪。①最叫他受不了，气得快发疯的是以后不管什么时候，只要他一走到街上，孩子们就要指着他说：

“看，这就是跟西乌塔扎睡觉的那个男人！”

这样，那位聪明的寡妇摆脱了厚颜无耻的教士；最快乐的是西乌塔扎，她得到了一件衬衫，还享受了一个良宵。

---

① “四十九”在俗语中表示多得不得了的意思。——潘译本注解

故事第五

法官正在法庭上听审，三个青年把他的裤子
拉了下来。

爱米莉亚把故事讲完，大家都赞美那位寡妇的聪明，女王望着菲洛特拉托说："现在该轮到你讲啦。"他立即回答说他已经准备好了，于是说道：

各位可爱的小姐，方才爱莉莎提到马索这个青年人，使我放弃原来想讲的一篇故事，改说一段他和他同伴们的趣事，虽说中间不免有几个字眼不太文雅，你们会觉得不好意思出口。可是这故事有趣极了，况且也不伤大雅，所以我决定给大家讲这个故事。

我们城里的长官有好多回都是由马尔凯斯地方的人充当的，也许你们大家都听到过，这地方的人，品格都很卑鄙，他们都猥琐无聊，简直是些蠢货，而且见钱眼开，赴任的时候，常带着一批法官和公证人同行，这班人并不是法律学校出身，倒像是从田亩里、从皮匠摊上拉来的。

有一个马尔凯斯人到我们这里来做长官，随带了好多法官，其中有一个自称为尼古拉·达·圣莱比第奥大爷，论他的模样，倒是跟一个锁匠很有些相像，常和别的法官一起出庭，审理刑事案件。

一班市民尽管并没有什么诉讼，却也欢喜到法庭去走走。有一天早晨，马索寻找他的一个朋友，来到了法庭上，偶然看见这位尼古拉先生，觉得十分触眼，就把他从头到脚打量一遍，只见他头戴一顶油腻得发了黑的法帽，腰带上系着一个小小的墨水壶，身穿一件法袍，却比斗篷还长，总之他的一身打扮都是不伦不类、不登大雅之堂的。可是最惹马索注目的，是他下身的一条裤子，因为他的斗篷又窄又短，坐下来时，遮不到前面，所以可以看到他的裤子只齐到小腿。马索这样把他打量了一会儿，就舍下原来要找的那个朋友，另外去找了两个跟自己一样爱胡闹的朋友来，一个叫里比，另一个叫马泰乌佐，对他们说道：

“你们如果肯听我的话，那么跟我到法庭去吧，也好见识见识天下少有的一头怪物。”

他于是把他们带到法庭，让他们看到了那个法官和他那条裤子；两人老远望见就不觉失笑，后来他们走近法官的座位，觉得在那长椅底下很可以藏一个人，那法官的踏脚板又已经破烂得不像样了，躲在底下的人很可以在这里把手伸进伸出。马索就对他的朋友说道：

“让我们把他的裤子扯下来，这真是不费吹灰之力。”

其他两个朋友都觉得这事不难办到。大家商量好之后，第二天早晨又跑到那里，等到法庭上已经挤满了人，马泰乌佐趁着大家不注意的当儿，爬到那法官的椅子底下，蹲在他脚边。于是马索和里比走到我们这位法官老爷的两边，各人拉着他衣服的下摆。马索先说：

“老爷，老爷，我求你看在天主面上，别让那一个在你身子那一边的贼骨头逃跑，叫他赔还我的一双长筒靴吧！他偷了我的长筒靴，死不承认，可是不到一个月前，我还看见他拿出来补鞋底呢。”

里比却在另一边大声抗辩道：“老爷，别听他的话！他是一个丧尽天良的大坏蛋，他知道我来控告他偷我的马鞍袋，所以竟颠倒黑白，反咬我偷了他的长筒靴，其实那双长筒靴放在我家里也不知有多少年了。如果你不相信的话，我可以给你带许多证人来，譬如我贴隔壁的邻舍特莱卡，卖牛肚子的女人格拉莎，还有一个在圣玛利亚扫垃圾的男人，当他从乡间回来的时候，他亲眼看见他的。①”

马索几乎不等他说完，就在另一边高声反驳，对方也不甘示弱，拚命叫喊起来，那法官只得站了起来，把身子凑向他们，好听清楚他们究竟闹些什么。马泰乌佐看见机会来了，连忙从破板的窟窿里伸出两手，拿住法官的两只裤脚管，用力一拉，那法官本是个瘦皮猴子，屁股上又没什么肉，所以那条裤子经不起这一拉，竟当场落了下来。

那位法官老爷知道自己的裤子给人拉下来了，心慌意乱，想把衣服的下摆拉到前面遮掩，然后坐下；偏是马索和里比两人，一边一个，紧拉住他，口口声声嚷道：

“老爷，你不替我主持公道，不肯好好听我的话，倒准备退庭了，这可真不应该呀！像这一类鸡毛蒜皮的事，在这城里是用不到翻查什么法律条文的呀。”

他们这么说时，故意扯起他衣服的下摆，使得法庭上的人个个都看见他没有穿裤子。至于马泰乌佐，他把裤子扯下来之后，早把它丢在一边，悄悄爬了出来，溜出法庭，谁也没有看见他。里比觉得玩笑已经开够了，就说道：

“老天在上，我发誓要告到长官那儿去。”

马索放下法官的斗篷，也说道：“不，我不能就此罢休，这次就算来得不巧，下次还要来，来了再来，直到碰巧你不像今天早晨这样手忙脚乱。”

他们说完，就你往那边，我向这边，一溜烟似的跑了。到这时候，那位在大庭广众之间，被人家扯了裤子的法官才如梦初醒，知道被他们捉弄了。他就查问那两个为了长筒靴、马鞍袋闹个不清的人到哪儿去了；可是他们连影踪也找不到了。他于是凭着老天的奶奶起誓，佛罗伦萨地方究竟有没有在法庭上替法官脱裤子的风气，这一点他非要弄清楚不可。

---

① 里比故意说些不相干的话，这两句中的三个“他”字，究竟指谁，并不明确。

市长听到法庭上闹出这样的笑话来，大发雷霆。后来他的朋友告诉他，他为了贪图省钱，去请了一班蠢货来混充法官，佛罗伦萨人才会在法庭上闹出这种事来，表示抗议。他听了之后，觉得还是不声张为妙，这事才算没有闹下去。

故事第六

卡拉德林的猪给两个朋友偷了，偷猪人却叫他用姜丸去查究窃贼，结果反而证明他自己偷了猪，他怕老婆知道，只得又让朋友勒索了两对阉鸡。

菲洛特拉托的故事逗得大家笑个不停，他讲完之后女王就命令菲罗美娜接着讲下去，于是她这样说道：

各位仁爱的姐姐，菲洛特拉托因为听见马索的名字，讲了方才的一个故事；我也同样因为听到了卡拉德林的名字，想到一个关于他的故事，我想你们听了一定会中意。

卡拉德林、勃鲁诺和布法马可是怎样的人物，你们想必已经知道，我也不必再介绍了；我现在要告诉大家，卡拉德林在佛罗伦萨附近有一个小田庄，是他妻子的陪嫁。除了庄稼收获外，他每年还可以从田庄上得到一只猪。年年十二月，①他总和妻子到田庄上去把猪宰了，把猪肉腌起来。

有一年，他的妻子不舒服，他独自到田庄上去宰猪，勃鲁诺和布法马可听得他的妻子没有和他一起去，就跟踪前去，好在他们有个做教士的好朋友，跟卡拉德林是贴邻，可以在他家里住几天。那天早晨，卡拉德林刚宰了猪，看见他们来到教士家里，就说：

“欢迎两位光临。我要让你们看看，我也是个顶刮刮的庄稼汉呢。”

于是他把他们请到自己家里，让他们欣赏他的猪。他们觉得那头猪果然肥美，又听卡拉德林说，要把它腌了，作为平日的荤菜。勃鲁诺说道：

“哎呀，你真是个傻瓜！把它卖了，弄些钱来，大家乐一下，岂不好吗？等你老婆问时，只说被人家偷去，也就完啦。”

“使不得，”卡拉德林嚷道，“她不会相信我的，她会把我赶出屋去。别胡思乱想了，我怎么也不干这样的事。”

他们又替他拍胸撑腰，说了好些话，可是都不中用。卡拉德林也会假客气，留他们吃饭，两人谢绝了，告辞出来，勃鲁诺对布法马可说：

“我们今晚上把那头猪偷来好吗?”

“怎样下手呢?”布法马可问。

“只要卡拉德林的猪放在那儿不动，”勃鲁诺说，“那我自有办法。”

“那很好，”布法马可说，“我们就去偷吧，何必客气呢？偷来之后，我们还可以和教士大家乐一下子呢。”

他们告诉教士，教士也赞成他们的主意，于是勃鲁诺说：

“我们要偷就得略施小计。布法马可，你知道卡拉德林是多么爱贪小便宜，如果别人付账，他喝起酒来，一杯接一杯，喝个不停。我们不妨把他带到酒店里去，只说教士请我们，略尽地主之谊，请他做陪客，怎么也不能要他破钞；这样他一定会喝个烂醉。他屋里又没有旁人，他一醉倒，猪就容易偷了。”

他们就照着他的话做去，卡拉德林看见教士非要由他请客不可，果

---

① “年年十二月”一句从里格译本及麦克威廉译本补入。

然没命地把酒往肚子里灌，他的酒量又小，所以一下子就醉倒。等到他们离开酒店，时间已经不早，卡拉德林不吃晚饭，就回家去睡了。他进了宅子就倒在床上，以为大门已经关好了，其实门却开着。

布法马可和勃鲁诺跟着教士回家去吃晚饭；吃饱之后，两人就按照预定的计划，带着几件撬门的家伙，悄悄来到卡拉德林的宅子前，看见大门开着，就径自闯了进去，从钩上取下那只猪，抬回教士家里，再把猪藏好，就上床去睡觉。

第二天早晨，卡拉德林酒醒了，起床下楼，看见猪已不在，门户大开，他就东寻西找，逢人便问，是谁拿了他的猪。可是哪里问得出半点下落？最后他急得直叫道："唉，真倒楣哪，我的猪给人偷走啦！"

勃鲁诺和布法马可一跳下床，就赶到卡拉德林的家里去，要听听他不见了猪怎样说法。他一看见他们到来，就连声呼唤，快要哭出来似的，嚷道：

"倒楣啊，我的朋友，我的猪给人偷去啦！"

勃鲁诺故意走近他身边，鬼鬼祟祟地说道："真了不起，想不到这一回你倒聪明起来啦。"

"唉，"卡拉德林分辩道，"我说的是真话呀！"

"这样就对了，"勃鲁诺说，"只要这样吵吵闹闹，人家就会相信你说的是真话啦！"

这句话急得卡拉德林直叫起来："老天的奶奶，我的猪确确实实给人偷去啦！"

"妙啊，妙啊！"勃鲁诺说，"就得这么讲，就是这么大闹大嘁，叫四面八方的人都听得见，那么人家就越发相信你了。"

"你真要把我急得去投河啦！"卡拉德林嚷道。"我这样对你说了，你还是不肯相信我。要是我的猪不曾被人偷去，我情愿去上吊！"

"哎呀！"勃鲁诺嚷道，"怎么会有这样的事呢？昨天我还看到它好好地在那儿呢，难道说它生了翅膀飞了吗？"

"我并没跟你开玩笑，"卡拉德林说。

"哎呀，"勃鲁诺又说道，"难道真有这一回事吗？"

“真的给人偷了，”卡拉德林回答道，“这下子我可完啦，我怎么能回家去交账呢？我的老婆决不会相信我；就算她相信了我，明年可别再指望过太平日子啦。”

“救苦救难的老天爷，”勃鲁诺说，“如果真是出了事，那可太糟了。不过，卡拉德林，你总该记得这个办法是我昨天教你的，所以我决不让你像骗自己的老婆那样把我们欺骗了！”

这句话使得卡拉德林直叫起来：“唉，你们为什么要逼得我走投无路、恨不得咒天骂地呀？我告诉你们：我的猪昨夜给人偷去啦！”

“如果真有这回事，”布法马可说，“我们倒要想个办法把它找回来。”

“有什么办法好想呢？”卡拉德林忙问。

“你听着，”布法马可说，“我们可以肯定说一句，那偷猪的贼决不会从印度来的，想必不出我们左邻右舍，只要你能想法把这许多邻舍请来，我就可以凭着面包和乳酪，捉住那个偷猪的人。”

“慢着，”勃鲁诺插嘴说，“你拿面包和乳酪去试验这班好乡邻，真是白费了心机，我可以断定说，偷猪的贼就在他们中间，可是他一旦料到我们的用意，怎么也不肯来的。”

“那么我们该怎么办呢？”布法马可问道。

勃鲁诺回答说：“我们可以备了姜丸和上好的白酒，只说请他们来喝酒。这样他们就不致疑心，都来了。姜丸就跟面包和乳酪一样，是可以通神的。”

“你这话说得对，”布法马可说，“卡拉德林，你以为怎样？我们要不要这样做？”

“看在天主面上，”那只呆鸟说，“我求你们这样做吧，我只要知道谁偷的猪，心里的气就平了一半。”

“好吧，”勃鲁诺说，“我就替你当个差，到佛罗伦萨去采办这两样东西，不过你得把钱给我。”

卡拉德林身边约莫有四十个银币，他就掏出来全数交给了勃鲁诺。他得到钱立刻赶往佛罗伦萨，在他的一个开药铺的朋友那儿买了一磅上好的姜丸，另外配制了两粒浓烈的沉香丸，外涂糖衣，做得和姜丸一模一样，但是另外加上暗记，可以一望而知，不致混淆。他又去买了一瓶上好的白酒，于是回到田庄，找着卡拉德林，说道：

“你明天早晨去把你认为可疑的人都请来喝酒，明天恰巧是个节日，他们一定都会来的。今天晚上，布法马可和我要在一个个姜丸上念些咒语，明天早晨好拿来应用。为了我们平时的交情，那时候我一定亲自出马，替你安排一切，照计而行。”

第二天早晨，卡拉德林照着他的话，把许多庄稼汉都请了来，其中还有不少是暂时住到乡下来的佛罗伦萨青年，大家都聚集在礼拜堂门前的大榆树下。勃鲁诺和布法马可也来了，他们俩一个拿着一匣姜丸，一个提着一瓶白酒，立定之后，叫大家团团围成一圈；勃鲁诺于是说道：

“各位先生，我首先要说明这次请大家来的原因，那么诸位如果不高兴，也怪不得我。前天晚上，卡拉德林家里不见了一只肥美的猪，他到现在还没查出是给谁偷去的，不过偷猪的贼总不出我们眼前这许多人当中的一个，他为了要弄个水落石出，所以请你们大家每人吃一粒姜丸、喝一口白酒。大家听好，谁偷了那只猪，一吃到那粒姜丸，只觉得苦得不得了，比毒药还苦，他只好把姜丸吐了出来。所以，为了免得当场出丑，我看那个偷猪的人还是赶快去向教士认罪的好，免得我们多麻烦了。”

在场的那许多人都说尽管拿姜丸给他们吃好了。于是勃鲁诺把他们排成一行，叫卡拉德林也站在中间，打第一个起，把姜丸一人一粒，分给大家，当分到卡拉德林的时候，他故意拿配制的药丸给他。卡拉德林接到药丸，立即塞进嘴里，咀嚼起来。他的舌头一尝到沉香，觉得苦不堪言，连忙把药丸吐了出来。这时候，大家都彼此注意着，看谁把姜丸吐出来；而勃鲁诺只管挨次把姜丸分下去，假装不曾留意他，只听得背后有人嚷道：

“哈，卡拉德林，这回事可好玩啦！”

勃鲁诺立刻回过头来，看见卡拉德林已经把药丸吐了出来，又故意说道："慢着，也许是不凑巧，他不知怎么把姜丸吐了出来。另外来一粒吧。"

他又把一粒药丸放进卡拉德林的嘴里，自己就赶去继续分派姜丸。

先前那一粒丸子已经够苦了，卡拉德林觉得这第二粒更其苦，可是又万万不能再吐出来，他为了顾全面子，只得把它嚼碎了含在嘴里，只见一颗颗像榛果般大的泪珠从他的眼里直淌下来，最后，他实在忍不住了，只得仍旧像第一次那样把丸子吐了出来。

这当儿，布法马可和勃鲁诺正忙着给大家斟酒；大家看到了卡拉德林这个样儿，都闹了起来，说这一定是他自己偷的猪，有几个人还狠狠地把他骂了一顿。众人散去以后，只剩下那两个无赖陪着卡拉德林；布法马可对他说道：

"我一直断定这只猪是老兄自己偷的，却口口声声骗我们说：猪给人偷去了，原来老兄是舍不得把卖猪的钱拿出来请我们喝一杯酒呀。"

卡拉德林这时候还是满口留着沉香的苦味，赌咒否认是他自己偷的猪。布法马可又说道：

"得啦，老兄，说句良心话，你到底把它卖了多少钱，六个金币吧?"

卡拉德林听见他这样说，真是哭笑不得，偏是勃鲁诺又在旁边说道：

"卡拉德林，对你说了吧，我们有一个喝酒朋友，他告诉我，你在这里跟一个姑娘私下来往，你有多少钱全花在她身上，照他看来，你一定是把那只猪送给她了。你近来真会玩把戏、耍手段啊。上一次你叫我们跟你到缪诺纳河边去拾黑石子，你一到那里就把我们丢下，叫我们上个大当，还骗我们说，你找到了什么隐身宝石。现在你又要来哄骗我们，起誓罚咒，说什么猪给人家偷去啦，其实你不是把猪送了，就是把猪卖了。可是我们早已领教过你的诡计了，你不必再来这一套了。现在我跟你讲个清楚，我们在一个个姜丸上念了好大一阵咒语，理该有些什么酬谢，现在请你把两对阉鸡送给我们吧，否则，我们只好把这回事去报告尊夫人了。"

卡拉德林吃足了苦头，却怎么也没法跟他们说个明白，心想要是再叫他们到自己的老婆跟前去火上加油，那就更糟了，只得把两对阉鸡送给他们。他们两人腌了猪，带着阉鸡回佛罗伦萨去了，让卡拉德林在那里失窃了猪又受尽人家的笑骂。

故事第七

一位学者爱上一个寡妇，那寡妇叫他在雪地里等了她一夜。后来学者用计，在炎热的七月天把她骗上荒塔，叫她裸着身子，在烈日中晒了一天，让苍蝇叮、牛虻咬。

小姐们听着卡拉德林上当的故事，笑个不停；要不是想到他给人偷了猪，还要赔上两对阉鸡，着实可怜，那她们还要笑得起劲呢。故事讲完，女王吩咐潘比妮亚继续讲下去，她当即这样说道：

亲爱的姐姐们，一个人存心作弄别人，往往反而上了别人的当，所以刁钻促狭的事不见得真是聪明人所干的。我们听了好几个叫人发笑的故事，其中的人物都受了人家的愚弄，可是还没有人讲过受到愚弄的人替自己报复的故事。现在我就打算讲我们城中的一个女人——说来真是可叹，她不该存心愚弄别人，到后来自食其果，险些儿送了自己的命。我们听了这个故事，不是没有益处的，也可以叫我们今后做人多懂些事，不至于作弄别人了。

不多几年以前，佛罗伦萨有个少妇，叫做爱伦娜，她容貌姣好，出身高贵，家产又丰厚，所以十分爱摆架子。她嫁过人，丈夫去世之后，不愿再嫁，就在家守寡；其实她情有所钟，爱上了一个翩翩美少年。她本没有什么操心的事，托一个心腹侍女做牵线，时常跟他欢会。

当时我们城中有一个青年绅士，叫做林尼厄里，在巴黎留学了多年，回到佛罗伦萨来，他才够得上称一声绅士，因为他求学的态度完全为了探究因果、明白事理，不像一般人那样读书只为了日后把知识零碎出卖。佛罗伦萨人因为他门第高贵，学问渊博，所以对他都很尊敬。

大凡最有学问的人最容易陷入情网，林尼厄里就是这样。有一天，他参加一个宴会，在那儿遇见了爱伦娜，见她穿着一身黑衣裳(我们这里，寡妇都这样穿戴)，照他看来，再没有哪个女人比她更美的了，而在他心目中，哪个男子，蒙天主的恩典，把她那雪白的身子搂在怀里，就是进入了天堂。他一再偷偷地望着她；他知道宝贵的东西不是轻而易举、唾手可得的，所以一心一意想奉承她，博得她的欢心，好称自己的心愿。

那个少妇可也不曾把眼睛盯在地上，她洋洋自得，左顾右盼，留神可有谁在艳羡她的美容，所以很快觉察了林尼厄里对她的爱慕，就笑着向自个儿说："今天总算不虚此行，倘若我没有弄错，我已经捉住一只呆鸟了。"于是不时对他眼角传情，故意叫他以为她也有了情意。她认为拜倒在她跟前的男子越多，就越发抬高自己的艳名，尤其是那个占有了她的爱情、享着艳福的男子，更会把她看成一个宝贝。

我们那位学者如今把他的哲学全都丢在脑后，一心思念着她。又打听到她的家在哪儿，想出种种借口，天天在她家门前走来又走去，只想博得她的欢心。那娘儿胸有成竹，因此越发得意，每次看见他，只装得十分高兴的样子。这位学者后来走了她贴身使女的门路，说自己怎样爱慕着她家的女主人，求使女在她跟前多帮衬几句，成全成全他。那使女满口答应，把他的话全都告知了女主人，她听得放声大笑起来，说道：

"这个人把他从巴黎得来的一肚子学问都丢到哪儿去了，你可说得上来？也罢，我们就成全了他吧，等他下次再来找你，就跟他说，我爱他比他爱我还厉害呢。只是我得保住自己清白的名声，才好在别的女人

家面前抬起头来，他如果真像别人所夸说的那样聪明，那他一定会因此更加爱我了。”

唉，愚蠢可怜的女人，竟然不知好歹，跟学者斗起智来！

使女就跑去找到学者，传了口信。他欢天喜地，忙着给她写情书、送礼物，追求得格外热烈了。那娘儿统统受了下来，却除了口头上的道谢外，不让他得到什么实惠。她就这样叫他可望不可即，空巴望了好一阵。

后来那娘儿把这回事全都告诉了她的情人。那情人不免妒忌起来，还很有些恼她呢。她为了表明心迹，让他知道他猜忌得毫没来由，趁着学者追求得她好紧，就打发侍女去向学者传话，说是承蒙他见爱，却始终没有机会报答他，但愿到了圣诞节那天，就是他们相会的佳期；不知那天晚上，他是否能够到她家院子里来守着，那么她一有方便，就可以出来会他。

学者得到这个口信，竟成了全世界最快乐的人了。好容易挨到了那一天，那一个时辰，他就满怀着希望，前去赴约。使女把他领进院子，随手把门锁了，让他在那里干等着。

屋里边，那娘儿早把情人约来，正伴着他吃晚饭，十分欢乐；饭罢，她才告诉情人她已经把那个学者关在院里，预备怎样发落他，还说：“现在你再不用吃醋啦，你可以亲眼看看我是怎样爱着他。”

那情人听得她这么说，心里这份高兴可不用谈了，巴不得她马上说到做到。那天里刚巧下过一场大雪，到处都是积雪，只苦了那学者，还不曾在院子里立了多少时候，就觉得冷起来了，他真没想到天气会那么冷，但仍然耐心等着，以为再过一会就够他受用了。

这时候，那娘儿在屋子里边跟她的情人说道：“让我们到窗口去，从那边格子窗里张望一下，看你的情敌在干什么，再听听他讲些什么；我已经打发使女去招呼他了。”

他们就走到格子窗前向院里张望(院里的人却望不见他们)，只听得使女从另一个格子窗里向学者说道：

“先生，事情真不凑巧，我家的舅老爷恰巧今晚来探望少奶奶，跟她谈个没了，只得留他吃了晚饭，谁知他老人家到这会儿还不想走呢。不过我看他快走了，少奶奶暂时还脱不出身来，但是马上就要来会你的，她请你千万别等得不耐烦而生气呀，她在里边同样受罪，真把她急都急死啦。”

林尼厄里只道这是真话，就说：“请回报你家少奶奶，在她不能分身的时候，不必着急，不过希望她能够快点就快点来。”侍女就丢下他，回房睡觉去了。

那娘儿在窗边向情夫说道：“怎么样，你还有什么话好说吗？要是我真像你所猜疑的那样，对这个人有了情意，我还舍得眼看他在露天冻僵吗？”这么说了之后，她挽着情夫，两个儿上床去睡了。现在他算是大大放心，跟她在床上寻欢作乐，还把那个倒楣的学者当做笑柄。

可怜那学者，他冷得没有法想，只好在院子里来回走个不停，想借此取暖。其实他就是想坐，也没有地方好坐一坐、躲一躲寒风。他只是把那个舅老爷咒骂着，不该赖着不走，听到屋里边有什么响声，就道是她来开门迎接了，谁知每回都叫他失望。

那娘儿同情夫两个在房里尽情畅欢，到了半夜，她就跟情夫说道：“宝贝，你对于我们的学者有什么意见？你倒把他的智慧和我对他的爱情放在天平上比一比，看到底哪个更有分量？前几天我跟你闹着玩，你心里一直打着疙瘩，那么我今晚叫他冻了半夜，总该叫你消了气恼吧。”

“心肝儿，”她的情夫回答道，“我现在才完全知道你就是我的幸福、我的安慰、我的欢乐、我一切的希望，而我也同样是你的一切。”

“那么，”她说，“你快跟我亲一千个吻吧，那我好看看你说的是不是真心话。”

那情夫果真把她搂紧在怀里，连连亲吻起来，何止是亲了她一千次，而是整整亲了她十万次。他们又这样调笑了一阵，那娘儿才说道：“我们暂且起来一会儿吧，我那个新欢在写给我的情书中总说，他整天都燃烧着一股爱情的火焰，现在我们去看看这火焰是不是低了几分。”

他们就披衣下床，来到格子窗边，向院子里张望。只见那学者正在雪地里一股劲地欢蹦乱跳，牙齿冷得格格打颤，好像在同时打拍子似的。这种样子的跳舞，真是天下少见的奇观。

那娘儿说道：“你怎样说，宝贝？你看，我岂不是不用喇叭、不用风笛，也能叫别人大跳快步舞吗?”

“你真有这本领，我的心肝，”他笑着回答道。

“让我们下楼到门边去吧，你站着别响，我跟他说话，也许听他怎么说，跟看着他跳舞一样有趣呢。”

他们就轻轻走下楼来，到了门边，那娘儿并不打开门来，只是从门孔里低声叫他。学者听见她的唤叫声，不由得谢天谢地，以为那是来开门放他进去了，就赶到门边，嚷道：

“太太，我在这里，看天主面上，快开门吧，我要冻死啦!”

“喔，不错，”那娘儿在里边应道，“下了一场小雪，天气可真是冷得要命，我真怕把你冻坏了。不过我听说，在巴黎，晚上冷得更厉害呢!此刻我还没法放你进来，因为我那该死的哥哥今晚到我这里来吃饭，现在还没走！不过他快要走了，等他一走，我立刻下楼来给你开门。我好不容易才能溜出来通知你，好叫你不要着急，再安心等待片刻。”

“唉，太太，”学者发急了，“求你看在老天面上，开了门，放我到屋里来躲一躲雪吧！天又下大雪啦——好大的雪哪，现在还下个不停呢！只要让我得到一些儿遮蔽，我就一直等候着你的方便好了。”

“哎呀，我的心肝，”那娘儿在里面回答，“这不行，门一开，就会咿咿呀呀的发出声响来，我哥哥一定会听见的。我立刻去打发他走，那我就好回来放你进来了。”

“那么请你快点吧，”那学者央求道，“请你再把炉火生旺了，让我进来烤一烤火，我已经冻僵啦!”

“哪会有这样的事?”那娘儿说，“你不是常在写给我的情书上说什么你热烈地爱着我，燃烧着爱情的火焰吗？现在我明白了，你一向在跟我说着玩罢了。[①]我得走了，请你安心等着我吧。”

---

① “现在我明白了”两句，从里格及麦克威廉译本补入。

她的情夫正在她身旁，听着这番话，好不得意。那娘儿说完这话，就和情夫上楼去睡了。不过他们上了床却不曾安安稳稳睡觉，只是寻欢作乐，取笑那个倒楣的学者，就这样把半夜工夫消磨掉了。

可怜那学者给关在院子里，浑身颤栗，两排牙齿不住在打颤，活像只鹳鸟。他这时候才明白过来，他是受人愚弄了。他几次想把院门打开，可是哪儿能推得动！此外又想不出其他逃出去的方法，他活像关在笼里的一头狮子，只是在院子里横冲直撞。他诅咒天气这么冷，那个女人心肠这样恶毒，那一夜这么长；他还诅咒自己为什么这样愚蠢，后来他愈想愈气，把原来的一片狂热的爱情，变为最强烈的憎恨了。他反复思考种种报复的办法——从前他多么渴望和她亲近，现在想报复的心，竟比从前更加迫切了。

这一夜，真是亏他挨了过来。直到东方透出曙光，那使女一觉睡醒，才依着女主人的吩咐，下楼来给他开门，还假情假意地说道：

“真该死，这个家伙昨天竟缠绕了一夜！他叫我们好像坐在针毡上，害得你冻了一夜。可是实情是这样，请你别见怪呀，好在错过了昨夜，将来还有补报的机会。我知道我家少奶奶为着这件事，再没有这样难过呢。”

那学者正燃烧着一肚子怒火，如果他修养差些，这时一定要发作了；不过他知道如果要报此仇，不能打草惊蛇，所以隐忍了怒火，低声说道：“唉，昨夜里真不好受，我一辈子都不曾吃过这么大的苦头，不过我知道这是怪不得你家少奶奶，承蒙她怜惜我，还亲自下楼来向我解释，给我安慰，但愿正像你所说的，昨夜不能如愿以偿，往后还有机会。请你多多问候你家的少奶奶，再会吧。”

说完之后，他不再停留，拖着一个冻僵的身子，踉跄回家，一到家里，就钻进被窝，昏过去了。等他苏醒转来，手足已软得没有一丝气力。他连忙叫人请了几位大夫来调理，大夫问明了病源，对症下药，加以他还是年富力强，天气又在回暖，所以过了一个时期，病情逐渐好转，筋也不抽，手足也能活动自如了；复原之后，他把自己所吃的大亏，紧记在心中，外表上却装得比往常更爱慕那寡妇了。

事有凑巧，隔不了多少时候，学者就找到了报复的机会。

原来那寡妇所爱的那个后生，厌弃了她，另外结交了一个新欢，把从前的柔情蜜意都献给了另一个女人，撇下她冷冷清清，再也不管了。倒是她跟前的使女还有忠心，眼看女主人终日泪珠涟涟，茶饭无心，替她十分着急，却又不知该用什么话来安慰她这失恋的痛苦。

她正在思量，忽然望见那个学者像往常一样，在她家门口走过，居然灵机一动，有了个好主意，她的少奶奶失去了情人，何不用法术把他召唤来，听说学者的法术很大，她就把这意思向女主人说了。这位太太同样是个没有见识的女人，也不想想如果那位学者果真懂得法术，那他早已先替自己谋算了。她居然听信了使女的话，立即打发她去向学者探问，能不能帮这一个忙，如果承蒙他答应，那么凡是他的要求她无不乐于从命。

女仆就把女主人的话一字不漏地向学者传达了，喜得那个学者不禁暗暗嚷道："谢天谢地！报仇的机会来了，我这么一心爱她，她却害得我好苦。现在要叫这个恶毒的女人吃点儿苦头，也好消我这一口气！"他回过头来却向使女这么说道：

"请回报你家少奶奶，别为这小事烦心，就算她的情人远在印度，凭我这本领，也能叫他立即赶回来投在她脚下，向她讨饶认错。不过到底该怎么办，必须当面奉告，请她几时有空，约好了地点，我一定去见她。烦你把这话转告她，请她尽管放心好了。"

使女归家，回报了女主人。后来她就约了学者在普拉托①的圣露西亚礼拜堂会面。她已把从前叫他险些送了命这回事忘了；两人见面后，她就把情夫怎样待她，以及她自己的愿望和盘托出，请求他出力帮助。

学者说道："太太，话虽这么说，我在巴黎留学的时候，兼修了魔法，而且自问很有心得，但是凡人作法，深遭天主痛恶，所以我立誓无论为人、还是为己，绝不妄用邪术；可是我爱你爱得这么深，你有什么要求，我怎么样也无法拒绝。即使我为了这一遭破戒，该堕入地狱，只

---

① 普拉托在佛罗伦萨西北十一英里，筑有城堡，有十二世纪所建的宏大的礼拜堂。

要你吩咐，我就甘心做去。不过我先得向你声明，作法并非像你想象那样容易，尤其是一个女人想挽回男人的爱情，或是一个男人想跟一个女人重温旧梦，那就益发困难了。你也许还没想象到，因为这事全得当事人亲自做去，旁人帮不了忙，她还得意志坚定才行，因为这一切都得在深更半夜、荒僻无人的地方，独自个儿进行。我不知道你听了这话是否就吓退了?”

那娘儿富于热情，欠缺的是智慧，就这么回答道：“我受着爱情的驱使，只要能夺回我那个负心人，什么事都办得到，请快告诉我应该怎样表示决心吧。”

“太太，”那个怀恨在心的学者说道，“我得替你做一个白蜡人像，代表你想追回的人，等我给你送去后，你必须在那残月如钩的一个黑夜，睡醒头觉的时分，独自一人，手持蜡像，赤身裸体，跳入河流，洗浴七次，浴罢之后，你还是一丝不挂，爬上高树的树梢，或是荒屋的顶上，手持蜡像，面朝正北，接连念咒七次——咒语的字句我会另外抄给你。念完七次，就有两个绝顶漂亮、世所未见的童女，来到你面前，向你敬礼请安，恭候你的吩咐；那时你只消依实直说，把自己的心愿告诉她们——可要小心别把你心上人的名字说错了——你把话说完，她们受命而去，功德就圆满了。于是你可以走下来，回到原处，穿好衣服，回家去了。不消等到第二夜半夜过去，你的情人就准会赶来，痛哭流涕，向你求恩讨情，宽恕他的过失，从此他就再也不会见异思迁，抛弃你了。”

那娘儿听了这话，深信不疑，痛苦顿时减轻了一半，仿佛已经把情夫搂在怀里了，就说道：“不要担心，这些我都能够做到，而且我也想到一处最合适不过的地方。在阿诺纳河上流的山谷，我有一个农庄，靠紧河岸，现在又是七月，到河里洗个浴是非常惬意的。我还记得离河不远，有一座荒塔，塔下搁着栗木梯子，除了偶然有牧羊人走失了牲口，爬上顶去眺望之外，就很少有人到塔上去。我准备在那儿遵照你的指示做去，希望一切做得很到家。”

那河流、农庄和荒塔，学者本来很熟悉，所以听得那娘儿的打算，好不欢喜，口中却说：“太太，那地方我从没有去过，所以农庄荒塔的地势都不知道，但如果真像你所说的那样，那的确是再理想也没有了。到时候我会给你把蜡像和咒语送去。不过将来你如愿以偿之后，知道我的确是替你尽心尽力，那你可不能把你的诺言忘了呀。”

那娘儿答应他决不食言，就告别了他，回家去了。那学者看见他的计划第一着已经成功，高高兴兴赶回家去，做了一个蜡像，瞎编了一套咒语，到时候就把这两样东西送了去，又附了字条，嘱咐她必须在当夜依他的话做去，万勿延误。他恰巧有一个朋友，住在荒塔附近，所以自己就悄悄带了仆人，到朋友家里去躲着，好实行他的计划。

那娘儿呢，也带了使女来到农庄上，一到晚上，她推说要早些儿安息，就把使女打发去睡觉。等睡醒头觉，她悄悄溜出宅子，来到阿诺纳河边、靠近荒塔的地方。她先向周围张望了一下，只见四野无人，也听不见什么声响，就剥下衣裳，藏在矮树丛里，手持蜡像，在河里沐浴了七次；于是又赤身裸体，手持蜡像，登上了荒塔。

在天色将晚的时候，那学者已带着仆人，预先躲在荒塔附近的杨柳树下，一切都看得清清楚楚。等她赤身裸体，走过他面前时，只见她那洁白的玉体在黑夜里发亮，又看见她一双乳房和其他部分都长得那么丰腴美好，再想起不多一会儿，她那身细皮白肉就要遭受怎样的折磨，他不觉起了怜惜之心。此外更有一阵肉欲袭来，使他难忍难熬，本来倒挂的东西竖了起来，使他恨不得从躲着的地方冲出来，抱住她求欢。在爱怜和肉欲的夹攻下，他几乎不能自持了。可是他猛地想起了自己是何等样人，从前吃了多大的苦头，为什么会吃这苦头，是吃谁的苦头，他又顿时怒火冲天，把爱怜和肉欲全都赶跑，因此咬紧牙关由她走过去。

那娘儿登上了荒塔，面朝正北，把学者所写给她的咒语，喃喃背诵起来。他蹑步潜入塔中，把搁在塔顶的梯子悄悄搬走了，于是再静静等候着，看她在上面有什么动静。

那娘儿念完了七次咒语，就等那两个俏丽的童女降临，可是从寒冷的夜里，直巴望到东方发白，也不见半点影踪。到这时，她才失望了。学者所说的话全不灵验。她又想道：

“我怕他其实是叫我像他那样空等一夜，好出一口气吧，如果他怀着这样打算，那他就错了，今夜还没有他那夜三分之一长呢，天气冷热也差得多啦。”

于是她想趁天未大亮之前走下塔来，不料梯子已不在那里了。她这一急，好像脚下的地塌了下去，竟一口气回不过来，晕倒在塔顶上了。等她苏醒过来，就放声大哭，心里明白这一定是学者作弄她了，她这才怨恨自己不该得罪学者，以后又把冤家当作亲信，自投罗网。她就这样越想越恨自己，再向四周观望，毫无可以走下塔来的办法，不禁又哭泣起来，向自个儿说道：

“唉，你这苦命的女人啊，等到别人发觉你赤身裸体，待在这里，那时候你的兄弟、你的亲戚、你的邻居——不，还有整个佛罗伦萨人他们将要怎么说呢？人家向来把你当作一个正经的女人，这一下你的名誉可扫地啦；即使你能想得出什么理由来替自己辩白，可瞒不过那个该死的学者，他一定会出来揭发你的。唉，你这苦命的女人哪，你这一下失去了心肝般的爱人，又失去了名誉！”她这时候伤心极了，几乎想从塔上跳下，一死了事。

太阳出来了，她倚墙眺望，看有没有牧童赶着牛羊经过，好托他去叫她的女仆。那学者已在树下睡了一觉，这时醒过来了，看见了她，而她也望见了他。学者先开口道：

“太太，早安，仙女来过没有？”

听着这话，那娘儿又放声痛哭起来，求他到塔内来，她有几句话同他说。他倒很有礼貌，依着她的话走了过去，她伏在平台上，把头探出在楼梯口，哭着说道：

“林尼厄里，说真话，从前我叫你受了一夜委屈，那么现在你已经完全报复了。如今虽然是七月，昨晚我一丝不挂，站在这里，可也真冷。再说，我哭得好苦，只恨自己不该捉弄你，又不该这样愚蠢，竟信任了你——我真是有眼无珠！

“我求求你饶恕了我吧，你是决不会爱我的了，但你是一个正人君子，就算你不爱我，也为了看重你自己的缘故，请息怒吧，你既然已经向我报复，出了气，那么饶恕了我，把我的衣服拿来，让我下来吧。请你千万让我保留着我的名誉吧，你一旦剥夺了我的名誉，以后就是有意归还给我也办不到了。我叫你虚度了一夜，可是只要你答应，我可以补报你几夜的欢乐。我已经这样向你低头认罪了，你当真是一个君子，我求你就算大仇已报，放过了我吧。千万不要向我们女人逞显威风呀。一头猛鹰攫住一只鸽子有什么光彩可言呢？看在老天面上，看在你自己的荣誉分上，可怜可怜我吧！”

那学者本来是只记得自己所受的侮辱，现在看见她又是哭、又是求，真是又得意、又心痛。得意的是他念念不忘的大仇已报了，心痛的是眼看她这样出丑受苦，也有些于心不忍；可是他的恻隐之心终于动摇不了他报仇的意志，所以说道：

“爱伦娜夫人，从前在大雪纷飞的半夜里，我在你的院子中冻得半死，向你苦苦哀求，求你放我进去躲一躲风雪，虽然我不能够像你这样声泪俱下，婉转动听，可要是那时候你也可怜可怜我，那么现在要我答应你的要求，还不容易？如果你现在忽然比过去爱惜起自己的名誉来，觉得这样赤身裸体有些不雅观，那么你别来求我，去求另一个男人吧。那天夜里我在院子里冷得牙齿打颤、双脚直跳的当儿，你正赤身裸体睡在那个男人的怀抱里——让他来搭救你吧，让他替你送衣服来，替你拿梯子来，请你下来吧，让他来小心保卫你的名誉吧——因为你为了他的缘故，不止一千次像现在这样，拿你自己的名誉去冒险。

“为什么不叫他来救你呀？只有他来救你才是最合适，你是他的情妇呀，他不来保护你，不来救你，还去保护谁、救谁呢？那天晚上，你跟他两人寻欢作乐的时候，你曾经问过他：拿我的愚蠢跟你对他的爱情比起来，照他看，究竟哪个强。[①]你这个傻女人，叫他来吧，你对他的爱，再加上你们俩的智慧，理该对付得了我的‘痴愚’，把你救出来啊。现在你不必把我不再需要的东西献给我了，假使我当真向你提出要

---

① 这节话与前文有出入，请参阅第 495 页。英译者约翰 · 潘认为这该是当初《十日谈》出版时未经作者最后修润一遍的一个例子。

求，你难道还能不答应？假使这一番你能活着回去，那么你去跟你的情人共度良宵吧，从此夜夜跟他享受良宵吧。我消受了一个良宵已经够了，不愿再上第二次当了。

“还有，你奉承的手段实在高明，你以为叫了我一声正人君子，就能使我宽宏大量，再不计较你的罪恶行为，轻易饶过你了。可是我不像从前那样轻信了，不会因为你说了一句好话，就此昏头昏脑了。我有自知之明，这也得感谢你，我在巴黎留学了这几年，还不及在你那里的一夜受益多。

“就算我是宽宏大量的，对你这种人也不应该表示宽大。对一头没有人性的野兽还用讲慈悲吗？要消灭它还来不及呢；只有对于人类，才谈得到宽宏大量。我不是什么猛鹰，你也不像鸽子；你是毒蛇，所以我把你看成死对头，要怀着满腔愤恨、拿出全身的力量，来对付你。说实话，我今天只是在惩罚你，算不得报复，所谓报复，要变本加厉、轻拳还重拳；而我现在对待你，还是客气的呢。如果我一想起你的狠毒，真的要向你报复，即使杀死一百个像你这样的女人也不能消我胸中这一口气，因为我杀死你，也只是杀死一个下贱无耻的女人罢了。

“芸芸众生都免不了生老病死，你难道真是什么天生尤物，能比她们强？我又何必特别爱惜你的花容月貌？只要几年一过，你的额上就要刻满了皱纹，你这几分姿色就给摧毁无遗了。承你的情，叫我一声‘正人君子’，可是我这个正人君子没有给你活活弄死，并不是由于你心不够狠，我用不到感谢你。我只要在世上活一天，就比十万个像你这样的女人活上一千年更有用呢。

“我今天叫你吃些苦头，也就是要你知道欺骗一个有头脑的人，尤其是欺骗一个学者，会得到怎么样的报应；倘使你今天能够逃出这条命，要叫你从此以后，再不敢做这种蠢事。

“你如果急着要下塔，那为什么不跳下来呀？或许天主会可怜你，叫你跌断了脖子，那么你的痛苦就解除了，而我也成为天下最快乐的人了。我要跟你说的话都说完了。我运用计谋把你骗上了塔顶；你既然能够愚弄我，为什么不设法自救呢？”

在学者这么奚落她的时候，那个倒楣的女人哭个不停，后来太阳愈升愈高，她听得学者把话说完了，就说道：

“唉，狠心的男子呀，如果那一夜千不该万不该得罪了你，叫你生这么大的气；如果在你的眼里，我是这样罪大恶极，不管我年青美貌，不管我声泪俱下，怎么苦苦哀求，都不能打动你的心，博得你一丝怜悯，那么至少你也得朝这方面想一想：我是因为完全信任你，把我的秘密全都告诉了你，才让你如愿以偿，使我在这里知过认罪，这样，你也就应该平息一些火气，多少有些于心不忍吧。如果我不信任你，你虽然报仇心切，也拿我无可奈何呀。

“看老天面上，请你开个恩，饶了我吧。只要你肯饶恕我这一次，放我下去，从今以后，我就情愿舍弃那个忘恩负义的男人，只认你做我的情人、我的夫君。虽然你方才把我的美貌奚落得一文不值，不过是昙花一现，可是跟旁的女人比较起来，我可以肯定说，我的美貌即使没有什么了不起，至少是男人追求青春欢乐的对象，而你现在并不老呀。尽管你对我这样狠心，我相信你总不见得当真忍心眼看我走投无路，从高塔上跳下来，死于非命吧；因为只要你当初不像现在那样虚伪，那么我在你的眼里该显得多么可爱！

“唉，看在老天面上，发发慈悲，可怜可怜我吧！太阳渐渐热起来了，我受了一夜寒冷，现在真受不住这样的炎热了。”

那学者跟她谈话，原为的是逗趣儿，就说道：

“夫人，你信任我是为了想夺回失去的男人，并不是有爱于我，所以应该受到加倍的重罚。假使你以为我多亏你自投罗网，才报得了仇，那你真是愚不可及了。我还有其他一千种报仇的方法呢。我表面上假装爱你，其实早在你脚下挖好了千来个陷阱，即使没有今天的事，你不久也势必要跌入其他的陷阱，那时候你所受到的痛苦和羞辱，就要比现在厉害得多了。我现在采用这个报仇的方法，并非是为了让你少受些活罪，而是为了可以早日出这一口气。

“哪怕我条条计策都失败了，我还有一支笔，我要用这支笔淋漓尽致地写出你的丑史，传到你的耳里，叫你千悔万恨，一天有一千次愧不欲生。那笔杆子的厉害，只有曾经身受的人才能想象得到。我向天主起誓(他帮助我这一回报仇雪耻，但愿一直帮助我到底!)，我真想把你的种种丑事都写出来，别说让别人读到了，就是让你自个儿读到了，也包管叫你羞得要挖去自己的眼珠，再也不要在镜子里看到自个儿的人影了。大海由小河汇流而成，你能埋怨大海吗?①

“我已经讲过了，我再也不稀罕你的爱情，也绝对不要你做我的情人。如果你有本事，你还是去做他的情人吧。从前有过一个时期我很恨他，现在我却反而感谢他了，因为他叫你受了罪。

“你们女人只爱那班小伙子，爱他们皮肤白嫩、胡髭黑亮、身子笔挺，又会跳舞，又会比武；其实一个中年男人哪一样不及他们？而他还懂得许多小伙子不知道的事情。你们总以为小伙子骑起马来劲头大，一天可以比中年的男人多赶十来里路。我也承认，小伙子在绣榻上跳起舞来横冲直撞，确实有劲，可是中年的男人经验丰富，能够搔着痒处。好比那香甜精致的食品，哪怕少些，也比那一大堆不入味的食品实惠些。再说横冲直撞会把你(即使你怎样年青)弄得筋疲力尽；稳扎稳打虽然行动缓慢些，但是把你舒舒服服地送到了目的地。

“你们这班没头脑、好像家畜般的女人呀，你们光知道外表漂亮，那美貌底下的污点你们就看不见了。一个小伙子是不肯占有了一个女人就满足的，总是见一个爱一个，还自以为有这样的权利。所以他们的爱情是不能持久的，你凭着切身的经验，就是一个现成的证人。那班小伙子自以为理该受到女人的宠爱和崇拜；他们扬扬得意，在别人面前夸耀自己有多少多少情妇。难怪有许多女人宁可和教士私通，正因为他们守口如瓶呀。你或许要说，你的私情只有我和你的贴身使女两个知道，如果你这样想，那么你错了。不管在他的周围还是在你的周围，大家都在议论纷纷、谈着你们俩的事，不过你自己听不见罢了，因为最有关系的当事人，往往总是最后一个听见。再说，那班小白脸无非是看中你的钱；而中年人却情愿送钱给你用。

---

① “大海由小河汇流而成”及以下一句，从麦克威廉译本。

“所以我对你说，你看错人啦，你既然情愿跟他相好，那么和他相好到底吧；你从前嘲笑我，现在也别来找我吧。我已找到一个情妇了，她胜过你几倍，她比你聪明，能够了解我。如果你躲在高台上，还不明白我说话的用意，那么你纵身跳下来吧，等你的灵魂直跌进地狱里去之后(这点我毫无疑问)，[1]你就可以知道，我眼看你跌得粉身碎骨，是伤心还是开心。不过我只怕你是不肯牺牲自己让我开心开心的。我教你一个办法：如果太阳晒焦了你，那么只要想想你叫我在大风大雪的夜里受冻的情景，那么冷热一调和，你就不会嫌太阳灼热了。”

可怜那娘儿听学者的口气分明绝不肯饶恕她了，就放声痛哭起来，边哭边说道：

“唉，既然任凭我怎样向你求饶也不能打动你的心，请你为了对另外一个女人的爱情而怜悯我吧！听你说，她比我聪明，而你已获得了她的芳心；为了爱她的缘故，请你饶恕了我，把我的衣服拿来，让我穿了下来吧！”

学者听她这么说，笑了出来，又看见太阳已近中午，就说道：

“嗳，你既然拿我情人的名义来求我，那我倒不知道该怎样拒绝你了。告诉我衣服在哪儿，我去给你拿，好让你穿了下来。”

那娘儿信以为真，稍觉心宽，就告诉他衣服藏在哪儿。谁知学者走出塔外，吩咐仆人监视着，不要让别人走进塔去，等他回来再说；这么吩咐之后，他就径直回到朋友家里，安闲自在地吃了午饭，然后独自午睡去了。

那娘儿留在塔顶上，虽然因为存着幻想，精神稍为振作了些，但是阳光愈来愈热，她只得坐了起来，爬到靠墙的一小块阴影里，这样等着，心里说不出的难过。她一会儿盼着学者替她拿衣裳来，一会儿又完全绝望了。她这样胡思乱想，加以一夜没闭上眼，又忧伤过度，后来竟昏昏入睡了。

现在已是烈日当空，万道火光直射在她那娇嫩的肉体上和没戴帽子

---

① 天主教教义严禁自杀，谓自杀者当下地狱。

的头脑上。可怜她的嫩皮肤经不起毒日头的无情烧炙，竟裂开来了，直烧得她从梦乡中痛醒过来。她忍不住把身子动一下，那晒焦了的皮肤竟就像烧焦的羊皮一样，稍稍一扯，就一块一块裂开来了，同时她又感到剧烈的头痛，仿佛刀劈一样——这还用得着奇怪吗？那平台变得沸烫火热，使她踏不下脚、坐不稳身子，哭哭啼啼的，躲到东也不是，躲到西也不是。加以这时候一丝风都没有，苍蝇牛虻成群飞来，栖集在她身上，狠狠地叮着她那裂开的皮肉，叮一口就像有一把利剑直刺进她肉里，因此她双手不断乱挥，忙着驱除虫子，一边咒骂她自己，又咒骂她的命运，咒骂她的情人和那个学者。

烈日在头上烧炙，苍蝇牛虻又在周身乱叮乱咬，肚里又饿，更难堪的是：口里又渴，皮开肉绽，痛如刀割，心如乱麻，她勉强站起身来，四处张望，打算一看见人影，一听到人声就高声呼救，再也顾不得什么羞耻了。可是合该她倒楣，那天酷热，附近的农夫都不下田干活，只在自己的屋边打谷子，所以除了断续的蝉声和滚滚的阿诺纳河外，她竟什么声息也听不到。阿诺纳河就在她眼前，可望而不可即，害得她口更渴了；同样的，她望见了一丛树，一块荫凉的地方，一所房屋，真是羡慕得要死。

这个倒楣的女人所遭受的痛苦真是一言难尽。头上是火一般的太阳，脚下是灼热的平台，苍蝇牛虻只顾在她周身乱咬，她一身细皮白肉，昨夜还在黑暗里晶莹发亮，现在浑身红肿，鲜血淋漓，竟变成红土般的颜色了。不论哪个看到她现在这副情状，都要以为她是天下最丑陋的东西了。

她就这样没有指望，也无计可想，恨不得一死了事，直熬到太阳快要西斜。再说学者一觉醒来，想起了那位风流娘儿，就回到塔边，看看她究竟怎样了，同时吩咐仆人回去吃饭。那娘儿听见他的声音，拚着最后一点力气，也顾不得浑身的痛苦，挨到平台的出入口，哭着说道：

“唉，林尼厄里，你报仇报得太过分啦！我害你在我的院子里冻了一夜，但是你使我在这塔上给毒日头晒了一天——不，在烈火里烧了一天，饥饿口渴得要死！我凭着天主的名义，求求你上来把我杀死了吧，为的是我自己没有勇气下这毒手，为的是我受尽折磨、只求死不想活了。倘使你不肯给我这个恩惠，那么最低限度，也得给我一杯水，让我润一润嘴唇，我的身体里好像火一样在烧，光靠我的泪水是不够的呀!”

学者听着她嘶哑的声音，知道她已经支撑不住了，又约略望见她那被晒焦的躯体，听她说的一番话也着实可怜，因此不免多少生了一些怜悯之心，可是他仍然这样回答道：

“恶毒的女人，如果你要死，就得你自己动手，可别指望死在我手里！你要我给你一杯水解渴，可是想一想，我在大风大雪里受冻的时候，你可曾送一盆炭火让我取暖？还有一点我是不甘心的！我冻坏之后，用烧热的臭粪来治疗，多么难闻；而你热坏了，却用沁人肺腑、芬芳扑鼻的玫瑰花露洒遍全身，这有多么适意。再说我冻了一夜，几乎变成残废，甚至性命都不保了。而你不过皮肤略为有些炙伤和剥落罢了，蛇蜕了一层壳，自会变得更加美丽。”

“唉，我真是倒楣啊，”那娘儿嚷道，“但愿天主把这样得来的‘美丽’送给我的冤家吧！你真比野兽更残忍，怎么能拿这样毒辣的手段来折磨我呢？即使我惨无人道，杀了你全家，也不过落得这样的报应罢了。真的，即使是个卖国贼，让敌人屠杀了一城的男女老少，他应得的刑罚也不会比我受到的更残酷了。你把我放在火热的阳光下烧灼，让牛虻咬、苍蝇叮；你现在连一杯水都不给我！你要知道，就是那明正典刑的杀人犯，在他就刑的时刻，要求喝口酒，也照例要答应他的。你既然铁石心肠，眼看我死去活来，也不能动你丝毫怜悯，那我只有耐着性子等死，让天主来拯救我的灵魂吧。但愿你这种行为不曾逃过天主的眼睛!”

她说完之后，就万分痛苦地把身子拖到平台中间，再也不存逃生的希望了。在万般痛苦中，最难熬的就是口渴得要命，几乎一次又一次地叫她昏了过去，她苏醒过来，就痛哭自己命苦。

到了晚祷时分，学者觉得这口气已经出够了，就吩咐仆人把她的衣裳用自己的斗篷裹起来，一起来到她的田庄，只见那使女正坐在大门口，神色十分焦灼不安，不知如何是好；他对她说：

“大姐，你家少奶奶怎么样了?”

“先生，”她回答道，“我不知道。昨天晚上，我看她上床安睡，可是今天早晨走进她的卧房，人已不在了，我四处找寻，都不见影踪，我真不知道出了什么事，心中急得要命。不知道先生能不能告诉我一些儿她的消息?”

他回答道：“要是我叫你跟她一起去，那就好啦，那我不但惩罚了她，也可以惩罚你的罪恶了！不过请放心吧，你也逃不出我的掌心，我总要叫你吃些苦头，看你下次敢不敢再欺侮人!”

于是他回头对自己的仆人说道：“把衣裳给她吧，告诉她到哪儿去找她的少奶奶。”

仆人就把衣裳拿了出来；使女接过衣裳，认得果然是女主人的，又听得林尼厄里的那番话，只怕女主人已经给他们杀害了，差点儿叫喊起来；等学者一走，她就带着衣裳、流着泪，急急忙忙向荒塔赶去。

那一天，那娘儿的田庄里，恰巧有一个庄稼汉走失了两只猪，到处找寻。学者刚走之后，这庄稼汉就来到荒塔边，东张西望，寻找失猪，忽然听见有女人的哀哭声，就走进塔内，大声喊道：

“谁在上头哭呀?”

那娘儿听出是佣工的声音，就叫着他的名字，说道：“看在老天面上，快去把我的使女找来，帮她想法上来救我吧。”

那庄稼汉也听出是女主人的声音，答道：“唉，太太，谁把你放到塔顶上去的呀? 你的使女已找了你一天啦；但是谁想得到你却在这里呢。”

他于是把移去的梯子放回原处，用柳条扎好梯上的横档。①正在这个当儿，那使女赶来了，她进了塔内，迫不及待地拍手嚷道：

---

① 潘译本注：“卜伽丘似乎忘了交代，学者把梯子拿走之后，又把梯子的横档砍断了，显然为了叫那个娘儿更加难以逃走。”

“我的少奶奶，你在哪儿呀?”

那娘儿听见她来了，拚命嚷道：“哎呀，我的亲妹妹，我在塔顶上呀，别哭啦，赶快把我的衣服拿来吧!”

使女听见女主人的声音，这才略微定了心。庄稼汉把梯子扎好放好，便帮着她爬了上去；她上了平台，只见她的女主人赤身裸体，奄奄一息，躺在平台上，不像一个人，倒像是一块刚从火里钳出来的木头。她一见这种惨状，不禁抓着自己的面孔，号啕大哭，好像她那亲爱的女主人已经死了一般。那娘儿拿天主的名义求她别闹出声来，快帮助她穿上衣服。她从使女口里，得知除了那送衣服来的人和这儿的佣工，没有别人知道她在哪里，因此又稍微宽慰些，求他们千万别把这事声张出去。

他们这样讲了几句后，那娘儿因为不能行动了，就由庄稼汉把她抱下塔来，使女跟在后面，一不小心，从梯上摔了下来，跌断了一条大腿，痛得她大声吼叫，好比一头狮子。那庄稼汉急忙把女主人放在一片草地上，回头来照顾使女，看见她已跌断了大腿，又把她抱起来，放在草地上和她的女主人躺在一起。那娘儿只望使女照顾她，谁知她也跌坏了，真是祸不单行，她越想越苦，竟又放声大哭起来，好不悲惨，害得那庄稼汉不但没法安慰她，反而陪她一起淌泪了。

这时候太阳快要下山，眼看就要夜色苍茫了，那庄稼汉依着女主人的意思，赶回自己家中，叫他的妻子、两个兄弟带着一块木板，一起回到荒塔边，把使女放在木板上，抬回家去。那庄稼汉还带来一瓶冷水，让女主人喝了，又说了几句安慰的话，就抱着她走回家去，把她送进房中。

庄稼汉的妻子伺候她吃了稀饭，又帮她解开衣裳，扶她上床睡觉。他们当夜设法把主仆两个送回佛罗伦萨。那娘儿本来十分狡猾，捏造了一篇谎话，说什么她们遭到凶神恶煞的作祟，因此两人得了这种怪病；居然骗得她的兄弟姊妹和其他的人个个相信。大家立刻请医生来替她调理，她忍受剧烈的痛楚，发了一场高热，脱了几次皮，还并发了其他的病症后，总算逐渐痊愈了。那使女跌断的一条腿，也同时医好了。那娘儿吃了这个大亏后，从此死心塌地，忘了她的情人，再不敢卖弄风骚，愚弄男人了。那学者听说使女从塔上摔下来、跌断了腿，觉得这仇报得好不痛快，也就不去揭穿她们的隐私了。

这就是一个愚蠢的少妇存心捉弄别人而得到的报应。她只道一个学者也像一般人一样，是好欺侮的，却不知道学者多半是比魔鬼还精明呢。所以，各位姐姐，千万别愚弄人，尤其是学者，更加愚弄不得。

故事第八

柴巴发觉妻子和自己的好友私通，立即威胁妻子，把那好友骗进木柜，再把他的妻子骗来，在那木柜上行欢作乐，以报还报。

小姐们听说爱伦娜遭到那样狠心的报复，都为她难受；她们又认为，那个学者未免做得太凶狠，太不近人情，甚至太残酷，可是爱伦娜也是罪有应得。这样一想，小姐们就不怎么同情她了。潘比妮亚讲完了故事，女王吩咐菲亚美达接下去讲，她顺从地说道：

可爱的小姐们，我想，你们刚刚听到那个学者那么狠心，一定多少有些难受，所以让我来讲个欢乐的故事来平息一下你们的恼怒。这故事很短，说的是一个青年受了人家的侮辱，却能够心平气和，至于他所采取的报复手段，那更是一点也不粗暴和激烈。从这个故事里可以看出，一个人受了别人的伤害，只要适可而止地报复一下就是了，实在不必做得太过火。

想必你们都知道，从前西埃那地方有两个青年，一个叫做斯平纳罗丘·泰涅纳，一个叫做柴巴·第·明诺。两人都是门第高贵，家道殷实。他们都住在堪莫利亚街上，而且还是贴邻，交情之厚，宛如亲兄弟一般，甚至比亲兄弟还要亲密，经常在一起。他们都各有一位如花似玉的妻子。

且说那斯平纳罗丘到柴巴家里去走动得太勤了，柴巴在家他也去，柴巴不在家他也去，因此和柴巴的老婆处得很熟，最后竟发生了关系。两人就这样明来暗往，过了好久都没有人发觉。有一天，柴巴明明在家里，他妻子却当作他出去了，斯平纳罗丘来找他，他妻子说，柴巴不在家，于是斯平纳罗丘立即走上楼去，见她独自一个待在客厅里，并无旁人，马上就抱住她，彼此亲吻起来。柴巴在一旁把这些情形都看在眼里，不做一声，只是躲在原处静看下文如何；不一会，果然看见他妻子和斯平纳罗丘两人挽着臂膀，走进卧房，锁上房门。他自然不禁大为恼火；但是马上转了个念头，心想，如果把这事情声张出去，非但于自己无补，反而只有更丢面子；为今之计，莫如想出一个办法来，既使自己能够报仇泄愤，又使得家丑不致外扬。他左思右想，终于想出了一条妙计，于是一直躲藏在原来的地方，让斯平纳罗丘和他妻子欢乐，只当作不知道。

斯平纳罗丘一走，柴巴就走进卧房，只见他妻子还没来得及把头巾戴好，原来斯平纳罗丘和她玩乐时把她的头巾拉下来了。她丈夫问道："你在干什么呀?"

她说："难道你没有看见吗?"

柴巴说："不见得吧，我看见了一些我不愿意看见的事情呢。"

接着，他就把他亲眼看见的那一幕说了出来，他妻子吓得不知如何是好，支吾了半天，只得向他一一招供，因为她和斯平纳罗丘的来往怎么也抵赖不了。招供以后，她又哭哭啼啼地求他原谅，柴巴说：

"娘们儿，你听着，你犯下了这样的过错，要想获得我的宽恕，除非依我一件事。我要你去关照斯平纳罗丘一声，叫他明天和我在一起的时候，到了快打第二遍午祷钟的时候就托词把我撇开，来找你取乐。等他一到这里，我就回家来，那时你一听到我的声音，赶紧就叫他躲到那个柜子里去，把柜子锁上。这些事都做好以后，下一步我到时候再吩咐你。你用不着担惊受怕，我决不会伤害他的。”

他妻子只得顺着他的意思，答应照办不误，而且果真照办了。第二天两个朋友碰了头，到了那时候，斯平纳罗丘因为和那位太太有约，就对柴巴说道：

“今天早晨，我要到一个朋友家里去吃饭，现在就要去了，免得他久等，再见吧。”

“吃饭还早呢。”柴巴说。

斯平纳罗丘回答说：“我还有件事情要去找他谈谈，必须早一点去才好。”

于是他辞别了柴巴，绕了点路，兜了个圈子到柴巴家里去了。柴巴的妻子刚刚把他带进卧房，柴巴就回来了。他妻子一听见他的脚步声，故意装出十分惊吓的样子，照着她丈夫事前的吩咐，叫斯平纳罗丘赶快躲到那个柜子里去，把他锁在里面。于是她走出房门，来迎接柴巴，他问道：“娘们儿，到了吃中饭的时候了吗?”

“是，”他妻子说：“马上就可以吃了。”

柴巴说：“斯平纳罗丘到朋友家里吃饭去了，剩下他妻子一个人在家里。你到窗口去叫她一声，请她到我们家里来吃饭吧。”

他妻子因为给吓怕了，不敢违命，只有照他的吩咐行事。斯平纳罗丘的妻子见她执意邀请，又听说自己丈夫不回来吃饭，果然到柴巴家里来了。柴巴一见她走进门，就殷勤地招待她，轻声吩咐自己的妻子退到厨房里去，于是牵着她的手走进卧房，随即转过身来，锁上房门。斯平纳罗丘的妻子见他这样，就说道：

“哎呀，柴巴，你这是什么意思？你把我赚到这里来，原来是为了这个吗？难道这就是你和斯平纳罗丘的交情吗？难道这就是你对老朋友的忠诚吗?”

柴巴把她带到她丈夫藏身的那个柜子旁边，紧紧地搂住她说：

“夫人，你且慢抱怨，听我向你把事情说明白。我一向把斯平纳罗丘看作自己的亲兄弟，不料昨天我才发觉我这样信任他，只落得这样一个结果，他竟然把我的妻子当作了你，和她睡起觉来了。他到现在还以为我不知道呢。我因为跟他是好朋友，也不打算怎样报复，只不过以他自己的办法来回敬他一下就是了。既然他受用了我的妻子，我也要跟你乐一下，你答应了吧？如果你不愿意，我自有办法向他报复。为了叫他自食其果，我一定要好好地作弄他一下，使得你们夫妇一辈子也休想平安快活！”

那夫人听了这话，加上柴巴再三再四地说了又说，不由得相信了，便回答道：

“我的柴巴，既是这个报应要落到我头上，我就承受下来；不过，尽管我们做这种事情，而你的太太又首先对我不起，我还是愿意同她和好相处，所以我希望你也能依旧与她和好相处。”

柴巴回答说：“这一点我一定能够办到，而且事后我还要奉送你一颗名贵的宝石，只怕你再也找不出第二颗来。”

说着，他就抱住她，吻她，让她横躺在那张藏着她丈夫的柜上，称心快意地和她玩了一阵。

再说斯平纳罗丘躲在柜里，把柴巴的话和他自己妻子的回答，一句句都听在耳里，后来又只觉得头上一阵阵的震动，简直气得命也没有了。他要不是害怕柴巴，真要在柜子里把他妻子骂个狗血喷头呢。但是他又想到这都是他自己闯出来的祸，不能怪柴巴，柴巴实在算得讲人情，够朋友的了。这样一想，他就打定了主意：今后只要柴巴还愿意和他做朋友，他一定要和他更友爱。一会儿，柴巴玩够了，就爬下了柜子，那位太太向他要宝石，他就开了门，把自己的妻子叫来，只见她走进来，笑了一笑说：

“夫人，你这是对我一报还一报啦。”

柴巴立即对她说：“把这个柜子打开来吧。”

柜子开了，柴巴就叫那位夫人来看她自己的丈夫斯平纳罗丘。一对夫妻相见，实在是说不出哪一个比哪一个更难为情：斯平纳罗丘一看到柴巴，知道自己的隐私已经给柴巴揭穿了，固然羞愧，而他的妻子面对着自己的丈夫，知道自己刚才说的话，以及在她丈夫头上所做的那番事情，她丈夫都听到了，知道了。

“这就是我给你的宝石。”柴巴指着斯平纳罗丘对她说。

斯平纳罗丘爬出柜子，立即说道：

“柴巴，我们这一来算是两相抵消啦。我刚才听到你对我的妻子说，我们应当依旧是朋友，这话说得很对。你我原是除了自己的妻子以外，什么都不分你的我的，现在依我看，索性连我们的妻子也不要分什么你的我的吧。”

柴巴答应了，于是四个人在一块儿吃饭，说不尽的和好。从此以后，这两个女人，每一个都有了两个丈夫，而每一个男人亦都有了两个妻子，从来没有过吵嘴骂架的事。

故事第九

两个画匠作弄一个傻医生，说是介绍他去参加盛会；晚上他如约赴会，来到郊野，他们就把他扔进粪沟，使他狼狈不堪。

小姐们把那两个西埃那男人交换妻子的故事谈论了一阵以后，女王看看除了有特权的第奥纽以外，就剩下她自己没有讲故事了，于是开口说道：

可爱的小姐们，柴巴在斯平纳罗丘身上所耍的那个诡计，都只怪斯平纳罗丘咎由自取；因此我也同意潘比妮亚刚才的意见，认为对那些自讨苦吃，或是自作自受的人，去作弄他们一下，非但无可非难，而且值得赞扬，因此现在我也来说一个自讨苦吃的人的故事。

我要说的这个受愚弄的人，是个医生。他本是个傻瓜，到波伦亚去学医回来，竟然换上了一副大学者的装束。我们天天都可以看到，多少人只要到波伦亚待上一阵，回来不是成了法官，就是医师、或是公证人等，穿着那镶有白毛皮和其他种种饰物的猩红色长袍，十分气派；其实，这种人是否表里如一，那是可想而知的。我说的这个医生名叫西蒙·达·维拉，虽然不学无术，祖传的遗产倒是很多。他是不久以前才穿着大红袍、戴着硕大的白毛皮头巾回来的，自命为医学博士，就在我们现在叫做维亚·台尔·柯柯麦罗街的那个地方租了一座房子行医。

这位新回来的医学博士，沾染了许多引人注目的恶习，其中最显著的一点就是，当他正在替人治病的时候，如果看到街上有什么过路人，他都要向病人打听那人是谁。人们的举止行动，他一点一滴都牢记在心，仿佛这跟治病下药也有莫大关系似的。他最注目的是两个画匠，一个叫做勃鲁诺，另一个叫做布法马可，这两位我们今天已经提到过两次了。他们两人形影不离，都是这位医学博士的邻居。他觉得这两个人和一般人不同，并不忙于生计，日子却比一般人过得快活，便到处打听他们的境况，大家都说，他们不过是两个穷画匠。他心里就想：他们既是这般贫穷，怎么还能够过得这样快活呢？他因此断定，这两个人一定都很精明，另有生财之道，只是别人不知道罢了。从此他一心想要结识这两个人——即使只能结识其中一个也是好的。于是他就设法和勃鲁诺交上了朋友。勃鲁诺和他交往没有多久，发觉他原来是个傻瓜，便胡扯了许多荒诞无稽的故事拿他打趣，而那个医生偏是非常爱听。他请了勃鲁诺吃过几顿饭以后，自以为交情已经很深，可以谈谈知心话了，有一天便对他说，像他和布法马可这两个人，既没有钱，日子倒过得挺愉快，实在叫人诧异，务必请他讲出其中的缘故来。勃鲁诺听了，心里好笑，想道，这医生问出这种话来，真是又愚蠢又粗鲁，应当趁机来作弄他一下，就说：

“医生，我们的事情原不肯随便对别人讲，不过，你既是我们的朋友，而且我相信你一定不会去讲给外人听，所以我也就不必瞒你了。你说得不错，我和我那个朋友，日子过得很愉快——甚至比你所想象的情形还要称心些。我们既没有恒产，如果光凭我们的手艺赚来的钱，喝水还不够呢。可是你千万不要因此认为我们在干什么偷窃的勾当；我们所以会过得这样称心，要什么就有什么，而又不侵犯别人，完全是因为我们在漂泊；你看见我们日子过得这般愉快，道理就在这里。”

医生听了这话，果然信以为真，他虽然丝毫也弄不明白究竟是怎么一回事，却是万分纳罕，一心只想知道这种浪游的详细情形，便苦苦恳求勃鲁诺把其中的真相都讲出来，一面发誓决不讲给别人听。

“嗳呀，”勃鲁诺大声嚷道：“医生，你不知道你要求我的这件事，关系是多么重大啊？这是一件极端秘密的事，要是让外人知道，我这一生就算毁了，没有命了，一定非掉到圣盖罗的魔鬼①嘴里去不可。不过话说回来，我一向尊敬你这位勒那加的潘普金海神②，我又十分信得过你，自然不便扫你的兴；只要你当真能够凭着孟蒂松的十字架发誓，不讲给外人听，我就可以告诉你。”

那医生就照着他的吩咐发誓此事决不外传，勃鲁诺这才说道：

“亲爱的医生，那么我就说给你听吧：不久以前，这城里住过一个大魔术师。因为他是苏格兰人，所以人家就管他叫米盖尔·苏格兰。他受到多少绅士们的殷勤款待，这些人现在已没有几个活在世上了。他临走的时候，拗不过绅士们的再三恳求，留下了两个得力的门徒，吩咐他们说，凡是皈依他的绅士，不论有什么愿望，都要使得他们如愿以偿。

“这两个门徒果然一一满足了这些绅士们在私情方面和其他一些小事情方面的要求。后来他们两人在这城里待久了，很喜欢这里的风土人情，决定在此长留不走了。他们在这里结识了许多朋友，不论贫富贵贱，只要是和他们合得来就行。为了博得朋友们的欢喜，他们便组织了一个二十五人左右的团体，每个月至少碰头两次，地点由他们临时决定。每次碰头，各人都可以随心所欲，说出自己的要求，那两个魔术师无不立即设法使他们在当夜就如愿以偿。

“布法马可和我两人跟那两个魔术师交情极好，因此得以加入了那个团体，到目前依旧是会员。我不妨告诉你，我们每次聚会的时候，真是豪华奢靡，洋洋大观。我们吃饭的那间大厅里真是锦帷绣帘，琳琅满目，桌面上的馔肴赛似帝王家一般。婢仆如云，一个个都是气度不凡，天生丽质，你要谁侍候，就是谁侍候你。吃喝用的锅匙碗盏，以至一应

---

① 据潘译本注，这是指圣盖罗教堂门口所画的一副长了许多张嘴的可怕的魔鬼像。
② 潘普金海系笨人之意。

器皿什物，不是金的也是银的，至于各色各样的珍馐异味，只要你想得到，没有哪一样不是马上摆到你眼前来。

“至于悦耳音乐歌曲的音调之美，乐器种类之多，我实在说都说不出来；还有宴席上点的华贵的蜡烛，吃的可口的糖果，饮的名贵的醇酒，更是说都说不尽。还有，我的好心的潘普金海先生，说出来你也不相信，我们穿的衣服，可就不能拿我们平日穿的衣服相比啦。一个个都是穿锦着缎，雍容华贵，要是让你看到了，即使是一个穿得最褴褛的人，你也会把他当作一个帝王呢。

“这些还是其次，我们最最痛快的事，那就是我们能够把天下任何地方的美女都招来供我们取乐。在那里你可以看到拉斯卡·洛女王，巴斯克的王后，苏丹的娇妻，乌兹别克鞑靼的女王，诺洛威的醉格尔抓格尔台尔，福拉普都得兰的莫拉格琳，和武尔格则尔格林的马得凯特……可是我何必一一列举呢。总之，普天下的皇后都来奉陪我们，我甚至可以说，连普列斯特·约翰的那个屁股中央长了角的萱瑞维嫩丝也光临了，喏，你看见没有？她们吃些糖果、喝些美酒之后，便轻移慢步，各人跟着邀请她来的男人，进入了洞房。

“你要知道，这些洞房布置得真好像天堂乐园一般。那一股香味儿，就像药铺子里碾茴香一样。我们睡的床恐怕比威尼斯总督的床还要漂亮得不知有多少倍。至于那些女人摆弄起梭子来那种功夫，我只好让你自己去想象了。照我看来，我们这伙人当中最幸运的要算是布法马可和我两个人。布法马可经常邀请法国王后来陪他，我就常常请英国王后来陪我。这两位王后都是天下最美的女人。也是我们功夫到家，她们除了我们两个，什么人都看不中。这一下你可明白我们为什么比别人的日子都过得快乐了吧，就因为我们享有了这两位天仙般的王后的爱情。尤其是因为我们倘若要钱用，开口问她们要个一千两千金元，哪一次不是马上就有！我们管这一切叫做浪荡，因为我们取得这些东西，正像浪荡的海盗一样，从各地打劫来的，只是有一点不同：东西到了他们手里就不还人家，而我们却是用过就奉还原主。

“可敬的医生，这一下你该听明白了我所说的游历是怎么回事了吧；这件事该怎样严守秘密，想必你也知道，用不着我再多啰嗦，再叮嘱你了。”

这位医生的本领，大概最多只能医医小孩子的癞痢头，现在居然把勃鲁诺所捏造的这篇故事信以为真，一心只想参加他们那个团体，那股热切的劲儿就好像要获得天下至宝似的。他对勃鲁诺说，难怪你们过得这样快活，原来还有这一段奥妙在里面。他好容易才抑制住了自己，没有要求把他也带去见识见识，认为还要对勃鲁诺多多尽些情谊，然后开口，才有把握。

从此他就和勃鲁诺加倍亲密，早上请他吃饭，晚上邀他用餐，讨好巴结，无微不至，朝朝相聚，仿佛没有了这位画匠就活不下去似的。

勃鲁诺受到那个医生的殷勤款待，为了表示酬谢，也替医生在饭厅里画了一幅四旬节图，在房门口又画了一幅“神的小羊图”，又在大门口画了个便壶，以便登门看病的人一望可知，不致弄错。那油画匠又在医生的小穿廊上画上一幅“猫鼠搏斗图”，医生认为画得好极了。要是勃鲁诺哪一天没有到医生这里来吃饭，他第二天总是要上门来声明说：

“昨天晚上我和他们聚会去了；近来英国王后我已经有些玩腻了，所以我吩咐把鞑靼大可汗的桃拉桃克西给我弄来。”

“桃拉桃克西？这是什么玩意儿？”医生问道，“这些古怪名字实在叫我弄不明白。”

“哎哟，我的医生，”勃鲁诺嚷道：“这我倒不奇怪，因为我听说泼考格拉索或华那森那①都没有提起过这些人。”

那医生说：“你的意思是指喜泼克拉底斯和阿维森那吧。”

勃鲁诺说：“可能就是，我也说不准。你听不懂我说的这些名字，我也听不懂你说的这些名字。可是在鞑靼话里，‘桃拉桃克西’就是我们语言里的王后娘娘。天啊，她真是个娇小玲珑的妞儿！我敢说，你要是见了她，准会把你的灌肠剂啦，石膏纱布啦，什么都忘得精光。”

勃鲁诺老是拿这些话来挑逗他。有一天晚上，他替勃鲁诺执着灯画

---

① 这两个名字即是下面所说的希腊和阿拉伯名医的讹音。

“猫鼠搏斗图”，心想，如今勃鲁诺欠他的情已经够多了，可以把心里的话说出来了，他看看并无别人在场，于是向他说道：

“勃鲁诺，老天爷可以作证，我对待什么人也不能像对待你这样好。说老实话，即使你要我从这里走到泼里托拉①去，我也乐意。咱们既有这般交情，因此，我要求你帮个忙，你该不会觉得冒昧吧。不瞒你说，自从你上次把你们那个愉快的团体里种种事情讲给我听了以后，我心里一直又痒又热，恨不得马上能参加到那里面去，你日后自会明白，我这样想入会，自有我的道理。去年我在卡卡文西格里，遇到一个姿色出众的小丫头，我把她当作心肝宝贝一样疼爱，那次答应给她十个波伦亚钱，叫她跟我相好，谁知她怎么也不肯。等我一旦入了会，若不把她带到那儿去，你就取笑我一辈子。所以我求求你告诉我，要怎样才能加入这个团体，你也得帮帮我的忙才好。我包管我会成为一个忠诚老实的成员，决不会丢你的面子。不说别的，你看我长得多么漂亮，多么壮健，脸蛋儿像一朵玫瑰花，何况还是个堂堂医学博士，你们中间只怕还找不出第二个来。我还懂得许许多多高尚的事情，会唱不少歌曲。不信我就唱一支给你听。”

说着，他立刻就开始唱起来。他这样说不打紧，可真要笑死了勃鲁诺，真难为他，费了好大的劲才没有笑出声来。医生唱完了歌，就说道：

“喂，你觉得我唱得怎么样?”

勃鲁诺说：“唱得太好了，不论哪样乐器都要被你的声音压倒了。”

那医生说：“如果你没有听我唱，一定不会相信我会唱得这样好吧。”

勃鲁诺回答道：“你说得一点不错。”

那医生又继续说：“我会唱的歌还多着呢。暂且就唱到这里为止吧。我还可以告诉你，我父亲也是个绅士，不过住在乡村里罢了；我母

---

① 泼里托拉，离开佛罗伦萨约四英里。

亲的娘家是伐莱丘家族。你也已经看见，我的藏书和我的长袍，佛罗伦萨的哪一个医生都比不上。不瞒你说，我有件袍子，是十年前做的，细算起来，将近要值一百多镑子儿呢。所以我要求你无论如何要帮助我加入；凭着天主起誓，如果你帮得了我这个忙，我可以永远替你免费治病。”

勃鲁诺听了这话，益发觉得这个医生是个大傻瓜，就说道：“医生，请你把灯光照到这边来一点，耐心等我把这些老鼠尾巴画好，再来回答你的话。”

他把老鼠尾巴画好了以后，故意装出很为难的样子说道：

“我的医生，我知道我若能代你做成这件事，你一定会大大地酬谢我，不过，你要求我的事情，虽然在你有学问的人看来只是一件小事，对我说来却是一件非常重大的事。不过，既是你的事，我当然尽力效劳，世界上再也没有第二个人能够叫我这样做；我替你效劳，一则是因为我和你交情深厚，二则因为你的话说得太好了，把死的也说成了活的，我即使本来不愿意，也给你说动了心。我和你相处越久，就越觉得你聪明。就算不提这些，至少你刚才提起你爱上了那个美丽的姑娘，光凭这一点，我也应当可怜你。但是有一点我必须和你说明白：在这件事上，我并不像你所想象的那样有权力，所以我实在无法应命。不过，你如果能够庄重起誓保守秘密，我可以指点你该怎么办。你刚才跟我说，你有许多珍贵的藏书和其他种种财物，既是这样，我相信这事一定能够美满解决的。”

那医生说：“你尽管放心，把你的办法说出来吧。我看你还没有真正了解我，完全不知道我是个守得住秘密的人呢。你要知道，瓜斯帕鲁罗·达·沙里塞托先生在福林波波里做长官的时候，简直没有哪一件事情不跟我说的，因为他知道我最能保守秘密。你相信不相信我的话？他要跟白茄敏娜结婚的时候，第一个就告诉我。现在你可明白了吧?”

“那好极了，”勃鲁诺回答说，“既是这样一位人物都信得过你，我当然也信得过你；那么我就来把办法说给你听。我们每次集会，都有一个首领，两个顾问，任期是每六个月一换。到了下个月，就要轮到布法马可做首领，我当顾问了，这已经内定了。只要首领说一句话，任何人都可以介绍入会，所以我看你最好还是去同布法马可攀攀交情，好好款待他一下。他这个人呀，只要一看到你这样聪明，马上就会看中你；然后你再在他面前略抒高见，数说数说你这许多珍贵的财物，奉承他一下，再把你的要求提出来，他就没有办法推辞了。我已经在他面前提到过你，他对你很有好感。你把我所说的这些办法都做到以后，别的事情都由我来承担好啦。”

那医生说：“你这番话真叫我高兴极了；只要他是个爱才的人，那只消他和我交谈上三句两句，我就自有办法叫他再也撇不开我；不瞒你说，我这满腹才华，即使分给全城的人也绰绰有余呢。”

谈妥之后，勃鲁诺就把这事的根苗，详细告诉了布法马可，布法马可听见这个傻瓜竟这样异想天开，真恨不得马上就去作弄他一番呢。再说那医生，为了想要尝到那种浪荡的滋味，简直寝食不安，直等果真结交上了布法马可，心神才算稍定。于是他预备了丰盛的酒席来款待他们两人。这两位画匠真是爽气人，一旦尝到了这些美酒佳肴，下一回再也用不着请，就经常光临，大吃大喝，可是嘴上还要说，别的人想要请他们也请不到呢。过了些时候，医生认为时机已经成熟，便向布法马可提出要求，正如上次向勃鲁诺提出要求一样。布法马可装出一副生气的样子，跟勃鲁诺吵了起来，嚷道：

“天主在上，他妈的，你这个内奸，我恨不得在你头上狠狠地一拳头，打得你的鼻子落到脚跟前去！除了你，还有第二个人会把这些秘密讲给这个医生听吗?”

那医生尽力替勃鲁诺辩白，起誓赌咒，只说这事绝对不是勃鲁诺告诉他的，而是从别人那里听来的；他说了多少聪明话以后，布法马可才算平静了下来，转过脸去对他说道：

“医生，显然你是到波伦亚去深造过的，所以学会了守口如瓶；我还可以说，你不像一般傻瓜一样，只拾到了几块香瓜皮，而是从木瓜[1]

---

① “木瓜”原文是“西瓜”，据潘译本注，意大利人把傻瓜叫做西瓜。

那儿学来了一肚皮学问，我看你一定是在礼拜天受的洗礼。①虽然勃鲁诺告诉我说，你是到波伦亚去学医的，我倒觉得你在那儿学会了笼络人；凭着你那聪明的头脑和惊人的口才，笼络起人来谁也比不上你!”

他本来还要说下去，可是这时医生却岔断了他的话，转向勃鲁诺说道：

“和聪明人结交攀谈，真是件开心的事！哪一个能够像这位了不起的先生一样，一下子就把我的心事完全弄明白了？连你也不能像他这样一眼就看出了我的长处。以前你跟我说，布法马可是个爱才的人，当时我跟你怎么说的？你看我现在有没有做到?”

“做到，做到!”勃鲁诺回答道，“你这一手比我预料的还要高明!”

那医生又对布法马可说：“假使你在波伦亚看见我，那你还要加倍称赞我呢！不瞒你说，那里不管是什么人，大人物也好，小人物也好，医生也好，学者也好，我凭着这三寸不烂之舌，七孔玲珑之心，说得他们一个个心花怒放，因此没有哪个不佩服我的。不仅如此，我随便说一句什么话，没有哪个不高兴得发笑的。我临走的时候，他们都非常难过，挽留我待在那儿。甚至还要我留在那儿，独当一面，给所有的医科学生做讲师呢。可是我不愿意，因为我要赶回来继承族里的一大笔遗产，所以我就回来了。”

勃鲁诺对布法马可说道：

“你看怎么样？我以前说给你听，你还不相信呢。天晓得，这一带再找不出第二个对于驴尿有这么深刻研究的医生来。你就是从这儿找到巴黎，恐怕也找不出第二个来。他一定要你帮他一个忙，看你能推托得了!”

那医生说：“勃鲁诺说得很对，只可惜我在这地方并没有受到人家

---

① 礼拜天受洗礼即傻瓜之意，因为意大利古典作家都以盐表示智慧之意，而礼拜天是买不到盐的。——潘译本注解

的赏识。你们佛罗伦萨人在智力方面是比较差的。要是让你们两位看见了我跟那些医生在一起——嘿!”

“那当然啰，医生!”布法马可说道。“我再也想不到你的学问竟好到这样的地步！在你这样一位大学者面前，恕我套一句口头话：一定要‘竭尽绵薄’，介绍你入会。”

医生听得他答应了，益发殷勤地款待他们两人。他们为了报答他起见，就想尽种种怪念头来作弄他，答应把茜芙拉丽公爵夫人[①]弄来做他的情人，又说那位夫人是人间后街最美丽的一位妇女。那医生又问，茜芙拉丽公爵夫人究竟是怎么样一位夫人；布法马可回答道：

“我的木瓜先生，她是一位了不起的贵妇人，这一带简直没有什么人家不在她的管辖之下。别人且不说，连那些圣方济各派的修士，也要拿一些劈劈啪啪的礼物孝敬她。我可以告诉你，她到一个地方，用不着开一声口，人家闻到她身上的香气，就知道她的驾到。她平常总是闭户不出，不过不久以前，她还曾从你门口经过，去到阿诺河洗洗脚，吸口新鲜空气。她经常住在德洛特霍斯兰[②]。她手下的许多侍从官员，都拿着长笏和铅锤到那里去朝拜她，以示尊敬。她的许多大臣，到处都可以看到，例如塔马宁诺·台拉·包塔、唐·麦塔、曼尼柯·第·斯考巴、斯夸切拉[③]等等。我想，这些人都是你的老朋友，只不过你一时记不起他们罢了。如果我们这件事能够办到，我看你还是忘了卡卡文西格里的那位姑娘，让我们把你送进这位贵妇人的温柔的怀抱里吧。”

那位医生原是在波伦亚生长，又在那里受教育的，完全听不懂他们这些暗话，因此对那位贵妇人越发羡慕。这场谈话之后不久，那两个画匠就给他带来了消息，说是他已经被接受加入该团体。就在该团体聚会的那天下午，医生又请他们两位来吃晚饭。饭罢，他就请教他们今夜应如何入会。布法马可说：

---

① 茜芙拉丽公爵夫人，系佛罗伦萨的一个堆积粪便的地方。——潘译本注解

② 意即厕所。

③ 这几个名字都有含意，指“污秽”、“粪堆”、“扫帚柄”等等。

“医生，首先你应当有充分的信心；如果你犹豫不决，就难免要遭到挫折，而且对我们也会有很大的不利。我们现在就跟你讲明，你应当怎样拿出胆量来。今天一断黑，你就到圣玛丽亚·诺凡拉教堂外面的一座新坟那儿去。你得拣一件最华丽的袍子穿上，因为你第一次参加聚会，应该打扮得体面一点，而且，据说(只是我们不在场)公爵夫人念你是个绅士，打算出钱替你买个巴斯①爵士的头衔。你到了那里就安心稍等一会，我们自会派人来接你的。

“我不妨索性跟你说明了，那就是说，我们将会派一头长角的黑色野兽去到那里接你。它的身材不大，将会在你附近的那块空地上一面吼叫，一面跳来蹦去，目的就是吓你。可是，它只要看到你并不害怕，它就会对你斯文起来，等它走近你身边，你应当从那坟上走下来，千万不要害怕，也千万不要提起天主或是圣徒们，只管骑在它身上。等你跨到它背上，你应当双手交叉，放在胸前，表示驯服，不要去碰它。这样，它自会稳稳当当把你驮到我们那儿去。不过，我得事先和你讲明，要是你喊起天主或是圣徒来，或是流露出害怕的神色，它就会把你摔下来，或是叫你跌翻在一个什么肮脏地方，弄得你不可开交。因此，你倘若没有胆量，没有决心，就不必去，免得既害了你自己，又对我们没有任何好处。”

医生连忙说：“我看你还没有了解我呢。你莫不是看见我穿了长袍，戴了手套，所以把我看作一个胆小鬼吗？你若是知道了我从前在波伦亚和朋友们在夜间追逐女人的那些事情，那你一定要觉得惊奇呢。说老实话，有那么一天晚上，有个面黄肌瘦的小妞儿，还没有三英尺高，她不肯跟我们一块儿走，我先是接连打了她几巴掌，然后一手就把她提了起来，一下子把她摔得不知几十丈远，叫她不由得不乖乖地跟着我们一块儿走。我记得还有一次，大约在天快断黑的时候，我只带着一个佣人，从圣方济各会修士的墓地旁边经过，那儿曾在当天埋葬了一个女人，我却一点也不觉得害怕。所以，请你们尽管放心，我的胆量是够大

---

① 巴斯，意指盥洗室。

的，而且非常坚强。为了不失你们俩的体面，我一定穿上我获得医学博士的学位时所穿的那件大红袍，让你们瞧瞧，你们的伙伴们见了我是不是皆大欢喜，是不是马上就要拥戴我为首领。那位贵夫人和我没有一面之缘，就那样爱上了我，要替我捐巴斯爵士的头衔，等我到了那儿，那还了得吗？我究竟配不配做爵士，能不能做得处处得体，你们等着瞧吧！”

布法马可回答道：“你说得好极了。可是你千万不能作弄我们，不能够让我们派了人去接你，你却不到那边去，或是去了又让我们找不着。我所以要说这句话，只因为目前天气很冷，你们大医师又是那么保重身体。”

西蒙医生大声嚷道：“天哪！我可不是像你们这种怕冷的人。我一点也不怕冷。有时我晚上起来大小便，难得在紧身内衣上面披上一件皮袍。所以我一定会到那边去的。”

于是他们两人辞别了他。到了晚上，医生找了个借口骗过了自己的妻子，悄悄地找出了一件最华丽的袍子穿上，走到圣玛丽亚·诺凡拉教堂，走上一座大理石的坟头，冒着严寒等待那头巨兽。再说布法马可，他原是个身材高大、身强力壮的人，设法找到一个从前游戏时曾经用过的面具戴上，又反穿了一件黑色的皮外套，把自己装扮成一头熊，只是面罩是个鬼脸，而且长了角。装扮好了，他就去到圣玛丽亚·诺凡拉，勃鲁诺也跟着他一块儿去看热闹。他看见那医生已在那里等着，便跳来跳去，大声怒吼，咆哮，悲鸣，仿佛着了魔一般。

那医生原比女人还胆小，看到这副光景，听到这种怪声，直吓得头发直竖，遍身发抖。这会儿他才懊恼为什么不好好地守在家里，偏上这里来。但是，既然来也来了，又一心想看看那两个油画匠说给他听的种种奇迹，只得勉强壮起胆子来。那布法马可这样嚷了一会儿以后，便装出平静下来的样子，走到医生待着的那座坟墓跟前，站在那儿一动也不动。

医生正吓得遍身发抖，不知道应该待在原处不动呢，还是该跨上兽背；最后，他唯恐骑上兽背就要受到伤害，只得让这一种恐惧驱散了前一种恐惧，走下坟墓，轻声说道："但愿天主保佑我吧!"于是便骑上那头野兽，吓得浑身发抖，又依照他们原来的吩咐交叉着双手。布法马可慢慢地向圣玛丽亚·台拉·斯卡拉爬去，把他驮到里波尼女修道院附近。

那时候，这一带地方多的是沟渠，农民都把粪倒在这里，作为肥田之用。布法马可来到这里，走近一条沟边，便抓着医生的一只脚，把他从背上摔下来，倒栽进沟里去。接着他就乱嚷乱跳一阵，发了一阵脾气，于是沿着圣玛丽亚·台拉·斯卡拉路直奔奥霍罗旷野，在那里碰到了勃鲁诺，原来勃鲁诺当时看见那种情景，忍笑不住，所以躲到这里来了。两人拿那个傻瓜西蒙嘲笑了一阵，又站在那里远远望着，只见他满身泥污，不知他到底怎么办。

那个傻瓜医生，一看自己落到这样糟糕透顶的境地，只得竭力挣扎，想要站起身，爬出那条臭沟。他跌倒了又爬起来，爬起来又跌倒，少不得还吃了好几口那脏东西，最后好容易才爬出沟来，从头到脚全沾满了粪污，连头巾也丢了，真是狼狈不堪。他除了双手用力在身上抹来抹去，此外一无办法。他回到家里敲门，敲了好半天才算把门敲开了。他刚刚带着满身臭气走进屋子，门还没有关上，勃鲁诺和布法马可两人就赶来了。原来他们特地赶来看看他妻子怎样接待他。他们躲在门口偷听，只听得他妻子把这个可怜虫骂得狗血喷头：

"天啊，瞧你还像个人样子吗？你一定是去找什么臭女人去了，穿着这件大红袍，死要漂亮！我还不够满足你吗？好小子！凭着我这么个女人，满足天下所有的男人也不是难事，不要说是你！真是老天爷有眼睛，他们把你抛到这种臭地方去，这叫做活该！怎么不把你淹死呢？亏你还是个顶刮刮的医生，自己有了老婆，晚上却要跑出去找别人家老婆胡闹!"

那女人一面用这些恶毒的话骂不住口，一面看着他洗身子，一直骂到半夜。

第二天早上，勃鲁诺和布法马可先把身上涂出许多青斑，看上去好像是被人家打伤了的伤痕。然后来到医生家里，走进门就闻到满屋子都是臭气，原来屋子还没来得及收拾。他们看见医生已经起床，就走上前去，医生连忙走过来祝他们早安。这两个坏蛋就照着事先商量好的办法，装出一副恼怒的样子，回答他道：

“我们可不祝你早安了！但愿天主叫你吃尽苦头，不得好死！你简直是天下最不讲究信义的坏蛋！我们好心好意抬举你，叫你快活，不想你却让我们险些像狗子一般给打死了。你说话不作数，连累我们昨天晚上挨够了打，就是把一匹驴子给从这儿赶到罗马，也不过挨这么多鞭打。这还不算，为了要介绍你入会，我们自己险些儿被开除了。你如果不相信，请看看我们身上的伤痕。”

他们说着，立刻就解开衣服，露出胸膛，在那暗淡的光线下，涂在身上的颜料果然活像一块块的青斑；稍微让他瞥了一眼以后，立即扣好衣服。医生竭力给自己分辩，把自己昨夜种种不幸的遭遇以及怎样被摔下粪沟等事，一一讲给他们听，布法马可马上岔断他的话，说道：

“我真巴不得它把你从桥上摔到阿诺河里去呢！你为什么要喊天主和圣徒的名字呢？我们不是事先关照过你的吗？”

“老天爷呀，我实在没有喊过。”医生说。

“什么！”布法马可大声喝道。“你当真没有这样喊过吗？你喊了又喊！据我们的使者说，你遍身瑟瑟发抖，就像一根芦苇一样，根本不知道自己的身子在什么地方。好呀，你欺骗得我们好苦呀！告诉你，以后再也休想这样欺骗我们了！你既是这样对我们厚道，我们一定这样回报你！”

医生连声请他们原谅，并请他们看在天主面上，不要再叫他丢脸，又低声下气，说了多少好话，请他们平下怒火。从此以后，他对他们益发礼貌周全，尊重备至，常常宴请他们，只求他们别把这次丢脸的事情传出去。你们这会儿可听明白了，那些去到波伦亚学无所成的人，就是这样才学到了一丁点儿智慧。

故事第十

一个西西里娘儿骗取了商人的全部财货，那商人第二次重来，佯称运来更多的财货，向那荡妇借去大宗款项，结果她发觉他留下作抵押的只是苎麻和海水。

女王讲的这个故事，也不知叫小姐们笑了多少次，你只要看，她们没有哪一个不是开心得眼睛里涌上了十来次泪水，就知道她们笑到什么地步了。女王讲完以后，第奥纽知道已经轮到自己，立即接下去说道：

优雅的小姐们，越是精明的人受骗上当(只因为有人比他更精明)，那么不用说，这样的故事让人听来越是过瘾。诸位所讲过的许多奇谋诡计，固然都很精彩，我现在再来讲一个，一定比那已经讲过的故事还要动听，因为故事中所说的这个女人，本是作弄人的能手，比你们所讲过的任何一个作弄人的男女都要高明，可是她毕竟有一次还是中了人家的圈套。

从前一向有一种规矩(这规矩也许到现在还存在着)，凡是港口地方，每逢有客商来到，卸下的货物，都要寄存在一个堆栈里，那种堆栈多数叫做海关，或是民办，或是当地官办，客商们把货物的品种数量以及货价等开列清单，交给海关管理人员，再由管理人员指定仓库给他们堆存货物，封锁妥当，并将一应货物登入账册，以后客商将货物提出一部或全部时，均按章纳税。凡是做掮客的，都到关上来根据账册，探悉某某客商存货多少，质量如何，然后相机向各商家兜揽买卖。

这种办法在各地普遍施行，西西里岛上的帕勒摩地方也同样设立了海关。那地方有很多容貌姣好、德性败坏的女子，你要是不知道她们的底细，真要把她们看成极其正派、极其高贵的小姐太太呢。她们对付男人的手段不是揩你的油，而是剥你的皮；一看见有外地客商来到，就到海关账册上去查明这人带有多少货物，值多少钱，然后就拿自己的色相和甜言蜜语，来勾引人家上圈套。多少富商巨贾都中了这条美人计，有的损失了一部分财货，有的倾家荡产，有的连货带船、连自己的性命都落在她们手里。这班可爱的女理发师，她们运用起手里的剃刀来真是麻利极了。

且说不久以前，有个年青的佛罗伦萨人，奉了东家的命令，去到那地方。他名叫尼柯罗·达·西涅诺，不过一般人都管他叫萨拉巴托。他在萨莱诺收购了一批价值五百金币的毛织品，运到那里去卖。他把货物清单交给了海关以后，因为不急于出卖那批货物，就把它存进仓库，自己进城游乐去了。

他本是个小白脸，金黄的头发，生气勃勃，十分俊俏；凑巧有个干这门行当的女人，自称为姜考费奥利夫人，打听到他的底细，就向他频送秋波。他见到这情形，果然把她当作一位了不起的贵妇人，认为那妇人看上了他的仪表，因此一心想要悄悄地进行这件美事。他没有在任何人面前透露过半点口风，只是独自在她家门前走来走去。那妇人对他献了几天媚眼，煽起了他的热情以后，就装出一副为他害上了相思的样子，暗地里派了个擅长牵线的女佣人去到他那里。那女佣人和他攀谈了许久，就含着眼泪对他说，他长得这般风度翩翩，早把她的主妇迷上了，叫她日夜神魂不安，如果承他不弃的话，盼望他千万到一个澡堂子里去和她幽会。说过以后，她又从衣袋里取出一个金戒指，代表她的主妇送给他留个纪念。

萨拉巴托听了这话，简直欣喜若狂。随手接过戒指，看了又看，吻了又吻，然后戴上手指，又对那个女佣人说，既然多蒙夫人见爱，那他一定要加倍报答她这一片好心，因为他爱夫人甚于爱自己的生命，只要夫人有便，他随时随地都可以奉陪。

那个牵线的人去回报了她的夫人以后，立即又来告诉萨拉巴托明日晚上在某某澡堂等候夫人。他在别人面前绝口不提这件事，到时候就如约前往，发觉那个澡堂子已经由夫人包好了。到得那里不久，只见来了两个丫头；一个头上顶着一床华丽宽大的棉垫，另一个顶着一个大桶，桶里装着各色各样的东西。她们把垫子铺在房间里一张床上，再在垫子上铺上两条绣得很精致的被，再铺上一块雪白的细麻布床罩，摆了一对极其精巧的绣花枕头。接着，她们就脱了衣服，走下浴池，把浴池擦得干干净净。

没有多大工夫，夫人也来到浴室，随身另带了两个丫头。她一见到萨拉巴托，就欢天喜地和他打招呼，抱他，吻他，又长吁短叹了一阵，然后说道：

"除了你以外，再也没有第二个人能够把我弄到这个地步！你这条佛罗伦萨小狗，给我心里燃起了这么一团烈火！"

接着，他依了这位夫人的话，和她两个脱光衣裳，赤身裸体，走下浴池，由两个丫头服侍着。夫人不允许丫头们碰一碰萨拉巴托，亲自用麝香和丁香肥皂替他从头到脚擦了一遍。擦过以后，再叫两个丫头替她自己洗澡。洗好以后，丫头们拿来两条用玫瑰花熏过的雪白的上等被单，一块裹在萨拉巴托身上，一块裹在夫人身上，把他们两人抬到床上去。等到他们身上的汗水干了以后，丫头便把他们身上的被单揭掉，让他们光着身子一起躺在那儿。然后丫头又从篮子里拿出了好多精雕细镂的银瓶子，瓶子里装着各种各样的香水，有玫瑰香的，有橘子香的，有茉莉香的，有柠檬香的，丫头们把这些香水洒在他们两人身上。然后又端上来许多美酒佳点，请他们受用。

萨拉巴托觉得简直是进了天堂乐园一样，一双眼睛在那个女人身上岂止看了几百遍几千遍，因为那个女人实在长得太美。他恨不得那两个丫头快快走开，好早早投入她的怀抱，这可真把他等急了，仿佛是等了几百年几千年一样。最后，夫人终于把两个丫头打发走了，她们临走，在房里留下一盏灯。于是两人紧紧地搂在一起，快活了好大一会工夫；萨拉巴托心醉神迷，只觉得这位贵夫人已经爱他爱得人都要溶化了。

又过了些时候，夫人觉得应该是起床的时候了，就把那两个丫头叫了进来，替他们两人穿好衣服。接着又吃了些美酒佳点，用香水洗了手和脸。夫人临走的时候，对萨拉巴托说：

“倘若蒙你看得起，今夜请到我家里去吃晚饭，共度良宵，那我真是万分荣幸。”

萨拉巴托这时已经给那个女人的美貌和她那一套千娇百媚的功夫迷住了，满以为她当真把他当作心肝一样地疼爱，马上回答道：

“夫人，只要你乐意，我无不从命。不要说今夜，无论何时，我都完全听你吩咐。”

于是夫人回到自己家里去，吩咐佣人把卧房好好布置一番，凡是最讲究的衣服，最华美的窗帘，都一一陈列出来，又预备了一顿最豪华的晚餐，等着萨拉巴托来。天一黑，萨拉巴托果然来了，夫人张臂欢迎他，晚饭既丰盛，又侍候得周到。饭后双双走进卧室，他闻到一股沉香的浓郁的香味，又看见床上按照塞浦路斯的风习，装饰着各色各样的鸟儿，①墙上挂满了华丽的衣服。所有这些家具装潢，没有一件不叫萨拉巴托觉得她一定是位大富大贵的夫人。虽然也听人背地里谈论过这个女人不大正经，可是他一点也不相信；即使他相信了人家的话，曾经有多少别的男人都吃过她的亏，他也无论如何不会相信这种事情会落到他自己头上来。这一夜他过得好不快乐，愈发爱她爱得入了迷。

第二天早晨告辞时，夫人送他一根精致的银裤带，又亲自替他系在腰上，这裤带上还结着一个美丽的钱袋。她说：

---

① 当时意大利人床柱上都挂有各种小小玩具，状如鸟形，发音一如鸟类的天然歌唱。——潘译本注解

“亲爱的萨拉巴托，请你不要忘了我。从今以后，不论是我的人，还是我的东西，都完全听你支配。”

萨拉巴托真是喜出望外，又搂她吻她，这才走出她的家门，去到那客商聚集的地方。以后他一直这样和她来往，自己不用花费分文，因此越加爱她。不久，他那批毛织品以高价脱手，卖得了不少现款，那位夫人立即从别处打听到了这项消息。

一天晚上，萨拉巴托又到她那里去，她和他拥抱亲吻，戏谑玩乐，说不尽的温柔放浪，仿佛恨不得死在他怀抱里，才能了却这一片痴情。她又拿了两个精致的银杯，要送给萨拉巴托，萨拉巴托无论如何不肯接受，因为他已经先后受了她价值三十块金币的礼物，却不曾为她破费分文。那位夫人显得极其多情和慷慨，使他益发痴心，这时，忽然有一个丫头照着事先的布置，走进来把她叫了出去。过了不大工夫，只见她泣不成声地回到房里，往床上一倒，放声恸哭，好不凄惨。萨拉巴托看到这情形，吃了一惊，连忙把她抱过来，也不由得陪她哭了起来，说道：

“唉，我的宝贝，怎么好端端的哭了起来呢？究竟是为了什么原因？我的心肝，看天主面上，赶快告诉我吧。”

那位夫人起初还不肯说，经他几次三番的恳求之后，方才回答道：

“亲爱的，我真伤心呀！叫我从哪里说起呢？叫我怎么办呢？我刚刚接到我弟弟从墨西拿寄来的一封信，叫我把我们所有的东西都卖掉当掉，在八天之内凑足一千块金币寄给他，否则他的头就保不住了。叫我一下子到哪里去张罗这么一大笔钱呢？要是给我十五天的期限，我还可以从各方面设法，再多些也不难，再不然，还可以卖掉一个农场。现在眼看来不及了，唉，我还不如死了干净，也免得听到这种坏消息把人急死！”

她一面装出十分伤心的样子说着这些话，一面依旧哭个不停。萨拉巴托早已给她迷住了心窍，见她这般痛哭流涕，言词哀伤，居然信以为真，说道：

“夫人，我虽然不能给你凑足一千块金币，但可以借给你五百，只要你在十五天之内还给我就是了。总算你运气好，我昨天刚刚把货卖了，否则恐怕一文钱也借不出来呢。”

夫人大声嚷道：“天啊，你缺钱用吗？怎么不早跟我说呢？我虽然拿不出一千来，一百两百可还拿得出呀。你既是这样见外，我自然也不好意思接受你的好意了。”

萨拉巴托听了这些话，愈加着迷，说道：

“夫人，你千万不要因此而推辞，我要是像你这样地迫切需要钱，我早就向你开口了。”

“噢，我的萨拉巴托，”她大声说道，“现在我知道你对我一片真心真意，所以当我要这么一大笔钱急用的时候，你不用我开口，就慷慨答应帮我的忙。当然，即使没有你这一次的深情厚意，我整个的人也是属于你的了；可是，你这一次救了我兄弟的命，我一生一世也忘不了你的恩德！天知道我实在不愿意拿你这笔钱，因为我知道你是个商人，商人做起生意来是少不了钱的。只是我被逼得无可奈何，而且一定有办法很快归还你，所以我就暂且借用一下吧。至于短少的部分，如果一下子借不到手，那就只好把东西拿出去抵押了。”

说着，她就偎在萨拉巴托的脖子上哭。萨拉巴托竭力安慰她，和她度了这一夜，第二天不等她再提起，就把那五百块金币拿来交给她，表示他是一个多么慷慨的情人。她拿了这笔钱，表面上在哭，心里却好不喜欢。萨拉巴托完全把她的诺言信以为真，毫不在意。

等这笔钱落到她手里，局面就变了。在以前，萨拉巴托随便什么时候都可以去找她，现在她却是多方推托，十次就有九次见不到面，好容易见到一面，她也不像从前那样对他温柔多情，那样欢天喜地了。借的那笔钱，非但到期不还，过期了一两个月，也不见还，有时他问起，她只是托辞搪塞。萨拉巴托这才识穿了她的诡计，后悔自己上了圈套，可是他毕竟拿她没办法，因为这笔借款既没有订立字据，又没有人做见证。他也不好意思在别人面前诉苦，一则因为人家事先已经提醒过他不要上当，二则怕别人讥笑，因为他受人愚弄，都只怪他自己糊涂，完全是自作自受。因此他只有背着人伤心流泪。这时他已经接连收到他东家好几封信，催促他快些把货物卖出的钱汇给他们；他只得赶快设法脱逃，免得事情败露。他于是登上一条小船，并不回到皮萨去，而是向那不勒斯驶去。

且说当时那不勒斯城里住着我们的一位乡亲，名叫彼特罗·台罗·卡尼姜诺，是君士坦丁堡女王的司库，为人通情达理，十分聪明，和萨拉巴托一家有很深的交情。萨拉巴托非常信得过他，到得那里不久，就把自己这一切不幸的遭遇，源源本本地讲给这个精明人听，请他为他作主，帮他设法就地谋个生计，说是这一辈子也不打算回到佛罗伦萨去了。

卡尼姜诺听了这话，替他着急，说道：

“你这件事做得很不好，已经铸成大错。你不该违背东家的命令，又把这么一大笔钱一下子花在女人身上，不过当已经上了，也不去说它了，且来想想补救的办法吧。”

他本是个精明人，马上就想出了一条妙计，说给萨拉巴托听，萨拉巴托一听大喜，决定照计行事。他身上本来还剩下一些钱，卡尼姜诺又借了些给他，于是他就买来了好多捆紧缚牢的苎麻，又买了二十来只油桶，桶里盛满了水，用船运往帕勒摩。到得那里，将一应货物的品名价格，填具清单，交给海关，以他自己的名义登入账册，存进仓库，说是暂时不准备出售，要等另外一批货物来了，一同出售。

姜考费奥利夫人不久就听到这项消息，又听说他这次带来的货物，价值在两千块金币以上，还有一批将到的货物则要值三千。于是她想，上次从他手里弄到的钱实在太少了，决定把那五百还给他，然后设法把他现有的五千捞进一大半来。主意打定了，她就派人去请萨拉巴托，萨拉巴托将计就计，欣然前往。那女人只装做完全不知道他这次带来了些什么货物，只是亲亲热热的说道：

“上次到期应当还你的钱，没有还你，如果你生气的话……”

萨拉巴托连忙岔断她的话，笑着说道：

“夫人，我的确有些不高兴；为了讨你欢喜，我把心挖给你都情愿；现在就请你听我讲，我是多么地气恼你：为了爱你，我变卖了大部分产业，买了两千多块金币的货物运到这里来，还有三千多块的货物马上就会从西方运到。我打算在这里开家商号，再也不回去了。我和你朝朝相处，比跟任何情人在一起都要幸福得多。”

那女人说：“瞧你，萨拉巴托，我爱你甚于爱我自己的生命，凡是对你有利的事情，我莫不满心欢喜。你回到这里来，而且打算再也不离开这里，真叫我高兴极了，因为我也想和你多处几年呢。可是我先得向你道歉一下，因为在你刚要离开这儿的时候，有几次你要到这儿来没有来成，有时候你来了，我又没有好好地招待你。最抱歉的是，我失了信，没有及时还你的钱。

“你要知道，我当时正是悲痛欲绝。不论是谁，处在那样的境地，也没有心情去侍候她心爱的人，不管她爱那个人爱到什么地步，也不管她心里依旧是怎样想讨他的欢喜。你也应当知道，一个女人家要去张罗一千块金币，有多么困难。欠我钱的人，都不讲信用，到时候不归还我，因此我迫不得已，只好在别人面前失了信用。所以我没有能及时还你的钱，也就是受了别人的累，并不是我存心赖债。谁想到你走了不久，我的债就收齐了，正要还你，又不知道寄到什么地方去是好，因此只得把这笔钱保存在这里。”

说着，她就拿出了一个钱袋，里面装着他当初给她的那五百块金币，交到他手里，说道：

“请你数一数看，是不是五百。”

萨拉巴托喜出望外，接过钱来一数，正是五百。

“夫人，”他说，“我知道你说的都是真话，你这种做法更证明了你对我的一片真心。凭着你这一份信用，凭着我对你的爱情，你今后不论需要多少钱用，不妨随时向我说明，我无有不遵命之理。反正我以后一直待在这里不走，我是不是说到做到，你等着瞧吧。”

萨拉巴托就这样和她言归于好，重新和她来往，她自然又像从前一样，对他殷勤备至，装出对他有说不尽的恩爱。可是萨拉巴托这一回早已胸有成竹，一定要一报还一报，非得作弄她一下不可。有一天，那女人邀他去吃饭度夜，他显得满面忧愁，仿佛是性命难保的样子。那女人抱他，吻他，问他为什么这样愁眉不展。沉吟了半晌，他才吞吞吐吐地说：

“我这一下可真是倾家荡产了，因为我日夜指望着那批货物赶快运到这里来，谁想到给我带货的那条船，中途被摩纳哥的海盗劫走了，他们索取一万金币作为赎金，我名下得出一千，可是我眼前一文钱的现款也拿不出来。你还给我的那五百，我早已汇到那不勒斯去买布运到这儿来卖。现在市面上的行情又不好，这里的一批货物如果急于脱手，那还不是三文不值两文地卖掉。我在这里人地生疏，借贷无门，真叫我一无办法。如果缴不出赎金，那批货物马上就会给运到摩纳哥去，那就一辈子也运不回来了。”

那女人听了这话，很是焦急，唯恐前功尽弃，一点油水也捞不到。她便竭力盘算，如何才能使这些货物不至于给劫运到摩纳哥去。想了半晌，她就说道：

“天知道，我这般爱你，如今听到你遭到这样的不幸，心里是多么难受！可是，光是悲伤又有什么用呢？如果我有钱，我马上就借给你，只可惜我没有。我倒想到这里有个放高利贷的人，上次我短少五百块金币，就是向他借的。只是他要的利息太高，非三角息不借。而且，你要是向他借钱，他还要你拿出东西来做抵押。我愿意拿我的人，我的东西，给他当作一部分抵押，可是其余的部分你拿什么作抵押呢？”

萨拉巴托立即看破了她这样慷慨替他想办法的动机，而且明白了借这笔钱给他的，并不是别人，正是她自己，这正合了他的心意，马上连声称谢；又说，既是出于不得已，再高的利息也得借。接着他又说，他可以把海关里的存货作为抵押，把它过户换名，不过堆栈的钥匙仍由他保管，债权人要看货时，可由他领着去，这样又可以免得别人掉换偷窃。

夫人说，他这话说得好，抵押品也很好。第二天早上，她就请了个心腹掮客来，把这件事的原委都告诉了他，交给了他一千金币。掮客把这笔款子交给萨拉巴托，一面又把萨拉巴托存放在海关里的货物过了户，然后双方交换了收据和借据，一切手续办妥以后，方才分手。

萨拉巴托到手了一千五百块金币，立即驾了一条小船，回到那不勒斯的彼特罗·台罗·卡尼姜诺那里去了。到了那里，他就把应该汇给东家的布款全都汇了去，又还清了欠彼特罗和其他所有人的债务，然后和彼特罗两个拿这个西西里女骗子受骗的事接连取笑了好几天；从此以后，他再也不打算做生意了，就到弗拉拉去度日。

再说姜考费奥利夫人那边，听到萨拉巴托已经离开了帕勒摩，先是吃惊，继而开始怀疑。等了他两个月，还不见他回来，知道他是一去不回了，便叫那个掮客去打开仓库。他们先打开那些油桶，满以为里面装的都是油，谁知里面却是装满了海水，只是水面上浮着一层油。再解开那一捆捆的货物，只见里面全是些苎麻，只有一两捆布料。总而言之，全部货物不过值两百金币。

她这才知道自己受了骗，非但把那到手了的五百金币还了他，而且另外还赔了一千，不禁伤心痛哭了好久，以后逢人就说："佛罗伦萨人真不是好惹的，你同他们打起交道来，千万不能有一点马虎！"这一次她费尽心机，只落得受人愚弄，蚀了大本，从此她才算知道强中还有强中手。

*　*　*　*　*

第奥纽讲完了故事，女王知道自己任期已满，便赞美了一番卡尼姜诺的手腕高明，又赞美萨拉巴托为人精明，能够照计行事，然后就摘下王冠，把它戴在爱米莉亚头上，温柔地说道：

"小姐，你做了我们的女王，风趣如何，我还不敢断言，不过，你至少是一位美丽的女王。但愿你的德政能和你的容貌媲美。"

说完以后，她就回到座位上。爱米莉亚觉得有些羞怯，她的脸蛋儿红得简直像是朝阳中刚刚开放的玫瑰，这倒不是因为当选了女王，而是因为人家当众称赞她的美貌——而女人家本来就最喜欢人家称赞她美貌呀。她先低垂了一下眼睛，等脸上的红晕消退了，方才和总管商量明天大家饮食起居方面的事情。接着，她又说道：

"可爱的小姐们，大家都知道，一头牛劳动了大半天，也要给它解下颈箍，让它自由自在地休息一会儿，随意在树林里拣一块最喜欢的草地吃吃草。我们这里多的是绿树成荫的花园，比起那单调的橡树林子来，自然要美丽得多。这几天来，我们讲的故事，都是受着题目的限制，所以我看不妨松动一下，闲散闲散，这对于我们，像对于一个用劳力换饭吃的工人一样，不光是有好处，而且是必要的，我们养精蓄锐一番，然后重新套上颈箍，就不会觉得过分疲劳了。

“所以，明天诸位讲故事，不必拘泥于某一个题目范围，希望每个人随意讲一个自己喜爱的故事，因为我深信，听着多种多样的故事，会使人耳目一新，比限定一个题目更加有趣。假定这一点能够办得到，那么以后比我贤能的人继承了我的王位，执行起严格的国法来，一定就会更加顺利了。”

说过以后，她就叫大家随意游乐，等到吃晚饭时碰头。男男女女都赞美女王这一席话说得有道理，一起站起身来，各自游乐去了。小姐们都去编花圈或是做别的游戏，少爷们打牌的打牌，唱歌的唱歌。玩到吃晚饭的时候，大家聚集在美丽的喷水池旁边，愉快地吃了一顿晚饭，然后照着惯例唱歌跳舞。最后，大家随意唱了好几支歌，女王为了遵守历来君王的制度，吩咐潘菲洛唱一支歌，潘菲洛立即开始唱道：

啊，伟大的爱神，
你赐给我的欢乐说也说不尽，
在你的火焰中燃烧真是幸运。

我心里充满着无比的喜悦，
充满着无比的幸福，
这都是因为沐浴了你的恩泽。
这无边的喜悦，无涯的幸福，
冲破了我灵魂的疆界，
向四面奔流泛滥，
叫我脸上闪亮着欢乐。
因为陶醉在崇高的爱情中，

我再不怕你的火焰烧得我粉身碎骨。

啊，爱神，我怎么样歌唱，
也唱不出我的心花怒放，
纵使那生花妙笔，
也不能把我的喜悦形容于万一；
即使歌能抒情，画能写意，
我也要把它在心头藏起，
否则让别人知道了，
我便欢喜不成，反要痛哭流涕，
何况我这千丝万缕的情怀，
若要以笔墨形容，全是枉费心机！

谁也猜想不到我这两条臂膀，
曾经把她的身子搂抱，
我的脸儿曾和她的脸儿贴牢，
这才叫做福从天降，
任你哪个也想象不到！
啊，我要永远把这份幸福藏在心头，
让爱情的火焰把我通身燃烧，
烧到海枯石烂，天荒地老！

潘菲洛在大家的合唱声中唱完了这支歌，没有哪一个不是聚精会神地听着他的歌词，并且纷纷揣测，他歌词中所谓要保守秘密，而不能唱出来的，究竟是怎么一回事。尽管大家东猜西想，却没有哪一个猜中的。女王看见潘菲洛已经唱完，小姐少爷们也都要休息了，便吩咐大家各自就寝。

［第八天终］

第九天

《十日谈》的第九天由此开始，爱米莉亚担任女王，大家各自随意讲一个故事。

晨光灿烂，黑夜早已消逝得无影无踪，黑黝黝的八重天①已变成了一片淡蓝，田野间的小花渐渐抬起头来；这时候，爱米莉亚已经起床，把女伴男友都叫醒了。女王领着大家走出别墅，向附近一个林子缓步走去；林子里有许多小羊、麋鹿和其他野兽，看见人来，也不逃走，好像已经驯服了似的，这也许是因为人类遭了瘟疫，它们再也不必害怕猎人来射击它们了吧。这群男女一会儿走近这只羊，一会儿想去摸摸那只鹿，赶得它们东奔西跳，煞是有趣。

一会儿，太阳已经升得很高，大家觉得该回去了。他们一路行来，头上戴着橡树叶编的花冠，手里拿着一束束鲜花和香草，假使当时有谁看见他们这种情景，一定会说："这些人一定是长生不老的，至少到死还是快快乐乐的！"

他们沿路唱歌、戏谑、欢笑，慢慢回到别墅，这时候仆从已经把一切都布置好了，眉开眼笑地迎接他们。他们没有立即入席，先休息了一会儿，几个青年和小姐又唱了六支歌曲，都是喜气洋溢，一曲胜过一曲。唱罢，大家洗手，由总管依遵女王的旨意，引导入座。席上谈笑风生，十分欢乐。餐毕离席，他们又跳舞唱歌，直到女王下令停止，大家这才回房休息。

到了时候，大家都集合到一向讲故事的地点。女王回头看着菲罗美娜，叫她第一个讲；她微微一笑，便开始讲下面的一个故事。

---

① 依据古代天文学家托勒密学说，恒星在第八层天。——里格译本注解

故事第一

两个男子同时追求法兰切丝卡夫人，她却一个也不中意，故意叫他们一个躺在坟里装死，另一个到坟里去盗尸；两人都不能完成任务，她就有了借口，再不理睬他们。

陛下，承蒙你吩咐，叫我在今天带头讲一个故事，使我感到十分荣幸，要是我能够把故事讲好，那么无疑的，继我而来的一定会讲得更好。

各位好姐姐，我们已经讲了许多故事，都是表明爱情的力量有多么伟大。可是我不相信在这方面我们已经讲个透彻，我看哪怕我们不讲别的，专讲爱情，讲它整整一年，也没法讲个穷尽的。现在我打算给大家讲一个故事，让大家知道爱情的力量有多么伟大，它不但能叫情人甘心交出自己的生命，而且能叫情人走进墓窟，把死尸拖出来；你们还可以看到，一个聪明的女人怎样略施妙计，就摆脱了两个追求者的缠绕。

从前在皮斯托亚城里，住着一位漂亮的寡妇；有两个被放逐的佛罗伦萨人，一个叫做林奴乔·帕莱米尼，另一个叫做阿莱桑德·基亚蒙台

西，都爱上这位寡妇，不过彼此之间并不知道；两人都私下用尽种种办法，想要得到寡妇的爱情。

那寡妇名叫法兰切丝卡·德·拉扎利，经常不是接到这一位、就是那一位的情书，不时有人上门，替这一位或是那一位说好话，因此，给他们二人纠缠个不休。起初她也未免随和了些，到后来要想轻易摆脱他们的纠缠已办不到了。她决计要把他们打发掉，终于想出了一个主意，要求他们做一件不是轻易就能做到的难事，要是他们不出所料，果然没法办到，她就可以振振有词，从此不许他们再派人上门送信传话了。

在她这样打定主意后，恰好那一天，皮斯托亚城死了一个人，论他的出身，倒也是大户人家的子弟，却是无恶不作，别说在皮斯托亚，就是走遍天下，也难找出这样一个无赖。他的相貌长得尤其丑恶，凡是不认识他的人，初次看到他，免不了要给他吓个一大跳；他的尸体已经被埋葬在圣方济各会教堂的坟地上。那娘儿觉得这正是实行她计划的一个好机会，就对贴身使女说：

“你知道，我每天给那两个佛罗伦萨人——林奴乔和阿莱桑德纠缠得好苦。这两人我一个也看不中，越早摆脱他们越好。我想到他们口口声声说是为了我赴汤蹈火都情愿，现在我倒要难他们一难，叫他们各人做一件他们怎么也不敢做的事，把他们难倒之后，就可以免得他们再来纠缠了。你听好我的计划是怎样安排的：

“你知道，今天早晨，史卡那迪奥(这就是我们方才提到的那个恶汉的名字)葬在圣方济各会教堂坟地里。他活着的时候，就连胆子最大的人，看见他那副尊容，也不免要吓一跳，死后更不必说了。你先悄悄地去对阿莱桑德说：‘我家少奶奶叫我来对你说，你这样千方百计地追求她，现在机会来了，包管你如愿以偿，得到她的爱情，还可以和她过夜，只要你肯替她做一件事。她有一个亲戚，要把今天下葬的史卡那迪奥的尸体，当晚抬到她家来——这为的是什么，你以后自会知道；她害怕得不得了，怎么也不愿看到这个人的尸体；所以她想仰仗大力，帮她一个忙，到了晚上睡醒头觉的时分，请你钻进墓穴，剥下尸体身上的衣服，穿在你自己身上，就这样躺在坟里，假装是个死尸，等到有人来把你扛走的时候，你绝对不能动一动、哼一声气，由他把你扛到少奶奶的家里来，她自会收留你，你爱和她耽在一起多久就多久，至于旁的一切，她自会安排。’要是他一口答应下来，那也罢了；要是他答应不下，那就说我请他从此别在我跟前露脸吧——既然他把性命看得那么宝贵，何必再拿什么情书、派什么人来跟我纠缠呢。

“你在那边传过话之后，再到林奴乔这边去对他说：‘我家少奶奶叫我来向你致意，她说她情愿奉陪你寻欢作乐，只是也希望你出力帮她一个忙。是这么一回事：今天早晨，史卡那迪奥的尸体落葬了，她要你在今天半夜，钻进他的墓穴，不管听见什么、碰到什么，你都不能作声，只是悄悄地把尸体抱起来，扛到她的家里，那时候你自会知道她为什么求你做这一件事，而且她一定会好好地慰劳你，让你称心如愿。如果这回事你不肯给她出力，那么她说，从此以后你也不必再写信给她、或是派人上她的门了。’”

使女分别找到了那二位，一字不漏地把女主人的话对他们说了，两人全都一口答应，都说只要能博得她的欢心，别说是坟墓，就是地狱里也去得。那娘儿得了女仆的回报，暗自好笑，倒要看看这两个傻子是不是真会干出这等事来。

天黑以后，等到睡醒头一觉的时分，阿莱桑德脱剩一身紧身衣，走出门来，要到墓穴里去冒充史卡那迪奥的尸体。他一路走的时候，心里涌起了种种恐怖的念头，忍不住对自己说道：

“天哪，我真是个傻瓜，我正往哪儿跑？说不定她的亲戚已经知道我在追求她，还道我们俩已有了什么关系，逼她做下这么一个圈套，好等我钻进墓穴，就把我杀死。如果是这么一回事，那我真是送死去了。而且世上的人谁都不会得知，他们当然逍遥法外了。也许她还有别的情人，他故意想出这个诡计，害死了我，好把她独占了；而她为了讨好她的心上人，就故意叫我送死——怎见得不会有这种事的呢？”他接着又想道：

“就算这些都是胡思乱想，她的亲戚果真把我扛到她家，那么放心吧，他们也不会搂着史卡那迪奥的尸体，更不会把尸体放进她的怀里。

很可能他们曾经吃过史卡那迪奥的亏，现在就要在这尸体上出口气。她关照我怎么也不能开口；可是如果他们挖我的眼睛、拔我的牙齿、砍断我的手臂，做出诸如此类的把戏，那我该怎么办？难道还是不做声吗？要是我一开口，给他们认出了，也许反而要加害于我。就说他们放过了我吧，也决不会再把我送到她家去，那时候她就会说我已经违反了她的吩咐，决不会让我占丝毫便宜的。”

他这样越想越寒心，准备转身回家了；可是他实在爱她爱得太厉害，不由得又想出另外一套话来鼓舞自己；这样他坚持着一直往前走，来到了墓穴。他打开墓门，钻了进去，把史卡那迪奥的尸衣剥了下来，穿在自己身上，把墓门依旧关好，在原来放着死尸的地方躺了下来。

这时他不由得想起了死者生前的种种胡作非为，又想到从前他听人说过半夜三更，屋子里(别说是坟墓里了)鬼怪出现的可怖情景，吓得他毛发直竖，简直以为史卡那迪奥马上就要站起来杀死他了。幸而他死心塌地爱着那娘儿，压制了种种恐惧和疑虑，像死尸一般躺在那里，静待有什么事情发生。

再说林奴乔，他看看已到半夜，跑出屋来，准备遵照情人的吩咐做去。他走在路上，不住地胡思乱想，他把史卡那迪奥的尸体扛在肩上，会不会撞在巡丁手里，给当作男巫，抓去活活烧死了？将来这事万一传开去，会不会遭到史卡那迪奥家的报复？他越想越气馁，竟站住不走，想往回跑了。可是他转过来一想，又这样说道：“唉，我这样爱她爱到十二万分，她第一次求我做一件事，我就拒绝她吗？尤其是只要我做了这件事，就可以得到她的爱情；即使要了我的命，我也决不能食言呀!”

这样，他还是继续前进，终于来到坟墓前。他一下子就把墓门弄开了，爬了进去，摸到了阿莱桑德，以为就是尸体，竟提起了他的双足，放在肩头，拖着就走。阿莱桑德听见他进来，吓得不得了，却一动不敢动，听凭林奴乔拖着他一步一步往前走。

林奴乔肩头沉重，心急慌忙，向情人家里赶去，真所谓死人不管，一路上把阿莱桑德在墙角、街凳上撞得可惨了；加以这一晚天色昏黑，他简直连路都认不出来了。

谁知等他快要来到那娘儿的门口时(她和使女正站在窗后，守望着林奴乔会不会去把阿莱桑德拖来，同时已经准备好一套打发他们走的话)，街上正有巡丁放哨，在黑暗里守候一名盗贼。他们听到林奴乔的脚步声，立即点亮火把，观看究竟，一个个举枪持盾，大声喝道：“站住!”

林奴乔猛地看见巡丁拦在面前，吓得想都来不及想，丢下肩头的重担，拔脚就逃，再也不顾惜自己的一双腿。阿莱桑德虽然穿着一身又长又大的尸衣，动作也不慢，他当即从地上跳起来，跟着没命地逃去。

那娘儿借着巡丁的火光，清清楚楚地望见了林奴乔把穿着尸衣的阿莱桑德扛在肩上，他们果真有这胆量做出这种事来，真叫她吃惊不小；可是不管她怎样吃惊，她看见一个把另一个摔在地上不管，那一个跳起来跟着这一个逃，不由得把她笑坏了。这幕喜剧就这样结束，叫她心头轻松不少，她不由得感谢天主替她把这一对宝贝打发掉了。她离了窗口，走回房中，对她的使女说，他们两个一定把她爱得了不得，因为她怎么吩咐，他们分明就怎么干。

林奴乔垂头丧气，只是诅咒自己的命运，不过还是不肯就此回家，等街上的巡丁走远之后，又回到他摔下阿莱桑德的地方，暗中摸索尸体，找到之后，好去向那娘儿邀功。可是他找来找去，也找不到什么尸体，还道是给巡丁抬去了，只得长吁短叹地回家去了。阿莱桑德也是这样，没有别的法子好想，又不知道一路扛他来的是谁，只得悲伤地走回家去。

第二天早晨，有人发现史卡那迪奥的墓门给人打开，尸体不知去向——原来阿莱桑德把尸体推到墓道深处去了，全皮斯托亚的人对这回事议论纷纷，各有各的说法，有一班愚夫愚妇竟以为史卡那迪奥给魔鬼拖去了。

那两个情人却并未死心，依然登门去找那娘儿，说明并不是他们没有照她的吩咐去做，而是不幸遭到了意外，因此没有完成使命，实在是万不得已，请她格外原谅，而且还要向她求爱。可是她只装作不信有这么一回事，疾言厉色地对他们说：她的吩咐他们既然不曾做到，那么别怪她从此永远也不理睬他们了。

故事第二

女修道院长捉住一个犯了奸情的修女，正要把她严办，不想那修女指出她头上戴的是一条裤子，不是头巾；女院长只得饶恕她，从此大开方便之门，再不和她为难了。

菲罗美娜讲完故事，大家都赞美那娘儿居然想出这样一条妙计，摆脱了她所不爱的男人的纠缠；同时认为那两个情人听了那娘儿的话，竟敢去做这种事，这算不得爱情，应该算是痴愚。女王和悦地向爱莉莎说道：“爱莉莎，你接下去讲一个故事吧。”于是她立即开始道：

各位好姐姐，你们方才听到法兰切丝卡夫人怎样凭着聪明，摆脱了她的烦恼；现在另有一个年青的修女，灵机一动，说出一句话来，就此逃过了难关。想必你们都知道，世上自有一班愚不可及的人，好为人师，一味指责别人的过失，可是老天爷有时候却偏要叫这种人出丑露乖。你们且听我的故事吧：有一个女院长就这样出了自己的丑，我所说起的修女就是归她管教的。

且说从前伦巴第地方，有一所女修道院，一向以虔诚圣洁出名，在院里的修女当中，有一个出身高贵、长得十分标致的姑娘，名叫伊莎贝达。有一天，她的亲人来访，她隔着格子窗和亲人谈话，竟爱上了一个跟来的俊秀的后生。那后生见她脉脉含情，又觉得她真美，也爱上了她。

只是尽管一个有情、一个有意，却始终不能成其好事，直把两人折磨得坐立不安。不过天下无难事，只怕有心人，到后来，那后生终于发现了溜进院里去的一条通路，她也觉得这样进出，并无一人知晓，很是妥善，从此他不仅是来了一夜，而是三日两头来和她幽会，这两人真是如鱼得水，那份欢乐也不必说了。

谁知有一夜，当他离开伊莎贝达，走出院去的时候，给另一个修女撞见了，两人却全不知情。那姑娘把她亲眼看见的事悄悄告诉了另外几个修女，起初她们想到女院长那儿告发去——这位女院长名叫乌辛巴达，全院的修女，以及凡是认得她的人，个个都把她看作一位圣洁善良的女人。不过她们再一想，觉得还是等候机会，请女院长把她和那男子当场捉住，才可以使她无从抵赖。因此她们都不做声，只暗中轮流监视着她，预备捉奸。

伊莎贝达也不曾觉察出其中的情形，有一夜照旧把情人接进自己房中，立即被那些监视的人知道了。等到夜深人静，她们认为时机成熟，就分做两批，一批把守住伊莎贝达的房门口，另一批赶去敲女院长的房门，等到听见房内有了回答，她们就嚷道：

“起来吧，院长，快快起来吧！我们看见伊莎贝达关了一个小伙子在房里啦!”

恰巧这一夜，女院长正陪着一个教士睡觉；原来那教士常常躲在大箱子里，让人家把他抬进女院长的房中。现在这些姑娘打门打得这样急，乱嚷乱叫，她唯恐她们会打开房门，冲了进来；所以她立即从床上跳了起来，在黑暗中心急慌忙穿好衣服，拿起教士的短裤，还道是自己的头巾(她们叫做“普萨尔德”)，就往头上一戴，匆匆忙忙冲出房外，反锁了房门，全不知道自己闹了个笑话，却厉声问道：

“那个天主的罪人在哪里?”

这许多修女正乱哄哄地要抢着去捉奸，哪里还注意得到女院长的头上戴着一顶怎么样的帽子。她带头领路，直奔伊莎贝达的卧房，大家一齐用力，立刻把房门打开了，冲进房里，只见一对情人还互相搂着——原来他们不曾提防这一着，祸从天降，竟给吓得动弹不得。

伊莎贝达给那些修女们当场拖起。女院长喝令把她拖到大厅上听候发落。只剩下那后生还在房里穿着衣服，要看看这回事究竟怎样收场，他主意已定，如果她们要对他的情人有什么不利的举动，那就怪不得他要对这班修女不客气了，他非要把他的情人劫走不可。

女院长来到大厅上坐下；大家的目光全都集中在那违反清规的罪徒身上。她当着全体修女，声色俱厉地把伊莎贝达痛骂了一顿，骂她是个最下贱的女人，竟敢做出这种淫乱无耻的事来，要是传了出去，难免败坏了女修道院里向来的声誉；痛骂之后，还说非把她严办不可。

那姑娘站在厅堂上，又羞惭又害怕，不知道该怎么回答，只是低头不语，叫旁边的修女不由得可怜她起来；谁知那女院长却反而在上面拍手顿足，越骂越起劲。伊莎贝达偶然抬眼一望，只见女院长的头上有两条吊袜带，不住地在左右摆动，心里立刻明白这是怎么一回事，顿时胆子大了起来，开口说道：

"院长，天主保佑你，请你先把头巾扎好再跟我说话吧！"

女院长不懂她话里有刺，却怒喝道："什么头巾不头巾，好一个不要脸的小淫妇，居然这时候还敢和我说笑话！你以为你是做了一件什么好笑的事吗？"

"院长，"伊莎贝达回答道，"请你先把头巾扎好了再跟我说话吧！"

那许多修女不由得都把眼光注视到女院长的头上，她自己也伸手到头上去一摸，于是她和大家立刻都明白伊莎贝达讲这句话是什么用意了。女院长这才知道自己已经出了丑，而且众目睽睽，再也没法掩饰，就索性转变态度，改换声调，用温和的口气接下去说："不过硬要一个人抑制肉欲的冲动，却是比登天还难的事，所以只要大家注意保守秘密，不妨各自去寻欢作乐吧。”

伊莎贝达现在没事了；女院长回房去和教士继续睡觉，她也回到了她情人的怀抱里，而且以后还经常把情人接进院来。那班没有情人的修女看得眼红，因此都私下里千方百计追求她们的幸福。

故事第三

勃鲁诺和他的两个朋友，串通医生，叫卡拉德林相信他自己怀了孕。卡拉德林急坏了，连忙出钱请他们买阉鸡和药料，总算药到病除，不曾生产孩子。

爱莉莎讲完故事，小姐们听见那个年青的修女落在妒忌的同伴手中，终于又逃了出来，不由得都深深感谢天主。女王吩咐菲洛特拉托接下去讲一个。他不待女王多言，就说道：

各位漂亮的小姐，昨天我讲了一个马尔凯斯地方来的、被扯下裤子的法官，又连带想起了卡拉德林和他两个朋友的故事来，尽管他的故事我们已经讲过好几个了，不过我们是决不会听厌的，所以我打算把昨天想到的故事讲出来。

这篇故事的主人公卡拉德林和他的两个朋友是怎样的人物，大家都已经知道了，用不到再说；我现在要告诉各位，有一回，他的姑母死了，留给他一笔钱，零零碎碎地凑起来，也有两百个银币，他因此到处扬言，说是要买田买屋，而且和全佛罗伦萨的地产经纪人都打过交道，仿佛他手头有一万个金币似的；可是等到人家一开了价，这笔买卖就告吹了。

勃鲁诺和布法马可当然知道这件事，不止一次劝他还是把钱拿出来，大家痛痛快快的乐一阵子来得好，何必去买田买地，难道要做什么泥丸子去弹鸟不成。可是这话完全白说，他们连一顿饭都不曾吃到。这一下，他们心里有气了；有一天，来了他们的一个朋友，也是画匠，叫做奈洛，大家一起商量，认为总要叫卡拉德林破费请一顿饭才好，当场就把办法想好，大家就分头进行。第二天早晨，奈洛守在卡拉德林的门口，等他出得门来才只几步，奈洛就赶上去招呼道：

"早安，卡拉德林！"

卡拉德林同样招呼了他，说是但愿他出门见喜，流年吉利；谁知奈洛忽然倒退一步，只管盯着他的脸，卡拉德林不禁问道："你看什么呀？"

"昨晚上你觉得舒服吗？"奈洛问道，"我觉得你今天的脸色有些不对啊。"

卡拉德林一听这话，脸色立刻变了，慌忙问道："哎呀！怎么说？你看我得了什么病？"

"唉，"奈洛回答道，"这我倒说不出来，不过我只觉得你好像换了一个人似的——可能只是我瞎疑心罢了。"

这么说过之后，他就管自去了，卡拉德林继续往前走；其实他有什么不舒服？却是满脸愁容、心事重重；走不多远，就遇到了布法马可。布法马可看见奈洛已经走了，就上前来招呼他，问他可感到什么不舒服。

"我说不出，"卡拉德林回答道，"不过刚才奈洛对我说，他觉得我好像换了一个人似的，难道我真有什么地方不对劲吗？"

"不对劲！"布法马可嚷着说，"你一定不是胃里就是肚里，得了毛病。我看你简直成了个半死的人啦！"

卡拉德林听见这话，只觉得浑身发烧。谁知道恰巧这时，勃鲁诺又走来了，他劈头第一句就问：

“嘿，卡拉德林，瞧你那张脸！你简直像一个死人啦。你觉得舒服吗?”①

卡拉德林听见人人都这么说，便自以为千真万确是得了病，就惴惴不安地问道：“叫我怎么办呢?”

“我看，”勃鲁诺回答他道，“你最好立刻回家去，躺在床上，把被子盖好，再把你的小便送到西蒙大夫那儿去检验——你知道，他是我们再好不过的朋友，马上会告诉你该怎么办。我们此刻送你回去，如果有什么可以效劳的地方，我们一定乐意做去。”

这时奈洛又来了，三个人把他送到家里；卡拉德林愁眉苦脸，走进卧房，对妻子道：

“快来替我把被子盖好吧，我觉得十分难过。”

他躺下来之后，打发一个小女仆把他的小便送到西蒙大夫那儿去——大夫的诊所设在旧市，招牌上以南瓜为记。勃鲁诺对他的朋友说道：

“你们留在这里陪着他，我到大夫那儿去听他怎么说，如果必要，就把大夫请来。”

“啊，我的朋友，”卡拉德林嚷道，“快到大夫那儿去吧，回来好好告诉我究竟我得的什么病，我只觉得肚里说不出的难受!”

勃鲁诺一口气赶到西蒙大夫那儿，那送尿的女仆倒反而落了后，他把他们的一套把戏告诉了大夫，所以等女仆来到，大夫看了看小便，就对她说道：

“你先回去告诉卡拉德林盖得暖一些，我立刻就来，告诉他得的什么病，应该怎么办。”

女仆回家来回报了主人。不多久，大夫和勃鲁诺都来了；大夫在卡拉德林床边坐了下来，开始诊他的脉，一会儿，病人的妻子来了，他就对病人说道：

“你听着，卡拉德林，我看在朋友面上对你说，你什么病也没有，

---

① “你简直像一个死人”及以下一句，从里格译本及麦克威廉译本补入。

你只是怀了孕罢了。”

卡拉德林听说他怀了孕，急得直叫起来，嚷道：“哎呀！苔莎，这都是你不好！你总是非要让你睡在上面不可；我早就告诉过你这是犯忌的。”

他的妻子本来十分脸嫩，听见丈夫说出这种话来，羞得满脸通红，低垂着头，一声不响，溜出了卧室。卡拉德林继续埋怨道：

“唉，倒楣，倒楣！我该怎么办呢？叫我怎么养得出孩子呢？这孩子从哪里养出来呢？我看我这一回是非送命不可了，这都是害在我那个淫妇的手里！但愿天主重重责罚她我才高兴！要不是我病倒了，我一定要跳下床来给她一顿好打，叫她浑身没有一块好肉。不过这也是我自作自受，谁叫我让她爬了上来，做我的上手呢？要是我逃过了这场大难，以后就是看她死，我也不许她再干这种事儿了。”

勃鲁诺、布法马可和奈洛听见他这番妙论，好容易才忍住了笑，可是那个江湖郎中却笑得牙齿都快掉下来了。后来卡拉德林苦苦求他替他想个办法，他就说道：

“卡拉德林，你别急，谢天谢地，幸亏你这病看得早，还有个救，不消几天，也不要你受多大痛苦，我就可以替你把病医好，不过你多少总得破一些钞。”

“唉，我的好大夫，”卡拉德林嚷道，“请你看在大慈大悲的天主面上，帮我这个忙吧！我这儿有两百个银币，本来是打算买田地的，假使需要这么多钱，那么你都拿了去吧，只要不让我生小孩子就是了。因为我不知道小孩子该怎么养。我听见女人在生养孩子的时候，拼命叫喊，她们天生有着宽大的产道，尚且这样；假如我生产起来，准是孩子还没落地，已经把我痛死了。”

“别害怕，”大夫说，“我会替你提炼一剂药水，喝起来味道非常好，你只要连喝三个早晨，就可以把胎打掉了，包管你又生龙活虎一般神气起来。不过以后你可得当心些，别再干出这种糊涂事来啦。提炼这种药水须得三对肥大的阉鸡才成，此外还有别的一些药料，总得五个银币才能办齐，三个朋友中，你可以把钱交给随便哪一个，让他把药料买来之后，送到我诊所去。明天早晨，我准把药水配好送来，决不有误，你每次喝一大杯。”

“我的好大夫，”卡拉德林说，“我一切都依你。”

他给了勃鲁诺五个银币，另外又拿出足够买三对阉鸡的钱，请他看在朋友面上，代办一下。大夫去后，配制了一些吃不坏人的药水，送到卡拉德林那儿。勃鲁诺去买了阉鸡，办了一席酒菜，请两个朋友和大夫一同来享受。

每天早晨，卡拉德林喝一杯药水，连喝三天；到了第三天，大夫和三个朋友一起来看他，大夫诊过脉之后，对他说道：

“卡拉德林，果然不错，你已经完全好了。你现在再不必耽在家里，尽可以到外面去随意走动了。”

卡拉德林听见病已好了，这份高兴可不用说了，马上从床上爬起，到外面去干他的正经。从此逢人就夸说西蒙大夫医术高明，在三天之内，毫无痛苦，就把他的胎打掉了。勃鲁诺、布法马可和奈洛三人因为想出这个妙计，不管卡拉德林怎样吝啬，都叫他心甘情愿地拿出钱来，很是得意。只有苔莎太太，看出苗头，知道这是个骗局，以后老是跟她丈夫嘀咕这回事。

故事第四

福塔利戈和人赌博，输得只剩一件衬衫，又把主人的钱也输了。主人骑马赶路，他在后面追，高嚷捉贼。路旁的农民帮着他把主人的衣裳和马都夺了过来，主人反而落得穿着衬衫走路。

卡拉德林责备他妻子的话，叫大家笑得不可开交；菲洛特拉托讲完故事，女王吩咐妮菲尔接下去讲。只听她说：

各位尊贵的小姐，人们要不是往往容易说出愚蠢和缺德的话来，却很难在谈吐之间流露出见识和德性，那么大家也不必说话处处留神了。那呆气十足的卡拉德林就是一个明显的例子。经不起人家三言两语，轻轻一哄，他真以为自己得了怪病，就算他急于求治，也不必把闺房中的乐事说出来呀。我因此想起了一个情况恰巧相反的故事：一个狡猾的人怎样压倒了一个有见地的人，使他吃了很大的亏，还蒙受了耻辱。我现在就把这故事讲给大家听。

不多几年前，锡耶纳地方有两个年龄相仿的男子，名字都叫做乞哥。一个是安朱利厄利的儿子，另一个是福塔利戈的儿子，这两人尽管作风彼此格格不入，但是在怨恨自己的父亲①这一点上，却是彼此步调一致，因此竟成了好朋友，常在一起玩。

安朱利厄利是一个相貌端正、举止大方的青年，觉得父亲每月津贴的钱这样微薄，长住在锡耶纳没有什么意思；这一回他听说一个很赏识他的红衣主教，代表教皇，到马尔凯斯来公干，就决定去请他提拔，也好谋一条出路。他把自己的打算向父亲禀明了，请父亲把六个月的津贴一次给他，让他置备衣服马匹，好体体面面地去见人；那父亲答应了他的要求。

他还想随身带一个仆人，正在物色；福塔利戈听得了这消息，立即赶了来，横求竖求地要安朱利厄利收留他，说自己情愿做他的跟班、做他的马夫——做什么都行，没有工钱也不打紧，只要管他的食宿就行了。安朱利厄利却不肯答应，倒也不是因为嫌他不会做事，而是因为一向知道他是个赌鬼，有时候还要喝酒；可是经不起福塔利戈赌誓发咒，说他从此决心戒赌戒酒，又是这样哀求苦告，安朱利厄利终于答应收留他。

这样，一天早晨，两人起身赶路，来到布翁孔文托，已是晌午，就在那里午餐，餐后，因为暑气逼人，安朱利厄利关照客店设了一张铺位，让福塔利戈替他脱下衣裳，就独自午睡了，临睡，叮嘱福塔利戈等敲了午后钟，就叫他起来。

他的主人刚刚入睡，福塔利戈就已经溜进酒店，喝了几杯酒，看见人家正在那里赌钱，他也加入进去，不到片刻，把身边的钱都输光了，他剥下衣裳再赌，连衣裳也输了；他一心要翻本，只穿着衬衫，走回客店，进了客房，看见安朱利厄利正自好睡，就把他钱袋里所有的钱都拿出来，再去赌博，这一笔钱，像先前的钱一样，马上从他手里溜走了。

安朱利厄利一觉睡醒，下了床，穿好衣服，却怎么也找不到福塔利

① “怨恨自己的父亲”一句依据里格译本及麦克威廉译本。潘译本作“为自己的父亲所恨”。

戈，还道他像往常一样，喝得烂醉，不知道倒在哪里了，决定不再管他，叫人把鞍辔和旅行袋放上马背准备独自赶路，等到了科西尼亚诺，另雇一个仆从，临走的时候，去向店主人付账，他这才发现袋里的钱已经不翼而飞了。整个客店顿时闹得天翻地覆，安朱利厄利说钱是在客店里失窃的，因此口口声声要把客店里这一班人送到锡耶纳查办。

正闹得不可开交的时候，福塔利戈穿着一件衬衫来了，原来他偷了主人的钱不算，还想把他的衣裳拿去再赌，现在看见他已经整装待发，就慌忙说道：

“怎么啦，安朱利厄利，我们这么早就要动身了吗？天哪，等一等吧，我把一件紧身衣押给了一个人，拿了他三十八个银币，现在他快要来了；我敢说，我只要还给他三十五个银币，他就会把我的紧身衣还我的。”

正当他这么胡扯的时候，又来了一个人，向安朱利厄利作证，钱就是他那个仆人偷的，他可以说出福塔利戈跟人赌博一共输了多少钱。安朱利厄利听他所说，句句是真，因此怒火直冒，痛骂福塔利戈，要不是这时候正围着这么些人，那他还管什么天主不天主，准会闹出人命案子来；现在他威胁福塔利戈说，他一定要叫他判了绞刑、充了军才罢休。于是他跳上了马背。

谁知道福塔利戈竟若无其事，好像人家不是在骂他，而是在骂另外一个人。他说道：“得啦，得啦，安朱利厄利，废话少说些，还是谈谈正经大事吧：要是我们现在就把钱还给他，那么只消三十五个银币就可以把衣裳赎回来了，如果挨到明天，那就非要三十八个他决不肯答应。这完全是因为我照着他的意思下的赌注，他才这样对我特别通融。嗳，这三个银币的外快我们乐得捞的呀。”

安朱利厄利听他居然说出这种话来，简直气昏了，尤其是当着这许多旁观者，给他这么一说，人家果真猜疑地打量起他来了，仿佛福塔利戈并没输去了他的钱，倒像是他安朱利厄利扣住了他的钱一般。于是他说道：

“你的紧身衣跟我有什么相干？你这该吊在绞刑架上的恶徒！你把

我的钱偷去输光了，现在又胆敢跟我开玩笑，缠着我不让我动身!”

谁知福塔利戈依然装痴卖乖，好像人家骂的并不是他，说道：“哎呀，你为什么不让我省下这三个银币呢？难道你以为我日后没有补报你的机会了吗？看在老朋友面上，请你帮我这一次忙吧！干吗这样心急慌忙呢？时间还早得很，还怕来不及赶到托伦尼厄利过夜吗？来吧，掏出你的钱袋来，要知道踏遍全锡耶纳，我也再找不到这样称心合身的紧身衣了。难道我能让那个人只出了三十八个银币，就把这样一件衣裳吞没了吗？这件衣裳值四十个银币都不止呢。如果你不肯，岂不是使我受到双倍的损失吗?”

安朱利厄利看见他偷了钱不算，还要这样无理取闹，差些儿把肚子都气破了，就再不理他，掉转马头，朝着到托伦尼厄利的大路驰去。福塔利戈立刻想出一条诡计，只见他身上穿着一件衬衫，跟在马后，快步追去。这样奔了六里路，他还是一声声问他讨紧身衣。安朱利厄利只顾催马加鞭，一路奔去，只想撇下这个讨厌的家伙，图一个耳根清静。福塔利戈向前一望，只见大路旁、田野中，正有几个农夫在种田，就大声嚷道：

“捉贼哪！捉贼哪!”

那些农夫听到叫喊，果然扛着锄头，拿着铲子，冲到大路上，拦住了安朱利厄利的去路，只道前面是个强盗，抢劫了那个在后面没命追赶、大声呼号、只穿着一件衬衫的人，因此把他捉住了；尽管安朱利厄利竭力分辩，再三解释，可是他们哪儿肯相信？不一会，福塔利戈已经赶到，只见他怒容满面，喝道：

“好一个没良心的贼，竟偷了我的东西逃了，我恨不得把你一刀杀死!”说着，他又回过头来对农夫道：

“诸位，瞧，他把我害得好苦！他输光了钱，竟把我丢在客店里！幸亏天有眼睛，靠着各位帮忙，我追回了失物，我将永远感谢你们。”

安朱利厄利把真情实况告诉他们，可是他的话偏没有人听。这些农夫，听了福塔利戈的话，一拥而上，把他拖下马来，福塔利戈剥了他的衣裳，穿在自己身上，骑上了他的马，扬长而去。可怜安朱利厄利只落得赤着脚、穿着一件衬衫，不知如何是好。福塔利戈回到锡耶纳，逢人就说，他和安朱利厄利对赌，赢得了那匹马和衣裳。安朱利厄利原想穿着得体体面面，去见红衣主教，现在身上只剩一件衬衫，身边一文不名，回到了布翁孔文托；他觉得无颜回到锡耶纳，就借了些衣服，骑了福塔利戈留下的一匹驽马[1]，到科西涅诺一个亲戚家里住下，等待父亲再一次的资助。

福塔利戈就这样凭着狡猾，破坏了安朱利厄利的美好的计划，当然，有朝一日到来，福塔利戈也还是逃不过惩罚的。

① 这两句在里格译本作："把福塔利戈的驽马抵押了，弄来了一套衣裳。"似较合理。

故事第五

卡拉德林爱上一个娘儿，勃鲁诺给他一道符咒，说是只消拿去碰她一下，她就会跟着他走，让他如愿以偿。谁知刚要行乐，忽然自己的老婆赶来，把他当场捉住，叫他吃足苦头。

妮菲尔的短短的故事讲完了，大家没有什么表示，既没有笑，也没有批评。女王回过头来，吩咐菲亚美达接着讲一个，她欣然答应，这样说道：

各位好姐姐，想必你们都知道，讲故事不怕重复，只要讲的人把时间和地点安排得适当，那么一个题目即使讲了又讲，还是能够叫人听得津津有味的。我想，我们聚集在这里并非为了什么，原是为了找寻欢乐，那么在这样的场合，借着这样的机缘，讲些有趣的故事，让大家高兴高兴，是再适当不过的了。这样的故事即使讲一千遍也不会叫人讨厌。卡拉德林的妙人妙事，大家已经讲得很多，菲洛特拉托方才就讲了他的一个故事，都非常有趣，我现在不厌其烦，再来讲一个。本来我很可以不顾事实，把故事里的人名随便改一改，不过听故事的人总喜欢听真人真事，所以我就据实直说了。

尼可洛·科纳基尼是我们城里的一个富豪，在卡美拉塔地方有一块很好的土地，他在那里盖了一座富丽的别墅，请勃鲁诺和布法马可把屋子内部全都漆绘一下；这倒是一件很浩大的工程，所以他们又把奈洛和卡拉德林叫来帮忙。宅子里有几个房间已经放置了床铺和家具，其余的都还空着，只有一个老年的女仆在那里看管。尼可洛有一个儿子，名叫腓力波，年纪还轻，未曾结婚，经常把女人带到这里来取乐，住了一两天，就把她们打发掉。有一回，他带了一个姑娘来，名叫尼可罗莎，她原是卡马度利地方曼乔纳所开设的妓院里的一个姑娘，谁看中她，就可以出钱把她包下来，带出院外。

这姑娘长得很漂亮，衣饰华丽，拿她的身份来说，举止谈吐还算大方。有一天中午，她穿着一条白裙子，头上编着发髻，从房里出来，到院子的井边洗脸洗手。恰巧卡拉德林也来取水，和她亲密地打了个招呼。她回敬了他，还对他瞟了几眼，倒并不是因为她看中了卡拉德林，而是觉得这个家伙有些儿傻里傻气。卡拉德林因此也把她上下打量一番，越看越觉得她好看，竟忘了正事，只是待在井边不走，不过因为不知道她究竟是谁，不敢和她交谈。

她知道他在盯着她看，存心要戏弄他，也不时对他看看，还轻轻地叹了一两口气。卡拉德林果然立刻堕入情网，两只脚好像在地上生了根似的，直到那姑娘被腓力波叫进房里，这才离开天井。

卡拉德林回到工作的地方，却什么事不做，只是长吁短叹。勃鲁诺一向把卡拉德林看作一个妙人儿，总是注意着他的一举一动，如今看到这番光景，不免问道：

“朋友，你碰见了什么晦气星，只管这么长吁短叹呀?”

“朋友，”卡拉德林回答道，“只要有哪个肯帮我一下忙，那就好啦。”

“是怎么一回事呢?”勃鲁诺问。

“你千万别跟人说哪，”卡拉德林回答，“说起来，这事要叫你大吃一惊，就在楼底下，住着一位娇滴滴的姑娘，比天上的仙女还漂亮，方才我去打水的时候遇见了她，谁知她竟对我一见钟情！”

“哎呀，”勃鲁诺嚷道，“可别就是腓力波的老婆吧！”

“我想她是的，”卡拉德林说，“因为我听见他在房里叫她，她一听见他叫，就走了进去。不过这有什么关系？遇到这种事，哪怕是耶稣基督，我也要对他不住呢，还管他什么腓力波！朋友，老实对你说吧，我爱得她说都没法说了！”

“朋友，”勃鲁诺回答道，“我去替你打听她是这里的什么人，只要她真是腓力波的老婆，那不消三言两语，包管替你把事情办得妥妥当当——因为我跟她是老交情。不过我们怎么可以不让布法马可知道这回事？他总是在我身边，我找不到和她单独讲话的机会呀。”

“我才不在乎布法马可，”卡拉德林说，“不过，奈洛我们倒要防着些，他是苔莎的亲戚，要是让他知道了，那我们的事就不好办了。”

“说得对。”勃鲁诺说。

其实楼下那个姑娘是谁，勃鲁诺怎么会不知道，她来的时候勃鲁诺就已看到，后来腓力波也对他说起过。不多一会，卡拉德林丢下工作，又跑去张望她，勃鲁诺趁机把他的一片痴心告诉了奈洛和布法马可，三个人就悄悄商量该怎样哄他一哄。等他回来之后，勃鲁诺就轻轻问他道：

“看见了她没有？”

“唉，看见了，”卡拉德林回答道，“我这条命要送在她手里啦！”

勃鲁诺说：“我去看看，她究竟是不是腓力波的老婆，如果是她，这回事交给我办好啦。”

勃鲁诺走到院子里，找到了腓力波和尼可罗莎，把卡拉德林是怎么一个人物，他现在存了怎样的痴心，说了些什么话，都一一告诉了他们；又跟他们商量了一阵，大家该怎样说话行事，好设下美人计，让这只自作多情的呆鸟自投罗网，岂不有趣？于是他回到楼上，对卡拉德林说：

“果然是她！不过你得小心行事，万一让腓力波知道了，那么把阿诺河里的水全拿来替我们洗刷，只怕也脱不了干系。要是我见到了她，可以说句话的时候，你要我怎么跟她说呢?”

“对，”卡拉德林回答道，“开头第一句话，你就说，我但愿她田里播下一万斤种子；接下去就说，我是她的奴仆，问她可愿意……你可懂我的意思吗?”

“当然懂得，”勃鲁诺说，“把这事交给我好了。”

不一会，已到傍晚用饭时分，这几个画匠歇了手，下楼来到院子里，遇见了腓力波和尼可罗莎，就故意逗留一会，好让卡拉德林显一下身手。只见他瞅着尼可罗莎，挤眉弄眼，做手势，丑态百出，只怕一个瞎子也会觉察到了。偏是那个姑娘依着勃鲁诺的主意，又极力跟他敷衍，更弄得他心痒难熬，那姑娘看见他这等光景，心里暗暗好笑。①

这当儿，腓力波忙着跟布法马可他们谈话，只装作不曾注意卡拉德林的举动。这么谈了一会，他们就向腓力波告辞，把卡拉德林一起拖走，卡拉德林真是万分的不愿意。在回佛罗伦萨的路上，勃鲁诺对他说道：

“我对你说吧，你的热情已经把她软化，就像一块冰在阳光底下融化一样。妈的，你要是带了三弦琴，在她的窗下唱几支情歌，只怕她要从窗口跳下来跟你幽会呢。”

卡拉德林说：“你以为——老兄，你以为我最好到她窗下去弹琴唱歌吗?”

“当然，当然。”勃鲁诺回答。

“我今天早晨告诉你的时候，”卡拉德林说下去道，“你还有些儿不相信。可是老兄，老实对你说吧，世上再没有哪个比我手段更高明的了。除了我，还有哪个能叫这样一位美人儿一见倾心呢？你别看那班油头光棍一天到晚在街上东逛西荡，他们如果逛了一千年，能够拾到三四粒硬果，就算他们本领大了。我真巴不得我在她窗下弹琴唱歌的时候，你也能来瞧瞧我这一手，这才叫妙哪！必须向你郑重声明，我不是什么

---

① “依着勃鲁诺的主意……”以下几句从里格译本及麦克威廉译本。

老头儿，你别错看了人哪。她一眼看出我年纪还轻得很呢——反正只要让我把她弄到了手，那时候，管叫她知道我的厉害了。妈的，我要弄得她神魂颠倒，就像吃奶的孩子离不开妈那样，吊住我不放！”

“啊，”勃鲁诺附和着说，“我担保她早晚会落到你的手里。我仿佛已经看见你那像弦柱般的两排牙齿咬着她那一颗樱桃小嘴，和两朵玫瑰花般的双颊，不消片刻工夫，已经把她连皮带肉整个儿吞下去啦！”

卡拉德林给他这几句话一说，只道自己真的已经如愿以偿，喜得他一路上手舞足蹈，哼着小调，身子轻得要飘了起来，灵魂差些儿出了窍。

第二天早晨，果然，他带了一把三弦琴来，在她窗前一遍又一遍，唱起情歌来，听得大家都乐不可支。这一切也不一一细表，总之，他恨不得她时时刻刻都在他眼前，连干活也没有心思了，整天只是忙着奔上跑下，何止千百次，一会儿到她的窗前，一会儿等在门口，一会儿又溜进院子，巴望能够见到她一面。那娘儿何等伶俐，依着勃鲁诺的嘱咐，故意给了他许多见面的机会。勃鲁诺做了两人之间的牵线，替他传话、又给他带来了回音，有时候还替他带来了她的口信；逢到她不在宅子里的时候(这也是常有的事)，就说她回到娘家去了，还拿出她的信来作证，信里说了许多甜蜜话，只是叫他安心等待机会，目前别到她娘家去看她。

勃鲁诺和布法马可搭了档，一起来玩这出把戏，看到卡拉德林整天痴痴呆呆，好不有趣。他们假借那娘儿的名义，问他讨长讨短，什么象牙梳子、钱袋、刀子，都讨到了；偶然也拿些不值钱的铜戒指回报他，说是那娘儿送的，他就欢天喜地的藏了起来。他只希望他们在这件事上多出把力，尽力讨好他们，三天两头经常请客。

谁知两个月过去，那娘儿依然可望而不可即，不曾让卡拉德林得到她一些好处。他眼看壁画的工作就要结束，心里可着急了，他想：如果这时候再不把她弄到手，以后还有什么指望，因此他缠住了勃鲁诺，苦苦求他，要帮这一个忙。勃鲁诺等那娘儿又住到别墅里来了，就去跟她和腓力波商量妥当，于是回来对卡拉德林说：

“听着吧，老兄，那位少奶奶口口声声在我面前说，一定让你如愿以偿，可是却一直毫无动静，我看她是故意吊你的胃口。既然她回回失信，那么我们也顾不得她愿意不愿意，只要你同意，我们就再也不放过她。”

“好极啦!”卡拉德林嚷道，“请你行行好，马上进行吧!”

勃鲁诺说：“我给你一道符，你有胆量拿着这符在她身上去碰一下吗?”

“这还有什么好怕的?”卡拉德林回答说。

“那么，”勃鲁诺说，“你给我去想法弄一块还没生下来的羔羊皮来，一只活的蝙蝠，三撮香，和祭坛上供奉过的一支蜡烛，其余的一切，我自会安排。”

当天晚上，卡拉德林费了九牛二虎之力，总算活捉了一只蝙蝠，于是和其他几样东西，一起送给了勃鲁诺。他把这些东西带进房里，在羊皮上信手乱涂乱写一阵，拿给卡拉德林道：

“听着，卡拉德林，你只要用这道符咒在她身上碰一下，她就立刻跟着你走，听凭你的摆布。如果腓力波今天出去，你就找个借口，跑去跟她搭讪，趁机就拿这个碰她一下；于是回头就往那边谷仓里跑，她自会跟着你来到谷仓，那儿真是一块让你行事的好地方，谁也不会去的，那时候你就可以为所欲为了。”

卡拉德林一听到这话，喜得眉飞色舞，接过了符咒，说道：“老兄放心，你看我的好了。”

卡拉德林最不放心的就是奈洛，却不知道他就跟着这一伙人一起作弄他，跟大家一样的感到有趣。他听了勃鲁诺的话，来到佛罗伦萨，去找卡拉德林的妻子，对她说道：

“苔莎，你总忘不了有一天卡拉德林在缪诺纳河拾了一大堆石子回来，毫没来由地把你狠狠揍了一顿吧?我认为此仇非报不可，如果你甘心受他欺侮，那么以后也不必认我做你的亲戚或是朋友了。人家请他去涂饰墙壁，他却看中了别人家的女人，偏是那女人也不是个好东西，时常和他关在一间屋子内，不知道搞些什么，才不多一会，他们俩又约好在今天幽会，我特地赶来向你报个信，你好前去捉奸，给他吃些苦头!”

那位太太一听到卡拉德林在外边偷女人，这还了得，气得她跳起身来，嚷道：

“嘿，你这个千人指万人骂的恶徒哪，你可以这样对待我吗？我对天起誓，这一回决不放过你，非要叫你得到报应不可！”

她这么说着，就披了一件斗篷，带着一个小使女，立刻动身，跟着奈洛，三步并作两步，向别墅赶去。

勃鲁诺远远望见他们，回头对腓力波说：“咱们的朋友来啦！”

腓力波马上来到卡拉德林他们一起工作的地方，故意对大家说道：

“各位师父辛苦了，我有事要立刻到城里去走一遭，请大家继续用心工作吧。”

他说完就走，找到一个适当地方，躲藏起来，暗中窥视卡拉德林的行动。卡拉德林只道腓力波已经去远了，就丢下工作，来到院子里；一看，只有尼可罗莎一人在那里，就和她搭讪起来。她早已心里有数，故意凑近他身边，比平时加倍亲热。卡拉德林趁机拿出符咒，往她身上一触，于是连话都不说一句，转身直往谷仓走去，她紧跟在后。两人一到里面，她随即把门关上，搂住卡拉德林，趁势把他推倒在一堆干草上，自己骑在他身子上，双手按住他的肩膀，使他的脸没法凑近她，于是她只管看着卡拉德林，好像胸中有无限热情似的，说道：

“我那甜甜蜜蜜的卡拉德林呀，我的心肝、我的灵魂、我的宝贝、我的幸福呀，我日夜都在梦想占有你、搂住你！你那种风流潇洒的样子，迷得我神魂颠倒。你的三弦琴弹得我心痒难熬！难道这会儿我是当真跟你在一起吗？”

卡拉德林几乎给她压得动弹不得，说道：“我的好心肝，让我吻吻你吧！”

“哎呀，”她回答道，“你太性急啦！让我先把你这张漂亮面孔瞧个仔细，看个饱之后再说吧。”

再说勃鲁诺和布法马可也去和腓力波躲在一起，三个人把这一切都看得明白、听个清楚。正当卡拉德林想要使劲去吻尼可罗莎，那边奈洛和苔莎已经赶到了。奈洛说：

“老天在上，我敢说这一对男女一定就在里面!”

苔莎这时怒火冲天，急急忙忙奔到谷仓门口，狠命一推，把那扇门推得飞了起来，便直冲进去，只见尼可罗莎正骑在卡拉德林的身上。尼可罗莎看见卡拉德林的老婆来了，就跳起身来，一溜烟逃到腓力波那边去了。可怜卡拉德林也想要逃，可是哪儿来得及？还没爬起身来，他的老婆已经扑了过去，用指甲抓，用牙齿咬；这还不肯罢休，又一把抓住他的头发，把他拖过来、拉过去，高声骂道：

“你这只该死的恶狗，你竟这样对待我？你这个老不死，我还要爱你，真是自己瞎了眼睛！难道在家里还不够你受用，还要到外面去寻野食吃吗？看你不出，居然还是个风流的情人呢！恶狗，你到镜子里去照照自己是什么东西！下流胚，你为什么不到镜子里去照照自己是什么东西？天知道，就是把你榨也榨不出几滴水来！我现在明白了，叫你怀孕的不是我苔莎，[①]原来另有别人。不管这个女人是谁，但愿天主来收拾她吧。她一定是个贱货，才会看中你这样一个宝贝!”

卡拉德林看见妻子突然出现，觉得活也不是死也不是，由她摆布，不敢抗拒。他的脸上全给抓破了，头发给扯落了，衣服给撕碎了，最后踉跄站了起来，捡起了自己的帽子。低声下气，求他的妻子不要这么高声叫喊，因为那个女人是屋主人的老婆，倘使给他知道，自己就要给人千刀万剐了。

“但愿天主叫这种女人倒楣吧。”她嚷道。

勃鲁诺和布法马可跟腓力波和尼可罗莎躲在一起，把肚子都笑痛了。后来那两个老朋友只装作听得吵闹声，赶来劝架，说了许多好话，才把苔莎劝住了，又劝卡拉德林快回到佛罗伦萨去，以后不可再来了，只怕让腓力波知道了，性命难保。可怜卡拉德林头发扯掉、脸皮抓破，只得垂头丧气回到佛罗伦萨，听凭老婆日吵夜骂，从此再也不敢到那个地方去找那姑娘了。他那番狂热的恋爱，让他的朋友们、也让尼可罗莎和腓力波取笑了一番之后，就此结束了。

---

① 见第九天故事第三。

故事第六

两个青年在小客店过夜，半夜里，一个青年去和主人的女儿同睡，主妇又错把另一青年当做自己的丈夫，后来那第一个青年又睡上了主人的床，险些闹出事来，幸亏主妇聪明机灵，轻轻一句话，就把母女俩的羞辱遮盖过去。

卡拉德林的故事已经使大家笑过几次，现在又一次逗得众人大笑起来。小姐们少不了要对这个妙人儿发表一番意见，于是女王吩咐潘菲洛接着讲一个；只听他说道：

尊贵的小姐们，卡拉德林看中了一个女人，名叫尼可罗莎，这使我想起另外一个尼可罗莎来，现在我就把她的故事讲给各位听，让大家知道，一位好妻子怎样急中生智，把一桩丑事轻轻遮盖过去。

不久以前，缪诺纳平原上住着一个老实人，境况很不好，只住一间小小的房子；全靠煮些茶，备些饭菜，供给来往旅客充饥解渴，勉强度日。偶尔遇到熟人，天色已晚，来不及赶路，也收留他歇宿一夜——如果上门来的是个生客，就不肯行这个方便。他有个老婆，倒是长得很有姿色；生下两个孩子，大的十五六岁，名叫尼可罗莎，是个标致健壮的大姑娘，还没嫁人；小的一个未满一岁，还在吃奶。

我们城里有一位风度翩翩的青年，名叫皮奴乔，常在这一带经过，看见了那个姑娘，不禁爱上了她；那姑娘得到这样一位体面的绅士的爱慕，也觉得十分得意，所以在他面前搔首弄姿，有意去笼络他。到后来，弄假成真，也不由得把他爱上了。这一对男女两厢情愿，要不是那青年唯恐连累了他情人，自己的名誉也要遭受损害，只怕他们早已成其好事了。

可是他朝思夜想，热情越来越高涨，再也压不住这要和尼可罗莎偷情的欲望，竭力想找个借口在她父亲家里过夜，因为他知道她家只有一间屋子，等一家人都睡熟之后，不难暗中找到她，和她睡在一起。他打定主意，就马上进行。

他带了一个知道他正在恋爱的心腹朋友，名叫阿德连诺，租了两匹马，在马背上各放两个袋子，里面尽是塞些稻草；两人一起从佛罗伦萨骑马出发，绕了一个大圈子，等来到缪诺纳平原，天色已晚，于是掉转马头，算是从罗马纳回来，奔向那老实人的小房子，去敲他的门。那老实人本来认识他们，立刻打开门来。皮奴乔对他说道：

“今天只好在你家里打扰一夜了。我们本想当天赶回佛罗伦萨，哪想拼命赶了一程路，来到这里天就黑了。”

“皮奴乔，”主人回答道，“你也知道，我要留宿你们这样的贵人是多么为难啊；可是天已晚了，你们什么地方也不能去了，只能让我想个办法请两位将就一夜。”

两个青年于是跳下马来，系好坐骑，走进这家小小的客店；他们随身带着干粮，这时就拿出来，当作晚餐，请主人一同分享。

这个老实人只有一间小小卧房，他费尽心机，在房里安排了三张铺。两张靠着一堵墙，另一张放在对面，中间只剩一条狭窄的通路，此外再没有转身的余地了。主人把单独靠墙、算是最像样的一张床铺，让给那两个青年睡。过了一会，他们假装呼呼入睡，于是主人又叫女儿睡到对面的床上去，然后自己和老婆睡在第三张床上，床边放着婴儿的摇篮。

皮奴乔暗中看好那姑娘和主人的铺位，又睡了好久，料想这一家人已睡熟了，就轻轻爬下床来，摸到他情人的床上，躺在她身边。她心里又喜又怕，听凭他摆布，两个人多时的心愿，都在这一夜里还却了。

皮奴乔正和情人温存，不料有一只猫绊翻了什么东西，啪的一声惊醒了主妇，她怕出了什么事，爬下床来，暗中摸索着，去到那发出声响的地方查看一下。

这时候，阿德连诺恰巧也起了床，并非因为听到了那一声响；而是觉得这当儿肚里有些紧张，要出去找个地方方便一下。不想跨了几步，就给主妇放在那里的摇篮挡住去路，他只得抬起摇篮，移到自己的床边来，等事毕回来，哪儿还想得到把摇篮放回原处，只管爬上自己的床，继续睡去。

主妇摸索了一会，发觉原来是跌落了什么东西，也懒得点火瞧瞧，嘴里骂着瘟猫，仍旧回房去睡。她一直走到丈夫睡着的那张床铺，一摸，床边并没有摇篮，暗暗对自己说道："我的天哪！我险些儿闹出笑话来！说也不相信，我差些儿爬上客人的床呢。"

她再走几步，摸到了摇篮，就爬上床去，睡在阿德连诺身边，把他当作自己的丈夫。阿德连诺这时还没睡熟，心里好不欢喜，将她一把搂住，和她百般亲热，那女人十分快乐。

这当儿，皮奴乔已经跟他的姑娘玩够了，只怕贪睡误事，就离开了她，回到自己的床上去睡。他摸到摇篮，只道旁边就是主人的床，就再向前摸索几步，竟爬上了主人的床铺。主人被他弄醒了，他也不管，还道是跟阿德连诺睡在一起，对他说道：

"对你说了吧，世上再没有哪个小妞儿比尼可罗莎更逗人喜爱的了。妈的，从来也没有哪个男人享受过我这一夜的福气——我离开了你之后，已经在城里六进六出呢。"

主人听见这些话，未免有些不乐意，暗想："这个王八蛋在捣什么鬼?"终于气糊涂了，不假思索地嚷道：

“皮奴乔，你这不识抬举的东西，竟干出了这种不要脸的事来，妈的，我非叫你吃些苦头不可！”

谁知皮奴乔也不是一个最识相的后生，明知自己已经铸成大错了，却不想补救，还要嘴硬：

“你要叫我吃什么苦头？你敢拿我怎样？”

主妇只道自己正和丈夫睡在一床，对阿德连诺说：“哎呀，听哪，我们的两个客人彼此在争吵呢！”

阿德连诺笑着说道：“随他们去吧，合该他们倒楣，谁叫他们昨晚喝那么些酒！”

主妇再仔细一听，已经觉得像是她丈夫在叫骂，又听出了阿德连诺的口音，立刻明白她是睡在谁的床上，靠在谁的身边。她果然不愧是一个聪明懂事的女人，什么话也不说，立刻起床，拿着摇篮，在漆黑之中，摸索到女儿床边，就爬了上去，和女儿睡在一起。于是只装作被丈夫吵醒，叫着他，问他跟皮奴乔闹些什么。

“你没听见他说，他今夜跟尼可罗莎干的好事吗？”那丈夫反问道。

“哎呀，”她嚷道，“这简直是在说梦话！他几时睡到尼可罗莎的床上来过？我整夜都陪着她睡觉，况且我又一会儿都不曾合过眼。你竟然会相信他，真是一头蠢驴。你们男人晚上喝起酒来没有个完，等睡到床上，就整夜做着乱梦，在床上翻来滚去，还道自己在干着惊天动地的事业。你们不曾把脖子跌断，已经是上上大吉了。不过皮奴乔睡到你床上来干什么？他为什么不睡在自己的床上呀？”

阿德连诺在旁边听得分明，觉得这主妇真是聪明，一句话就遮盖了她自己和她女儿的丢脸的事；于是趁势附和道：

“皮奴乔，我不止对你说过一百遍，叫你不要在外面过夜；你明明睡熟了，却会爬起来走路，还要大谈乱梦里的景象，仿佛真有那么一回事似的。你这种怪病早晚会给你招来麻烦。还不给我走回来，活该你受这一夜的罪！”

给主妇和阿德连诺二人这么一说，主人当真以为皮奴乔在做梦，就握住他的双肩，只管用力摇他，还大声嚷道：

“皮奴乔醒来！回到你自己床上去睡吧。”

皮奴乔听见他们的话，心里有数，果然像是在梦呓般胡言乱语了一通。主人不觉咧开了嘴，哈哈大笑起来，又把他摇了几摇。皮奴乔这才装作醒过来了，叫着阿德连诺道：

“这会儿已经天亮了吗？是你在叫我?”

“是啊，”阿德连诺回答他道，“到这边来吧。”

皮奴乔装得睡眼惺忪，把身子从主人的床上撑了起来，走回到阿德连诺那边去。天亮了，大家起身之后，主人拿他的梦话跟他取笑。这样你说一句笑话、我说一句笑话，直到两个青年备好马鞍、装好袋子，这才罢休。他们和主人干杯之后，跳上马背，直向佛罗伦萨驰去。两人都有一番收获，又是那样顺手，因此越想越得意。

从此以后，皮奴乔另找机会和尼可罗莎幽会，那姑娘对母亲发誓说，皮奴乔是在说梦话；那母亲记起和阿德连诺的一番亲热情景，心中就想道，原来当时只有她一人是清醒的呢。

故事第七

泰拉诺梦见恶狼咬烂了他妻子的喉头和面孔，因此叮嘱妻子不要到林子里去，她偏不肯听，果然遭了殃。

潘菲洛讲完故事之后，大家都称赞主妇足智多谋；于是女王吩咐潘比妮亚接下去讲一个。她这样说道：

各位漂亮的姐姐，我们在以前的一些故事中，曾经谈到梦兆应验的事实，但是有好些女人却只管加以取笑；因此，虽然这类故事我们已经讲过，我现在乐于给大家再讲一个短短的故事——我有一个女邻居，不多久之前，只因为不肯相信她丈夫所做的恶梦，终于闹出这么一段事来。

我不知道你们可认识一位很有地位的绅士，名叫泰拉诺·第摩莱赛，他的年青的太太玛格丽达，美貌出众，却是刚愎成性，固执不化，别人做的事，她永远看不顺眼；她做事也从来不肯接受别人的意见。泰拉诺娶了这样一位太太，真有说不出的苦，但也没有办法，只能勉强容忍，由她一意孤行。

有一夜，他和玛格丽达睡在乡村的别墅里，他在梦中看见她走进离别墅不远的一座美丽的林子里，她正这样散步的时候，忽然从丛林里跳出一头又大又凶恶的狼，直扑她的喉头，把她扑倒在地上，而且仿佛狠命要把她拖走似的。她大声喊救，后来总算从猛兽的爪牙底下逃了出来，可是她的喉头和脸部已全都受了伤。

第二天早晨起身，他对太太说道："自从我娶了像你这样任性的女人，连一天的快乐都没有享受过；可是我也决不忍心看见你遭遇什么不幸；所以如果你肯听我的话，今天就守在家里，不要出去。"

她问他为什么不能出去，他就把昨晚所做的恶梦全讲给她听。可是那位太太却摇着头说道：

"只有对你不怀好意的人才会做这种对你不利的恶梦。你只装作十分关心我，其实你巴不得我给恶狼拖去，所以做了这样的恶梦！请你放心吧，不论今天还是将来，我自会留神，决不致遭遇什么不幸，让你拍手称快的。"

"我知道你会说这样的话，"泰拉诺说，"这真叫做替癞子梳头，自讨没趣。信不信由你，总之我这样对你说，完全是出于一番好意。我现在再一次劝告你，今天最好留在家里，至少千万不能跑到林子里去。"

"好吧，我不出去就是了。"她口头上这样回答道，可是过后心里在想："你看这个人多么狡猾，故意吓唬我，不让我今天到林子里去。不用说得，他一定跟什么不要脸的女人约好在那里幽会，唯恐给我撞见；嘿，他这种谎话只能欺骗瞎子，我如果看不出他别有用意，居然信了他的话，那我真是个大傻瓜呢！我看他还是别做梦吧，我哪怕今天在林子里守上一天，也要看看他究竟玩的什么花招。"

后来她丈夫从正门离家，她就从边门溜出去，不让一个人知道，急忙赶到林子里，藏在一个树木最茂密的地方，只是东张西望，看看有没有人来。她正这么一心守候丈夫的时候，全没想到大祸已经临头，突然间，树林深处，跳出一只可怕的大狼，她只来得及喊了一声"哎呀，救命哪！"那恶狼已经扑到她喉头，咬住了她，像拖一只小羊似的要把她拖走。

她的咽喉给恶狼紧紧咬住，既不能叫喊，又没法挣扎，要不是这时恰巧有几个牧人走过，那她一定透不过气来，闷也给闷死了。那几个牧人一起向狼大声喊打，把狼吓跑，这才救下了人来。他们本来认识她，看她已是奄奄一息，赶紧把她抬到她家。家人替她请了大夫、悉心治疗，过了很长一段时期，才算把她医好，只是她喉头和脸部从此留下许多伤疤，本来是一个标标致致的女人，现在已经破了相，见不得人，只好躲在家里，暗自饮泣，悔不该当初一味任性，不信丈夫的梦兆，本来很容易做到的事偏不肯做，却招来了大祸，抱恨终身。

故事第八

比翁德洛作弄恰科，谎说谁家请客，叫他上当。恰科用计报复，叫他挨了一顿毒打。

大家听了潘比妮亚的故事，都说泰拉诺睡时看见的不是梦幻，而是一个启示，因为以后发生的事，竟和梦境一般无二。大家静寂以后，女王吩咐劳丽达接下去讲一个故事。只听她说道：

各位知情达理的姐姐，今天大家讲的几个故事，几乎多少都是受了以前讲过的故事的启发。昨天潘比妮亚讲了一个学者报仇的故事，我现在也要给大家讲一个报仇的故事，虽然手段没有那样狠毒，不过也叫人够难堪了。

且说佛罗伦萨城里，从前住着一个专门讲究吃喝的男子，名叫恰科，只是苦于收入有限，难以满足这口腹之欲，幸喜他举止不俗，善于诙谐，因此他虽然不是一个宫廷里的小丑，却也练成了一张论长道短的利口，出入于富贵人家，用不到人家请他，哪里有美酒佳肴，他就到那里去吃白食。

城里另有一个短小精悍、衣冠楚楚的男子，名叫比翁德洛，此人头上戴了顶小帽，露出两绺一丝不乱的金黄鬈发，真是比一只苍蝇还要伶俐，原来跟恰科操的是一个行当。有一天早晨，正是四旬斋节，他到鱼市场去替维厄利 · 德 · 切尔基大爷代买了两条大鳗鱼，刚巧碰见恰科，对方立即招呼他问道：

“这是怎么回事呀?”

比翁德洛回答道：“高索 · 土多那蒂先生昨天买了三条鳗鱼，比这好得多，还买了一条鳣鱼，不过他请了好多位客人，这几条鱼还不够用，所以又特地托我去买两条。你也打算去吗?”

“那我准去，还用说吗。”恰科回答说。

他算准了时间，果然赶到高索大爷的家里，只见他正和几个邻居闲谈，还没开饭。主人问他有什么贵干，他回答道：

“先生，我来陪你和你的朋友吃饭呢。”

“欢迎，欢迎，”高索回答道，“现在已是开饭的时候，大家入席吧。”

众人就座后，只见拿出来的都是些什么豌豆啊，咸鲔鱼啊，最后来了一道油煎的阿诺河里的鱼，此外别无所有了。恰科知道上了比翁德洛的当了，气得要命，决定想法报复。

比翁德洛这边却十分得意，把这回事当作笑柄，逢人便说。不多几天，这两个人又碰见了，比翁德洛急忙向他问候，还笑着问他，高索先生家里的鳗鱼的滋味怎么样。

“滋味究竟怎样，”恰科回答道，“用不到我说，再过几天你自己就可以尝到了。”

于是他不再多说什么，就离了比翁德洛，去找一个精明的小贩帮忙，答应给他一笔钱，只要给他办到一件事。讲妥之后，恰科就把一只很大的玻璃瓶子交给他，把他带到卡维奇利巷附近，指着一位骑士给小贩看。原来这位爵士名叫腓力波 · 阿尔真蒂，生得身材魁梧，性子乖戾，稍一不如意，就暴跳如雷；现在恰科就对小贩说道：

“你拿了这瓶子去对他这样说：‘先生，我是比翁德洛差来的，他想款待几个朋友，知道你家里藏着美酒，特地前来讨酒，请你把这白瓶子变成红瓶子吧。’不过你跟他打交道的时候，千万别让他抓着，否则你就要大吃苦头，我的计划也要失败了。”

“我此外还要说什么话吗?”小贩问。

“没有了，”恰科回答，“你对他说完这几句话，拿着瓶子就回来，我好把钱给你。”

小贩果然跑去找腓力波大爷，把那一番话对他说了。腓力波本来是个不好惹的人，听见这话，以为比翁德洛故意在取笑他，气得脸都红了，嚷道：

“什么‘款待’不‘款待’，什么‘白瓶子’‘红瓶子’，你和他两人今年都要倒楣啦!”

话没说完，他就跳起身来，伸手要抓小贩；幸亏小贩早有戒心，一看苗头不对，拔腿就逃。这一切恰科都在远处望得清楚；小贩回来后，又把腓力波的话对他说了，恰科十分欢喜，把钱给了他，接着又忙去找比翁德洛，问他道：

“你方才到卡维奇利巷去过没有?”

“不曾，”对方回答道，“你问我干吗?”

恰科就说：“我告诉你吧，腓力波大爷正在找你呢，可不知道他找你为的什么。”

“好吧，”比翁德洛说，“我本来往那边走，就去跟他聊会儿天吧。”

于是他就往那边走去，恰科暗中尾随着他，看究竟会闹出什么事来。

再说那位腓力波大爷，不曾把小贩抓住，一肚子气恼正无处去出，又把小贩的话横想竖想，总弄不懂是什么意思，反正一定是比翁德洛唆使人来取笑他，因此竟越想越恨；恰巧比翁德洛在这时候撞来，他一眼看见他，立刻跑去赏他一个耳刮子。

“哎呀，”比翁德洛嚷道，“这是从哪儿说起?”

腓力波大爷不由他分辩，揪住他的头发，扯破了他的帽子，扔在地上，一面打一面骂道：

“坏蛋，我非要叫你知道我的厉害不可，你差人来对我说‘款待’‘红瓶子’是什么用意？你把我当作一个小孩子，可以随便欺侮的吗?”

他一面说，一面举起铁样的拳头，雨点般似的朝他脸上乱打，又揪住他的头发，把他拖到泥沼里去；比翁德洛挨着拳打脚踢，衣裳给扯得粉碎，哪儿容他问一声究竟什么地方得罪了腓力波，只听得腓力波口口声声说什么“款待”啊，“红瓶子”啊，可是又一点也摸不着头脑。

腓力波使性痛打了他一顿，后来看热闹的人越来越多了，大家好不容易把他救了出来，这时他已经浑身青肿了。众人听了腓力波的话，都怪他自作自受，不该拿这些话去取笑腓力波，要知道他岂是轻易惹得的人。比翁德洛哭丧着脸，极力申辩，说自己绝不曾向腓力波大爷讨酒，他定了一会神，硬撑起来，唉声叹气的回到自己家里，心里猜疑一定是恰科捣的鬼。

过了许多天，他脸上的伤好了，又出门闲荡，恰巧遇见了恰科。恰科笑着问他道：

“怎么样，比翁德洛，腓力波大爷的美酒味道好吗?”

“但愿你在高索大爷家里吃鳗鱼，也尝到这种滋味!”

恰科说：“这可要看你的了。如果以后你再请我吃上回的鳗鱼，那么我就拿前几天的美酒回敬你。”

比翁德洛自知不是恰科的对手，从此以后但愿跟他相安无事，再也不敢玩什么花招了。

故事第九

两个青年请教所罗门王；一个问他怎样可以得到人家的爱；另一个问他怎样可以制服悍妻。所罗门对第一个说：“爱，”对第二个说：“到鹅桥去。”

第奥纽享有特权，所以现在只剩女王一人没讲了，等小姐们对于大吃苦头的比翁德洛笑了一阵之后，她就欣然说道：

各位可爱的小姐，要是我们用心观察一下天地万物的道理，那么不难发觉，那千千万万女人无论从天理、从人情、从法律上说，都是从属于男人，听候男人的支配和统治的。一个女人如果希望享受安乐宁静的生活，就该对主宰她的男人俯首听命、事事顺从，而且还要保守贞操——对于每一个知情达理的女人，这贞操更是万万不能失去的宝贝。

这种情况，不是那保障公共利益的法律所规定的，也不是因袭那深入人心的习俗而来的，而是造物主的意旨。造物主制造我们女人，特地叫我们的身体娇小玲珑，性情懦怯，柔弱无力，声调悦耳，举止优雅，这一切都证明我们理该受别人的统治。要受别人的统治，得到人家的保护，那么对于统治者应当必恭必敬，不能稍有违背。除了男人，还有谁来统治我们、保护我们？所以对于男人，我们必须十分尊敬，绝对服从他们。如果哪个女人不守这个本分，那么她不但讨骂，简直该打。

这一个主张，我不止讲过一遍两遍，不过方才听了潘比妮亚所讲的一个泼妇的故事，她的丈夫泰拉诺对她无可奈何，可是天主却不饶她，叫她受到了应得的报应，所以我不免又把这番话搬了出来。依我的判断，一个女人倘若不是温柔贞静、婉顺可爱，那么她就是违反了天理、人情和法律，就得受严厉的惩罚。现在我想给大家讲一个所罗门王的故事，他的忠告对于我们有些女人真是对症下药，至于那些本来就谨守本分、用不到多加管教的女人，那么只要以为这句话不是对她们说的就成了；虽然男人的嘴边常挂着这样两句话：

好马、劣马，总少不了一对踢马刺；
好娘子、坏娘子，都需要一根木棍子。

这两句话，如果当作笑话听，那么没有一个女人不会不承认它说得有理。其实把这两句话当作正正经经的教训看待，也还是含有颠扑不破的真理。因为女人天生三心二意，水性杨花，对付那班不守妇道的女人，当然少不了要借重一根无情的棍子，就是对于那班懂得规矩、安分守己的女人，也需要一根备而不用的棍子，好叫她们有所警惕，时时刻刻不敢懈怠。现在我不必尽讲些大道理，还是讲我本来要讲的故事吧。

大家知道，所罗门王的智慧盖世无双，天下闻名，何况他热心帮助人家解决种种疑难问题，从不厌烦；这样一传十、十传百，当时有许多人，逢到疑难不决的事，不论远近，都赶来向他请教。

在这许多人中间，有个青年，名叫梅利苏，是一位有身份的富家子弟，特地从家乡拉亚佐赶去求见所罗门王。当他离开安提奥，向耶路撒冷进发的时候，遇到一个同路的青年，名叫约瑟夫。既然是一同赶路，两人就在马上谈了起来——出门的人总是这样；梅利苏问明了他的身份乡里之后，又问他要到哪儿去，干什么事。约瑟夫回说要去求见所罗门王，原来他家里有个老婆，凶悍泼辣，世所少见，任他怎样用好话求她、哄她，或是跟她解释，她半句不听，一味使她的性子，因此他只得去向所罗门王请教对付妻子的方法。接着他反问梅利苏到哪里去，干什么事，梅利苏答道：

“我是拉亚佐地方的人，跟你一样，也有说不出的苦处。我正当青春，又有家私，为了广交乡邻，大开门庭，着实花了不少钱，可是说也奇怪，我从来也不曾得到别人的爱戴。因此我也想到你要去的那个地方，请教所罗门王，我怎样才能得到人家的爱戴。”

两人于是就做了路伴，一同来到耶路撒冷，由所罗门王的武士引领他们进宫觐见。梅利苏把自己的来意约略说明了，所罗门王回答道：“爱。”国王说了这句话，他随即被送出宫来。

于是轮到约瑟夫说明来意，所罗门王也不过回答了他一句话：“到鹅桥去。”于是约瑟夫也随即被送出宫来，看见梅利苏在宫外等他，就把自己得到的回答告诉他，两人一起推敲话里的意思，却总想不明白，何以到鹅桥去就能使家里的悍妇回心转意，何以一个“爱”字就能博取别人的好感；他们还道自己受了所罗门王的嘲弄，只得动身回家。

他们赶了几天路，来到一条河边，河上架着一座很美观的桥，恰巧这时有一队驮着货物的骡子和马从这里经过，他们只好站在桥边，等候那队牲口过去。

不多一会，所有的牲口差不多都已过了桥，独有一匹骡子却发起骡性来，站定在桥边，怎么也不肯往前再挪一步。那赶骡的只得用鞭子打了它几下，也不怎么使劲，只要它上桥去就是了；可是它却左闪右跳，甚至索性转过身来，死也不肯上桥。这时候骡夫冒火了，举起鞭子，不管它的头部、腹部和屁股，只是狠狠地抽下去，谁知还是不中用。

梅利苏和约瑟夫在旁边看到这情景，连忙干涉道：“哎呀，你这个人太辣手了，干吗要这样毒打骡子，你要打死它吗？为什么不好好地想个办法把它牵过去呢，那岂不比你毒打一阵更容易叫它上桥吗？”

骡夫回答道：“你懂得你的马，我懂得我的骡，让我来对付它吧。”

说完，他举鞭就打，一下打在右边，一下打在左边，那骡子终于被他打服了，乖乖地过了桥，这证明骡夫的话的确有道理。两人过桥时，约瑟夫向一个坐在桥头的穷人请问，这桥叫什么名字，那人回答道：

“先生，这座桥叫鹅桥。”

约瑟夫听说是“鹅桥”，立即想起了所罗门王的指示，回头对梅利苏说：

“喂，朋友，我对你说，所罗门王到底给我出了一个再好也没有的主意，我现在才看得明明白白，我还缺少一套打老婆的本领，幸亏那个赶骡子的已经教了我啦。”

过了几天，两人来到安提奥，约瑟夫请梅利苏到他家去休息一两天。谁知他的妻子看见他和一个客人回来，竟十分无礼。约瑟夫也不去管她，只是吩咐她预备晚饭，请客人点菜，梅利苏因为盛情难却，随便说了一两样菜。那老婆一向骄横惯了，哪管客人怎样关照，预备出来的饭菜，偏是完全两样。约瑟夫看见了十分生气，说道：

“你难道没有听见晚餐要预备什么菜吗?”

“你这是什么话?”那老婆回过头来，肆无忌惮地接嘴道，“得了吧，你要吃晚饭，这不是晚饭吗? 你管你吩咐，我管我做菜，这几样菜，你中意也罢，不中意也罢，那我可管不了。”

梅利苏听见这位主妇说出这种岂有此理的话来，心里很起反感，①约瑟夫看她这样逞强，就说：“女人，我看你还是这套老脾气；可是你放心吧，我非要叫你改变一下作风不可!”

于是他回头对梅利苏说：“朋友，我们马上可以看到所罗门王的指示到底灵不灵了。不过我动手的时候，请你千万不要过意不去，也不要认为这是我一时兴之所至。想想前几天我们替骡子讨情的时候，那骡夫是怎样回答我们的，那么你也不必来阻拦我吧。”

“我是到你家来作客的，”梅利苏回答道，“当然要听你的话。”

那老婆哪里服这口气，这时候已经从桌子边站了起来，嘴里叽里咕

---

① 这一句从里格译本，潘译本作“着实把她责备了几句”。

噜，回房去了。约瑟夫找到一根结实的橡木棍子，赶了进去，一把揪住她的头发，把她摔倒在自己的脚下，举起棍子向她身上狠狠打去。那女人起初没命吼叫，接着高声怒骂，可是约瑟夫只当没有听见，不停手地打下去，打得她浑身青肿，她这时才哀声求饶，请他手下留情，不要打死她，答应以后再也不敢违背他的意旨了。谁知那棍子还是毫不留情地打下来，一下落在她的肋骨上，一下落在她的屁股上，一下落在她的肩膀上，直到他打得筋疲力尽，这才住手，这时候这位好女人已经遍体鳞伤了。打罢之后，他回到朋友那儿，对他说道：

"到了明天，我们就可以看看这到鹅桥去的指点灵不灵了。"

他休息了一会儿，和梅利苏一起洗过了手，同进晚餐，然后就寝。

可怜那女人遭了一顿毒打，疼痛难当，勉强从地上爬了起来，把身子往床上一扑，再也动弹不得；就这样算是将息了一夜。第二天她很早起了身，叫人去请问约瑟夫，午餐要备些什么菜。约瑟夫和梅利苏不由得都感到好笑，就吩咐了一番。等到中午，他们回家吃饭，看见饭菜已经摆得整整齐齐，完全遵照约瑟夫的意旨。当初他们怎么也不懂所罗门王的指示是什么意思，现在方始明白果然是金玉良言。

梅利苏在约瑟夫家里住了几天，就告辞回乡。他把所罗门王给他的指示向本地一位有学问的人请教，那有学问的人说：

"他给你的指示再确切、再好也没有了。你知道你从来也没爱过什么人，你款待别人，帮助别人，并不是有所爱于人，只是为了摆阔和夸耀自己的财富罢了。所以遵照所罗门王的指点，你爱别人吧，那么别人自然也会爱你的。"

多亏所罗门王的一番话，那泼妇从此变成贤妻，那青年也因为施爱于人而得到别人的爱。

故事第十

彼得请求詹尼神父把自己的老婆变做一匹母马，正当神父念念有词，替母马装尾巴时，彼得在旁边喊道："我不要装尾巴！"法术就此破坏。

女王的故事惹得小伙子们笑个不停，却多少引起了小姐们的不满，等她们的声浪平静下来之后，第奥纽就这样开始道：

可爱的小姐们，在一群白鸽中，来了一只雪白的天鹅，倒也不过如此；如果来了一只乌鸦，这群白鸽就给衬托得格外出色了。同样地，在许多有学问的人中间，混杂了一个不学无术之徒，那么不但显出他们有多么渊博高深，而且给大家平添了不少乐趣和笑料。你们都是再端庄稳重不过的小姐，我呢，简直是个脓包，可是正因为这样，也就越发显出你们的美德来，格外讨得你们的欢喜。如果我太好了，倒反使你们有所逊色，那么你们或许也不会怎么喜欢我了吧。因此我想我不妨说话稍微放肆些，只是显出我的本色，不必顾忌，你们也得看着我不学无术，对于我说话不中听的地方，多加原谅才好。我现在要讲的故事并不长，可是你们听了之后就可以知道：我们是应当怎样小心遵守那些念符咒的术士们的告诫，若是稍一疏忽，有了不周到的地方，就会前功尽弃！

一两年前，在巴勒达地方有一个神父，叫做詹尼·第·巴罗洛；只因为他收入太少，所以常骑着一头母马，到阿普里市场去作些生意买卖来贴补。在他来回的途程中结识了一个叫做彼得·达·特莱桑蒂的乡下人，谈得十分投机。他也是干这一个行当，骑的是一头驴子。为了表示两人的交情，那神父詹尼照着当地的风气，叫他做“彼得亲家”。每逢他到巴勒达来，那神父总是把他留在家里，尽力款待他。

那彼得亲家很穷，只有一间简陋的小屋，几乎容不下他和他的年青健壮的老婆，以及那头驴子，可是詹尼每次去到特莱桑蒂，他一样留他住宿，竭诚款待他，报答自己在巴勒达所领受的盛情。可是临到晚上睡觉的时候，彼得没有办法了，他只有一张小得可怜的床，他和他那年青美丽的老婆就睡在这床上；所以他实在不能称心如意地做一个像样的主人，只好委屈客人睡到马棚的草堆里去，让母马和自己家的驴子来跟他作伴。

那老婆知道她丈夫在巴勒达时总是承蒙神父热心款待，所以每逢他来的时候，总想自己到邻妇那儿去借宿一晚，好把铺位让给他和她丈夫两个睡。可是总给神父挡住了，有一次他这样说：“珍马达大嫂，千万不要为我操心，我在外面睡得很安逸呢，因为只要我高兴，我就立刻可以叫我那母马变做一个漂亮的姑娘陪我睡觉，等我要起身的时候，我就又把她变做母马，所以我是怎么也舍不得跟她分离的。”

那个年轻的娘儿听得很惊异，只道真有这一回事，就去告诉她的丈夫，还说：“假使你们两个的交情真像你所说的那么深厚，那为什么不求教求教他把法术教给你呢，你也就可以把我变做一匹母马，等你出门去做生意的时候，你就骑一匹驴子、带一匹母马，好赚双倍的钱了。等回家之后，你仍旧可以把我变做一个女人。”

彼得原没有多大知识，觉得此事果然好极，就听信她的话，去向詹尼求教了。詹尼极力想跟他解释明白，叫他打消了这片痴心妄想，可是一点也没用，于是神父说道：

“好吧，既然你一定要学，那么我们明天照旧在天没大亮的时候起身，我来做给你看吧。可是最难不过的一着是装尾巴，你看到就明白了。”

这一晚，彼得和他的老婆两个，急着想学这套法术，几乎没有睡着；等到天快亮的时候，就起床去叫神父。他穿了一件衬衫，走进他们的小屋子里，说道：

“除了你之外，我不再把这法术教给世上第二个人了，既然你一心想学，我总得做一遍给你看。只是你要想法术灵验，凡事都要依我的指点做去。”

那夫妇两个都说是愿意听他的指教，于是神父拿起一支蜡烛，放在彼得手里，说道：“你要用心看着我怎么做、留神听着我怎么说，你尤其要记住的是——假使你不打算把事情弄成一团糟——无论你看见什么、听见什么，都不可以发出半点声响；但愿天主保佑，这尾巴可以好好地装上去吧。”

彼得接过了蜡烛，答应一切都听他的指点。神父就叫珍马达把上下衣服一齐剥下，光着身子，就像她才从娘胎里出生时那样；再叫她双手撑在地上，就像四脚落地的母马一样；也同样叮嘱她不管怎样都不可以开口说话。于是他开始作法了。

他用手抚摸她的脸蛋和她的头，说道：“快快变做母马的美丽的马头吧！”

又抚摸她的头发，说道：“快快变做母马的美丽的马鬃吧！”

又抚摸她的双臂，说道：“快快变做母马的美丽的马腿和马蹄吧！”

接着就抚摸到她的一对乳房，只觉得又丰满又结实，他心里一动，身上不相干的东西竟直竖起来，他照样说了一句：“快变做母马的美丽的胸膛吧！”

于是他顺着摸下去，把她的背脊、肚子、屁股、大腿、小腿都摸到了。最后，大功将成，只差尾巴没装，那神父就撩起衬衫，拿住那根他常用来钻男人的锥子，对准一条缝道就刺了进去，嘴里还喊道：“快快变做美丽的马尾吧！”

彼得一直在旁边聚精会神地看着，看到这最后一着，觉得老大的不对劲，嚷了起来："哎呀，詹尼，我不要装尾巴，我不要装尾巴!"

这时候，那化育万物的甘露早已出来了，詹尼不得不把工具抽了出来，喊道：

"哎呀，彼得亲家，你这是干什么？我不是关照你不管看见什么不要作声吗？这母马都快变成功了，偏是你在旁边开了一声口，就此前功尽弃！现在想再来一遍可不行啦!"

"好吧，"彼得说道，"我可不要这种样子的尾巴。你为什么不叫我来装呢？再说，你这条尾巴也装得太低了!"

"因为这还是第一次呀，"詹尼回答道，"你还不知道应当怎样装法，我是在做给你看呀。"

在他们两个这样争论的当儿，那个年青的娘儿直立了起来，她把这回事看得十分认真，所以骂她的男人说：

"你这个笨虫，干吗你把咱们俩的事情毁了？你几曾看见过一匹没有尾巴的母马？老天爷帮忙吧，你这个穷汉真是穷得活该，将来不穷得没裤子穿，就来问我!"

可恨那彼得在旁边说了一句话，坏了法术，那年青的女人再也没法变做一头母马了，她只得垂头丧气，穿上了衣服。彼得仍旧干他的老行业，仍旧只有一头驴子骑来骑去做买卖，仍旧跟詹尼作伴，只是从此再不向他求教什么法术了。

* * * * *

这个故事可把大家笑坏了，尤其是小姐们，她们了解的程度出乎第奥纽的意料之外。大家讲完故事，夕阳西下，女王知道自己的任期已满，就站了起来，脱下花冠，加在潘菲洛的头上，在他们这个团体中，只有他还不曾接受过这个光荣。女王微笑说道：

"陛下，你是最后一个统治者了，你就担负着一个重大的责任，我的过失，和我以前各位统治者的过失，都要由你来弥补呢。但愿天主降福于你，因为是他恩准我立你为王。"

潘菲洛欣然接受了王冠的荣誉，回答道："你和其余各位的美德，一定能使我像前任的统治者一样，受到大家的称赞。"

他依照向来的惯例，和总管把膳食等事务作了适当的安排，就回过头来，向期待着他发言的小姐们说道：

"可爱的小姐们，我们今天的女王爱米莉亚，非常贤明，让我们随意讲一个故事，不拘题目，好使我们调剂一下精神；现在我们既然休养够了，我想应该恢复我们的老办法，所以我要你们明天各自准备一个故事，题目是：人们在恋爱方面或是在其他方面所表现的可歌可泣、慷慨豪爽的行为。听到这种事迹，无疑会使我们的心灵得到鼓舞，因而也会表现出高贵的行动来。这样，我们的短促的生命不至于随着我们的肉体而消灭，却会依附着我们的名声而流芳百世。人与禽兽不同，光把肚子塞饱，并不等于解决了一切问题，凡是明白这种道理的男女，没有一个不是期求这种光荣，而且竭尽心力追求这种光荣的。"

那一群快乐的青年男女都赞同这个题目，于是他们得了新王的许可，都站了起来，在这一段照例是随意活动的时间里，各人寻求各人的乐趣。到了吃晚饭的时候，大家又快乐地聚集在一起，酒席已经摆好，在进餐的时候又受到很殷勤的服侍。饭后照例跳舞，又唱了千百来支歌曲，与其说是乐曲动听，不如说是歌词美妙。最后国王吩咐妮菲尔唱一个她自已编的歌曲，她立即快乐地用清脆甜润的嗓子唱着底下的歌曲：

我是一个快乐的姑娘，
在阳春三月尽情歌唱，
感谢爱情和我甜蜜的梦想。

我在碧绿的草地上漫步，
那儿开满鲜红嫩黄的花朵；
玫瑰长着刺，百合像白雪；
我把朵朵花儿和他的脸儿相比——
啊，我是他爱情的俘虏，

我的梦魂和神思都在他身上依附。

我果然找到一朵中意的花，
花色和情人的玉颜不相差。
我把它轻轻摘下，温柔地吻它，
对它倾诉我是怎样情丝牵挂；
然后我又采摘了许多好花，
编成个花冠、戴上我金黄的头发。

每一朵好花都叫我快乐，就像
我一看见他的倩影就心花怒放；
那爱情的芬芳叫我魂销魄荡，
我没法表白这千情万意，
只好轻轻叹一口气。

我的叹息温柔又热情，不像
别的姑娘充满着哀怨和失望，
却好比一阵和风吹到了我爱人身旁；
他听到这阵叹息就赶来安慰我，
他来得正好！正当我说道：
“来吧，我已经心痒难熬！”

妮菲尔的歌曲博得国王和小姐们的赞美。她唱完之后，时间已经不早，于是国王吩咐大家各自回房安睡。

［第九天终］

第十天

《十日谈》的第十天，也即末了一天，由此开始。潘菲洛担任国王。故事内容说述恋爱或是其他方面所表现的可歌可泣、慷慨豪爽的行为。

西边天空里的几朵小小的云彩依然那样鲜艳；东边天空里的云朵，边缘上却已发亮，好像就要化成金块一般。潘菲洛就在这时候起了身，把少爷小姐们一一叫醒。等到人都聚齐之后，他便和大家商量，该到什么地方去游乐。他和菲罗美娜、菲亚美达一块儿缓步走去，其他的人都跟在后面。他们就这样一边散步消遣，一边讨论着未来的生活应该怎样度过，你一言我一句地谈了起来；不知不觉已经走了好长一段路，阳光已经炽热起来，他们便走回别墅。到了别墅，就把一些杯子在清澄的泉水里洗个干净，要喝水的就随意舀了来喝。然后就在那舒适的林荫中玩耍，一直玩到吃中饭的时候。

大家照常吃饱睡够之后，便在国王指定的地点集合。国王命令妮菲尔第一个讲故事，妮菲尔高高兴兴地说道：

故事第一

西班牙国王手下有一个骑士，屡立功劳，但从未蒙受赏赐，甚感不满；国王设法证明，这是他自己命运不好，而不能怪国王；然后再给他重赏。

高贵的小姐们，多蒙国王叫我领头讲个慷慨豪爽的故事，我感到非常荣幸。要知道慷慨豪爽照亮了一切美德，正像太阳替天空增光一样。因此，我来讲一个短小有趣的故事，假使能把这故事记住，对我们是会有好处的。

想必你们都知道，自古以来，我们城里出了不少勇敢的骑士，其中最勇敢的一个名叫路杰利·德·费乔凡尼，家财豪富，为人慷慨。他眼看土斯堪尼城里的风俗人情不投合自己的兴趣，心想在此久住，势必英雄无用武之地。那时西班牙国王亚尔丰梭是当代最贤明的一个君主，他的英名早在这些骑士中传开，路杰利决定暂时投奔他那里去。于是带了许多武器、马匹和随从人等，出发前往。那位国王殷勤地接待了他。

路杰利在那里住定以后，为人处世非常大方，又立下许多汗马功劳，不久就威名远扬。他在那里待了一个时期，处处留心国王的举止行为，但见国王赏罚不明，时常轻易将城堡、市镇和爵位赐给一些无功的人。他自问功劳立得不少，却没有得到什么赏赐，未免有损自己的声誉，所以决定要另投别处。他将去意启奏国王，国王竟答应了他，并且赐给他一匹极好的驴子。路杰利如今既要远行，拿驴子赏他，倒也十分受用。

再说国王那边，等他辞别以后，就命令一个亲信的侍从跟着他一块儿去，务必不让他看出是国王派来的，只留心他一路上讲些什么，怎样提到国王，好回来报告国王，并在第二天早晨，把路杰利带回宫来。一切安排停当之后，那个侍从就在半路上等着路杰利，路杰利一出城，他就立即上前去招呼，佯称自己也是到意大利去的，愿意和他结伴同行。

路杰利骑着国王给他的那匹驴子，一路上和那个侍从随意聊天，到了将近打晨祷钟的时候，他就说道：

“我看可以让我们的牲口撒撒尿了吧。”

说着，他们就让几匹牲口在一个方便的地方停下来①，除了国王赐给他的那匹驴子以外，全都撒了尿。随后他们又继续赶路，那个侍从一直注意听他说些什么话。他们来到一条小河边，让牲口喝水，没想到这匹驴子竟在河里撒起尿来，路杰利情不自禁地说道：

“唉，该死的畜生，原来你同你的国王是一路货！”

侍从暗暗记住了这几句话；虽然那一整天他和路杰利同行，还听他说了许多别的话，可是除了这几句以外，其余都是歌颂国王的话。第二天早上，路杰利刚刚骑上驴子，准备继续往土斯堪尼走，不料这个侍从马上宣读王谕，叫他立即转程回宫，他自然只有遵命。

回到宫里，侍从把路杰利在路上借驴子骂国王的话报告了国王，国王立即把路杰利招来，和颜悦色地接待他，问他在路上为什么把国王比做驴子，或者说，把驴子比作国王。路杰利坦然回答道：

“陛下，我把你比做驴子，只因为你让那些不应该受赏的人受赏，

---

① “方便的地方”从里格译本，潘译本与阿尔亭顿译本均作“马厩”。

应该受赏的人反而得不到赏赐，正像那匹驴子一样，在应该撒尿的地方不撒，不该撒的地方却撒起来了。”

国王说道：“路杰利，我的确赏赐了许多礼物给别人，却没有赏赐给你；若是论功行赏，那些人可远远不能和你相比；我所以这样做，并不是因为我不知道你是最勇敢的骑士，任何赏赐你都可以受之无愧，只可惜命运之神不许我这么做，因此你只能怪你的命运不好，而不能怪我。假使你不相信，我可以当场证明给你看。”

“陛下，”路杰利回答道，“我并不是怨你不赏赐我，因为我并不想发财，我只气你抹煞了我的功劳。尽管如此，我还是相信你刚才的解释都是真话，因此，不论你给我看任何证明，我都愿意；当然，你不给我看，我也信得过你。”

于是，国王就带他来到大厅，只见那里早已摆好两只锁着的箱子，国王就当众对他说道：

“路杰利，这里的两只箱子，一只装的是我的王冠、王笏、宝珠，以及我的许多玉带、珠饰、戒指和宝石，总而言之，装着我的一切珍珠宝贝；另一只箱子里装的是泥土；请你随意拣一只，拣到哪只，那里面的东西统统归你，你从此可以看出，究竟是我对你不义，还是命运对你无情。”

路杰利就顺着国王的心意，拣了一只，国王命令手下人把它打开，只见里面装满了泥土，于是国王笑着说：

“路杰利，你这一下可该明白，我说命运和你作对，这话并不错吧？不过你的武功实在了不起，我应当为你来冒犯一下命运之神。我知道你不打算做一个西班牙人，所以我也不赐给你城堡土地；可是这只箱子里面的珍宝，虽是命运之神不肯给你，我却偏偏要违着她的意思，赏赐与你，现在你就把它带回故乡去，作为我赏识你的勇气的凭证，在父老乡亲面前光彩一下吧！”

路杰利受了那一箱礼物，衷心谢过国王，便高高兴兴把它带回到土斯堪尼去了。

故事第二

大盗金诺掳获了克吕尼地方的修道院长，敬为上宾，医好了他的胃病，然后释放他。院长回到罗马，在教皇面前为金诺说情，教皇终于对他恢复了旧日的恩宠，封他为救护团骑士。

西班牙国王阿尔丰梭对那位佛罗伦萨骑士的慷慨大度，大家听了，一致赞美。国王也很欢喜，他命令爱莉莎接下去讲一个故事，爱莉莎立即说道：

优雅的小姐们，一个国王对待一个于他自己有功的人慷慨大度，固然是一件值得赞扬的美举，可是，假如这慷慨大度的不是一个国王，而是一个教士，他在一个人身上极尽慷慨，其实他即使把那人当作仇敌看待，也未可厚非，那么，对于这样一个教士，我们应该予以怎样的评价呢？当然，我们只能说：国王的慷慨是美德，而那个教士这样慷慨却要算是奇迹——因为天下的教士大都悭吝成性，甚至比娘儿们还要悭吝，你要他们慷慨大度，简直休想。一般俗人受了人家欺凌，固然是力图报复，而教士们呢，虽然口口声声宣扬容忍，宽恕，其实他们报起仇来，比俗人只是有过之而无不及。且请诸位细听我下面的故事，也好知道当教士的究竟能够慷慨到如何程度。

从前有个人名叫金诺·第·塔柯，是个出名的残暴强盗，因此被逐出锡耶纳，和圣费奥利的那些伯爵们结下了不解之仇。他煽动拉地康凡尼人背叛罗马教廷，并在那地方落了窝，纠集党徒，拦路抢劫，凡是路过的旅商，没有哪一个逃得了他的打劫。

那时候的罗马教皇正是庞尼法第八，克吕尼地方有位修道院院长到教廷里来拜见他。若是论到财富，这位院长在宗教界也是数一数二的人物，只因在罗马得了胃病，医生劝他到锡耶纳去洗洗海水浴，一定可以治愈。他得到了教皇的准许，带着大批人马、行李和配备，浩浩荡荡出发，毫不把金诺的拦路行劫放在心上。

金诺听说这位院长过境，便布下了罗网，把他和他的一行随从，行李什物，围困在一个狭窄的地方，一个人也休想脱逃。这样安排以后，他又打发了一个最得力的党羽，带了许多随从，去到院长那里，以他金诺的名义，好声好气地请求院长在山寨下马小住。院长听了这话，怒不可遏，说是他与金诺毫不相干，万难照办；又说，他要继续向前赶路，倒要看看有谁敢来阻挡。那个使者听了这话，依旧低声下气地说道：

“院长，你应当知道你自己现在到了什么地方。不瞒你说，我们这里除了天主，什么也不怕，你那套开除教籍或是驱除出教的办法，在这里都给一脚踢开了。我劝你还是依了金诺的意思吧。”

两人正在商谈，四面已经被一班绿林好汉团团围住，院长眼看再无出路，也不由得他不愿意，只得随着使者来到山寨，仆从行李跟在后面。到得那里，下了马，手下人就照着金诺的吩咐，让他一个人住在别墅中一间又黑又小的简陋的屋子里，其余随从人等却受到优待，按照他们的身份，分别住在山寨里，他们的财物都妥为保管，不曾有丝毫侵犯。安排妥帖之后，金诺就去见院长跟他说道：

“院长，你现在做了金诺的上宾，因此金诺特地派我来请问你打算到什么地方去，此去有何贵干?”

院长也是个聪明人，这时早已放下架子，说明自己为了什么事，打算到什么地方去。金诺听了这话，立即走开，心想，他这点小毛小病，不消海水浴，也包管可以治好。于是他就吩咐在院长住的这间屋子里升上一盆火，又派了一个守卫好生看守着他。一直到第二天早上，金诺才拿了两片烤面包，又把院长自己带来的考尼格利亚葡萄酒，盛了一大杯，用一块雪白的餐巾端到他房间里来，说道：

"金诺年青时曾经学过医，他说他深懂得治胃病的良方，愿意用来治疗贵恙，我这里就给你送药来了，请你用了吧。"

院长这时已经饿得饥肠辘辘，尽管气恼，哪里还有心情去分辩，只顾吃了面包，饮了那酒，然后才说了许多傲慢无礼的话，提出了多少责问和要求，特别是要求和金诺当面讲话。金诺只当做没听见，只是客客气气地回答道，金诺一有空就会来看他。说过以后，立即告辞，直到第二天，才又带来了两片面包，一杯葡萄酒。接连几天都是这样对待他。后来他又故意拿了些干豆子去，悄悄留在那里，看见他果然吃了几颗，他这才以金诺的名义，问他的胃病是否有了好转。院长回答道：

"我觉得只要他放我出去，我就没有病了；我一出去之后，别的都是小事，首先要好好吃一顿，因为他那剂药已经完全把我的胃病治好了。"

于是金诺就叫院长自己的佣人给院长收拾了一间上好的房间，床上铺着他自己的被褥，又吩咐手下预备一桌丰盛的宴席。邀请院长的全体随从出席，并请了他自己的许多人作陪。第二天，金诺去到院长那里，说道：

"院长，贵体既已痊愈，现在可以出疗养院了。"

说着，就牵着他的手，带他到那间预备好了的屋子里，让他和他自己的侍从在一起，金诺本人亲自下了厨房，督促照应，务求酒席格外丰盛。院长见了自己人，顿时感到安慰，就把自己这几天来所受的苦楚，告诉了他的侍从，而这些侍从却对他说，他们这几天来却是备受优待。等到用饭的时候，端上来的都是美酒佳肴。金诺到这时尚未显露自己的身份，一直让院长这样住了好多天，金诺才吩咐把他的行李什物堆放在大厅里，把所有的马儿都集中在一个院子里，连最不顶事的一匹劣马也在那里了。然后他去问院长目前体力是否已经完全复原，能够骑马了。院长回答说，他十分康健，胃病也完全好了，倘若金诺能够放他走，那么他什么病痛也没有了。于是金诺把他领到那间堆满了行李、站满了侍从的大厅里，又请他靠着窗口，看看下面的那些马匹，说道：

“院长先生，在下就是金诺·第·塔柯。想必你也知道，我出身也是个上等人，如今沦为江湖大盗，与罗马教廷为敌，乃是因为穷愁潦倒，无家可归，劲敌又那么多，为了保全生命和名誉，才不得已干上了这个勾当，并非因为心术不正。现在我已经把你的胃病治好了。我看你也是个高尚的贵人，所以对你另眼相看，要是换了别人，这么多财货落到我手里，那我可要着实捞一把了。我想，你念我替你效劳了这一番，一定会把你的财物留下适当的一部分给我。现在你的财物都在这里了，再请你从窗口望出去，院子里都是你的马。你全部取去也好，留下一部分也好，都听你自己的便；而且，从此刻起，你打算马上就走，或是再在这里逗留几天，悉听尊便。”

院长听到一个江湖大盗居然出言如此慷慨，真是又惊又喜，不仅满腔的恼怒顿时消散，而且立刻对金诺有了好感，成了他的真心朋友，连忙走过去拥抱着他说：

“我凭着天主发誓，能够结识一个像你这般高贵的朋友，即使再多受一些委屈，也是心甘情愿！只怪那该死的命运叫你沦落，使你干上了这种不幸的行业！”

说过以后，他只取了几件必要的东西，几匹马，就回罗马去了，把其余的马匹财物都留给金诺。罗马教皇早已听到他中途被劫的消息，很是焦虑；等到见了面，教皇就问起海水浴是否对他的健康有所裨益，他笑着回答道：

“神圣的教皇，海水浴虽没有洗成，却就近找到了一位高明的医生，把我的毛病完全治好了。”

接着，他就把一切的遭遇，从头到尾讲给教皇听，教皇不由得笑了。他一边往下说，越说就越为金诺那种慷慨大度的精神所感动，竟要求教皇对他开恩。教皇根本想也不想一下他会提出什么要求，便一口答应说，随便什么要求都可以办到。于是院长说道：

“教皇，我只要求你恢复对我那位医生——金诺·第·塔柯——旧日的恩典，我生平也见过不少了不起的好汉，而他真要算是一个最为名副其实的人了。至于他现在干上了这种行当，我认为并不能怪他生性恶劣，而要怪他的命运不好。只消你给他一些赏赐，使他能够过着像样的生活，不失他的身份，包管不消多少时候，你一定也会像我一样，觉得他是个正派人。”

那教皇本来心胸宽大，又喜欢有才德的人，听了这话，当即回答道，如果金诺果真是像院长所说的这样一个人，那他愿意照办，于是就吩咐院长邀请金诺放心大胆地到罗马来。金诺受到院长的邀请，才放了心，立即来到教廷。他在教皇廷前侍候不久，教皇果然赞赏他是个了不起的人，很器重他，封他为救护团骑士，管辖一个骑士团的修道院。他后半生一直担任着这个职位，做了圣教的忠实奴仆和克吕尼修道院院长的忠实朋友。

故事第三

米特里丹嫉妒纳山乐善好施的声名，想要杀他。纳山却好心接待他，不让对方知晓自己的姓名，并教他如何去杀纳山。次日，他在一座小树林中遇见纳山，方始明白真相，羞愧得无地自容，从此两人成了契友。

大家听完了这个故事，都觉得一个宗教界人士能够做出这样慷慨大度的事来，实在是一个奇迹。国王等小姐们谈论停当，就吩咐菲洛特拉托接下去讲一个，菲洛特拉托毫不迟疑地开始说道：

高贵的小姐们，西班牙国王固然气量很大，克吕尼修道院院长的慷慨更是闻所未闻；可是我现在再来说一个人，他对于一个要喝他的血、要谋害他性命的人，竟也显示了慷慨——这种事情你们听来一定会觉得太稀奇吧。不仅如此，倘若那个要谋害他性命的人当真忍心下毒手，那他连自己的性命也可以交给对方的，诸位且请听我慢慢道来。

凡是到过卡泰周的人，不论是热那亚人也好，或是其他地方的人也好，都说那地方从前当真出过一个门阀高贵、富可敌国的人，名叫纳

山。纳山有一个庄园靠近一条交通要道，凡是往返于波南和来文两地的人，都要从那里经过。他为人慷慨豪爽，很想做出一番好事来，以便扬名天下。于是请来了多多少少的建筑工匠，在短短的时间内兴建了一座十分堂皇富丽的大厦，厦内陈设配备，都极考究，足以款留天下宾客而无愧色。加以他家里仆从如云，所以随便什么人到得那里，都是宾至如归，招待得无微不至。他这种豪兴美举，持之以恒，后来不仅令誉传遍了来文，甚至在波南也很少有人不知道他的。

他到了老年，好客仍旧不减当年，不料这事情传到附近一个名叫米特里丹的青年耳里，少不得惹出一番是非。原来那位青年也是家产豪富，和他比起来，可以说是旗鼓相当，听到他的声名道德，很是妒羡，一心想要做得更慷慨，以便盖过纳山，使纳山相形见绌。于是他也建筑了一座大厦，和纳山的那座一模一样。凡是过往的人，他莫不一一礼貌周全、无比热诚地加以款待，日久以后，也颇有声名。

有一天，这位青年独自一人待在大厅里，有个穷苦女人从大厦的一扇门口走进来，向他要求赈济，他给了她；不一会儿，她又从另一扇门走进来要，他又给了她；这样接连有十二次之多，他没有一次不给的，但是到了第十三次，他却禁不住说道：

“大娘，你未免要得太勤了些吧！”不过还是给了她。

那个老妇人听得他这样说，当即大声嚷道：

“啊，慷慨的纳山，只有他才是真正了不起！他的大厦有三十二扇门，我走遍了每一扇门，求他给我赈济，他没有哪一次不给我，没有哪一次表示认出了我的样子。可是在这里，我只不过进来了十三次，你就揭穿我，责备我了！”

说着，她就走开，再也没有进来。

米特里丹听了这个老妇人的话，知道纳山的声名遮盖了他自己的声名，不禁怒火直冒，想道：“天哪！好不叫人伤心！我连这些小事情也比不上他，还能做出什么大事情来和他的慷慨大度较量呢？更不要说是超过他了！这样说来，我若是不把这人消灭掉，那我简直是徒劳无功。他既是老而不死，我马上就来动手干掉他吧！”

他打定了主意，不向任何人透露一点消息，就带着一小群随从出门去了。走了三天，到达纳山所住的地方，这时已是黄昏时分，他当即吩咐随从人等装作不是和他在一起的，管自去寻找歇宿之处，静候他的命令。于是剩下他独自一人赶路；傍晚时分，他在离纳山的大厦不远的一个地方遇到一个老人正独自在那里散步，衣服非常朴素。这人就是纳山。米特里丹并不认识他，向他打听纳山的住所。对方和颜悦色地说道：

“孩子，你问到我真是没有错问了人，这里没有第二个人比我更熟悉他的了，我马上带你到他那儿去。”

那青年说，这真是好极了，不过，他最好不要和纳山见面，也不要认识纳山。

纳山说道：“既是你希望这样，我一定办到。”

于是米特里丹下了马，跟着纳山一块儿走向那座大厦，纳山一路上有说有笑。到得那里，他命令一个佣人把这年青人的马安顿好了，又悄悄吩咐那个仆人去通知一家上下，不要向这个青年说起他就是纳山，大家都遵命照办。然后他又拣了一间最讲究的房子让那青年住下，又派了好些仆人去殷勤服侍，他自己也在那里给他作伴，此外就没有别的人了。

那青年米特里丹这样和他相处了一阵，虽然把他当作一个长者尊敬，却禁不住问他究竟是何人。纳山答道：

“我是纳山手下一个无足轻重的仆人，从小就侍候他。我一生都是做着这份差使，没有受到过他一次提拔；所以，虽然人人都非常爱戴他，我却觉得他并没有什么值得我感恩的地方。”

这几句话，使米特里丹顿时涌起了希望，以为自己那个卑劣的打算，又多了几分实现的把握。纳山也向他请教尊姓大名，问他到这一带来有何贵干，又说，如果有什么地方需要他效劳，他一定尽力。米特里丹起初还沉吟不语，但犹豫了一会，就决定把这个老人当作心腹看待，先是转弯抹角地要求他保守秘密，并帮助他出个主意，怎样下手才好；然后才把自己是什么人、此次所为何来和盘托出。纳山听了他这些话，得悉了他的毒计，心里很是慌乱，但他并没有多犹豫，就放心大胆、面不改色地说道：

“令尊大人是个了不起的人，而你能够担当起这种广布仁施的慷慨事业，真也不愧为一个无辱家声的好子弟。你妒羡纳山的仁风，我非常赞成；假使世上多几个人具有这样的嫉妒心，那么这浇漓的世风也许会好转。承你把你的心事告诉我，我一定保守秘密，至于你要完成这桩心愿，可惜我只能帮你出个主意，却没法帮你动手。事情是这样的：离这里大约一里半路的地方，有一座小丛林，纳山每天早上都要到那林子里去散步好大一会工夫，你很容易找到他，把他结果了。如果你想要一杀掉他就赶回去，不致遇到任何留难，那你就不必从你来的那条原路回去，不妨另从林子里左边那条路回去，那条路虽然比较荒僻，可是离你的家却近得多了，而且也比较安全些。”

米特里丹打听清楚了，等纳山告辞以后，就告诉他的随从人等(原来他们也住在这座大厦里)明天在什么地方等他。再说纳山，他当天替米特里丹出的主意实在是由衷之言，到了第二天，也没有后悔之意，便独自一人走到小林子里去，准备一死。就在这同时，米特里丹也起了身，随身带着弓箭和宝剑(他并没有带来别的武器)，骑上马，直向树林子奔去，果然远远地就望见纳山正独自一人在那里散步。他决定先要看一看纳山的面貌，听听纳山的声音，然后再结果他的性命；于是奔上前去，一把揪住纳山的帽带，说道：

“老头儿，你休想活命啦!”

只听得纳山回答道：“我的确该死。”

米特里丹听得他的声音，再朝他脸上一望，立刻认出这老者就是那个殷勤地款待他、亲切地陪着他、诚恳地给他出主意的人，因此那一股无名之火顿时消却，自感羞愧。他马上把那抽出了鞘要用来杀他的剑，抛在一边，跳下马来，跪在纳山脚前，哭着说道：

“亲爱的老大爷，我这才真正看出了你的慷慨了！我口出妄言，无缘无故要你的命，而你居然悄悄地来到这儿，让我取你的命！幸亏天主顾全我的荣誉，在紧急关头，叫我这一双为万恶的嫉妒所蒙蔽了的眼睛，重新张了开来，看清事理。你越是迁就我，我就越觉罪孽深重，天理难容。我罪该万死，你认为该怎样惩罚就怎样惩罚我吧!”

纳山把米特里丹搀起来，亲切地抱着他，吻着他，说道：

“我的孩子，你对我的这番举动，不管你把它叫做善也好，恶也好，我自然一定要满足你，你用不着道歉，我也谈不上什么原谅你，因为你的要求并不是出于仇恨，而是为了要博得比我更好的名声。你还是好好地过下去吧，用不着怕我；而且请你放心，天下再也没有第二个人会像我这样爱你，因为我看见你积了这么些钱，并不像一个守财奴似地把它守着，而是从大家身上来、用到大家身上去，这种高贵的精神，我非常器重。你为了要出名，曾打算杀死我，此事你不必引为羞愧，也不要以为我会对此事感到奇怪。古来多少伟大的帝王，杀人无数，岂止像你这样只想杀一个人。他们为了扩充版图，留名青史，竟不惜毁灭多少国家，夷平多少城池——这样看来，你为了使自己出名，想要杀死我一个人，你这件事做得并不新奇，也不出格，只不过是人家惯用的手法罢了。”

米特里丹并没有为自己的卑劣企图进行辩解，只是盛赞纳山这样光明磊落，多方设辞开脱他；后来他问纳山怎么甘愿来送死，甚至于教他如何下手，真叫他太不理解了，于是纳山又说道：

“米特里丹，我心甘情愿地送死，甚至教你如何来杀死我，你一点也不必奇怪，因为我自从成年以来，就存心要担当起你现在所担当的这种慷慨事业，无论什么人到我家里来，我都要处处使他满意，随便人家对我有什么要求，我无有不依之理。如今你来要我的命，我马上就决定把命给你，因为我不愿意独独亏待你一个人，让你失望而去；为了叫你称心如愿，我自然要教你一个办法，使你既取得了我的命，又不至于连累你自己的命；我现在再向你说一遍，如果你当真要我的命，就请你马上取去，了却你这个心愿。我一生这样了结，真是再好也没有了。你要知道，我已经活了八十岁，福也享尽了，乐也乐够了；无论是人是物，都少不得要照着自然规律，有个一定的寿命，我没有几多日子好活了。因此，我就想，与其留着这条命，到头来还是无可奈何，免不了一死；

倒不如像施舍钱财似的把它施舍于人好得多。

“一个人纵使活上一百年，也不过是那么一回事，何况我最多也只能再活上六年八年，那我这份礼岂不是更加无足轻重吗？我劝你还是把它取了去吧！我活到这么大，还没有碰见过什么人要我这条命，倘若你这回要而不取，那么今后怕再找不到第二个人愿意要我这条老命了。纵使以后还找得到第二个人，可是我这条老命愈下去愈不值钱啦。所以我劝你还是趁早把它拿了去吧。”

米特里丹惭愧得无地自容，回答道：

“天理不容！我非但不能剥夺你宝贵的生命，连存这种念头，也是千万个不该。我非但不愿缩短你的寿命，而且还乐意把我自己的寿命给你。”

纳山立即说道：“如果你当真要把寿命给我，你是做得到的，不过在你这样做的同时，我还得为你做一件我从来不曾为别人做过的事情——那就是说，我生平还没有取过别人的财物，如今却要把你的财物取来，你愿意吗?”

米特里丹立即答应道：“当然愿意。”

纳山说道：“那么，就请你照着我的话去做吧。我说，你正年青，前程远大，就留在我家里，改名纳山；我住到你家里去，改名米特里丹。”

米特里丹说：“蒙你对我这番好意，我如果为人处世能够及得上你，那么一定毫不迟疑地遵命做去；可是我估计我这等行为只能坏纳山的家声，所以我决不能从命，免得再贻害于你，叫我罪上加罪。”

两人这样谦让了许久，纳山便邀请米特里丹回到他的大厦里去，接连款待了他好多天，真是礼貌周全，无微不至，又想尽办法鼓舞他把他的崇高伟大的慷慨事业有始有终地做下去。后来米特里丹想要带着随从回家去了，纳山不便强留。米特里丹算是得了一个很大的教训，那就是说，他在乐善好施的事业上无论如何也不能超过纳山。

故事第四

金第先生的意中人得了暴病，她家里人以为她死了，把她下葬。幸亏金第把她救活，让她生下孩子，然后母子回到丈夫家去。

少爷小姐们都觉得，天下竟然有人慷慨到不惜自己生命的地步，真是一件奇事，于是一致认为纳山的慷慨实在超过了西班牙国王和克吕尼地方的修道院院长。国王等大家详尽谈论完毕之后，就朝劳丽达望了一眼，示意她接下去讲一个；劳丽达立即开始说道：

年青的小姐们，刚才讲过的几件事实在是伟大高贵极了，我觉得我们再也说不出什么别的慷慨大度的故事来，可以和刚才几个故事比美的了；除非是讲些爱情方面的故事，因为随便哪一类的题材，只要其中有爱情，就不愁无话可谈。为了这些理由，也为了谈情说爱之类的故事对于像我们这样年纪的人，特别对劲，所以我就来讲一个情人的慷慨行径，这故事无论哪方面都不会比刚才讲过的几个来得逊色，因为一个人为了要获得一个意中人，会不惜仗义疏财、消仇解怨，甚至赴汤蹈火，牺牲生命和名誉也在所不惜。

在伦巴第平原上，那著名的波伦亚城里，从前有位年青绅士，名叫金第·卡利生蒂大爷，出身高贵，德行卓著。他爱上了尼柯罗丘·卡辛米柯的妻子卡塔琳娜，只可惜那位夫人对他无情，这时他正巧被任命为莫台纳地方的长官，便带着失望的心情赴任去了。

不久，尼柯罗丘离开了波伦亚，他妻子这时已经怀孕，便住到离城约莫十里地的乡间别墅里去，突然之间得了急病，简直就像死了一般，连医生们也都说她已经断了气。她的最亲近的亲属们只说不久以前，曾经听她本人说过怀孕的事，她肚子里的孩子大概还没足月；他们就这么悲痛了一阵，把她埋入了邻近教堂的一个墓穴。金第立即从一个朋友那里听到了这件事；他虽然从不曾得到这位夫人的半点垂青，却是悲痛不已，最后在心里思忖道：

“卡塔琳娜夫人，你现在竟辞别人世了！在你生前，我连蒙你望我一眼的福分也没有；现在你既然死了，也就不由得你肯不肯，我一定要吻你几下。”

说过以后，一到天黑时光，他就悄悄地带了个亲信仆人，悄悄地骑着马，兼程而行，赶到夫人的墓旁，当即打开墓门，爬进去躺在夫人的尸体旁边，脸贴着她的脸，哭哭啼啼地把她吻了又吻。我们要知道，人的欲望是没有止境的，这个欲望满足了，那个欲望又会萌生起来，尤其儿女之情更是如此。且说那位金第先生正要走开之际，忽然又生出了一个念头：

“哎哟！我既然这么远道赶来，为什么不摸摸她的胸脯再走呢？我从来没有摸过，今后再也摸不到了。”

他受着这种欲望的支配，便伸手去摸她的胸口，握住了她的乳房，过了一会，他觉得她的心脏还在微微跳动。这时候，他便摆脱了一切的恐惧心理，仔细按摸了一阵，断定她并没有死，还有一丝阳气将断未断，于是便叫他的仆人帮忙把她轻轻地从坟墓中抬出来，放在马上，他自己则坐在她后面搂着她，悄悄运到波伦亚他自己的家里。他家里还有个母亲，原是一位仁慈贤慧的老太太，听她儿子说了这些情节，不禁动了怜悯之心，立即给她洗了个热水浴，又生了火炉让她取暖，没有多少时候，卡塔琳娜果然悠悠醒来，长叹一声，问道：

“哎呀？我在什么地方呀?”

老太太回答道：“请放心吧，你是在一个安全的地方。”

卡塔琳娜打起精神来向四下一望，不知身在何处，但见金第先生站在她面前，不禁大为惊异，就向他的老母亲询问，她是怎么会到这里来的。金第先生便将这事情的始末全都讲给她听了。她不禁哭泣起来，过后向他再三道谢，又请求他顾念从前爱她的情分，并且本着他的君子仁厚之风，千万不要让她在他家里遭遇到任何有损她自己名誉和她丈夫名誉的事情，请他天一亮就赶快把她送回家去。

金第先生说道：“夫人，不管我从前对你起过什么念头，可是，从现在起以至于今后，不论在这里还是在别处，我只是把你当作一个亲姐妹看待，这是因为多蒙天主垂爱，才看在我爱你的分上，使我能够让你起死回生。可是我昨夜给你效劳了一番，也应当得到你一些酬报，所以我就要向你求个情，希望你不要推却。”

卡塔琳娜和悦地回答道，不论他有什么要求，只要她办得到，不损害她的名誉，那她一定愿意使他如愿。

金第说：“夫人，你所有的亲友们，以至波伦亚任何一个人，都断定你已经死了，你家里根本没有一个人在等你回去。所以我要求你暂时留在这里和我母亲在一起住，不让外人知道，等我到莫台纳去一趟回来，这是要不了多少日子的。我所以向你提出这个要求，只是因为我要把本城所有的有名人士都请来，当着他们的面，隆重地把你这无价之宝献还给你丈夫。”

她自知欠了金第先生的情，又认为他所提出的这个要求也很正派，因此，虽然巴不得早些让亲友们高兴地听到她尚在人间的消息，也只得答应下来。不料她这话还没有说完，忽然觉得肚子痛起来，想来是要分娩了；亏得金第母亲悉心侍候，生下一个美丽的男孩，金第和她自己都欢喜不尽。金第又吩咐家中人，凡是产妇所需要的一切东西，都得照办，又嘱咐小心侍候她，把她当作家里的主妇一般看待；吩咐完毕，就悄悄地回到莫台纳去了。

等他任期满了，快要回到波伦亚去的时候，他便吩咐家里在他到家的那天上午，办几桌体面的酒席，把城里所有的贵人都请来，尼柯罗丘也包括在内。后来他到了家，下了马，只见许多人都在那里等他，卡塔琳娜当然也在内，她比从前长得更加健壮美丽了，新生的婴儿也很活泼可爱。金第真是欢喜不尽，请客人们各各就座，然后吩咐开宴，端上来的都是山珍海味，名贵非凡。在快要吃完的时候，他就照着事先和卡塔琳娜商量好了的步骤，开始说道：

"诸位先生，我听说过波斯有一种风习，倒是别有风趣。据说，凡是有人想要对自己某一个朋友表示崇高的敬意，就把那个朋友请到家里来，拿出自己最宝贵的东西给他看，不论是自己的妻子也好，情妇也好，女儿也好，或是其他任何心爱的东西也好，并且还要在拿出那样心爱的东西的时候，对那位朋友说一声，如果他办得到的话，真愿意把自己的心也挖出来。

"多蒙诸位不弃，光临舍下，聊尝菲酌，我也打算在波伦亚来效法一下这种波斯风习，把我所有的一件最宝贵的物品，也许是件稀世之宝，拿出来让诸位观赏一下。但是在我没有这样做之前，有一个疑难问题先要向诸位请教一下——假使某人家里有一个忠诚善良的仆人，骤然得了暴病，那主人不等病人断气，就把他丢到大路上去，不再过问。后来有个陌路人走过，很怜惜这个病人，就把他带回自己家里去，费尽心机，花尽钱财，使他起死回生，健壮如常，那么，我倒要问一声，如果这个陌路人就此把那个仆人留用下来，那原来的主人是否能够怨怪他呢？如果那原来的主人要求他还给他那个仆人，他却不肯，那原来的主人是否能够指责他不是呢？"

宾客们商议了一阵，取得了一致的见解，就委托尼柯罗丘来回答这个问题，因为他是个口才很好的演说家。尼柯罗丘先赞扬了一番这种波斯风习，然后说道，他和大家都一致认为，那原来的主人没有任何权利把那个仆人要回去，因为他在那佣人处于危急境况的时候，非但把他弃置不顾，而且还把他丢到外面去，多亏那第二位主人好心救他，使他起死回生，所以应当名正言顺地把他判给第二位主人，这样并不冤屈第一个主人，也没有侵犯他的权益。

在座的多少有身份地位的人，都表示同意尼柯罗丘的意见；金第听了这种回答，很是得意，立即宣布自己也同意这种见解，并且说道：

“那么，我现在就来照着刚才的诺言，向诸位表示敬意了。”

说着，他就打发了两个佣人，去到那位预先打扮得极其华丽的夫人那儿，请她赶快出来，让嘉宾格外欢乐。她便抱了漂亮的小婴儿，由两个男佣人陪着，来到宴会的大厅里，照着金第的心意，坐在一位地位崇高的绅士身边。只听得金第说道：

“诸位先生，这就是我比一切宝贝更看重的珍宝。不知诸位认为我这话说得对不对?”

宾客们一个个都把这位夫人赞扬备至，说是金第应当把她奉作至宝，接着又仔细打量着她。在座有不少人都认得出她是谁，只因为早先都当作她死了，所以不敢认。尼柯罗丘特别仔细地望着她，他心里简直像火烧一般，急于想要弄明白她究竟是谁，趁金第走开一会的当儿，忍不住问她是不是波伦亚人，还是外地人。夫人听到自己丈夫询问，几乎忍不住要回答他，但因和金第已有约在先，所以竟不曾作声。又有人问她，那个婴儿是不是她的孩子；还有人问她，她是不是金第先生的夫人或是他的亲戚；可是她一概不加答复。一会儿，金第先生来了，有一个客人对他说：

“先生，你这位夫人固然美极了，只可惜好像是个哑巴，是不是?”

他说：“诸位贵客，她一时没有说话，正足以证明她的美德。”

那客人就说：“那么，请你说明她究竟是谁吧。”

金第说：“我非常乐意，只要你们答应，不管我说出什么话来，随便哪一个也不许离座，一直要听我把这件故事讲完为止。”

大家都答应做到，于是把餐桌撤去，金第坐在这位夫人身边，说道：

“诸位先生，这位夫人就是我刚才向你们问起的那位赤胆忠心的仆人。她的亲属可并不看重她，把她当作废物似地摔在大街上，我把她收留下来，用尽心力把她从死神的掌握里抢救了回来。多谢天主顾念我的一片诚心，使我没有白费心血，居然把她从一具可怕的尸体变成了一个活生生的美人儿。为了使你们更明白我是怎样交上了这个好运，我现在打算把这件事的经过跟你们简单地讲一讲。”

于是，他就从他爱上这位夫人讲起，详详细细说明了其中的经过，宾客们听了都大为惊异。他又接着说道：

“这样看来，如果诸位(尤其是尼柯罗丘先生)没有改变刚才的主意，那么这位夫人就是名正言顺地属于我了，谁也没有理由把她从我手里要回去了。”

大家听了这话，都无言以对，只是静静地等待着，看他还有什么话说下去。尼柯罗丘和他的夫人，还有在场的一部分人，都感动得哭了起来。接着，金第站了起来，一手抱住婴孩，一手拉着那位夫人的手，走到尼柯罗丘面前，说道：

“请你站起来，我的亲家；我现在并不是把你的妻子归还于你，因为你家里已经把她埋下了黄土；我只是要把这位夫人——我的亲家，送给你，还有她这位婴孩也一并送给你，我相信他是你的骨肉，我已经抱着他受了洗礼，取名金第；我希望你不要因为夫人在我家里待了将近三个月，就减少了对她的恩爱；我可以凭着天主向你发誓，她和我母亲住在一起，真是再贞洁也没有了，我相信她同她自己的父母或是同你住在一起，也不过如此；天主使我爱上她，大概是为了要我救活她这条命吧。”

接着，他又转过身去对那位夫人说道：

“夫人，从现在起，我取消你对我的一切诺言，让你回到尼柯罗丘家里去。”

说着，他就把她母子二人交给尼柯罗丘，自己回到座位上去。尼柯罗丘连忙把她母子二人接过来；他根本没有存过一线希望，如今福从天降，怎能不喜出望外？于是他对金第谢了又谢，也不知说了多少感激的话。客人们没有哪个不感动得流下泪来，盛赞金第的美德——真的，凡是听了这故事的人，没有一个不称赞他的。那夫人家里的人见她回来了，都喜欢不尽地接待她；波伦亚所有的人见了她，都惊奇地把她望了又望，俨然把她当作一个再世的人了。从此以后，金第先生一直是尼柯罗丘的好朋友，和他家里人以及那位夫人家里的人，也都成了好朋友。

温柔的小姐们，我还有什么好说的呢？请你们想想看，西班牙国王把王笏和王冠送给了骑士；修道院院长使一个为非作歹的人和教皇言归于好，却并不要他自己牺牲什么；那个老人慷慨地伸出自己的脖子来让仇人砍——这几件事哪一件能和这件事相比呢？金第又年青又热情；别人一时粗心大意，抛却了一件宝贝，他凭着自己的运气拾到了手，照理会贪恋难舍，而且可以名正言顺地据为己有，可是，他不仅克制了自己的欲念，令人敬佩，还把自己想望了好久、而且千方百计想要弄到手的一件宝贝，慷慨奉还原主，所以我觉得，刚才讲的那几个慷慨大度的故事，都不能和这一个相提并论。

故事第五

狄安瑙拉太太被安萨多纠缠不已，推说他若能在正月里布置出一个万紫千红的花园，她就让他如愿。安萨多重金聘请魔术师作法，果然办到了。她丈夫知有此事，便叫她去履约，安萨多听得她丈夫如此慷慨，立即让夫人取消诺言。

这一群愉快的青年男女，没有哪一个不是盛赞金第先生，简直把他捧上了天。国王命令爱米莉亚接下去讲一个故事，爱米莉亚胸有成竹，仿佛早已作好准备，开始说道：

温雅的小姐们，金第先生的慷慨大度，实在是谁也不能否认，可是，如果谁认为他这种豪举是绝无仅有，那我倒很容易举出反证。诸位听了我这个短短的故事，就知道我说的不是假话。

弗留里这个国家，虽然气候寒冷，却是山明水秀，景色绝佳。那里有个城市，名叫乌丁，这城里从前出过一个美丽的贵妇人，名叫狄安瑙拉，她的丈夫吉尔贝托是当地的一位豪绅，为人很是风流潇洒。她因为长得美貌，给一位名叫安萨多·格拉登斯的爵爷爱上了。他地位既高，骁勇过人，为人又殷勤多礼，所以远近闻名。他因为热爱这位夫人，想尽了办法去博取她的欢心，情书也不知写了多少，可是都是枉费心机。

后来那位夫人见他这么纠缠不清，实在有些讨厌了。无奈尽管她一次次拒绝，他还是不肯死心，依旧在爱她，求她；她便决心向他提出一个离奇的要求，叫他知难而退；因此有一天，她就对那个经常替他作说客的妇人说道：

“好大娘，你一再对我说过，安萨多先生爱我胜于一切；他曾经送给我多少宝贵的礼物，我都叫他自己留着受用，因为我决不会见了他的财物就动心，而去爱上他，满足他的心愿；不过，如果我能够相信他当真是像你所说的那么爱我，那我一定会爱上他，叫他称心如愿。我现在只求他一件事，他倘若办得到，我才能相信他是真的爱我，那我自然也愿意听他吩咐。”

那女人说：“那么夫人对他有什么要求呢?”

夫人说：“我的意思是这样，下个月就是正月，我要他在这城市附近开辟一座花园，园里要像五月里一样，长满了红花绿草，还要有葱郁的树木；如果他办不到，那么就请他再也不要打发你或是任何人到我这里来了；倘若他还是纠缠不清，我就不会再替他在我丈夫和我家里人面前保守秘密了，我一定要把这事情告诉他们，叫他们把他撵走。”

安萨多听了那位夫人的要求和许诺，觉得实在是个难题，几乎不可能办到，也明知那位夫人提出这个要求，无非是叫他死了这条心，可是他依然要想尽办法试一试。他于是到处去打听，是否有人能够在这件事情上替他出个主意，想个办法。最后他果然找到了一个魔术师，答应用魔术替他办到这件事，只要他肯给以重酬。安萨多岂有不愿之理，所以立即答应，然后高高兴兴地等待着指定的日子来到。

到了那天，天气严寒，遍地冰雪。在新年的前夜，那个魔术师选择了城郊的一块草地施展魔术，据当时一些亲眼看见的人说，第二天早上那里居然出现了一座美丽无比的花园，园里草木葱茏，还结满了各色各样的果子。安萨多先生看得高兴极了，连忙采了几种最美丽的花，最好的水果，悄悄送去献给那位夫人，还邀请她赶快来欣赏她所要求的花园，也好知道他究竟爱她爱到如何地步，又向她提起她自己许下的庄严诺言，她既是个讲信义的夫人，就得设法践约了。

那夫人早已听人家纷纷说起那个奇迹似的花园，一会儿又看见送来了鲜花水果，很有些悔诺之意。她虽然悔恨，可还是存着极大的好奇心，想要去看看那些奇迹，便和城里其他几位夫人一同去观赏那座花园。她见了之后，赞不绝口，又惊异不置，等到回得家来，想起了自己这一下非得践约不可了，真是说不出的悲伤。她因为心事重重，免不了流露出一些形迹，她丈夫看见了，就再三询问她是何原因。起初她因为此事实在难以启齿，一言不发，后来被逼不过，只得把这件事的前因后果，向她丈夫和盘托出。

吉尔贝托听了，先是非常气愤，后来再一想，他妻子这种用心完全是纯洁的，便按下了气愤，说道：

“狄安璐拉，一个谨慎而贞洁的女人，根本就不要去理睬那些牵线的人，更不应该拿自己的贞洁去跟人家讲条件。对于一个坠入情网的男人来说，一旦把这些话听进耳里，记在心里，就会生出一种远非人们所想象得到的力量，天大的难事也能办得到。你去听那些牵线的人的话，这就是一个大错；以后又提出条件，那更是错上加错。不过我知道你的动机是纯正的，为了解除你自己的诺言所加给你身上的束缚，我姑且允许你做一次任何男人也难以答应的事，这也是为了生怕安萨多受了你的欺骗，会叫那个魔术师来加害于我们。我看你势必到他那里去一次，如果能设法履行你的诺言，而又不损害你的贞操，固然是好；万一不能保全贞操，那也只得失身一次于他，只要不把灵魂输给他就是了。”

他妻子听了他的话，痛哭流涕，怎么样也不肯接受他这份宽大的情意。可是不管她怎样表白，他非要她这样做不可。于是第二天天一亮，他妻子起来胡乱打扮了一下，就带了一个贴身侍女，由两个仆人在前面引路，去到安萨多先生家里。安萨多听到意中人来了，大为惊异，马上把那个魔术师请来，跟他说道：

“你瞧，你的高明的本领给我带来了多么珍贵的宝贝啊！”

接着他就走出去迎接那位夫人，极其恭敬得体，没有流露出一点轻薄。于是三人一同走进一间华丽的内室，室内生着一大盆火。安萨多先生让她坐定之后，就说：

“夫人，我爱你爱了这么久，如果我这一份爱情还值得你给我一点报答的话，那么，我请求你告诉我一声，你这么早赶到我这儿来，而且带了这些人来，是为了什么事？想来你不至于不屑回答吧。”

夫人满面羞惭，眼泪汪汪地回答道：

“大爷，我来到这里，既不是为了爱你，也不是为了有约在先，迫不得已；而是我丈夫命令我到这儿来的。你虽然用情不正，他却体念你为我费尽心机，因此也顾不得我和他自己的名誉，打发我到这里来了。我奉了他的命令而来，准备让你这一次得到满足。”

安萨多刚才一见她进来，已是十分惊异，如今听了她这番话，更是惊异不置。吉尔贝托宏大的气量使他大为感动，他本来的满腹欲念都化作了一腔同情，说道：

“夫人，听了你的话，我觉得既是你丈夫这样顾念我对你的爱情，若是我再玷污他的名誉，那实在是天主所不能容忍的。我现在要把你当作亲姐妹一般，留你在这儿待一阵，你爱什么时候回去就什么时候回去，只希望你代我好生谢谢你的丈夫，还请你从今以后把我看作你的兄弟，你的仆人。”

夫人听了这话，喜不自胜，立即说道：

“我凭你以前的高尚的行为，料定今天来到府上，不会有什么意外，一定会得到你的宽恕；我一辈子都会感激你的！”

说完，她就告辞回家，安萨多还派了好些人一路护送。回到家里，她把这一切情形都告诉了她丈夫吉尔贝托，他从此果然和安萨多结成了极其亲密的朋友。

再说那位魔术师，安萨多把酬金如数给他，他因为看见吉尔贝托居然有那种雅量，并不计较人家看上了他的妻子；而安萨多对自己的意中人也居然那样大度，他便说道：

“我看见吉尔贝托先生慷慨到竟连自己的名誉也在所不惜，你连自己的爱情也可以舍弃，倘若我连几个酬金还舍不得放弃，那真是上天所万难容忍了！我知道这笔钱对你是大有用处的，所以我希望还是由你留着吧。”

安萨多先生觉得不好意思，再三请他把钱拿去，至少也得拿一部分，可是他哪里肯收？三天以后，魔术师把那座花园撤掉，接着就告辞而去。安萨多祝天主降福于他。从此安萨多完全打消了对那位夫人的淫念，只是对她怀着一种正当的敬爱。

可爱的小姐们，你们觉得这个故事怎么样？金第固然让他的情人归于她原来的丈夫，但是当初他的情人可说已经死了，那时候，他本已绝望，感情也冷淡了；而安萨多则是好容易把自己追求了好久的意中人弄到手，当时他的热情只有比以往更为炽热，燃起了新的希望，可是他竟然慷慨大度，抑制了淫欲；这两件事比起来，哪一件更值得我们赞美呢？如果有人认为这两件慷慨行为能够相提并论，那在我看来，未免太可笑了吧。

故事第六

国王查理年老痴情，爱上一位少女，后来自惭不该如此，遂作主把那少女姐妹俩很体面地许配出去。

小姐们听了关于狄安璐拉的爱情故事，纷纷争论不已，断不定吉尔贝托、安萨多和那个魔术师三个人之间，究竟是谁最慷慨。这些争论，我们也不必在这里一一细说了，免得多费笔墨。国王让大家争论了一阵以后，就望望菲亚美达，吩咐她讲一个故事，以便结束这场争论。菲亚美达毫不迟疑地开始说道：

高贵的小姐们，我始终觉得，我们这些人聚在一起讲故事，应该阐述得周全，免得让人抓住细枝末节，引起争论。争论原是追求学问的学者们的事情，至于我们这些连纺纱织布还忙不过来的女人，怎么配去争论呢？我脑子里本来也有一个题意不明的故事，可是看到诸位对于刚才所说的那些事情争论不下，所以暂且不说这个故事，而另说一个，这故事说的不是等闲之辈，而是说一个英明的国王怎样做了一件有骑士风度的事，保全了自己的荣誉。

想必人人都听到过查理第一这个国王，由于他雄才大略，尤其是后来战胜国王曼夫莱，[1]终于把保皇党人赶出佛罗伦萨，使教皇党人回到该城。于是有个名叫纳瑞·德里·乌贝第的骑士带领家眷、收拾细软什物，离开了这座城，打算在查理王的领域中找个容身之处，便来到卡斯台拉迈·第·斯塔比亚[2]。他在这里买了一块地，离开当地居民的住宅有一箭之地，四面全是橄榄树、胡桃树和栗树。他在这块地上建筑了一所富丽堂皇的住宅，住宅前面还设计了一座赏心悦目的花园，园内流水潺潺，他就在花园当中挖掘了一个佛罗伦萨式的鱼池，式样美观，水清见底，池里养着好多鱼。他每天也没有别的事可做，一心只在园艺上，想把花园布置得一天比一天美丽；后来查理国王来到卡斯台拉迈避暑，听到纳瑞的花园这般美丽，很想观赏一下。但是一听到这花园主人的名字，原是属于自己的敌党，觉得应该先和他攀个交情，便派人去跟纳瑞说，他和他的四个大臣打算在那天晚上到他花园里去吃晚饭。纳瑞感到非常荣幸，便大事准备，又与家人安排了隆重的仪式，欢天喜地地在花园里接驾。

国王把纳瑞的花园、住宅一一参观赞赏之后，便洗手用饭。酒座设在鱼池旁边，他吩咐纳瑞和随驾同来的葛·德·蒙福特伯爵坐在他两旁，又吩咐同来的其他三个臣僚照着主人家的安排，在一旁侍候。一会儿美酒佳肴端上桌来，极其豪华，也侍候得十分周到，毫无忙乱喧嚣之声，国王赞赏不已。

他一面愉快地宴饮，一面欣赏着这幽静的环境，忽然有两位十五岁模样的少女走进花园，卷曲的发丝好像金丝一般，松松地披散着，头上都戴着长春花编织的花圈。她们都长得娇丽非凡，简直像天仙一般；穿着雪白的细夏布衣服，上半身紧贴着肌肤，从腰部以下就像裙子一般散开着，直拖到地上。头一个进来的，左边肩膀上搭着两副渔网，右手拿着一根长竿；跟在后面的那一个，左肩扛着一只煎锅，腋下夹着一捆木

---

① 请参阅第二天故事第六第111页注①。

② 那不勒斯海湾一城市，靠近庞贝废墟。

柴，左手拿着一个三脚架，右手拿着一瓶油，一个点亮着的火炬。国王看见这两个少女，大为惊异，便耐心等着，看她们要做些什么。

两位小姐羞羞怯怯地来到国王跟前，面上带着红晕，对他行了一礼。接着，拿煎锅的一个姑娘便将煎锅和其他什物放在池畔，又从另一个手里接过那根长竿，然后两人都下了池塘，池水深及胸部。一会儿工夫，纳瑞的一个佣人轻手轻脚地把煎锅放在三脚架上，在架下烧起火来，又在锅里倒了些油，等着两位小姐把鱼摔过来。她们两人在池塘里，一个拿好长竿在鱼儿们藏身的地方捣来捣去，另一个拿着渔网站在那里等着。国王在席上凝神细看，见她们没多久就捉了许多鱼，满心欢喜。她们都照着事先所听到的吩咐，把那些新鲜活跳的鱼儿摔给那个佣人，佣人一一投入煎锅。后来她们又拣了几条最好的，摔到国王和他的臣僚等宴饮的那张桌子上。鱼儿在桌子上乱蹦乱跳，国王见了好不高兴，顺手拿起几条，打趣地摔回给她们。他们这样玩乐了一阵，佣人已经把鱼烹好，端到国王面前，这与其说是什么美味珍馐，还不如说是纳瑞安排的一项雅兴。

那两位小姐看看鱼捉够了，也烹调好了，就走上岸来。水淋淋的细白夏布衣裳紧贴在身上，使她们秀丽的肌肤好像全都露了出来一般。她们羞羞答答地走过国王面前，回到屋子里去。国王、公爵，以及在场侍候的那些人，都把眼睛盯住在她们身上，没有哪一个不在心里盛赞她们长得美丽窈窕，仪态万方。尤其是国王，等她们一走出池塘，一双眼睛就不停地在她们身上打转，直看得心醉神迷，这时即使谁拿一根针戳他一下，他也决不会叫痛的。他不知道她们究竟是谁家千金，只是越想越出神，恨不得去巴结巴结她们才好，直等到他觉得，如果他不留点儿神，难免要坠入情网了。再说，这两位小姐简直长得一模一样，他自己也说不清究竟喜欢哪一位。他思量了一会儿，就转过身去问纳瑞，这一对姑娘是谁家女儿，纳瑞回答道：

“王上，这是我的两个双生女，一个叫做美人儿金妮芙拉，一个叫金发伊淑塔。”

国王连声赞赏，又说她们应该出嫁了，纳瑞只是推托说他目前还力不从心。转眼晚餐吃罢，就剩下一道水果了；只见那两位小姐穿了华丽的绸袍，手里捧着两大银盆的应时鲜果端上桌来，放在国王面前。然后，她们就走到一旁，唱着一支小调，开头两句是这样的：

啊，爱神，千言万语也说不清，
我来到了——

这清脆美妙的歌声叫国王听得出了神，不禁疑是天宫里的仙女下凡歌唱了。唱完以后，她们就跪了下来，恭恭敬敬地向国王告退，国王虽是恋恋不舍，也只得装出一副欣喜的样子，允许她们离开。

吃完晚饭，国王和侍从人等上了马，辞别了纳瑞，回到王宫，一路上谈东说西，没有住口。他压抑着满怀的激情，不流露出来。可是他尽管国政繁冗，日理万机，却忘不了美人儿金妮芙拉，而且心里还同时在爱着那位和她面貌相似的姐妹；他为这些儿女私情弄得神魂颠倒，简直想不到别的事情上去。他编造了各色各样的借口，和纳瑞过从甚密，常常去参观他的花园，目的是要看看金妮芙拉。

最后，他再也受不住这相思的熬煎，又没有别的办法可以平息自己的情火，而且觉得一位小姐还不够，要把那两位小姐同时娶来，于是就向葛伯爵说明了自己的相思和打算。伯爵原是个正派人，听了这话就说道：

"主公，我听了你这番话，非常惊异；尤其因为我是从小跟你在一起长大的，比谁都了解你的为人。在你年青的时候，爱情本当更容易缠住你，你却从来不曾为儿女之情烦过神；如今你老也老了，倒反而为这种事情神魂颠倒，我觉得真算得是一个奇迹。我实在有责任向你进一句逆耳的忠言：你现在处在一个刚刚征服的国土中，干戈甫定，民情陌生，阴谋叛变，防不胜防，国家大事处处要你烦心，连安安稳稳坐下来透口气的时间也没有，哪里抽得出闲空工夫去谈情说爱呢？

"这不是一个英明的君王应做的事，而是糊涂后生的轻薄行径。那位老先生在他自己家里想尽办法款待你，还叫那一对双生女儿几乎裸着身子在你面前出现，向你表示尊敬，这足以说明他的一片忠心，把你看作一个人君，而不是看作一只贪心的狼，不料你却要把那两姐妹双双娶来，这成什么体统？再说，难道你一下子就忘了，不正是因为曼夫莱荒淫无度，才使你有机会趁虚而入，攻破这个国家吗？纳瑞先生尽心侍候你，而你却反过来夺去了他的荣誉、希望和安慰，那真可算是忘恩负义到极点了。你若对他忘恩负义，岂不是永生永世都要受到人们的指责吗？你若果真做出这种事情来，人家会把你看成怎样的一个君王？也许你还会振振有辞地为自己辩护道：‘我所以这样做，只因为他是个保皇党人。’我试问你：不管他是哪一个党派的人，既然逃到你的领域里来求你保护，你却这样欺凌他，这也能算是帝王之道吗？陛下，请听我再进一言：你征服了曼夫莱，固然是一件无上光荣的伟业，可是，你若能征服你自己，那才是更大的光荣；你身为人君，若是自身不正，哪能正人？所以你首先必须克制这种邪念，不要使光荣的事业上留下这样一个污点。”

这一席话叫国王听得良心上很是过意不去，觉得句句都是良言，因此益发难受；他长叹了几声，说道：

“伯爵，你说得对极了：一个经过锻炼的战士制敌取胜，实在不是什么难事，难倒难在克制自己的邪念；不过，纵使这种克制功夫需要百折不挠的毅力，艰难万分，但是多亏你一席话点化了我，保管不出数日，我就能像征服敌人似的征服我自己，空口无凭，你等着看我的行动好了。”

国王说过这话，没有几天，就回到那不勒斯去。他这次离去，一方面是为了让自己没有机会做出不光彩的事情来，另一方面也是为了报答纳瑞的厚谊，把他的两个女儿当作自己的女儿一般许配出去，尽管他热恋着这两位小姐，实在舍不得让人占去。他先征得纳瑞的同意，给了他两个女儿豪华的嫁妆，把美人儿金妮芙拉许配于马费奥·达·帕利济，把金发伊淑塔许配于圭列摩·台拉·马尼亚，两位都是高贵的骑士，而且都是男爵。国王办完这件事之后，就无限伤心地动身到阿普利亚去，痛下功夫克制自己的情欲，斩断千丝万缕的情丝，清心寡欲地过了一辈子。

也许有人会说，一个堂堂的君王把两位小姐嫁出去，原算不得一回事，我也赞同这种说法。可是我觉得，一个坠入了情网的国王，能够把自己心爱的姑娘许配于人，连她的花儿叶儿碰都不碰一下，这实在是件了不起的事。这样看来，这位慷慨大度的国王既堂皇地报答了纳瑞，又光明正大地对他自己心爱的姑娘表示了敬意，而且毅然决然地克服了自己的情欲。

故事第七

国王彼得听得一个民间少女热爱他，连忙去安慰那位害相思的姑娘，把她许配给一个高贵的青年，自己只在她额上吻了一下，终身做她的骑士。

菲亚美达的故事讲完了，人人都连声赞美国王查理的自制和慷慨，只有一位小姐，因为是个保皇党，所以没有赞扬他。接下去是潘比妮亚遵照国王的吩咐，讲述故事：

可敬的小姐们，你们对于国王查理的赞扬，凡是明白事理的人都不会提出异议，除非有人为了别的原因，对他怀有恶感，那又当别论。我现在想起了一个故事，说的是国王查理的一个敌人对待我们佛罗伦萨一位小姐的恩德；这故事也和刚才那个一样值得赞扬，所以我很高兴讲给大家听听。

当法国人被逐出西西里岛的时候，帕勒摩地方住着一个佛罗伦萨籍的药剂师，他名叫贝那多·普契尼，家道富裕。他有一个独生女儿，长得很美，已到了出嫁的年龄。那时阿拉贡的彼得做了那个岛上的君主，和他的臣僚在帕勒摩举行欢宴，并且照着卡达鲁尼亚的风习竞技比武，凑巧贝那多的女儿丽莎这天正和几位姐妹在窗口闲眺，猛见国王在赛马场上驰骋，不由得对他十分倾心，一双眼睛便舍不得离开他身上。君臣们宴罢人散之后，丽莎待在家里，一心只想着这位伟大崇高的“情人”。最使她苦恼的是，自己出身微贱，万难获得圆满的结局。尽管如此，她心里依然在爱着那位国王，只不过为了怕招来更大的烦恼，把满怀的柔情闷在心里不讲出来罢了。

国王对这件事一点也不知情，心里根本没有她这个人，所以她越发痛苦不堪。这位美丽的姑娘，相思一日深似一日，痛苦也有增无减，终于撑持不住，卧病不起，一天比一天消瘦，好像积雪在阳光下融化一般。她父母见了她的病情，都万分焦急，待她格外温柔疼爱，让她振作起精神来，一面又想尽办法，替她延医诊治，都不见效；她为了自己的一片痴情无从如愿，失望到极点，只想一死了之。

有一天，她父亲答应她，不论她要什么，尽管说出来，他一定让她如愿，因此她转念何不在辞别人世之前，想个办法，让国王知道她的这片相思；便请求她父亲把敏奴丘·达雷佐请来。这位敏奴丘原是当时的一位大音乐家和歌手，很受国王的器重。贝那多只当作女儿丽莎想要听他唱歌奏乐，立即派人去请他。那敏奴丘原是个很随和的人，听得有请，立即去了。他先用一些好言好语叫那位姑娘开心，就拿起那随身带来的“维珴尔”①，拉了一两支小调给她听，又为她唱了几支歌。他唱这些歌的用意，本是为了安慰她，谁料不唱则已，一唱反而把这位姑娘的爱情的火焰煽动得愈加炽热。姑娘立即跟他说，她想要单独和他说几句话；大家都走出去后，她于是说道：

“敏奴丘，我把你当作一个最可靠的人，打算告诉你一件心事，希望你除了一人之外，千万不要说给别人听，至于这一个人，我马上就告诉你，还希望你多多帮忙。亲爱的敏奴丘，不瞒你说，在我们的国王彼得举行即位典礼的那天，竞技比武，给我瞥见了，我对他一见生情，以

---

① 中世纪的弦乐器，小提琴的前身。

致今日病到这般地步，这是你亲眼看见的。我知道自己高攀不上一位国王，实在是痴心妄想，可是我这一片爱情别想压得下去，更不要说是一刀割断了；我苦恼得再也受不住了，只想一死干净，总比活着受罪强一些。

“当然，如果就这样死去，我这一片痴情不让他知道，那我死也不会瞑目的。但要把我这番光景转告他，除了托付你以外，再也找不出第二个适当的人了。我特地拜托你，请你无论如何不要推托；你去转告他之后，再来给我一个回音，那么，我也死而无怨了。”说到这里，她已泣不成声。

敏奴丘对这位小姐的伟大的心灵，同时也对她打定的狠主意，感到惊异，也为她担心；接着，他就想到可以用正当的办法帮她一下忙，便说道：

“丽莎，我向你担保，决不会拿你的事当儿戏；你爱上了这样一位伟大的国王，实在是心比天高，值得赞扬；我存心给你帮忙。只要你能安心静待，我包你在三天之内给你带来最满意的消息。好吧，不要浪费时间，我马上就去为你设法。”

丽莎听了这话，再三拜托，同时答应她一定安心等待，于是和他说了再会。敏奴丘辞别了她，去到当代一个名诗人米可·达·西埃纳那里，说了不少好话，求他编写了下面一支歌谣：

爱神，你快快飞去见我的君王，
告诉他，我为他相思苦难当；
相思苦难当，不敢与君言，
还是一死了却心念。

爱神，请受我深深一拜，
请你发慈悲，去到君王的宫殿，
告诉他，我对他多爱慕，多想念，
我的心儿为他燃起爱情的烈焰。

啊，这片火焰烧着了我遍体通身，
我怕它会把我这条命烧成灰烬，
叫我一辈子受苦，终身抱恨。
想着他，我又是羞惭，又是害怕，
啊，请你看在天主面上，
把我这满腹的相思告诉他。

爱神，自从我对他一见钟情，
你从没有让我鼓起半点儿勇气，
去向我那君王吐露我的情意，
我只落得为他黯然伤神；
叫我就这样死去，我哪里甘心？
风流的君王他若知道我这般相思，
未必对我毫不动情，干吗你总不肯
鼓舞我去向他把心意表明？

啊，爱情，都怪你不肯把我的心意
去向君王表明，我才得了这相思病，
你不肯为我捎信，不让我眉目传情；
现在只求你可怜我，去到他身边，
提醒他，只为了他举行盛典的那天，
看见他在骑士中间，带盾持枪，英豪无双，
我从此日夜相思，病入膏肓，
憔悴得不像个人样！

敏奴丘立即把这首诗配上曲调，哀婉幽怨，情景贴切；第三天就去到宫殿里，这时国王彼得正在用膳，见他来了，就请他和着他的“维珴尔”唱几支歌曲听听。于是他就唱起那支歌来，真是哀婉动人，王宫里没有哪一个不是聚精会神地静听着，听得出了神，站在那里动也不动一下，国王尤其是这样。敏奴丘唱完了，国王就问这支歌是哪里来的，他从来也没有听见过。

这位歌手回答道："陛下，这支歌编成歌词，谱成曲调，一共还不到三天呢。"

国王又问，这支歌是为谁而作的；敏奴丘回答道："这事情除了王上一人之外，我不敢对任何人泄露。"

国王很想知道其中的底蕴，等到用完饭，就把敏奴丘召进内室，敏奴丘把丽莎的话从头到尾都讲给他听了，国王说不尽的欢喜，连声赞扬那位小姐，说他非常同情这位高贵的小姐，又吩咐敏奴丘赶快去代他安慰她一番，告诉她说，国王在当天晚祷时分一定亲自去看她。

敏奴丘得了这个好消息，欢天喜地，连忙收拾了他的维珴尔等什物，去到小姐那里，把一切情形都悄悄跟她说了，然后又和着维珴尔，把那支歌唱给她听。小姐喜出望外，病情立即有了起色，只盼晚祷时分，君王驾到；这事情她家里一个人也不知情，甚至没有看出一点形迹。

国王原是个豪爽多情的君主，听敏奴丘说了这件事，在脑子里也不知想了多少次；加上他早已听说那位小姐的美貌，不禁加倍怜惜起她来。到了晚祷时分，他骑上了马，只说出去随便溜达溜达，便直奔那个药剂师的宅子，要求参观那药剂师家的美丽的花园。他在花园里下了马谈了几句话，就问贝那多，他女儿可好，是否已经出嫁。

贝那多回答道："王上，她还没有出嫁；害病害了好久，到现在还没有起床呢，不过说也奇怪，从今天中午起，就大大好转了。"

国王一听心里明白，那位小姐为什么会好转得这样快，就说道：

"天啊，这样美丽的一位姑娘，如果有个三长两短，那真是太可惜了。我一定要去看看她。"

过了一会儿，他只带了两个侍从，跟着贝那多一块儿去到她房间里，走近她的床前，只见她正提起精神，望眼欲穿地等待着，国王立即拉住她的手说：

"小姐，你这是何苦呢？像你这样一位年纪轻轻的姑娘，应该去安慰安慰别的人，怎么你自己倒先害起病来呢？我劝你看在我分上，把心情放得开朗些，振作起精神来，那你的病马上就会好了。”

那位小姐给她最心爱的人握着手，虽然有些害羞，心里却欢喜得好像进了乐园一样，竭力打起精神来说：

“王上，我怯弱的身子经不起过度的忧烦，所以才病倒了。谢谢你的好意，你不久就可以看到我好起来了。”

这姑娘的弦外之音，只有国王一个人心里明白，国王于是更加敬重她，只是咒骂命运之神不该让她生在这样微贱的一个人家。他又安慰了她一番以后，就告辞了。

国王的仁爱心肠，受到臣民的称颂，都认为这是那个药剂师父女的无上的光荣。那女儿受了这番恩宠，心里非常欢喜，对人生重新产生了希望，因此不到几天工夫，病体就复原了，而且出落得比往常更加娇艳。等到她完全恢复健康以后，国王和王后商量了一下，应该如何报答这位少女的一片真情。有一天，他就骑了马，带了许多贵族，来到那药剂师家里，进了花园，把贝那多父女请来；一会儿，王后也带着许多宫女们来了，接见了丽莎，她们都十分欢喜。一会儿，国王和王后把丽莎叫到一旁，由国王对她说道：

“高贵的小姐，你对我满怀着深挚的爱，我应该报答你一下，希望你能够满意。我看你已经到了结婚的年龄，打算给你选个丈夫，以后我还是做你的骑士。我只要吻你一下，此外再没有别的要求。”

姑娘立刻羞得涨红了脸，顺着国王的心意，低声回答道：

“王上，我也知道，如果人家晓得我爱上了你，一定会认为我发了疯，忘了我和你的身份悬殊；只有天主才看得透人心，知道我自从爱上你的一刹那起，我就晓得你是国王，而我不过是药剂师贝那多的女儿，不应当这样高攀。但是我想你一定比我了解得更清楚，天下男女相爱，并没有慎重考虑到双方是否适合，而只是从欲望和喜爱出发。我曾经几次三番地克制自己，不让自己犯这种通病，无奈怎样克制也没有用处，所以我才爱上了你，现在依然爱你，将来还要永远爱你。

“可是，自从我爱上了你，我就打定主意，处处要以你的意志为意志；所以，我不仅乐意遵从你的命令，接受你赐给我的丈夫，好好地爱他，因为这是我的本分，我的荣誉；而且，你即使叫我赴汤蹈火，只要能叫你快慰，我也在所不惜。你知道，有了你这样的一位国王做我的骑士，我感到多大的荣幸，也用不着我多说了。至于你只要求我给你一吻，作为我对你的爱情的标志，那只有得到了王后的允许，我才办得到。你和王后都待我这般仁慈，我一辈子也报答不尽，但愿天主替我感谢你，报答你吧。”说完这话，她就住了口。

王后很满意她这番回答，觉得这个姑娘果真像国王所说的那么贤慧。国王彼得立即把她父母请来，向他们说明了自己的用意，他们都非常高兴。于是他就召来了一位家境贫寒、出身高贵的青年，名叫培第康，当场给他几个戒指，把丽莎许配于他。国王和王后又给了那位小姐许多珍宝首饰，这还不算，另外又把塞法罗和卡拉塔贝罗塔两个富庶的采地赐给培第康，对他说道：

“这两个采地赐给你，算是小姐给你的陪嫁。我们赠送你这件陪嫁的用意，日后你自会明白。”

接着，国王又转过身去对小姐说：

“现在我要向你索取你对我的爱情的果实了。”于是他双手捧住小姐的头，在她的前额上吻了一下。

培第康、丽莎的父母，以及丽莎本人，都高兴异常；不久他们俩就备办了豪华的喜筵，欢欢喜喜地结为夫妻。

据许多人说，国王对那位小姐一直信守诺言，终身以她的骑士自居。每次出去竞技比武，总是只佩戴着那位小姐送给他的纪念品。

他这种做法深得人心，给他的臣民们立了榜样，也给自己赢来了永久的名声。但是当今大多数的君王都变成了残酷的暴君，很少有人体会到这些事了。

故事第八

吉西帕斯将未婚妻让与好友第图斯，让他们双双回到罗马。后来吉西帕斯穷了，去到罗马，误以为第图斯瞧不起他，气忿之下，但求一死，便将一件命案拉到自己头上。第图斯为了救他，和他争相供认杀人罪，后来真凶自首，案情大白。第图斯将胞妹嫁给他，并与他分享家产。

潘比妮亚讲完了，大家都盛赞国王彼得，尤其是那位保皇党人赞扬得最热烈。一会儿，菲罗美娜听了国王的吩咐，接下去讲故事：

高贵的小姐们：谁都知道，帝王们只要高兴，天大的事都可以办到，尤其是别人祈求他们的恩典的时候。这样看来，随便什么人，做好一件他自己力量做得到的事，只能算是尽了本分，我们原不必把他捧到天上去；只有那种出人意料地做到了他自己所做不到的事情的人，才值得我们赞扬不置。因此，如果诸位认为古来帝王们的功绩值得赞扬，那么我相信，和我们同样的一些凡人，他们的事迹可以跟国王相比，甚至超过了国王，那当然更值得赞扬了。所以我这里讲的故事，说的是两个平民(他们是朋友)的值得赞扬的慷慨事迹。

想必诸位都知道，在屋大维·恺撒没有称帝，而以执政官身份统治罗马的时候，罗马有一位绅士，名叫帕白列斯·坤塔斯·孚维斯。他有个儿子叫做第图斯，天资颖慧，所以他就把他送到雅典去学哲学。他把这孩子托付给那里的一个老朋友克瑞梅斯，他也是个贵族。从此第图斯就住在克瑞梅斯家里，和他的儿子吉西帕斯住在一起，共同请了位哲学家阿瑞斯提帕斯来教书。

这两位青年一见面就意气相投，相处愈久交情愈好，简直像亲兄弟一般，成天形影不离，一不见面就都觉得很难受，放心不下。他们这份交情只有死神才能拆散了。两人在一起读书，天资是一样高，进步是一样快，成绩都非常优异，在哲学方面达到了同样深湛的造诣。就这样相处了三年，克瑞梅斯高兴极了，把他们两个都当作自己的儿子一般看待，不分彼此。不幸年老的克瑞梅斯就在这最后一年去世了，这原是自然规律。两位青年都悲伤不已，仿佛都是丧失了父亲似的。克瑞梅斯的亲友也说不出他们究竟哪一个比另外一个更悲伤，应该先安慰哪一个才对。

过了几个月，吉西帕斯家里的人以至他的亲友，包括第图斯在内，都劝他结婚，他答应了。于是他们给他找了一个出身高贵、美貌绝伦的雅典姑娘，名叫莎孚朗尼亚，今年才十五岁。等到将近举行婚礼的时候，有一天，吉西帕斯邀了第图斯一块儿去看看那位姑娘，因为第图斯还没有见过她呢。于是两人一起去到姑娘家里，姑娘坐在他们两人当中陪着他们。第图斯聚精会神地望着她，好像要仔细鉴赏一下朋友的未婚妻究竟长得美不美。他把她周身上下打量一遍，觉得她没有一处长得不好；他心里一面赞赏她的美貌，一面竟不由得对她热爱狂恋起来，只是外表没有流露出一点儿形迹罢了。

他们在她家里坐了一会儿，便告别回家。第图斯独个儿回到房里，开始思念起那位美丽的小姐来。他愈想愈爱，情不自禁地接连长叹了几声，自己对自己说道：

"啊，第图斯！你好命苦啊，你把你的心灵、爱情、希望寄托在什么人身上呢？你知道克瑞梅斯和他家里人都待你那样好，你同吉西帕斯的友情又是这样密切，这个姑娘就是吉西帕斯的未婚妻，难道你不知道应该把她当做一个姐妹看待吗？这样看来，你现在究竟在爱着谁呀？你这样滥用感情，存着非分的幻想，岂不是自找绝路吗？你应该把脑子放清醒些，看看你自己是怎样一个人，你这个下流坯！你应当有理智一些，应当克制这种肉欲，消除这些邪念，把心思用到正当的事情上去。你的淫念应该趁这开始的时候就加以克服，那还来得及。你心里所想的这件事非但有失体统，简直就是荒淫无耻。倘若你还会顾念到真正的友情，还想对得起朋友，那么，这件事你即使有把握如愿以偿，也应当及早回头，何况你没有把握呢？第图斯，你到底打算怎么办？如果你还想做个像样的人，那就快些打消这种不正当的感情吧。"

接着，他又想起了莎孚朗尼亚，不禁完全变了主意，把刚才那一段自白全部推翻，自个儿心里说道：

"爱情的法律比任何法律的权力都来得大；它连神的法律都不放在眼里，何况不过是一些友谊呢？古往今来，父亲爱上女儿的，哥哥爱上妹妹的，后母爱上继子的，岂不多的是吗？至于爱上一个朋友的妻子，这种事真是不可胜数，何足为奇？况且我是这样年青，天下哪个青年男子不善于钟情？爱神的意志也就是我的意志。讲究道德原是属于老一辈的事，我只知道听凭爱神的驱使。那位小姐美得像天仙一般，哪个见了不爱？以我这样一个青年男子爱上了她，谁有理由责备我呢？我爱上她，并非因为她是吉西帕斯的未婚妻；我爱她就是因为我没有办法不爱她，不管她是属于什么人的。她所以不属于别人而竟会属于吉西帕斯，那只是命运之神的错误。既是她的美貌叫人家不得不爱她，她值得人家爱，那么，即使让吉西帕斯听到了，他总会觉得，与其让别人爱上她，倒不如让我爱上她吧。"

他这样想了一通，又倒过头来自己嘲弄了自己一通。他不仅在这一整天里这一整夜里都是这样反复无常，左思右想，而且接连好几天好几夜都是心神不定，不思饮食，睡觉也睡不着，终于忧郁成疾，卧床不起。

吉西帕斯早就看出他最近几天以来很烦恼，现在又见他病了，当然非常关心，千方百计地安慰他，一直守在他身边寸步不离，时时刻刻问他有什么心事，这样难受，以至于得了病。第图斯每次都是信口捏造些事故敷衍过去，都给吉西帕斯看破了，最后，第图斯被盘问得没有法想，这才声泪俱下地回答道：

“吉西帕斯呀，要是天主愿意让我死，我实在宁可死，不想再活下去了。命运之神为了要考验我的品德，使我陷入了一种进退两难的处境，不料我却经不起考验，这叫我惭愧得无地自容，因此我巴不得早点死，死了是罪有应得，免得活在世上，老是想起自己的下流无耻，那真是活受罪。我什么事情都不应当瞒你，这件事我也顾不得羞耻，还是应当说给你听。”

于是他就从头讲起，一五一十地吐露自己心头的苦痛，思想上的冲突，又告诉他最后是哪一种思想占了上风，又坦然承认目前是怎样为莎孚朗尼亚害上了致命的相思病，末了还说，他自知这种念头是多么可耻，因此宁愿一死来赎他的罪，他相信自己活不长了。

吉西帕斯听了这番话，又看见他痛哭流涕，一时之间竟没有了主意，因为他虽然不像第图斯那样热情，却也实在爱他的美人儿。可是他马上就想到目前是救朋友的命要紧，爱莎孚朗尼亚倒是其次；所以看到他的朋友淌泪，他自己也泪汪汪地说：

“第图斯，我要不是看你现在需要安慰的话，那我真要埋怨你呢。你且想想，你把这样痛苦的一桩心事瞒了我这么久，这还对得起朋友吗？虽然你认为这件事很不光彩，但是不光彩的事尤其不应当隐瞒朋友；一个人固然愿意为朋友的光彩的事而高兴，但更愿意设法帮助一个朋友解除一些不光彩的欲念；这些道理我们暂且不谈，只谈一件更迫切的事情。你爱上了我的未婚妻莎孚朗尼亚，我一点也不奇怪；不仅如此——倘若你不爱她，我倒反而要奇怪呢，因为她长得那样美，而你又是志趣高尚；自然，愈是叫人爱慕的东西愈会使你钟情。你愈是觉得你爱上莎孚朗尼亚是理所应当，那你就愈发不应该埋怨命运之神把她归给我（虽然你这一点说得很少)，你大概以为，要不是命运之神把她归给我，那你对她的爱就是正大光明了吧？假如你现在也像平时一样头脑清楚的话，那我倒要请教你一下：倘若她归了旁人，不论是什么人，难道还比归了我对你更有利吗？且不谈你对她的爱情有多么高尚，我只问你：不管是谁占有了她，是留给他自己消受呢，还是会体念到你？但是她归了我，这一点你不必担心——如果你依旧把我看作一个朋友的话。自从你我做朋友以来，我有哪一样事物和你分过彼此？至于这个美人儿，即使到了木已成舟的地步，我也愿意像处理我的其他事物一样，和你共同消受，何况现在并没有到那个地步，我一定把她完全让给你，我一定能够办到。假如这件事我能够正大光明地替你效力，而我却不肯依你的意思去办，那你何必稀罕我这份友谊呢？不错，莎孚朗尼亚是我的未婚妻，我很爱她，巴不得早些和她结婚；可是，你的才情胜过我，你比我怀着更大的热情想要获得这位宝贵的美人儿，那么，请你放心，我娶她进入我的屋子里，并不是来做我的妻子，而是给你做妻子。所以我劝你还是不必再忧愁，再苦闷了，你大可以好好休养，让你的心情轻松愉快起来，从今以后只消欢欢喜喜地等待着你这份比我高贵的爱情得到圆满的结果。”

第图斯听了吉西帕斯这番话，心里快乐得多，引起了满怀的希望，但是愈高兴就愈觉得惭愧，因为他的良心告诉他说，吉西帕斯这样慷慨，那么，倘若他竟然利用他的友情来达到自己的私愿，那就越发显出他自己的卑劣。他这时依旧在哭泣，过了一会儿，好容易才回答道：

“吉西帕斯，你的慷慨真诚的友谊，使我完全明白了我应当怎样对待这件事。神把这样一位小姐赐给你，那是因为你比我更配消受她，我若把她从你手里夺过来，那简直是天理难容。如果天主认为这位美人儿应该是属于我的，那么无论是你，或是其他任何人，都不会相信天主竟会把她赐给你。所以我劝你，既是天从人愿，让你选中了这位姑娘，你应当好好享受你的艳福，免得辜负了亲友的好心，上天的善意；你让我以泪水洗脸，一天天憔悴下去吧，因为神已经断定我不配占有这样一个宝贝，所以罚我赔眼泪；不是我征服忧伤、再做你的好朋友，就是让忧伤来征服我，我也就此解脱了烦恼!”

吉西帕斯说：“第图斯，如果凭着我们的友谊，可以允许我强迫你依我一件事，可以允许我诱导你照着我的意思去做一件事情，那么在今天这件事上我就要充分行使我这种特权了。假如你不乖乖地听我的劝告，那我就要尽一个朋友的本分，采取一种强迫手段，使你非娶莎孚朗尼亚不可。我知道爱情的力量有多大，我也知道古往今来男女为爱情而遭到惨死的事不知有多少次。我看你已经快要走到这一步了：你既不能临崖勒马，也节制不住悲伤，这样下去，只有一天天憔悴，以至于断送了性命，那我无疑也要马上跟着你去了。

“这样看来，我即使不为别的理由爱你，就为了顾全我自己的性命，也应当珍惜你的生命呀。所以莎孚朗尼亚非得归于你不可，因为你不容易再找到这样一个可人儿，而我的感情却很容易转移到别人身上去，这样，我们岂不是就可以两全其美了。如果物色妻子也像交朋友一样困难，那我也许就不会这么慷慨啦。如今我既是很容易另外找到一个妻子，却再也找不到一个知己朋友，所以我宁愿把她转让于你，而不愿意失掉你这样一个朋友。要知道，我把她让给你，并不是失去了她，而是让她得到一个更好的归宿。我话也讲尽了，倘若你没有当做耳边风的话，我劝你赶快抛掉你的忧伤，使你我都可以得到安慰。你振作起来吧，准备消受你热恋着的那位小姐啊。”

第图斯不好意思答应娶莎孚朗尼亚为妻，因此默不作声，可是，他一方面受着爱情的驱使，另一方面也拗不过吉西帕斯的再三规劝，终于说道：

“吉西帕斯，你再三劝我这样做，又说这样做叫你很喜欢，假使我当真照着你的意思去做，我也不知道究竟是为了叫我自己称心，还是为了讨你的欢喜。不过，你的慷慨征服了我的羞耻心，我照着你的意思去做吧。可是有一点我要告诉你——我这样做，决不会忘了我不光是娶了你心爱的姑娘，而且同时得以保全了性命。你对我的怜惜胜过我对我自己的怜惜，我不是个忘恩负义的人，但愿将来有一天能够体体面面地报答你。”

吉西帕斯听了这话，就说道：

“第图斯，如果我们要把这件事办成功，我看应该采取这样一个步骤：你要知道，莎孚朗尼亚和我订婚，是经过了我们双方的家长很长的一番商量的；假使我对人家说，我不要娶她了，那一定会引起人们谣言纷纷，我们双方的家长也会因此生起气来。当然，只要能够使你把她娶到手，我是不会计较这一点的。我只怕我一宣布不要她，她家里马上就会把她许配给别人（未必就许配给你），结果你我两人都落了空，真是何苦？为今之计，我看我只有一切照常，只把她当作我的妻子娶回来，举办婚宴，然后设法让你悄悄地去和她同房，当作你自己的妻子一样。以后遇到适当的时机和场合，我们再把真相揭露出来。万一不情愿，木已成舟，他们也无可奈何了。不知你认为怎样?”

第图斯很赞成这条计策。不久，他身体复原了，心事也没有了，吉西帕斯便把新娘迎娶了来。少不得大摆喜宴，热闹一番。到了夜里，女宾们都告辞了，让新娘睡在她丈夫床上。第图斯的卧房就在新房隔壁，两个房间是相通的；吉西帕斯入了洞房，把所有的灯都熄灭了之后，就轻手轻脚地走到第图斯房里，叫他到新房里去和新娘团圆。这时候第图斯忽然羞惭得无地自容，想要临时改变主意，不肯到那边去，偏是吉西帕斯说一不二，非要成全他朋友这件好事不可，终于说服了他，把他打发到那边去了。

第图斯上了床，就搂住新娘，仿佛打趣似地轻声问她是否愿意做他的妻子，新娘只当他是吉西帕斯，满口回答“愿意”，于是他就把一只贵重的漂亮戒指套在她手指上，说道：“那么我也愿意做你的丈夫。”

一段良缘就此结成，一夜说不尽的恩爱欢乐。无论是她自己，或是旁人，都只道跟她睡在一床的是吉西帕斯。

不料正当第图斯和莎孚朗尼亚新婚之际，第图斯的父亲帕白列斯一病长逝，家里写信来催他赶快回罗马去料理丧事。因此他就和吉西帕斯商量，准备带着莎孚朗尼亚一同去，可是若不把其中的经过向她说明白，事情是万难办到的。于是有一天，他们把新娘请到一间房里，把真情实况向她详详细细地说明白了，第图斯又把他们两人所说的许多私话说出来作证。莎孚朗尼亚用轻蔑的目光，看看这个又看看那个，接着就号啕大哭起来，埋怨吉西帕斯不该用手段欺骗她。她也不对他们多说什么，就回到娘家去，把吉西帕斯对她和她家里人要的欺骗手段说给她父母听，说是她现在实际上是嫁给了第图斯，而并不是像她父母所想象的那样嫁给了吉西帕斯。

她父亲听了这话，气愤到极点，赶到他的亲属和吉西帕斯的亲属那儿去哭诉，这件事因此闹大了。吉西帕斯不仅叫自己家里人愤怒，还受到莎孚朗尼亚家里人的憎恨；人人都说，他不光是应该受到责备，还应该受到严厉的惩罚，可是他自己却认为做了一件很体面的事，莎孚朗尼亚家里的人应该谢谢他为他们的女儿找到一个更好的夫婿呢。

再说第图斯这方面，他听到这些情形，万分苦恼。他懂得希腊人的脾气：你越是软弱，他们就越是要向你叫嚣，摆威风，等到他们发觉了对方也不是好惹的，那时他们不光对你谦卑，而且对你驯服，于是他决定再也不能任他们叫嚣下去而不加答复了。他具有罗马人的气魄，雅典人的智慧，便设下一条巧计，把吉西帕斯和莎孚朗尼亚双方的家属，请到一个庙里来。他自己和吉西帕斯两人一块儿走进去，向那些等待着的人这样说道：

“许多哲学家都认为，凡人不论做什么事情，都要取决永生的神明的意志和预见；因此有人就说：不论是已然或未然的事，都产生于必然，虽然也有些人认为只有已然的事才是产生于必然。我们只消把这些意见仔细研究一下，就会很显明地看出，你若是想要去打消一件既成事实，那就无异于不自量力，和神明比高下。我们总不能不相信神是以颠扑不破的智慧、毫无差错地摆布和主宰着我们凡人俗事吧。

“这样说来，你们总不难看出：如果我们拿神明的行径来吹毛求疵，那是多么的盲目和狂妄；如果有人当真痴心妄想，一定要这样做，那就活该自讨苦吃。我听见你们一直都在说，莎孚朗尼亚原是许配给吉西帕斯的，现在怎么竟成了我的妻子，如果这些话我没有听错，那你们就统统是这一类的人了。你们从来没有想到过，神自始至终注定了她应该归于我，而不应该归于吉西帕斯，现在事实证明果然是这样。

“但是，说起神明的奥妙的安排和意旨，多少人都认为那是一桩难于理解的事件，那么我就姑且假定神明不干预俗人的事情，而依据世俗的见解来谈一谈——说到这里，我不得不违背了我自己的习惯去做两件事情：一件是赞美我自己，另一件就是适度地去批评和责备别人。可是，在这两件事情上，我无论做哪一件，都是因为目前这件事要求我非这样做不可，都是因为我不愿意脱离事实。

“你们凭着一时的气愤，也不顾理智，就那样责备和谩骂吉西帕斯，不光是低声嘀咕，而且在叫嚣，你们这样做，只不过是为了你们好心许配了一个姑娘给他，而他却甘愿把她让给了我；可是我认为他这种做法是值得赞美的。我这样说有两点理由：第一，他尽了一个朋友的情谊；第二，他在这件事情上比你们处理得妥善。

“我现在不打算跟你们讲什么朋友之道有多么神圣，该怎样推心置腹，互相帮助；我只想提醒你们一点，那就是说，朋友的情谊胜过骨肉的关系，因为朋友是我们自己结交的，而父母兄弟是命里注定的。这样看来，如果吉西帕斯把我的生命看得比你们的情谊还重，那你们也不必诧异，因为他是我的朋友。现在再谈第二个理由，这一点我更是非讲给你们听不可了——这就是说，他比你们都聪明，因为我觉得你们既不懂得神明的意旨，更不懂得友谊有多大的力量：——我说，你们经过了再三的斟酌和周详的考虑，把莎孚朗尼亚许配于吉西帕斯——一个年青人，又是个哲学家。吉西帕斯又自愿把她让给另一个青年哲学家。你们的意思是要把她许配给一个雅典人，而吉西帕斯却把她让给一个罗马人。你们把她许配于一个身份高贵的后生，而他却把她让给一个更高贵的人。你们为她选的夫婿是个富家子弟，他为她选的夫婿更富有。你们给她选的那个青年非但并不爱她，几乎还不了解她，他给她选的这个青年，却爱她甚于爱一切的幸福，爱她甚于爱自己的生命。

“为了让你们明白我所说的话都是真话，吉西帕斯的做法胜过你们的做法，且听我来一一剖白给你们听。我也像吉西帕斯一样，是个年青的哲学家，这也不消我多加表白，你们只要看看我的风采和学问就会明白。我和他是同样年纪，在一起读书，并肩齐进。不错，他是个雅典人，而我是个罗马人。如果我们要争论这两个城市哪一个比哪一个光荣，那么我得说，我是个自由城市里的公民，而他则是一个附庸城市里的公民；我那个城市统辖天下，他那个城市却属于我那城市的管辖之下；我的城市无论是文才武略，都名闻天下，而他那个城市只不过以文艺见称。虽然在你们眼里看来，我不过是个微贱的书生，我可不是什么不三不四的罗马人家的子弟。我自己家里和罗马的许多公共场所都供满了我家祖先的雕像，罗马的史册上载满了第图斯家族对罗马神殿的丰功伟绩。我们的家声并没有随着岁月的消逝而衰微，到如今还是蒸蒸日上呢。我实在不好意思提起我的豪富的家资，因为我始终记着：高贵的罗马公民自古以来都认为贫贱不能移乃是最大的财富。纵使凡夫俗子认为我这话是胡说，只有财富才值得赞扬，那么我不妨告诉你们，我非常富有，而且我的财富不是巧取豪夺来的，而是命运之神给我的。我知道你们一向乐意在雅典当地跟吉西帕斯攀亲，到现在还是属意于他，可是你们无论如何不应该小看我这个罗马人，因为我在罗马也是个身份高贵的人，无论在公事或私事方面，我的勤奋、能干、魄力，都不见得比人逊色。

“现在且请大家不要意气用事，而要心平气和地想一想：谁会认为你们的意见比我的朋友吉西帕斯的意见高明？没有人会这样想。那么，莎孚朗尼亚嫁给了一个富贵世家的罗马子弟第图斯，又是吉西帕斯的朋友，这真是门当户对。如果有人为这件事抱怨或是感到遗憾，那实在太不应当，也足见他不明事理。也许有人会说，他们并不非难第图斯娶了莎孚朗尼亚，他们只怪他娶妻不择手段，偷偷摸摸把女方的亲属蒙在鼓里。这也不是什么新奇的事，何足为怪？

“天下女子多的是违背父母之命和人家私订终身，或是与人私奔而后结为夫妇。还有些女人跟男人先通情，肚子大了，快要生孩子了，才和人家结婚，而不是人家循规蹈矩来求婚的，她们的家属迫不得已，只好承认，这些情形我也不必谈了，而莎孚朗尼亚却没有碰到过任何这一类的情形。吉西帕斯把她让给第图斯，是经过了慎重的考虑、正当的手续、体体面面的方式的。也许还有人会说，吉西帕斯不应当把她让给这样的一个人。这都是些娘儿腔的糊涂想法，完全由于他们缺乏见识。命运之神为了要完成她早已安排好的事情，因而采用种种新颖的手段、奇妙的方法，这也不是第一次了。譬如说，我有件事情要办理，而来给我办这件事的并不是个哲学家，而只是个鞋匠，那么只要他能够胜任，我就不管他公开办理也好，秘密办理也好，我又何必计较呢？如果这个鞋匠办事不力，那么，这一次我谢谢他，下一次我再也不请教他就是了。如果吉西帕斯这一次办理莎孚朗尼亚的婚事办理得还不错，那么，你们责备他不择手段，那就未免多此一举，迹近愚蠢了。如果你们信不过他，那么你们这一次谢谢他，以后再也不要让他转手嫁你们的女儿就是了。

“不过我应当跟你们说明白，我并没有在莎孚朗尼亚身上使用任何诡诈或欺骗的手段，辱没你们的阀阅家声；我虽然是悄悄地娶她为妻，可是我并没有以粗暴的手段来破坏她的贞操，也不像敌人那样不择手段地把她弄到手就算数；我确实是为她的青春美貌，为她的高贵品质，燃起了爱情的火焰；我知道你们非常爱她，倘若我竟采用了你们认为正当的那种办法去向她求婚，那可就不能把她娶到手了，因为你们唯恐我把她带到罗马去。

“因此我只有采用秘密的办法，现在也不妨跟你们说个明白。我说服了吉西帕斯代我做一件他所不愿意做的事。再说，我虽是那样爱她，可并不是以一个情人的身份向她求欢，而是以一个丈夫的身份向她求欢的。我先用好言好语和婚礼戒指向她求婚。问她愿意不愿意做我的妻子，她回说愿意，我这才把戒指戴在她手上，这才和她同房的，这一点她自己也能证明。如果她认为自己受了欺骗，那可不应当怪我，只怪她自己当时没有问一声我是谁。这样看来，无论是吉西帕斯站在朋友立场来说，或是我自己以一个情人的身份来说，我们最大的错误和罪过就是不应该私下叫莎孚朗尼亚变成了第图斯·昆第阿斯的妻子。你们所以这样诽谤他，威胁他，算计他，也就是为了这一点。万一他把这位姑娘让给了一个庄稼汉、流氓，或是奴隶，那时候你们又该怎么办？只怕就是搬出了镣铐、打开了牢门、抽紧了绞索还出不了你们这一口气吧？

“这一层我们姑且不再谈下去；时间局促，我因为家父去世，急于要回到罗马去。我想带着莎孚朗尼亚一块儿去，所以我本来打算保守秘密的事情，现在也跟你们讲个明白了。如果你们放得聪明一些，一定会高高兴兴地就此罢休；要知道，我若是存心欺骗你们，污辱你们，那我大可以把莎孚朗尼亚丢在这儿不管，让她去受人讥笑，可是神不允许一个罗马人存这种卑鄙的念头！

“所以说，莎孚朗尼亚已经是我的人了，这不光是归功于我的朋友吉西帕斯的妙计和我自己在情场上的机智伶俐，也凭着神的意旨，履行了人世的法律手续。如果你们竟自以为比别人聪明，甚至比神明都聪明，你们可以有两个办法来反对这件事，和我为难。第一个办法：你们把莎孚朗尼亚留下来不让我带走，那你们可没有权利这样做，除非我同意；第二个办法就是，把吉西帕斯当作一个仇人看待，也不管他给你们出了多大的力。我现在也不打算进一步给你们指出这样做有多么愚蠢，我只是以一个朋友的身份，奉劝你们平下这口气，打消怨恨，把莎孚朗尼亚还给我，让我和你们结为亲戚，临走的时候，大家和和气气，将来和你们有来有往。老实说，现在木已成舟，不管你们乐意也好，不乐意也好，如果你们存心为难，我就把吉西帕斯带走，等我回到罗马，我不管你们怎样阻拦，也要把莎孚朗尼亚夺回来，因为她是名正言顺属于我的。等我跟你们翻了脸，结了冤仇，你们才会知道罗马人有多么厉害！”

第图斯说完了这番话，怒容满面，站起身来，手搀着吉西帕斯，走出了庙宇，而且还对他们摇头示威，表示他们虽然人多，他可毫不在乎。他们一方面被他那番联姻结亲的大道理说服了，也想和他言归于好，另一方面也给他最后那几句话吓唬住了，便一致认为，既是吉西帕斯不愿意和他们攀亲，那就最好和第图斯结亲，免得既失去了吉西帕斯，又和第图斯结下了冤仇。于是他们就去找到第图斯，跟他说，他们愿意把莎孚朗尼亚嫁给他，和他攀亲，也愿意把吉西帕斯当作一个好朋友看待。接着，双方尽了亲友应有的礼数以后，便各各告辞回家，把莎孚朗尼亚送回到他那儿去。她本是个聪明的女人，眼见事情到了这般地步，便顺水推舟，把从前对吉西帕斯的情意，转到了第图斯身上来，跟他一同到罗马去，在那里果然受到极其体面的接待。

再说吉西帕斯，他留在雅典，几乎没有一个人瞧得起他；过了不久，有些人存心陷害他，找了个借口，把他连同他的一家人，从雅典驱逐出境，判他终身流放。他贫苦无告，光景凄惨，简直沦落到求乞的地步。他一路上忍饥挨饿，来到罗马找第图斯，看看他是否还顾念旧情。到了那里，他打听到第图斯依然健在，很受罗马人尊敬，因此就去到他家门前，等待第图斯回来。他落到这般难堪的境地，真不好意思开口叫他，只是设法让第图斯看见他，认出他，先来招呼他。不料第图斯竟没有注意到他，管自走了过去；他只道第图斯看见了却故意避开他，这时候他想起了自己从前对他那样仁至义尽，如今他却忘恩负义，不禁恨恨地离开了，心里非常沮丧。这时天色已黑，他肚子又饿，身边又没有一文钱，东走西逛，不知道上哪儿去是好，真巴不得快些死了的好。不久，他无意中来到这城里的一个荒凉地区，看见一个大洞穴，便走进去过夜。他先哭了一阵，哭得筋疲力尽，便倒在那光秃秃的地面上睡着了，说来好不可怜。

天快亮的时候，有两个盗贼带了赃物来到这个洞里。两人为了分赃不均而大打出手，结果那强的一个杀死了那弱的一个，逃了。吉西帕斯听得这片闹嚷声，又看看眼前这番情景，心想，他求死不得，如今可是个大好机会，用不着自杀也可以结束自己的残生。因此他就一直待在那儿不走，后来巡丁闻讯赶来，气势汹汹地把他逮走了。在审讯时，他一口承认那个人是他谋害的，谋害之后却无法从那个洞中脱逃；执政官马卡斯·瓦罗命令把他按照当时的习俗钉在十字架上处死。

这时凑巧第图斯来到执政官的法庭上，听见人家在谈这件案子，便把犯人的脸打量了一下，竟立刻就认出了是吉西帕斯，不禁大为惊异：他的好友怎么会遭到这般悲惨的命运，又是怎样来到罗马。他一心想要搭救他，但眼看除了自己代他认罪以外，实在没有别的办法搭救得了他，于是急忙走上前去大声说道：

“马卡斯·瓦罗，快把这个死囚叫回来，他是无罪的。今天上午你的巡丁发现的那个死尸实在是我谋杀的，我这桩罪行已经够冒犯神的了，我再也不愿意让另一个无辜的人为我冤枉而死，否则我可真是罪上加罪了。”

瓦罗大吃一惊，可是全法庭的人都听到他的话，他身为官员，名誉有关，不得不依法办事，就叫巡丁把吉西帕斯押回来，当着第图斯的面对他说道：

“这件事对你性命攸关，我们也没有对你用刑，你怎么竟疯到这般田地，不是你犯的罪也承认是你犯的？据你说，昨天晚上那条人命是你谋害的，现在这里有一个人说，谋害人命的不是你，是他。”

吉西帕斯向那人望去，原来是第图斯，心里完全明白第图斯这样做是为了搭救他，报答他从前的恩典，不禁伤心地哭了起来，说道：

“瓦罗，那人实在是我杀害的；第图斯要搭救我的一片好心现在已经太晚了。”

只听得第图斯说道：“执政官，你也看得出这人是个外地人，而且你们在那个死人身旁逮住他的时候，他手无寸铁。你还可以看出，他所以这样轻生求死，原是为了境况艰难，所以你应当把他开释，来判处我应得的罪名。”

执政官见他们两人争着认罪，不禁起了疑心：莫非这两个人都不是真凶？他正在盘算着如何开脱他们，这时忽然走进来一个青年，名叫帕白列斯·安北斯塔斯，是个臭名昭彰的恶棍，全罗马没有哪个人不知道他，那条命案就是他干的。原来他眼见这两人平白无故地代他受过，不禁天良发现，就对瓦罗说道：

“执政官，这回我是命里注定要来排解这两个人的争端，我也不知道是哪一个神明在鞭策着我的良心，要我非到你这里来投案不可。你们听着：他们两个人争着认罪，其实谁都没有罪。今天破晓时分被杀死的那个人是我杀的。当我和那个后来被我杀死的人分赃的时候，我看见这个苦命人正睡在那儿。至于第图斯，用不着我为他洗雪，因为他的声名已经传遍了每一个地方，谁都知道他不是做这种事情的人。所以我请求你赶快释放了他们，按照法律来判我的刑。”

这件事传到了屋大维耳里，屋大维把他们三人都召了去，问他们为什么一个个争就死刑，他们把实情禀明。于是屋大维开释了那两个无辜的朋友，同时也赦免了那另外一个人，理由是，他能爱护那两个好人。事后第图斯先责备吉西帕斯不该不信任朋友和怕难为情，然后就欢天喜地，把他带回家去，莎孚朗尼亚见了，感动得流出泪来，只当他是个亲兄弟一般接待他。等他休息了一阵，吃了些东西，精神恢复了，第图斯就拿出一些体面的服装来让他穿上，和他共享自己所有的家赀房产，又把自己的妹妹孚维亚嫁给他为妻。各事办妥之后，又对他说：

“吉西帕斯，现在请你拿定主意：你是愿意长远住在我这儿呢，还是愿意带着我给你的一切回到阿凯亚去呢?”

吉西帕斯一方面因为受到故乡的放逐，另一方面有感于第图斯的友情，便决定做一个罗马人，长住在这个城里。从此他和孚维亚，第图斯和莎孚朗尼亚，两对夫妇同住在一幢大屋子里，极其融洽，彼此之间的友谊到了无以复加的地步。

这样看来，友谊真是一样最神圣的东西，不光是值得特别推崇，而且值得永远的赞扬，它是慷慨和荣誉的最贤慧的母亲，是感激和仁慈的姊妹，是憎恨和贪婪的死敌；它时时刻刻都准备舍己为人，而且完全出于自愿，不用他人恳求。可惜现在很难看到朋友之间能够这样崇尚义气了，这都是人类贪得无厌的心理所造成的过错和耻辱，以致每个人都在斤斤较量着自己的利益，哪里还顾它什么友谊不友谊? 早把它抛到九霄云外去了。

你们想，若不是为了友谊，天下还有什么样的感情、什么样的财富、什么样的亲属关系能够使吉西帕斯那样为第图斯的恋情、眼泪和叹息所深深感动，以致把自己心爱的未婚妻也割爱于他呢? 若不是为了友谊，还有什么法律、什么威胁、什么恐惧能够制止吉西帕斯不在隐蔽的地方、在黑暗里、就在他自己的床上，伸出他那年青的双臂、去拥抱那位美丽的姑娘呢——说不定那位小姐正在等待他的抚爱呢? 若不是为了友谊，有什么荣誉、什么酬报、什么职衔，能够引诱吉西帕斯为了满足一个朋友的心意，竟不惜抛弃自己的亲友和莎孚朗尼亚的亲友，把那千万人的无理取闹和嘲笑诬蔑置之不顾呢?

再说第图斯，他当时大可以装作没有看见他的朋友，那样做决不会有人责备他，可是当他的朋友自己招来杀身之祸的时候，他竟然毫不犹豫地舍身去救他，这是由于什么力量的推动?友谊!第图斯眼见他朋友走上了穷途末路，竟不假思索，拿出自己广大的家产来和他共享，他怎么会那样慷慨大方呢?为了友谊!他明知他朋友已经穷愁潦倒，却大胆把自己的亲妹子许配于他，这是为了什么原因呢?为了友谊!

我们知道，天下人都希望自己亲友众多，兄弟成群，儿女绕膝，财源茂盛，仆从如云，可惜他们一个个都只为自己着想，连一片树叶子脱下来都怕打破自己的头，至于父兄师长有了天大的急难，全不放在心上，而朋友之交却完全是两样的。

故事第九

埃及的苏丹乔装为商人，备受托勒罗厚待。托勒罗不久参加十字军，与其妻约定日期，如逾期无信息，即可改嫁。未几，托勒罗被伊斯兰教徒掳去，因善于驯鹰，深受苏丹器重，并认出他就是托勒罗，遂殷勤相待。后来托勒罗思妻成疾，苏丹施用法术，连夜送他回故乡，正赶上妻子改嫁日期，幸在婚宴上为妻认出，夫妇重新团圆。

菲罗美娜的故事讲完了，人人都称道第图斯那样的感恩报德，实在了不起。国王既让第奥纽讲最后一个故事，自己便接下去说道：

可爱的小姐们，菲罗美娜刚刚谈论到友谊的那番话，真是切中肯要；她在末尾又指责当今的人们已是完全不看重友谊，这指责也说得极有理由。假使我们现在的目的是在这里痛斥世道人心，或是改正社会风气，那我也可以接下去发表一通长篇大论。可是我们的目的不是这样，所以我打算在这里说一个故事。这故事说的是萨拉丁的慷慨大度，虽然比较长些，却非常有趣。我说这个故事，目的就是要让大家明白：虽然人类由于天性上的缺陷，彼此之间很难建立真正的友谊，但我们至少可以乐于去帮助人家，那我们也许迟早有一天会得到报偿的。

现在我就开始说故事了。根据多方面人士的证实，在国王腓特烈第一治下，基督教徒为了收复圣地，曾发动了一次大规模的十字军东征。当时埃及的苏丹名叫萨拉丁，是个高贵勇武的君主，他早就风闻这件事，决定亲自去观察各个基督教国家的君主准备得如何，好定下一个对付的办法。他在埃及把一切事务料理停妥之后，就打扮成一个商人模样，随身带了两名足智多谋的大臣和三个侍从出发，只说是去朝拜圣地。他们走遍了许多信奉基督教的国家以后，行经伦巴第，准备越过阿尔卑斯山到法国去。

有一天晚祷时分，他们正走在从米兰到巴维亚的路上，碰到了一位名叫托勒罗的绅士，带着鹰犬仆从等，正赶往台西诺河上他那美丽的别墅里去小住。托勒罗一看见萨拉丁这一行人等，就看出他们都是外地来的高贵的绅士，凑巧苏丹走上去向他的一个仆从打听，这里离巴维亚还有多远，当天是否赶得上进城投宿。托勒罗不等那个仆从开口，抢着回答道："诸位先生，你们今天赶不上进巴维亚城了。"

"那么，"萨拉丁说，"我们人地生疏，是否可以烦你指点我们一下哪里有上好的客店?"

托勒罗回答道："十分乐意。我正打算派个人到巴维亚去办件事情；我叫他跟你们一块儿走，把你们带到一个地方去投宿，包管你们住得舒舒服服。"

说完这话，他就转过身去悄悄吩咐他的一个亲信仆人如此这般，打发他跟他们一块儿去；他自己则赶往别墅，吩咐下人预备好丰盛的晚餐，设置在花园里；各事预备停当，他就站在门口迎候嘉宾。

再说那个佣人，他陪着外地的绅士一路上谈天说地，带领他们兜过一条条狭路小径，不让他们生疑，最后把他们带到他主人的别墅里。托勒罗一见他们来到，就赶忙走上前来迎接，满面堆笑地说："诸位绅士，竭诚欢迎你们!"

萨拉丁原是个头脑灵敏的人，猜出了这位绅士开头所以没有说明邀请他们到他家里来，为的是生怕他们不肯，因此才想出这个办法把他们带回家来，叫他们再也没法推托，非在这里过夜不可。于是他就答礼道：

“先生，假使殷勤多礼也要招来责怪的话，那我们可要怪你了。你耽搁了我们的路程就不说吧，可是你我只有一面之缘，你就强迫我们接受你这般高贵殷勤的接待，实在叫我们惭愧!”

托勒罗本是个知情达理、善于言辞的人，回答道：“诸位绅士，从你们的举止风度看来，我这菲薄的招待，实在远不能适合你们高贵的身份。不过巴维亚城外实在也找不出一个好地方可以让你们住得舒服，所以我只得累你们绕道来到这里，将就着住一晚了，请诸位多多原谅。”

顷刻之间，仆人们都来到这些旅客身边，帮着他们下了马，再把马牵进马厩，卸下马鞍，饮水喂料。

接着，托勒罗先生就把那三位生客带到事先给他们预备好的房间里，让仆人们替他们脱了鞋子，请他们先喝些冷酒提提精神，又陪着他们一直谈笑到吃晚饭的时候。

萨拉丁和他的伙伴以及仆从人等，都懂得拉丁文，因此双方的语言都完全听得懂。他们都觉得，这位骑士的无上的风趣和殷勤健谈，真是少见。再说托勒罗那方面，他也觉得这些人都是些大富大贵的人物，远非他开头所想象得到的，因此，眼见不能在当天晚上办出豪华的筵席来款待他们，邀请些贵客来奉陪他们，心里很是懊恼。于是他决定明天再作补偿，便仔细吩咐一个佣人，打发他到巴维亚去把这件事告诉他那位贤慧过人、慷慨好客的夫人——原来巴维亚离开这里很近，夜里根本不关城门。这样安排好了之后，他就把这几位贵客领进花园，客客气气地请教他们的姓名。萨拉丁回答道：“我们都是塞浦路斯来的商人，从塞浦路斯到巴黎去料理一些商务。”

“天哪，”托勒罗回答道，“但愿我们的国家能够出几个绅士，抵得上塞浦路斯商人的风度就好了!”

宾主热烈攀谈，不觉到了晚饭时分，托勒罗让他们各自按照本人的身份地位顺序坐定，招待得十分殷勤，他们吃了这一顿临时预备起来的晚饭。饭罢不久，托勒罗忖度他们一路上的辛苦疲乏，就请他们安息，床铺被褥自然备极华丽；他自己不久也就寝了。

同时，托勒罗差遣到巴维亚去的那个仆人，已把这事告诉夫人。那夫人非但没有娘儿们腔，而且气派十分豪爽，立即把托勒罗所有的亲友和仆从都找了来，帮着分头筹办豪华的筵席，一面吩咐人连夜打着火把出去邀请全城的达官贵人，一面吩咐下人在家里挂上绸缎的窗帷，铺上华丽的台布，挂上毡毯，一切都照着她丈夫的意思办理。

第二天早上，萨拉丁和他的同伴们一起床，托勒罗就陪他们一块儿上了马，同时放出了几只鹰，把他们带到附近一个浅滩那里，指给他们看那些鹰飞得多么敏捷。萨拉丁请他派个人把他们带到巴维亚的一个上等客店里去，托勒罗就说：

"让我来做诸位的向导吧，因为我也正要进城去。"

他们信以为真，非常高兴，就跟着他一块儿出发。大约在晨祷钟响的时候，他们就来到城里，满以为是到一家上好的客店去投宿的，却被托勒罗带到他自己家里去了。只见有五十来个当地的上等人早已等在门口，迎候这些陌生的嘉宾，并且马上走过去要替他们卸鞍系马。萨拉丁和他的伙伴们一见这情形，便知道这是怎么一回事了，就说道：

"托勒罗先生，我们请求于你的并不是这个。昨天晚上已经打扰得你够了，实在叫我们受之有愧。今天你应该让我们赶路了。"

"诸位先生，"托勒罗回答道，"昨天晚上我有幸接待你们，只好算是机缘凑巧，因为我是在路上偶然碰到你们的，而且时间已晚，只得让你们在那座小屋里委屈了一夜。可是今天诸位赏光驾临舍下，我真是感激非凡了，就连我这许多亲友们也要感激；如果诸位见外，不肯与我这些亲友一块儿吃顿便饭，那我也不便勉强。"

萨拉丁和他的伙伴们给这一番话说得无法推辞，只得下了马，让主人家领着他们走进那些布置得富丽堂皇的房间，脱下了旅行的服装，休息了一会儿，就进入客厅，只见华丽的筵席已经摆好。他们洗了手，然后入席；山珍海味，一道道端上来，主人又殷勤地劝酒进菜；纵使帝王驾临，也只能享受这样的供奉了。萨拉丁和他的随从虽然都是王侯公卿，看惯了珍贵的物品，如今见了这番场面，也不免暗中惊异；因为他们知道这位主人只是个平民，并非什么公卿大臣。

宴毕撤席，宾主欢叙了一阵，这时天气渐渐热起来，托勒罗先生示意巴维亚当地的那些绅士告辞回家。于是他独自一人陪着三位贵宾，把他们带进一个房间，又把他夫人请出来相见，表示他没有一样贵重的东西隐藏着没给他们看。夫人出来，只见她长得十分美丽，身子修长，衣饰豪华，一手搀着一个天使模样的孩子，向贵宾们请安。贵宾们都站起身来，毕恭毕敬地向她问好，给她让座，又把那两个孩子赞美了一通。她就愉快地和他们攀谈起来，后来托勒罗因事告退，她就客客气气地问他们从哪儿来，到哪儿去，他们便把以前回答她丈夫的话，重新和她说了一遍，于是夫人和颜悦色地说道：

“这样看来，我这个妇人的见识总还算不错；我要请求诸位赏个光——我打算送给你们一些小礼物，希望你们不要见却。不要忘了，女人家气量小，只能送些小礼物，但愿你们只看重送东西的人的情意，而不要计较物品的价值，收了下来吧！”

说着，她叫人把礼物拿来，原来是每人两件袍子，一件是绸子滚边的，一件是皮滚边的，这种袍子不要说是平民、商人，就是王公大臣也穿得，她另外还给了他们三件线缎上衣和三条麻纱短裤，说道：

“请收下吧；我给我丈夫穿的也是同样的衣服；至于其他几样东西，虽然不值什么钱，也许对你们还合用，因为你们和尊夫人隔离得那么远，还得赶远路，我知道生意人都喜欢穿得整整洁洁的。”

三个伊斯兰教徒十分惊异，只觉得托勒罗先生真是礼数周到，不愿意有丝毫的疏忽。他所赠送的那些华丽的衣服，一个商人是不配穿的，难道说，托勒罗先生已经看出了他们的身份了吗？但他们当中有一个人回答道：

“夫人，这都是些贵重的礼物，我们不能轻易接受，不过你情意深厚，再三要送给我们，使得我们又不便推却。”

这件事办好，托勒罗先生回来了，夫人便告辞了他们，祈求天主为他们祝福，又拿了些东西按照等级去分发给他们的仆从。托勒罗先生又挽留他们再住一夜；因此，他们小睡了一会儿以后，就穿上新衣，骑着马，跟他一块儿绕城游览去了。到了吃晚饭的时候，少不得又有多少高朋贵友陪着他们豪饮了一顿。饭后，谈笑了一会，就上床睡觉。第二天早上醒来，他们又看见原来的三匹羸马给换上了三匹肥大的骏马，仆从们的马也换过了。萨拉丁见了这情形，就转过身去对他的伙伴们说道：

“我凭着真主发誓，天下再也找不出第二个人比这个骑士更有修养，更懂得礼貌，更通达人情世故的了。如果基督教国家的国王都像这个骑士一样，埃及的苏丹，就连一个也抵挡不住，别说许多国王团结在一起，准备来侵犯苏丹。”

他们知道这次的礼物又是推却不得，就再三道谢，然后上了马。托勒罗领着一大群人把他们送出城去，走了好长一段路。萨拉丁这时已经对托勒罗颇有好感，不舍得和他分手，可是他急于赶路，只得要求他们赶快回去。托勒罗先生固然也舍不下他们，但也只得说道：

“诸位先生，既然如此，我也只得从命了。可是有一件事我必须和你们说明白：我不知道你们是谁，也不愿意多打听，只是任凭你们怎么说。可是不管你们是何等样人，我决不相信你们是商人。天主保佑你们!”

萨拉丁告别了托勒罗的伙伴们以后，就回答托勒罗道：“大爷，也许将来有一天，我们能把我们的商品拿给你看，那时候你一定会相信我们是商人了。再见!”

于是萨拉丁带着他的随从策马前行，心里打定主意：只要能够活着不死，只要他预料中的战争不会给他招来杀身之祸，他一定要回敬托勒罗，像他所受的款待一样隆重。他又在他的同伴们前几次三番赞扬托勒罗夫妇：他们的处世为人和殷勤好客，只觉得越说越说不尽。等他遍访了西方各国，实在已是筋疲力尽，便和他的伙伴们趁船回到亚历山德利亚去。他这次外出，获悉了不少敌情，便着手准备防御工作。

再说托勒罗大爷，他回到巴维亚城里，想了好久，始终想不出这些人是谁，甚至于连一个约莫谱儿也想不出。后来十字军东征了，到处都在招兵买马，大事准备。托勒罗大爷顾不得他妻子再三的哀求和哭诉，毅然决然地参加十字军。等他做好了一切准备、正要上马动身的时候，他对他心爱的妻子说道：

“夫人，想必你也明白，我这次参加十字军，一方面是为了我自身的荣誉，另一方面也是为了拯救我自己的灵魂。我把一切家务和我们的家声，都托付给你。现在我走是走定了，可是后事变幻莫测，我哪里料得准我一定能够回来？所以我请求你答应我一点，那就是说，不管我将来怎样，若是遇到我生死不明的时候，你只消等我一年零一个月又一天，你就可以重嫁，这期限就从今天我出发的日子算起。”

夫人失声痛哭，回答道：“托勒罗，你这一走，给我留下的悲痛，真叫我不知怎样才受得了。可是，只要我能够忍痛活一天，而你万一遭到什么不幸，不管你是生是死，都请你放心：我活着是你的妻子，死了依旧是你的妻子！”

托勒罗说：“夫人，你的诺言我是信得过的。可是你正年青美貌，又是出身名门，你的贤慧有哪个不知，哪个不晓？万一将来谣传我死了，我担保附近一定会有多少达官贵人要向你的兄弟和亲友们去求婚，那时候尽管你的意志坚如铁石，恐怕经不起他们几次三番的硬逼，也不由得你不顺从吧。我所以只要求你等待我这么短短的一段时期，也就是为了这个原因。”

夫人说：“我答应你的话一定会做到的；万一我非得走别的路不可，我也会照你的意思做去。我但愿天主不会叫你我走到这一步。”说过这话，她就抱住他，一边哭，一边从手上取下一只戒指，递给他说：“万一我来不及见你一面就死了，那么你看到这只戒指，就会记起了我。”

托勒罗接过戒指，上了马，同亲友们一一辞别，就出发了，不久就和他的一行伴侣来到了热那亚。他们在那里乘上了一条大帆船，没多久就到了阿卡，在那里参加了基督教主力部队，那部队里几乎立即蔓延着一种恶性疾病，死亡率很大。

正当这种疾病流行的时候，萨拉丁那方面不知究竟是由于战术高明，还是由于运气好，不费一兵一卒几乎把所有不曾染疾而死的基督徒都俘虏了，关在各个城里。托勒罗大爷也被俘虏了，跟一些俘虏们在一起被送往亚历山德利亚去。那里没有人认识他，他也唯恐让人家认出，因此迫不得已，只好替人家养鹰。这本是他的拿手好戏，让萨拉丁看见了，就把他从俘虏中挑出来，叫他替他养鹰。

从此萨拉丁就拿“基督徒”称呼托勒罗，双方都没有认出谁是谁。托勒罗一心记着巴维亚，几次想要逃跑，都没有逃成。后来有几个热那亚人，以大使身份来到萨拉丁这里，和他商谈关于赎回俘虏的事；临走的时候，托勒罗打算托他们带封信给他妻子，告诉她说，他仍然活着，一有办法就赶回家去，希望她等着他。他当真写了一封家书，找到了一个他认识的大使，托他把信带给巴维亚城西也尔-道罗地方的圣彼得修道院长，那就是他的叔父。

过了不久，有一天，萨拉丁和他谈到养鹰方面的事情，他笑了一下，嘴唇一动，萨拉丁想起了以前在巴维亚家里看到的他那种神情，因此想起了托勒罗，接着又盯着他看了一阵，认出了果然就是他，于是他就掉换了话题，问道：

“喂，基督徒，你是西方哪一个国家的人呀?”

“主上，”托勒罗回答道，“我是伦巴第人，住在巴维亚城里，我是个出身微贱的可怜人。”

萨拉丁听了这话，便断定自己果然猜中了，心里好不高兴，想道：“多谢老天爷赐给我这个机会，让我来报答他的厚意。”

于是他不作一声，立即命侍从把他自己的衣饰全都拿到一间房里，再把托勒罗带到那里，问道：

“瞧，基督徒，这些衣服里面，有没有哪一件是你见过的。”

托勒罗望了一下，看见了他妻子送给萨拉丁的那几件衣服，可是又怕未必当真就是，便回答道：“主上，没有一件是我见过的；可是不瞒你说，有两件倒很像我那年赠送给那三位在我家里住宿过的商人的。”

这时候萨拉丁再也控制不住自己了，连忙亲切地抱住他，说道：“你是托勒罗·德·伊斯特里亚大爷，尊夫人当年赠送衣服给三个商人，我就是其中的一个；当时我同你分手的时候，曾对你说过，我总有一天可以让你看到我做的是什么生意，现在是时候了。”

托勒罗听了这话，又是喜欢又是羞愧：喜欢的是，居然有幸接待过这么一位上宾；羞愧的是，当初对待那三位贵宾实在太怠慢了。

一会儿，萨拉丁又说：“托勒罗大爷，既是真主有意把你送到这儿来，那么以后就把自己当作这儿的主人吧。”

两人欢叙了一阵以后，萨拉丁就让他换上王室的衣服，把他带到一些显赫的公卿面前，先把他高贵的德性大大赞扬了一番，然后吩咐公卿们说，凡是想要获得国王恩宠的人，都得把托勒罗大爷当作国王本人一般尊重。大家都照着他的旨意做去，尤其是那两位跟萨拉丁一块儿在托勒罗家里作过上宾的人，更是对他殷勤。

托勒罗突然受到这般的优宠，几乎连思乡之情也有些淡薄了，何况他还道他那封家信这时已经送到了他叔父的手里。

且说在那批被萨拉丁所俘虏的基督徒当中，有个普罗旺斯地方的无足轻重的人，名字叫做托勒罗·德·代尼斯，就在被俘虏的那天死了，下了葬；而托勒罗·德·伊斯特里亚的慷慨好客的声誉在这些基督徒中间无人不知，因此大家把那个托勒罗当作了这个托勒罗，到处在传说：“托勒罗死了!”他们既是做了俘虏，限于处境，自然无从弄明白事情的真相，所以多少意大利人回到本国去的时候，都把这则消息以讹传讹，有些人甚至不假思索地说，他们亲眼看到他死的，并且下葬的时候他也在场。他的妻子和亲属听到这个消息，真是说不出地悲痛；不仅如此，甚至连认识他的人都为他难受万分。

至于他夫人如何伤心悲痛，自然不必赘述，只说她接连悲悼了几个月以后，哀痛逐渐减轻，伦巴第的许多显要人士都来向她求婚，她的兄弟和亲属等也都极力劝她改嫁。她痛哭流涕，无论如何不肯答应，最后迫不得已，只得跟他们说，她和托勒罗有约在先，必须等到约期过后，才能改嫁。

可怜他夫人在巴维亚就处在这样一种困境中，转瞬之间只有八天工夫就得改嫁了；谁料托勒罗在亚历山德利亚有一天碰见了那个陪送热那亚大使到热那亚去的人。他便招呼那人，问他一路上航行的情形如何，是几时到达热那亚的。

那人说："大爷，我是在克里特上岸的，我在那儿听说那次航程很不吉利，船驶近西西里的时候，起了一阵狂暴的北风，把船刮到巴巴里沙洲上去了，没有一个人逃得了命，我两个兄弟也葬身鱼腹了。"

他说的话千真万确，托勒罗怎么能不相信？他记起了和妻子约定的期限再过几天就要到期了，而巴维亚地方全然不知道他的下落，因此断定他妻子马上就要改嫁了。这样一想，好不难受，竟因此夜不安寝，食不下咽，卧床不起，只想一死了之。幸亏萨拉丁情谊深厚，听到这情况，便来看他，问他，词意恳切，弄明白了他伤心和得病的原因，大大地怪他为什么不早讲；接着又安慰了他一番，叫他放心，说是只要他振作起来，包管他赶上他妻子改嫁的那天到达巴维亚；最后又跟他详细说明了使用什么办法。托勒罗本来就听说过有这种奇事，并且有多少人试验过，现在听萨拉丁也这样说，不觉安了心，只是催促萨拉丁快快实行。于是苏丹就把他从前求教过的一个高明的术士召来，叫他施展法力，让托勒罗睡在床上当夜赶到巴维亚。术士回说可以办到，但是必须先让托勒罗睡熟了，才能作法。

萨拉丁和术士约定之后，就立即回到托勒罗那儿，发觉他已下定决心，不管天大困难，也要如期赶到巴维亚，若是办不到，唯有一死。萨拉丁就说：

"托勒罗大爷，你这般地宠爱你的妻子，唯恐她落到别人手里，我实在不愿意怪你，也不能够怪你，因为我觉得在我所看到的女人当中，无论是风度、举止、仪态，都没有哪一个比得上她，实在是难能可贵——且不说她的容貌怎样娇艳，因为那不过是转眼间就要凋残的一朵鲜花而已。本来，命运之神把你送到这儿，我非常乐意和你平起同坐，共同掌握国家大权，但是你现在已打定主意，如果不能如期赶到巴维亚，宁愿一死；早知这样，我原可以依着我的心愿办事，把你堂堂皇皇、前呼后拥地护送回家，这才适合你的身份。然而真主偏不让我如愿，你归心似箭，因此我只有照我刚才所说的那个办法送你回去了。"

“主上，”托勒罗回答道。“你对我仁至义尽，我实在愧不敢当；你这些话即使不说出来，我也会一辈子相信你对我的恩情；可是我现在既已拿定了主意，那么就请求你把刚才答应我的那件事赶快办到吧，因为明天就是她等我的最后一天了。”

萨拉丁回说这件事一定给他办到，万无一失。第二天，他打算当夜把他送到家里，就命令手下人在大厅里预备好一张富丽堂皇的有垫子的床，并且根据当地的风习，垫子全是用天鹅绒和金线做的。床上铺着一条被，被上用贵重的珍珠宝石装点出各种奇妙的花样，这在意大利真要算是无价之宝，另外还配上一对和床铺相称的枕头。安排好了以后，他就打发人去把托勒罗请来。托勒罗这时已经精神振作起来，身上穿着一件从来没见过的、堂皇富丽的、伊斯兰教徒穿的袍子，头上裹着一条长长的头巾。

等到天晚了，他就带了许多公卿去到托勒罗所住的那间屋子里，在他身边坐下，几乎是眼泪汪汪地说：

“托勒罗大爷，时间迫近，你我就要分手了。由于你这次不比寻常的旅行，我不能送你，又不能派个人护送你，只有在这个房间里和你话别了，所以我特地赶到你这里来。在我和你分手之前，我凭着我们的交情和友谊，要求你不要忘了我——如果可能的话，等你到伦巴第去把事情料理完了以后，至少来看我一次，一方面使我见了你高兴高兴，另一方面也可以弥补这一次由于你匆匆而去给我引起的遗憾；而且我希望你不要怕麻烦，常常写信给我，随便你对我有什么要求，你都可以提出；请你放心，我乐意为你效劳，世界上再没有第二个人能够像你这样使我愿意效劳的了。”

托勒罗先生也忍不住流下眼泪来，喉头已哽住了，只能勉强回答了几句话，说是他一辈子也忘不了萨拉丁的好处和他的高贵的气度；只要这条命能够活下去，一定照着苏丹的吩咐去做。接着，萨拉丁就热情地拥抱着他，吻他，流着泪和他告别，走出房间。其他的公卿们也都一一告辞了托勒罗，跟着苏丹来到那预备好了床铺的大厅里。

现在时间已经不早，术士正等在那儿，急于送他启程。有个医生送来一些药水，告诉他说，喝了可以壮壮胆子。托勒罗一饮而尽，没有一会工夫就睡着了。术士依了萨拉丁的指使，等托勒罗一睡着，就把他抬到客厅里那张漂亮的床上，在他身边放了一顶价值连城的美丽的大王冠，王冠上刻了字，说明是萨拉丁赠送给托勒罗的夫人的。随后他又把一只嵌着红宝石的戒指套在托勒罗的手指上，那光亮就好像一个火炬，真是件无价之宝。又在他腰间挂上一把宝剑，剑上那些装饰品的价值简直无从估计。又在他胸前挂上一串垂饰，镶满了罕见的珍珠和其他各种名贵的宝石。他两旁都摆着一个大金盆，盆里装满了金币、一串串的珠子、戒指和玉带等贵重物品，很难一一细说。各事齐备以后，他又吻了他一次，吩咐术士赶快送他启程。于是那张床就带着托勒罗在他面前越飞越远了，只剩下萨拉丁和公卿们在那里谈论着他。

托勒罗带了这些珠宝和装饰品，不消多少时候，果真到达了巴维亚城的西也尔-道罗的圣彼得教堂；这时他还没有醒来。夜祷钟响了，教堂里的看门人拿着一盏灯走进来，突然之间，看到这张富丽堂皇的床，不仅感到诧异，而且吓得透不过气来，转身就逃。修道院长和众修士看见他逃跑，都感到诧异，就问他出了什么事，他就把这件事跟他们说明白了。院长说："天呀，你既不是个小孩，又不是新到教堂里来的，干吗为了这么点儿事情就逃呢？让我们进去看看到底是谁扮了个妖怪把你吓成这副样子。"

于是院长和众修士点了火炬，走进教堂，果然看到了那张富丽堂皇的床，床上熟睡着一个绅士。他们带着犹豫和恐惧的心情，望着那些珍珠宝石，不敢太走近床前，这时候托勒罗身上的麻药已经失去效力，醒了过来，叹了口长气，院长和众修士看到和听到这情形，都吓得拔腿就跑，边逃边叫："天主保佑呀！"

托勒罗先生张开眼来，朝四下望了一望，看见现在果然到了他要求萨拉丁把他送到的那个地方，感到非常快慰。他于是坐起身来，仔细察看着身边的一切，尽管他早已知道萨拉丁的慷慨豪华，可是照眼前的情形看，还远非始料所及，从此他对萨拉丁的慷慨的性格有了进一步的认识。不过，他看见众修士慌忙逃走，猜着了原因，便没有动弹，只是喊着院长的名字，叫院长不要害怕，因为他就是托勒罗，是他的侄子。院长听了这话，想起他早在好几个月以前就死了，因此益发恐惧起来；过了一会儿，他才想通了，信以为真，又听得还是有人在叫他的名字，这才消除了恐惧，放下了心，画了个十字，走到那人跟前。只听得托勒罗说：

"叔父，你干吗这样害怕？多谢天主的恩德，我还活着，而且从海外回来了。"

他虽然长了那么一大部胡须，穿着伊斯兰教徒的衣服，他叔父依旧一下子就把他认出来了，这才完全放了心，拉住他的手说："孩子，欢迎你回来。"接着又说："你实在不能怪我们害怕，因为这一带没有哪一个不以为你死了。我还得告诉你，你的妻子爱苔丽达，经不起她娘家人的软哄硬逼，迫不得已，只好答应改嫁，明天一大早就要到她新的丈夫家里去了，婚宴和一切有关的事情都早已准备好了。"

托勒罗从那华丽的床上爬下来，满心欢喜地招呼着院长和众修士，请求他们不要跟外人说起他回来的消息，因他自有主意。接着，他先收藏好了珍珠宝贝，再把他出门以后到目前为止的一切遭遇都讲给他叔父听。院长听到他幸运的遭遇，很是高兴，而且和他一块儿感谢天主。随后托勒罗又问起他妻子改嫁给谁。院长告诉了他，托勒罗就说道：

"我打算趁人家没有知道我回来以前，看看我妻子在这一次的婚礼上表示什么态度。我知道神父们通常是不出席这类宴会的，可是我还得请求你，为了我的缘故，跟我一块儿去吧。"

院长回答道，非常乐意；于是天一亮，他就派人去告诉新郎，他想带一位朋友一同前来观礼吃酒，新郎那方面回答道，竭诚欢迎。

到了开席的时间，托勒罗依旧穿着原来的服装，和院长去到新郎家里。宾客们见了他，一个个都惊异不置，可没有哪一个人认出他来。院长逢人就说，他是个伊斯兰教徒，是苏丹派他到法国去做大使的。因此主人家就请他坐在新娘对面的一张桌子上。他只见新娘面带忧色，分明是不情愿改嫁，这真叫他说不出的高兴。新娘也对他望了几眼，可没有认出他来，一来因为他胡子长了，又穿着外国衣服，二来因为她认定他早已死了。

过了一会儿，他觉得应该是试一试她记不记得他的时候了，就从自己手指上取下当年夫妇分手时她给他的那个戒指，又把新娘面前的那个小厮叫来，说道：“请你对新娘说，我们伊斯兰教国家有个风俗：凡是有陌生客人出席喜筵，新娘为了表示欢迎贵宾起见，必须用自己所喝的酒杯斟满了酒，来敬这位贵宾，等到贵宾随意喝过以后，他就把杯子盖好，让新娘把剩下来的酒喝完。”

小厮把这番话告诉了新娘，新娘本是个富有智慧教养的妇女，料想这位贵宾必然是个了不起的人；为了表示欢迎起见，就吩咐小厮把她面前那只镀金的杯子洗干净，装满酒，送到那位贵客面前去，那小厮果然照办了。

托勒罗早已把那只戒指衔在嘴里，等到酒来了就趁没人看见，把那戒指吐在酒杯里，于是把酒喝得只剩一点儿，再把杯子盖好，交给小厮送还给夫人。夫人为了遵守贵客的习俗，接过酒杯，掀开盖子，送到口边，看到那只戒指，沉吟了一会儿，也没有作声。她看出了那就是她在托勒罗临走时给他的那只戒指，便把它拿了起来，一面仔细注视那个陌生的客人，终于认出他是自己的丈夫，立即推倒面前的桌子，好像疯了似地尖声叫道：“那是我的丈夫，那是托勒罗大爷!”

她立即向他的座位奔去，也顾不得自己的衣服或是桌上的东西，一下子扑过去紧紧地抱着他，在场的人无论是用口劝，或是用手拉，都无法叫她松手，最后还是托勒罗叫她稍稍自制一点，将来拥抱的机会多的是，她这才站起身来。这时婚筵已经陷于非常尴尬的局面，不过很多宾客看见这位绅士回来了，却越加高兴。大家都依着托勒罗的要求，静了下来，听他讲述从离家那天起直到目前的一切经过；他最后还说，这位新郎原是听说他死了才要娶他妻子的，如今他活着回来了，把妻子接回去总不至于见怪吧。

新郎虽然失望，却坦然而友善地回答道，这事情听凭托勒罗处理好了。于是那夫人立即卸下了新郎给她的戒指和冠冕，戴上了刚刚从酒杯里拿起来的那只戒指以及苏丹送给她的那顶王冠。接着，他们夫妇俩就走出了这屋子，由婚宴上那些宾客们伴送他们回家。家里人和亲友四邻见了他全都转悲为喜，认为他这次的安然返回，简直是个奇迹，都设筵相庆，热闹了好一阵。

托勒罗分了些珍宝给那个新郎，算是赔偿他举办婚宴的损失，又分了些给那位院长和好多人。后来他写了好多封信给萨拉丁，报告他平安到家的消息，而且在信上总是以萨拉丁的仆人和朋友自居。以后他就一直和那位贤淑的妻子和谐终老，待人接物更其慷慨殷勤。

托勒罗夫妇饱经折磨，以及他们慷慨好客而获得报偿，这就是故事的本末。好多人都想学他们的榜样，可惜存心不正，还没有给别人多少的好处，就想从别人那里得到大大的好处，因此，如果他们后来得不着什么好处，那么，无论是他们自己，还是别人，都不必大惊小怪。

故事第十

萨卢佐侯爵的下属再三恳求他安置家室。他凭自己的心意，娶农家姑娘为妻，生下一子一女。为了试验妻子的贤德，在她面前佯称已把这一对儿女处死，后来又佯称要遗弃她，另娶新人，把她撵回微贱的娘家；一面又把寄养在他乡的成年女儿接回来，声称这就是他要娶的新人。他妻子始终百依百顺，侯爵这才把她接回来，让她和已长大成人的亲生儿女见面。此后侯爵对她恩情弥笃，爱宠有加，尊她为侯爵夫人。

国王讲完了那篇长长的故事，看见大家都听得津津有味。第奥纽笑嘻嘻地说道："那个好人儿，他那天晚上要降服小鬼，不许它尾巴翘翘，① 并没有因为你那样赞美托勒罗，而给予两文钱的称许。"说完这话，他知道这会儿只剩下他自己一个人没有说故事了，便接下去说：

贤淑的小姐们，今天诸位所讲的故事，都是说的帝王和苏丹的事，所以，我为了不要离这个范围太远，也讲一个侯爵的故事。我这里讲的不是他的丰功伟绩，而是他的一件极端愚蠢的行为。他做出这种愚行，虽然最后还是获得美满的结局，可是其中的情节，实在太悲惨了，所以我决不劝任何人去学他的榜样。

好久以前，萨卢佐地方有个侯爵名叫圭蒂耶里，是个年轻后生，还没有妻子儿女，所以成天无所事事，只爱打猎放鹰，把那安置家室和生男育女的事情都丢在脑后了。他在这方面实在算得上通达的了。可是他的下属都不满意他这一点，几次三番请求他娶亲，免得他身后无嗣，也免得臣民们日后无主。他们都要为他物色一位出身高贵的贤慧小姐，叫他称心满意，和谐终老。他当即回答道：

"诸位，你们劝我做的这件事，我本来打定主意，怎么也不肯做的。天下最难的事情，莫过于物色一位情投意合的妻子，而女人中间，脾气性格和你恰恰相反的人，又到处皆是，一旦和一个不合心意的女人做了夫妻，只落得一辈子活受罪。你们说，凭着父母的举止作风，处世为人，就看得出他们的女儿是否贤慧，你们竟主张这样来为我物色妻子，真是太傻了。我真不懂得，你们有什么办法弄清这些姑娘的父亲的底细，且不谈怎样去了解她们母亲的隐私，纵使能把这些方面都查得一清二楚，又哪里能够断定做女儿的必定像父母？可是话说回来，既是你们喜欢让我有家室之累，我也乐意如你们的愿。可是我的妻子得由我自己去选择，将来万一事情弄得不妙，我怎么也怪不到旁人身上，只能怨我自己选错了人。有一件事我必须事先和你们说明白：不论我选了怎么一个女人做我的妻子，你们都得尊她为夫人，敬她为女主人；否则你们那时别后悔，这样逼着我违背了自己的意志，娶一个妻子，不管我心里多么不乐意！"

善良忠诚的下属们都回答道，他们很满意他这一番话，只要他肯娶妻子就是了。

且说附近村子里有个穷人家的姑娘，她的神态风韵早就叫圭蒂耶里

---

① 请参阅第七天故事第一。

侯爵看中了。侯爵认为她非常美丽，觉得和她结为夫妻，一定会终身愉快美满。他不再另去物色，决心要娶她。他当即把她父亲请来，表明心意。那父亲本是个穷人，立即答应了把女儿许配于他。办妥这件事之后，他又召集了所有的朋友来，对他们说道：

“朋友们，你们一直都巴不得我成亲，我现在已经听了你们的话，准备这么做，这多半是为了让你们高兴，而不是我自己存心要结婚。你们总该记得你们自己的诺言，那就是说，无论我要娶怎么样的女人做我的妻子，你们都得尊她为夫人，敬她为女主人。现在时候到了：我要对你们履行我的诺言，你们也少不了要说话作准。我已经找到了一个称我心意的少女，打算在最近几天里面，就把她接过来成亲，所以你们就得去盘算一下怎样去预备丰盛的喜筵，以怎样隆重的仪式去接待她，好使我相信你们能够说到做到，叫我称心满意；你们以后也会看到，我对你们保守信用。”

这些善良的下属都欢喜不尽，回说他们高兴极了。又说，不管新娘是个怎么样的人，他们都要尊她为夫人，敬她为女主人，对她的尊崇，务必处处和她的身份相称。事后，他们立即着手筹办体面豪华的婚礼，圭蒂耶里也亲自参与其事。他要举办隆重热闹的喜筵，把所有的高朋贵戚和附近一带的显要人物，统统请到。他又另外觅得一位少女，和他要娶来的那位小姐身材大致相仿，照着她的身材剪裁了许多高贵鲜艳的衣装，又预备了多少戒指、环带和一顶富丽堂皇的冠冕，凡是新娘的佩戴装饰，他无不件件办到。

转眼佳期来到，那天晨祷钟还没敲，圭蒂耶里以及前来向他道喜的人们都上了马。各事安排定妥之后，他便说：“诸位，现在应该去迎接新娘了。”

说着，他便和大家一同向那个村庄出发。他来到那少女的家门前，只见她从外面提着一桶水，正急急忙忙赶回家来，为的是她听说圭蒂耶里侯爵的新娘要打这儿经过，所以她要赶快把事情料理妥当，好跟别的女伴们一块儿去看看。侯爵一看见她，立即喊了她的名字“格丽雪达”，问她的父亲在哪里。她顿时羞红了脸，说道：“侯爵，他在家里。”

于是圭蒂耶里下了马，叫大家在门外等他，他独自一人走进那穷人家里，找到了那少女的父亲贾纽柯罗，跟他说道：“我这会到这儿来，为的是要娶格丽雪达为妻。可是我先要当着您的面，问她几样事情。”

接着，他便问她：如果他娶她为妻，她是否愿意尽心尽意讨他欢喜；无论他说什么，做什么，她是否都能毫不介意，她是否样样事情都能顺从他的心意；此外又问了许许多多诸如此类的事情。他每问一桩，她都答应一声“是”。

于是圭蒂耶里拉住她的手，把她领出宅子，带到他的宾客和众人面前，叫她把上下衣服都脱光了，然后吩咐手下人把他预备好了的新装拿来，让她穿戴齐全，又把冠冕戴到她的乱蓬蓬的头上。大家看到这番情景，都非常纳罕。他就当众说道：

“诸君，我要娶的就是这位姑娘，只要她肯嫁给我，我就要和她成亲。”

说着，他便转身对着那个姑娘，只见她站在那里羞羞答答，意乱心慌。他问道：

“格丽雪达，你愿意我做你的丈夫吗?”

她应声回道：“大爷，愿意。”

他说：“那么我也愿意你做我的妻子。”

他就这样当众和她行了婚礼，把她扶上一匹小马，迎回府邸。那种前呼后拥的场面，好不荣耀。回到府邸，又大摆喜筵，真是豪华热闹，即使娶了一位法国公主，也不过如此了。

这位娇妻一换了新装，立即显得气度不凡。我们前面早就说过，她的身段和面貌都长得很美，现在打扮之后，益发出落得娇媚可人，雍容大方，看来不像是贾纽柯罗的女儿，不像是一个牧羊姑娘，而俨然是一位出身高贵的千金小姐。凡是以前认识她的人，见了都觉得惊奇。

婚后，她对丈夫十分顺从，无限殷勤，使他自认为是天下最幸运、最有艳福的男子。至于她对待她丈夫的下属，也是敦厚仁慈，使得人人都是心悦诚服地爱戴她，尊重她，祝她福泽无边，荣显一世。以前人家总是说，圭蒂耶里娶了这样一个女人，真是失策；现在这些人却都异口同声地称他是个极其贤达、极其精明的人，因为除了他以外，天下再也没有第二个人能够透过她的破烂衣服，看得出这个农家女子身上隐藏着这样崇高的美德。简而言之，没有多少时候，她的美名就传遍了远近。不仅是她丈夫所辖的领地里的人民，就是外方人士，也都个个称赞她贤慧。凡是在当初她丈夫娶她时非难过他的人，都一反本来的说法，说他娶这个妻子真是娶得太好了。

她嫁给了圭蒂耶里不久，就怀了孕，到时候生下一个女儿，圭蒂耶里欢喜不已。可是未过几时，他忽发奇想，要叫她多受些折磨，经历一些忍无可忍的事情，以便试试她有没有耐心。他先是装出一脸烦恼的神气，用语言激她，说是他的下属都因为她出身微贱，对她十二分的不满，尤其是看到她生养孩子，更加不满得厉害。他说，自从她生下了这个小女儿，他们都口出怨言，窃窃私议。他妻子听了他这番话，面不改色，也没有流露出一丝一毫愤激的神气，只是说道：

“我的主人，您要怎样对待我就怎样对待我吧。只要能顾全您的尊荣，能叫您快慰，我就心满意足。请您顾到您的臣僚要紧，我比起他们来，实在无足轻重。再说，多蒙您抬举，使我备受尊荣，我也实在不配。”

圭蒂耶里听了她的答话，非常高兴，因为他从这番话里知道他妻子虽然备受他和他下属们的尊崇，却并没有因此而滋长骄傲之心。

又过了些时候，他先笼统地跟他的妻子说，他的下属们容不了她生下的这个小女儿；接着就派了一个侍从，如此这般地吩咐了他一番，叫他到侯爵夫人那儿去照着吩咐行事。那人去到夫人那里，满面忧伤地说道：

“夫人，侯爵命我前来，我若不遵令办事，势必性命难保。他命令我把您的亲生女儿带去……”

那人话说到这里，就停住了。

夫人听了这话，再看看这人的脸色，不由得想起了她丈夫前些时候跟她说的话，便料想侯爵派这人来，是要他把她的亲生女儿取去处死。

她心里虽是悲痛万分，可仍然面不改色，马上把那女孩从摇篮里抱起来，吻了吻她，又为她祝福了一番，就将她交给这个侍从抱着，说道：

“你把她抱去；主人吩咐你怎么办，你就得照办，不要有丝毫差错。只是不要让这孩儿的尸骨被鸟兽吃掉，除非是主人吩咐你这样，那当然不能违背。”

那个侍从抱走了女孩，又把夫人所说的话回复侯爵。侯爵见妻子这般坚贞不渝，不由得心里纳罕。他随即打发这个侍从，把这女儿送到波伦亚一个女亲戚那里去，央求她悉心把这女孩抚育成人，怎么也不要泄漏她是谁家的女儿。

后来侯爵夫人又怀了孕，到时候生下一个男孩，她丈夫自然欣喜异常。但是，他觉得给妻子的考验还嫌不够，决计再更狠心地刺探一下她的心思。有一天，他又装出满脸的忧愁，对她说道：

“妻啊，自从你生下了这个男孩，我的臣民们简直吵得我六神不安。他们怨声载道，说是我死之后，就要由贾纽柯罗的外孙继承爵位，做他们的主人了；照这样看来，我如果不想被他们撵下位来，就不得不像上次那样再来一次；而且弄到临了，我还是非得休了你，另娶妻子不可。”

他妻子耐心地听完了他的话，只是回答道：

“我的主人，您觉得怎么样称您的心意，您就怎么做吧，不必顾念我。凡是使您高兴的事情，我决不会不乐意的。”

过不了几天，圭蒂耶里果然照着当年对待女儿的办法，派人把自己的亲生儿子从妻子那里抱了来，又故意扬言要把他处死，暗地里却把他送到波伦亚去养育。夫人一如当初舍弃女孩时那样面不改色，毫无怨言。圭蒂耶里不禁暗暗称奇，心里想，天下再没有第二个女人能够这般依从；要不是他亲眼看见她百般疼爱儿女，他一定要以为她不把儿女放在心上呢；其实她所以能做到这般地步，并非另有缘故，完全是为了顺从他的心意。

他的下属们都以为他当真把他自己的亲生儿女处死了，都严厉地谴责他，说他是个没有人性的人，又极其同情他的妻子。他的妻子每逢女眷们为了她的儿女遭到杀害，而来慰问她时，她只是说，既是儿女们的生身之父这样决定，她当然不会有别的想法。

自从那女孩儿出世，匆匆已过了好多年，圭蒂耶里认为应该是给他妻子的耐心以最大考验的时候了。他当即对他的臣民宣布，他现在再也不能容忍格丽雪达做他的妻子，当初娶她实在是出于年轻无知，一时糊涂，所以他现在很想去请求罗马教皇施恩于他，让他休了这妻，另娶新人。许多正人君子都责备他不该如此，他却只推说，这实在是迫不得已，非如此不可。

他妻子听到这样说，心里盘算着，这一回她势必要回到娘家去，像当年那样牧羊，同时眼看着新人来把她衷心敬爱的丈夫占了去，想到这里，心痛如割。可是，既然命运一再地叫她受折磨，她也只得认命，像前两次一样，面不改色，逆来顺受。

不久，圭蒂耶里就假造了一些罗马教皇寄来的信，拿给他的下属们看，叫他们相信教皇当真批准了他休掉格丽雪达，另娶新人。接着，他就派人把格丽雪达召来，当着众人的面跟她说：

“妻子，我获得了罗马教皇的允许，可以另娶夫人，把你休了，我的世代祖先都是公侯权贵，而你的祖先都是些庄稼人，所以我再也不能让你做我的妻子。你可以回到你父亲贾纽柯罗家里去，把你带来的妆奁都带了去。我要另娶妻子，而且已经找到了一位配得上我的小姐。”

他妻子听到他这样说，好容易才克制住了娘儿们柔弱的天性，没有哭出来。她回答道：

“我的主人，我早就知道我出身微贱，高攀不上。我有幸侍候了您这么些年，这都是您和天主赐给我的恩典。我从来不敢以侯爵夫人自居，更不敢认为自己有这个福分，只觉得欠下了你的深情。既是您想把您赐给我的这份恩情要回去，我也乐意把它奉还。这就是您当初娶我时给我的戒指，现在请您把它收回吧。您吩咐我把我带来的妆奁拿回去，说到这点，您既用不着为我花钱搬运，我也不消马驮箱装，因为我并没有忘了我是一个赤裸裸的光身人嫁给您的。如果您认为我这个曾为您生育过一男一女的肉体袒露在众人面前并不有伤大雅，我一定愿意赤裸裸地走。可是我只恳求您一件事：我是带着处女的贞操到这里来的，如今再也带不回去，就请您看这一点情份，允许我走的时候能够超出我本分的妆奁，穿一套贴肉的内衣吧。”

圭蒂耶里听了这话，万分难受，差点儿要掉下泪来，可是他竭力装出一本正经的神气，说道：

“好吧，你可以穿一身贴肉的内衣走。”

在场的人都恳求他让她再穿一件外衣，因为她和他做了十三年多的夫妻，不能叫她如此丢脸出丑，光穿一身贴肉内衣走出他的家门。但是不管大家怎样苦苦恳求，都是白费。于是她告辞了众人，穿着一身内衣，光头赤脚，走出侯爵的家门，回到她父亲那里去。凡是在场的人看见她这种光景，莫不为她长吁短叹，伤心落泪。

她的父亲贾纽柯罗，自从女儿出嫁以后，始终不相信圭蒂耶里真心诚意地娶他女儿为妻，每天都料到会有这种不幸的事情发生，所以一直把她出嫁那天早上脱下来的衣服妥为保存，如今见女儿果然回家，便拿出来让她穿上。从此女儿依旧像往常一样，帮着父亲操作家务。尽管无情的命运和她作对，给了她那么残忍的打击，她都是不屈不挠地承受着。

圭蒂耶里把格丽雪达赶出府邸不久，便向他的臣民扬言，说他已经看中了巴那戈伯爵的一位小姐，吩咐他们为他筹办婚礼大典，同时又派人去把格丽雪达接了来，对她说道：

“我选中的那位小姐，马上就要接来成亲，我打算好好地让新娘光彩一下。你也知道，举行这样一次盛大的典礼，得收拾多少间屋子，有多少事情等着安排，我身边却找不出一个适当的女人来担当这些事情，而你对于府内的事比谁都熟悉，所以请你来主持一切，把那应当办的都替我办一下；并且把附近一带你认为配得上出席这次婚礼的太太小姐都请了来，你不妨以女主人的身份接待她们。等到喜事办完，你就可以回家去。”

格丽雪达听了这些话，真好比利剑刺心，因为她虽然甘心放弃当年做夫人的荣华，可是她依然舍不得把她的丈夫割爱于人。不过，她还是这样回答道：

“我的主人，我听候您的吩咐。”

于是，她就穿着一身粗陋的土布衣服，走进了她不久以前穿着单衣单裤走出来的那座屋子，把各个房间一一打扫收拾，在客厅里挂上窗帷，铺上地毯，另外还要准备宴席；一应大小事件，都是亲自动手。她简直成了一个料理杂务的女佣人，辛勤劳苦，日以继夜，直等到把件件事情都料理好了，才算有点时间喘口气。

接着，她又以圭蒂耶里的名义，派人去把附近所有的太太小姐都邀请到了，只等佳期来临，大摆喜筵。到了那天，她虽然依旧穿着一身寒伧的衣服接待许许多多赴宴的女宾，可是和颜悦色，雍容大方，俨然贵夫人风度。

再说圭蒂耶里，他把两个儿女交给波伦亚的女亲眷（她是巴那戈伯爵的夫人）尽心抚育，那女儿今年已经一十二岁，出落得美貌绝伦；那男孩子今年也已六岁；他写信给波伦亚的伯爵，请他把他的儿女送回萨卢佐来，又请他派有身份的仕女一路护送，逢人就说，这位年轻小姐是送去跟圭蒂耶里成婚的，切不要让人家知道这位姑娘的底细。伯爵依着他的意思，打点启程，并派有身份的仕女一路护送；走了几天，一日将近中午时分，到了萨卢佐，只见远近四乡的人都等在那儿要看圭蒂耶里的新娘。

女宾们立即把新娘迎入客厅，这时里面筵席已经摆好。衣衫破旧的格丽雪达走上前来，高高兴兴地对她说：

“欢迎新夫人，万分地欢迎！”

女宾们早就央求圭蒂耶里让格丽雪达待在房里，不要出来应酬，否则让她穿上一件她本来在府里穿的衣裳，免得她在生人面前丢脸，可是圭蒂耶里怎么也不肯答应。她们这时已各各就座，只等开席了。大家都眼睁睁望着那位姑娘，一致都说圭蒂耶里这个新娘娶得比前头一个更美，格丽雪达也对新人十分赞美。她不光是赞美新人，还赞美新人的小兄弟。

圭蒂耶里见了这情景，很是感动。他想，不管事情怎样来得突然，格丽雪达却依旧始终如一，不变初衷，何况她是个聪明人，决不是因为麻木不仁，无动于衷，才这般顺从。他觉得已经给了她足够的考验，她确是具有莫大的耐心，完全合于他的心意；他又觉得格丽雪达表面上虽然从来不曾流露出一丝半点儿幽怨，内心里一定隐藏着极大的苦痛，现在应该是解除她苦痛的时候了。于是他把她叫到面前来，当着大家的面，笑嘻嘻地说：

“你看我的新娘怎么样?”

格丽雪达回答道：“大人，我觉得她再好也没有了，而且我相信她的贤德也一定不比她的美貌差，您和她结了婚，实在是天下最幸福的人。不过我要诚心诚意地请求您，您千万不能像对您前妻那样地对待她，叫她受那么些罪。我看她是受不起那么些折磨的，一来她太年青，二来她从小娇生惯养，比不得您的前妻从小就一直劳累惯了的。”

圭蒂耶里看她当真认为他要娶那个年青的姑娘，可还是毫无怨言，只希望新娘好，便叫她在他身边坐下，对她说道：

“格丽雪达，你有这样好的耐心，忍耐了这么久，现在应该得到酬报了。多少人都说我无情无义，残忍狠心，现在也应该明白，我所以要这样做，原是有我的意图：我为的是教你怎样做一个贤德的妻子，使得我和你能够和睦偕老，同时也给天下人做出一个榜样来，好知道怎样去物色妻子，对待妻子。我刚娶你的时候，唯恐这件事不能让我称心。所以我就来试你的心，叫你吃了这么许多苦。结果发觉，你无论语言行动，没有哪一件不顺从我的心意，可见我已经得到我所希望的幸福。因此我立刻拿定主意，要把我一次次从你身上剥夺掉的幸福，一下子都归还给你。我叫你吃尽了苦，现在一定要让你大大地欢喜一下。你本以为这位小姐是我的新娘子，这会儿你不妨高高兴兴地把她领进屋去，还有她的弟弟，你也一块儿领走。告诉你，这姐弟两人就是你我的亲生儿女。当年你和多少人只道我狠心谋杀了那两个孩子，现在可都在面前。我是你的丈夫，爱你甚于一切。我敢说，世上哪一个做丈夫的，也不能像我这样对自己的妻子感到满意!”

他这样说着，立即把格丽雪达抱过来吻了又吻，亲了又亲；接着，他站起身来，跟格丽雪达一起走去；格丽雪达高兴得哭了起来。这时她的女儿听了这番话，简直惊奇得发呆。圭蒂耶里连忙带着她走到女儿跟前，抱住他们姐弟两人，说不尽的骨肉之情。他这才把事情的真相，从头到尾，跟她和在场的宾客们说个明白。

女宾们听了这个动人的故事，都欢天喜地，一个个从座位上站起身来，陪着格丽雪达走入内室。她们一面说了多少吉利话祝贺她，一面替她脱下褴褛的衣装，换上她本来的华服，重新以一个贵妇人的姿态(她本来穿着旧衣，也仍然不失为一个贵妇人)，回到客厅里。她端详着那一对亲生儿女，心里直欢喜得如醉如痴。众宾客见了这番快乐的情景，也个个高兴，于是加倍起劲地欢宴作乐，一连热闹了好多天。大家都认为圭蒂耶里是个了不起的聪明人，只不过他给他妻子的多次考验未免太狠心了些，也只有他那一位贤德盖世的妻子才受得了，所以从此对她益发敬重。

过了几天，巴那戈伯爵就回到波伦亚去了。后来圭蒂耶里又叫贾纽柯罗不要再终年劳苦，以对待岳父的礼节奉养他，使他安乐尊荣，快慰终老。圭蒂耶里又把女儿嫁给了一个高贵的人家，自己和格丽雪达幸福地相处了一辈子，对格丽雪达尊崇到极点。

故事到这里完了，只有几句话要再说一说：穷人家往往也出贤慧的人，帝王家的子弟往往只配放猪牧羊，哪里配管理百姓。除了格丽雪达以外，世上哪里还会找得出第二个人，遇到圭蒂耶里那种惨无人性、闻所未闻的考验，非但不掩面涕泣，而且能够欢欢喜喜地承受下来？如果圭蒂耶里碰上的是另外一个妇人，只穿着一身贴肉单衣，被撵回娘家，她大可以重新勾搭上一个男人，替自己弄一件漂亮的新袍子来，那可也不见得有什么地方对他不起呀。

* * * * *

第奥纽的故事讲完了，小姐们纷纷谈论了一番，有的赞美丈夫，有的同情那个妻子；有的责备某件事做得不对，有的却偏偏赞美那件事，意见极不一致。国王抬起头来看看天上，只见太阳已经西沉，黄昏已快降临，便说道：

“可爱的小姐们，想必你们也知道，人的本领不仅在于记得过去的事情，认识现在的事情，还在于触类旁通，鉴往知来。多少大智大慧的人都是以这种本领而闻名于世的。自从佛罗伦萨发生瘟疫以来，满城都是凄惨悲伤；我们为了不忍目睹这种惨状，为了保持自己的生命和健康，出来消遣作乐；到明天为止，我们离开佛罗伦萨就有十五天了。在我看来，我们已经很好地达到了本来的目的，而且没有发生伤风败俗的行为。我现在来说说我自己的看法，不知道对不对：虽然我们所说的许多有趣的故事多半都容易撩拨人心；虽然我们一直都在吃喝作乐，唱歌跳舞，这对于那些意志不坚的人，很容易受到诱惑，因而做出败坏德行的事情，可是照我看来，无论是你们小姐或是我们少爷，一言一语，一举一动，都没有半点儿不得体的地方。

“我只觉得我们一直都十分正派，相处得十分和谐，像兄弟姐妹一般真诚亲热。这是大家的荣誉，也是我的荣誉，我当然十二万分高兴。不过我觉得，这样的生活过得太久，也会显得腻烦；我们在外面待得时间太长，也难免引起人家闲言蜚语，何况我们每一个男的女的，都已经轮流做了一天国王，因此我建议我们立即启程返回原地。

“再说，想必你们也知道，附近一带的人都已知道我们这一个小团体，如果让他们都参加进来，我们必然会感到极其乏味。如果你们赞成我的意见，我这个王座还可以坐到明天早上出发为止，如果你们另有打算，我心目中也已经想好了一个人，让他明天继承王位。”

小姐们和少爷们辩论了好久，最后一致认为国王的意见很是妥善，决定照他的意思去办。于是国王把那总管叫来，跟他商量了一下明天早上出发的事，然后叫大家散开，他自己也起身走开，到吃晚饭时重新聚首。

小姐们和少爷们便照着他们本来的习惯，各各去游戏消遣。到了吃晚饭的时候，大家无比快乐地坐上座位。餐毕，开始唱歌跳舞，奏乐助兴。顷刻之间，劳丽达带头跳了一会舞，接着，国王吩咐菲亚美达唱一支歌，于是她就唱起来，唱得十分动听：

假使爱神来时不伴着妒忌，
还有什么女人能够比我更加欢喜？

哪个姑娘不愿意她的情人
年青活泼，胆大心细，
德性崇高，知情达理，
谈吐优雅，一派的柔情蜜意？
他还得机智无比，
所有的德性集中在他一身，
这样的人儿自然对我的劲，
我朝朝暮暮就怀恋着
这样的一个爱人。

不料别的姑娘都不比我笨，
我不由得害怕，唯恐有一天
当真会一场欢喜落了空，
也让她们看上我的意中人，
叫我满怀的希望化作一缕烟，
整天寂寞凄凉，涕泣呜咽。
一想到有朝一日真会碰上这恶运，
我怎能不胆战心惊？

如果我的爱人不仅才貌双全，
而且对我无限忠诚，
我决不为他存着妒忌之心。
可是你看男人们受到多少女人引诱，
我只怕天下的男人没有一个有真心。
想到这里，我就心痛，恨不得死了干净。
不管哪个女人对他望上一眼，

我的心就痛如刀割，
生怕她会抢走了我的情人。

我要凭着天主的名义，
请求每一位太太小姐，
千万不要伤天害理把我欺，
如果有人胆敢存着坏心思，
对他眉目传情，搔首弄姿；
让我知道了决不会客气，
我一定要拚了我这花容月貌，
叫她后悔不及，痛哭流涕。

菲亚美达一曲唱完，站在她身边的第奥纽就笑着说："小姐，既是你这样害怕你的意中人给人家抢了去，照情理上说，你也得向另外几位小姐交代一下这人姓甚名谁，免得她们出于无心，当真有一天会把他从你手里抢走。"

他讲过之后，大家又唱了好多支歌，不觉已近午夜，国王命令大家就寝安息。

第二天他们一早起身，总管押运着行李先走，大家随后由小心谨慎的国王率领着，回到佛罗伦萨去。到了圣马利亚·诺凡拉礼拜堂，三位年青的少爷告辞了七位小姐，原来他们出发时就是在这儿集合的。于是男的到别处去遨游消遣，女的各自回家。

［第十天终］

跋

最尊贵的太太小姐们，为了给你们消遣解闷，我担当起这一个艰巨的工作来；承蒙天主的照应，当初我在这部书开头所许下的诺言，现在总算全部完成了。我认为，天主赐给我帮助，并非由于我自身具有什么功绩，而是全靠你们虔诚的祷告。所以我首先应该向天主谢恩，其次就要感谢你们；从此我就可以放下我这支笔，让我疲乏的手休息一下了。不过我很知道，我这些故事并非什么不可侵犯的东西，免不了会遭受别人的非难——我在第四天的开头也曾提到过这点——因此，在搁笔以前，我想对哪一位太太小姐或是别人可能提出的责问，简短地答复一下。

也许有哪位太太小姐会说，这些故事里涉及男女的事情太多，不是正经的女人所应该说、或应该听的。我否认这一点，因为只要措辞妥当，天下是没有什么事情讲不得的，而我自信我在这方面做得很得体。

就算你们指责得对吧(因为我不想跟你们争论，情愿让你们占上风)，那么我还有许多现成的理由可以作答辩。第一，即使书中的叙述有什么地方近乎猥亵，那么这原是决定于故事的性质，凡是有见识的人，用平心静气的眼光看一下，就会承认，我要是不把故事改头换面一番，那就没有旁的方法来叙述了。假使文章里面，偶然有一两个名称或字眼有欠文雅，叫你们听来不堪入耳——因为你们这班自命正经的女人把语言看得比行为更重要，只想在表面上装得规矩，而骨子里并不是这样——那么我这样回答：一般男男女女整天都在说着“洞眼”啊，“钉子”啊，“臼”啊，“杵”啊，“腊肠”啊，“什锦香肠”啊等等的这一类话，人家可以这么说，那么为什么偏不容许我这么写呢。再说，我这支笔照理该和画家的笔享受同等的权利。画家可以画圣迈克尔斩蛇，圣乔治杀龙，画里的人用枪也好，用刀也好，都随他的便。不但这样，他还可以把亚当画成男的，夏娃画成女的，画那为了人类得救而被钉死在十字架上的耶稣，有时他让耶稣脚上钉着一枚钉子，有时又让他脚上钉着两枚钉子，为什么偏要对我加上种种束缚呢？

况且大家也知道，这些故事并不是在教堂里讲的；在教堂里，才用得到洁净的字句，才应该怀着圣洁的思想——尽管在一部教会史里，可以找到不少类似我那些故事里的事迹。这些故事也不是在哲学学院里讲的，哲学家跟别人一样，凡事都要讲究一个体统，更不是在什么修士和哲学家聚会的地方讲的；这些故事都是在花园里、在游乐的地方讲的，听故事的人年纪虽轻，却都已成人懂事，不会因为听了这些故事就此误入歧途；何况当时即使是最有德行的人，为了保全自己的生命，也可以把裤子套在头上，冠冕堂皇地走到外面去呢。

再说，这些故事也跟天下任何事物一样，能够使人受害，也能够使人得益，这完全要看听故事的人是抱着怎样的一种态度。谁不知道，根据钦奇利翁尼和史科莱奥①以及许多别的人的说法，酒对于健康的人是无上妙品，可是对于发烧的病人，酒却是有害无益的东西，我们难道因为发烧的病人喝不得酒，就抹杀酒的价值吗？谁都知道，火的功用大极了，人类不能一天没有火；可是火有时也会烧毁房子，村子，以至城市，难道我们因此就怪火不好吗？讲到武器，也是这样，我们要想安居乐业过日子，就必须用刀用枪来保障；可是刀枪往往也能杀害人，这不是刀枪不好，而只能怪坏人借了刀枪来横行不法。

卑鄙的小人怎么也不能从好的方面领会一句话里的意思，金玉良言对他们完全没用；反过来说，有德行的人即使听了一句并不最正经的话，也不会因之就减损了人格，正像泥土不能玷污太阳的光辉，地上的肮脏不能玷污美丽的青空一样。

天下还有什么书、什么语言、什么文字比《圣经》更圣洁、更有价值、更受人敬崇呢？可是偏有许多人把《圣经》曲解了，因之害得自己和别人永堕地狱。每一样东西总有它的好处，如果用之不当，难免发生许多弊病。我所讲的故事何尝不是这样。如果有谁听了这些故事，因而

---

① 当时的两个出名的酒鬼。——潘译本注解

起了不好的念头、做出不好的事来，这也是无从阻止的事；不说故事本身或许有不妥当的地方，就是一篇好好的故事，一经歪曲和牵强附会，也会变成错尽错绝了。假使有谁愿意从故事里吸取有益的成分，那么这部作品是不会叫他们失望的。这些故事是为了一定的读者而写的，只要读的时间适当，那么他们会觉得这书不但有益，而且十分得体呢。

谁家小姐喜欢朝晚祷告，谁家奶奶喜欢蒸糕做饼去孝敬她的忏悔神父，请她们自便吧，并没有谁稀罕她们来读我的故事；虽然这一班女圣徒有时自己也不免说出些好听的话、做出些好看的事来。

有些太太小姐也许会说，要是把书里的故事删去几篇，那也许会好些吧。说得对。不过我是无能为力的，人家怎么说，我就怎么写下来。你们应该叫那些讲故事的人把故事讲得规矩些，那么我写下来的自然也规矩了。如果有人以为这许多故事不但是我写的，而且是我编造的(其实并不是这样)，那么尽管这些故事并非篇篇文雅，我也并不以此为羞耻。因为除了天主，世上再没有哪个大匠能创造出件件都是完美无疵的作品来。拿查利大帝①为例吧，他首先册封了“派拉亭骑士”，可是也只封了十二个骑士而已，他终究没法召集那么多骑士可以编成一支军队。世上的事物形形色色都有，哪里能够强求一律呢？一块良田，不管怎样勤于耕种，稻麦里也还是找得出荆棘和莠草来。

再说，我这些故事多半是对你们这班心地单纯的姑娘讲的，如果我费尽心力、专门去阐述什么精深渊博的事理，讲一套文绉绉死板板的话，那我真是愚不可及了。翻开这本故事集，你们尽可以拣喜欢的看，不中意的你们尽可以跳过去。为了免得读者上当，每篇故事前面都有一段述要，把内容点明。

又有些人准会认为有几篇故事太长了。那么我再一次回答他们：哪一个手边有着正经事，却丢开不管，来读这本集子，那么即使是读很短

---

① 查利大帝(在位768—814)，西洋中古史上有名的雄主，南征北讨，亲身参加了三十次远征。法兰克王国在他的统治下，达到了鼎盛期。他册封十二个亲信的将领为“派拉亭骑士”，斩杀巨人的罗兰骑士就是其中最著名的一个。

的故事，也是件愚蠢的事。自从我开始写这本书到现在脱稿，前后已经隔了好一段时光，不过我还记得，当初我是把这本书献给闲暇无事的太太小姐们的，我并非是为别人而写的。你如果读书为了消磨时光，那么，只希望达到目的，决不会嫌故事太长的。三言两句把话说完，这对于大学生是适宜的，他们研究学业，要把光阴用在有益的方面，不能随便浪费。但是太太小姐们，你们却不是这样，除了恋爱，就无所事事。你们既不必赶到雅典、波伦那，或者巴黎去留学，那么不妨跟你们说得琐碎详细些——不能把你们和那些高才博学之士一般看待。

我料想你们之中一定又有些人会这么说：这些故事里戏谑诙谐的成分太多了，似乎不是一个庄严自重的人所应该写的。她们出于这样一片好意，关心我的名誉，我应该向她们致谢——而且已经致谢了。但是对于她们的指摘，我要这样回答：我承认我是自重的，而且也一向为人所看重；可是对于那些并不看重我的女性，我干脆说，我并不庄重；不，我的骨头是这样轻，可以在水面上浮起来。你想，近来神父讲道、谴责世俗罪恶时，尚且尽说些笑话和戏言，那么我写这些故事原是为了给妇女解闷，里面有些笑话什么的，就更不足为奇了。如果担心她们会因此笑坏了，那么只消把耶利米的《哀歌》①、救主的受难②、曼丽·玛大琳③的哀哭等书本打开来，就马上把她们治好了。

此外，毫无疑问，又有一班人会因为我在有些地方写出了神父的真面目，就说我含血喷人。对于说这种话的人，我们应该原谅他，因为要说他不是出于正义，而是别有用心，那可叫人难以相信。谁不知道那些神父是好人，他们因为敬爱天主，所以不甘于清贫；每逢蓄水池里的水满了，他们就转动起碾磨来，④却从不在别人面前夸耀。要不是他们身上全都带着些羊臊，那真是可人意的伴侣呢。

---

① 耶利米是犹太的先知，《旧约全书》有《耶利米哀歌》一卷，记录他对于耶路撒冷的冷落，犹太人民的遭难等的悲叹。

② 《新约·马太福音》第27章记载耶稣被钉在十字架上所受的种种苦难。

③ 曼丽·玛大琳是一个痛悔前非的妓女，见《圣经·新约》第8章37节。

④ 从麦克威廉译本。这里以水力磨坊借喻男女之事。

话虽是这么说，我承认，天下没有一成不变的事物，我的舌头说不定也是这样。我不敢相信我自己的判断(逢到我自己的事，我总是尽可能避免夹杂自己的主见)；可是不多天以前，我的一位芳邻对我说，她觉得我长着全世界最甜蜜的嘴巴，最美妙的舌尖。说真的，她对我这么说时，这部故事集子快要写成了。对于那班攻击我的人，我的答复到此为止，不再多说了。

每一位太太小姐，读了这些故事，尽可以自由发表她的意见和感想；我呢，写到这里，就要搁笔了。我衷心感谢天主，承蒙天主的帮助和引领，我花了几年心血，总算了却一件心愿。

可爱的太太小姐们，但愿天主的仁爱和安宁与你们同在；要是你们读了这些故事，觉得多少有些获益，那么请别忘了我吧。

[《十日谈》(一称《伽略特王子》)的
第十天,亦即最后一天,至此告终。]

译文名著精选书目

傲慢与偏见	〔英〕简·奥斯丁　著　王科一　译
简·爱	〔英〕夏洛蒂·勃朗特　著　祝庆英　译
基督山伯爵	〔法〕大仲马　著　韩沪麟　周克希　译
少年维特的烦恼	〔德〕歌德　著　侯浚吉　译
茶花女	〔法〕小仲马　著　王振孙　译
呼啸山庄	〔英〕艾米莉·勃朗特　著　方平　译
悲惨世界	〔法〕雨果　著　郑克鲁　译
堂吉诃德	〔西班牙〕塞万提斯　著　张广森　译
红与黑	〔法〕司汤达　著　郝运　译
雾都孤儿	〔英〕狄更斯　著　荣如德　译
欧叶妮·葛郎台／高老头	〔法〕巴尔扎克　著　王振孙　译
莎士比亚四大悲剧	〔英〕莎士比亚　著　孙大雨　译
泰戈尔抒情诗选	〔印〕泰戈尔　著　吴岩　译
乱世佳人	〔美〕玛格丽特·米切尔　著　陈良廷等 译
鲁滨孙历险记	〔英〕笛福　著　黄杲炘　译
安娜·卡列尼娜	〔俄〕托尔斯泰 著　高慧群等　译
十日谈	〔意〕薄伽丘　著　方平　王科一　译
福尔摩斯探案精选	〔英〕柯南·道尔　著　梅绍武　屠珍　译
老人与海	〔美〕海明威　著　吴劳等　译
漂亮朋友	〔法〕莫泊桑　著　王振孙　译
巴黎圣母院	〔法〕雨果　著　管震湖　译
双城记	〔英〕狄更斯　著　张玲　张扬　译
最后一片叶子	〔美〕欧·亨利　著　黄源深　译
瓦尔登湖	〔美〕梭罗　著　徐迟　译
一九八四	〔英〕奥威尔　著　董乐山　译
复活	〔俄〕托尔斯泰　著　安东　南风　译
三个火枪手	〔法〕大仲马　著　郝运　王振孙　译
苔丝	〔英〕哈代　著　郑大民　译
变色龙	〔俄〕契诃夫　著　汝龙　译
钢铁是怎样炼成的	〔俄〕奥斯特洛夫斯基　著　王志冲　译
浮士德	〔德〕歌德　著 钱春绮　译
太阳照常升起	〔美〕海明威　著　赵静男　译
莎士比亚喜剧五种	〔英〕莎士比亚　著　方平　译
理智与情感	〔英〕简·奥斯丁　著　武崇汉　译
罪与罚	〔俄〕陀思妥耶夫斯基　著　岳麟　译
羊脂球	〔法〕莫泊桑　著　郝运　王振孙　译
鼠疫	〔法〕加缪　著　刘方　译
青年艺术家画像	〔爱尔兰〕乔伊斯　著　朱世达　译

我是猫	〔日〕夏目漱石 著 刘振瀛 译
神曲	〔意〕但丁 著 朱维基 译
红字	〔美〕霍桑 著 苏福忠 译
到灯塔去	〔英〕伍尔夫 著 瞿世镜 译
格列佛游记	〔英〕斯威夫特 著 孙予 译
大卫·考坡菲	〔英〕狄更斯 著 张谷若 译
道连·葛雷的画像	〔英〕王尔德 著 荣如德 译
童年／在人间／我的大学	〔俄〕高尔基 著 高惠群等 译
城堡	〔德〕卡夫卡 著 赵蓉恒 译
汤姆·索亚历险记	〔美〕马克·吐温 著 张建平 译
九三年	〔法〕雨果 著 叶尊 译
铁皮鼓	〔德〕格拉斯 著 胡其鼎 译
卡拉马佐夫兄弟	〔俄〕陀思妥耶夫斯基 著 荣如德 译
远大前程	〔英〕狄更斯 著 王科一 译
马丁·伊登	〔美〕杰克·伦敦 著 吴劳 译
名利场	〔英〕萨克雷 著 荣如德 译
嘉莉妹妹	〔美〕德莱塞 著 裘柱常 译
细雪	〔日〕谷崎润一郎 著 储元熹 译
哈克贝里·芬历险记	〔英〕马克·吐温 著 张万里 译
儿子与情人	〔英〕劳伦斯 著 张禹九 译
野性的呼唤	〔英〕杰克·伦敦 著 刘荣跃 译
牛虻	〔英〕伏尼契 著 蔡慧 译
包法利夫人	〔法〕福楼拜 著 周克希 译
达洛卫夫人	〔英〕伍尔夫 著 孙梁 苏美 译
永别了，武器	〔美〕海明威 著 林疑今 译
喧哗与骚动	〔美〕福克纳 著 李文俊 译
猎人笔记	〔俄〕屠格涅夫 著 冯春 译
圣经故事	〔美〕阿瑟·马克斯威尔 著 杨佑方等 译
希腊神话	〔俄〕库恩 编著 朱志顺 译
格林童话	〔德〕格林 著 施种等 译
月亮和六便士	〔英〕毛姆 著 傅惟慈 译
失乐园	〔英〕弥尔顿 著 刘捷 译
海底两万里	〔法〕凡尔纳 著 杨松河 译
丧钟为谁而鸣	〔美〕海明威 著 程中瑞 译
安徒生童话	〔丹麦〕安徒生 著 任溶溶 译
了不起的盖茨比	〔美〕菲茨杰拉德 著 巫宁坤等 译
虹	〔英〕劳伦斯 著 黄雨石 译
摩格街谋杀案	〔英〕爱伦·坡 著 张冲 张琼 译
坎特伯雷故事集	〔英〕乔叟 著 黄杲炘 译
战争与和平	〔俄〕托尔斯泰 著 娄自良 译
环游地球八十天	〔法〕凡尔纳 著 任倬群 译
人生的枷锁	〔英〕毛姆 著 张柏然 张增健 倪俊 译